Fatal Burn
by Lisa Jackson

灼熱の虜《とりこ》

リサ・ジャクソン
大杉ゆみえ[訳]

ライムブックス

FATAL BURN
by Lisa Jackson

Published by arrangement with
Kensington Books, an imprint of
Kensington Publishing Corp., New York
through Tuttle-Mori Agency, Inc.,Tokyo

灼熱の虜《とりこ》

主要登場人物

シャノン・フラナリー……ドッグ・トレーナー
トラヴィス・セトラー……私立探偵
アーロン……シャノンの兄。長男
ロバート……シャノンの兄。次男
シェイ……シャノンの兄。三男
オリヴァー……シャノンの兄。四男
ネヴィル……シャノンの兄。五男
ライアン・カーライル……シャノンの亡き夫
ネイト・サンタナ……シャノンの仕事のパートナー
ダニー……トラヴィスの養女

プロローグ

インディアン・サマー
カリフォルニア州サンタ・ルシア近郊の森
三年前

間に合わないかもしれない。

男は時計をチェックした。明かりに浮かびあがった文字盤が、漆黒の闇《やみ》に包まれた森のなかであやしく輝いている。

一一時五七分。

ちくしょう！　このままだと注意を引いてしまう。それだけは避けなければ。

走る速度をあげながら、人里離れた森の斜面をくだっていく。

様々な音が脳裏に忍びこんできた。熱風にあおられる秋の木の葉。足の下で折れる枯れ枝。自分の心臓の鼓動。

再度時計を確かめると、もう真夜中だった。彼は顎を引きしめた。体全体から汗が流れ落ちる。あせるな！　枝を踏みしめてぼきぼき音を立てると、こちらの位置を知らせてしまうことになる。あわてて事をし損じるくらいなら、数分の遅れくらいなんだっていうんだ。彼は足をとめ、何度か深呼吸して森の香りを胸に吸いこんだ。空気は生あたたかかった。目もとから汗をぬぐい、落ち着け、と自らに言いきかせる。集中しろ。今夜だけは、ミスなど許されない。

鼓動が鎮まってくると、細身のジャケットのポケットをまさぐってスキーマスクをとりだし、頭からすっぽりかぶった。下を見ると、暗闇のなかでちらちらと明かりがまたたいていた。懐中電灯。みんなが集まっている証拠だ。

後戻りはできない。誰かがつかまる可能性はあったが、そんなことは承知のうえだった。彼は再び斜面の下をめざし、曲がった山道の先の草むらにたどりついた。そこでは、中天にかかった満月に照らされながら、四人の仲間が待っていた。

全員が黒い服に身を包み、スキーマスクをかぶって、一メートルほどの間隔をあけながら円陣を組むようにして立っていた。男はその輪に加わり、円を完成させた。

「遅かったじゃないか」ささやき声だったが、きびしい口調だった。いちばん背の高い男が、彼のほうを睨《にら》んでいる。リーダーだ。全身の筋肉が緊張した。男はうなずいただけで、何も言わなかった。言い訳などしても意味がない。

「ミスは許されないんだぞ！　遅刻は御法度だ」

ほかの三人はしばらくのあいだ、黙って前を向いている彼を見つめていたが、そのうちりーダーのほうへ視線を戻した。リーダーは、そこにいるだけで指導者としての力量を感じさせる男だった。尊敬され、恐れられるべき男。

「じゃあ始めよう」リーダーはそう言って、もう一度全員を見渡し、うずくまった。ライターをつけ、積みあげた枯れ枝に火を近づける。枝はすぐに燃えはじめ、小さな炎がガソリンの線を追って草むらを走った。地面の上に星形のシンボルをかたどった炎が浮かびあがる。

「今夜でおしまいだ」リーダーは背筋を伸ばし、星形のシンボルの頂点のひとつを前にして立った。ほかの者も彼にならい、それぞれ星の頂点に近寄る。

「準備はできてるんだな？」右側にいた仲間がかすれた声でたずねた。

「ああ」リーダーが腕時計を確かめた。その声からは満足感と誇りが感じられた。「やらなければならないことは、それぞれわかっているはずだ。今夜、ライアン・カーライルは報いを受ける。今夜こそ、あいつがこの世におさらばするときだ」

遅れてやってきた男の心臓は、今にも縮みあがりそうだった。

「ちょっと待って。こんなこと、間違ってるかも」声を発したのは、最も背の低い仲間だった。良心の呵責《かしゃく》を感じたかのように首を振っている。「これじゃ、計画殺人だよ」

「もう決まったことじゃないか」リーダーがきっぱりと言った。

「ほかにやりかたがあるはずなのに」

「計画はすでに動きだしてるんだぞ。誰にも嗅《か》ぎつけられたりはしない」異論をいっさいはねつけるような、残酷で毅然《きぜん》とした口調だった。「それに、全員が同意したうえでの行動なんだからな」リーダーは怖《お》じ気《け》づいた仲間を一瞥《いちべつ》すると、ライアン・カーライルを亡き者にするための手順を説明した。シンプルだが効果的な計画だった。

誰も異議はさし挟まなかった。説明が終わると全員がうなずいた。「みんな、いいな？」リーダーが最後にもう一度、全員の気持ちを確かめるように言った。先ほど反論を唱えた仲間も、あわてて顎を上下させた。リーダーは、星形の頂点の前に立っているメンバーたちを見まわした。「全員、自分の使命はわかってるはずだ。すみやかに遂行しろ」誰も、何も言わなかった。「では、解散だ。ひとりひとり、さっき来た道を戻れ」

メンバーたちは勢いを強めつつあった星形の炎から離れ、森のなかへ消えた。

遅れてきた男も、高鳴る鼓動を抑えつけながらリーダーの命令にしたがい、急いで体の向きを変えた。汗が全身から流れ落ちている。だが、精神は高揚していた。彼は駆け足で斜面をのぼりながら、ちらりと肩越しに振りかえった。しかしじっと耳を澄ましても、聞こえてくるのは自分の荒い呼吸と、まわりの木立を揺する風の音だけだった。

誰にもつけられてはいない。

彼の計画を知る者は、ひとりもいなかった。

草むらの星形の炎は枯れ草を巻きこみながらさらに激しく燃えさかり、今やまわりの木々を焦がそうとしていた。時間はあまり残されていなかったが、それでも彼は暗い斜面のあちこちに視線を配りながら待った。すると、遠くから車のエンジンがかかる音が聞こえてきた。

そしてその一分後。別のトラックが発進する音。

早く行っちまえ、早く。

彼は唇の端を噛《か》みながら腕時計を睨んだ。三台目の車のエンジンがかかり、遠くへと消えていった。よし。あと、もう一台だ。さらに一分が過ぎた。彼はスキーマスクを持ちあげて汗をぬぐい、かぶりなおした。

さらに一分。いったいどうしたんだ？　かすかな恐怖が脊髄《せきずい》を駆けおりていった。パニックするんじゃない。じっとしてろ。

それにしても時間がかかりすぎだ。炎はすでに燃えさかっている。じきに誰かが気づき、消防署に連絡するだろう。もしかするとリーダーに何か気づかれたのだろうか？　遅刻したことは、思ったより大きな失敗だったのかもしれない。

いや、落ち着け。まだ時間はある。彼は再び時間を確かめた。あと少しで一二時半。斜面の下の炎が草むら全体を包みこもうとしていた。上にいる彼のところまで、煙が漂ってくる。

五分が過ぎたところで、彼は立ちあがった。ちくしょう！　もうこれ以上待ってはいられない。リスクを冒してでも、計画を実行するときだ。彼は猛烈な速度で再び森を駆けあがり、今はほとんど使われていない木材搬出用の道をめざし、その道が二股に分かれたところで鋭く右に曲がった。心臓が高鳴り、全身の神経がちりちりした。丘をまわりこむようにして走っていくと筋肉が痛みはじめたが、そのとき、山の斜面をえぐるようにして落ちこんでいる谷が見えてきた。もうすぐだ。

前に見つけておいた大きな木を確認すると、ためらうことなく、がさがさした幹や枝を橋代わりにして谷の向こう側へ渡った。ずっと下のほうで、火がさらに勢力を増そうとしていた。炎がさらに明るく輝き、煙が暗い天空に向かって立ちのぼっていく。

急げ！

木を渡りきるとひょいと地面に飛びおり、人ひとり分ほどの大きな石があるところまで行った。そこから少しだけ坂をのぼったところに、雷に打たれて黒焦げになり、まっぷたつに裂けた木がある。彼がこんなところまでやってきた目的は、その木の根元にあった。足首と手首を縛られ、口にテープを貼《は》られ、幹にくくりつけられた獲物。

懐中電灯をつけると、手首のあたりの皮が剝《む》け、血がにじんでいるのが見えた。どうやら、逃げようと必死にもがいたらしい。

「情報は正しかったよ」彼は目を剝いている囚《とら》われの男に向かって言った。顔に汗を伝わせながら、救いを求めるかのようにきょろきょろと目を動かしている。「やつらは血を欲している」

縛られた男は、喉の奥からくぐもった声を出した。

「おまえの血だ」

男はさらにくぐもった声をあげながら、必死にもがき、縛《いまし》めをほどこうとした。

こんなことになったのは、当然の報いだ。彼はゆっくりとポケットに手を入れ、煙草《たばこ》をとりだすと一本振りだして唇にくわえた。「みんな、ライアン・カーライルには何がなんでも今夜死んでもらおうと思ってるわけさ」そう言って手で風をさえぎりながら煙草に火をつけ、煙で肺を満たした。

囚われの男は体をよじりながら目を大きく見開いていた。手首からは血が流れている。

「俺《おれ》も同意見だよ。殺したいと思っている理由は、ほかのやつらとは違うがな」ライアン・カーライルがこの世からいなくなったときのことを思うと、心のなかに安らかな気持ちが広がっていく。囚われの男は何事か叫んでいたが、テープのせいでくぐもった音にしかならなかった。手負いの獣のように、縛めを振りほどこうとしている。

だが、もう手遅れだ。

彼は再びポケットに手を突っこみ、今度は注射器をとりだした。煙草を口にくわえたまま、少しだけシリンジを押すと、なかの液体が夜の空気のなかへ飛びだした。

囚われの男はパニックを起こしていた。しかし、縛めはちょっとやそっとでほどけたりしない。その腕に針を刺すのは、いとも簡単なことだった。作業がすむと、彼は一歩さがって薬が効果を発揮しはじめるのを待った。男の目がぼんやりと濁り、動きが緩慢になっていく。

「アディオス」彼は優しく言って、吸い殻を乾燥した森の地面に落とした。そのとたん、あらかじめ仕掛けてあった燃料のせいで、木のまわりに火の手があがった。枝が燃えはじめ、苔《こけ》が炎をあげる。彼は、囚われの男ががっくりと首を落とすのを確かめてから、あとずさった。このあたりが燃えてしまえば、ロープもすっかり灰になる。男が縛られていたことを突きとめるのは困難なはずだ。薬を注射されていたことを証明するのも難しいだろう。

「悪いな、カーライル」彼は満足そうに語りかけた。「おまえはもう終わりだ」

1

三年後

助けて！　そう叫びたかったのだが、声が出なかった。

彼女は鉛のように重い足を引きずりながら、恐怖に突き動かされるようにして走っていた。まわりには熱い煙がたちこめている。森が燃えさかっていた。炎が螺旋《らせん》を描くように天空へのぼっていく。煙が喉につまり、刺すような匂《にお》いが鼻を突いた。肺が燃えるようだ。目からは涙が流れ、肌には火ぶくれができつつあった。

焦げた木の枝がまわりに落ちてきて地面にぶつかり、すでに燃えている地面にぶつかって火花を散らせた。ああ、いや、いや、いや。誰か助けて。

しかし、ひとりぼっちだった。いつも助けてくれた兄たちでさえ、彼女を救うことはできなかった。

走るのよ！　速く！　ここから抜けだすの！

彼女はこけつまろびつしながら、腕を伸ばしてくる炎のあいだを抜けた。このまま死んでしまうのかもしれない。そう思ったとき、突然轟音《ごうおん》が聞こえたと思ったら炎が後退し、そして消えてしまった。黒い煙が白い靄《もや》に変わり、肉の焦げたような匂いがした。そして、あちこちに、骨。焦げた部分と白いままの部分がまじりあい、うずたかく積みあげられた骨。様々な無数の頭蓋骨《ずがいこつ》が灰まみれになっている。猫。犬。馬。そして人間。彼女の心のなかで、人間の頭蓋骨と家族の顔が重なった。母。父。そして赤ん坊。

子供のことを考えたとたん、鋭い痛みが走った。

いや！　いや！　いや！　ただの頭蓋骨じゃないの。知らない人の骨じゃないの。

死と炎の匂いが鼻孔に忍びこんできた。逃げだそうとして動きかけ、骨に足をとられて倒れこむ。体の下で頭蓋骨がつぶれた。彼女は狂ったようにもがき、立ちあがってその場から逃げようとした。

そのとき、サイレンの音が聞こえた。遠くから。

心臓がどきりとした。誰かがやってくる！　ああ、助けて！

振りかえると、地面の頭蓋骨がゆっくり回転し、彼女のほうを向いた。なかば焼け焦げた肉が頬骨のあたりに張りつき、虚《うつ》ろな眼窩《がんか》からふたつの瞳がこちらを睨んでいる。それは、一度は彼女が信頼し、愛した瞳だった。

そんな！　悲鳴をあげようとしたが、またしても声は出ない。

〝シャアアアノオオオン〟夫の声だった。悪意を持って彼女の頭のなかに滑りこんでくる。

空気は熱いというのに、鳥肌が立っていた。〝シャアアアノオオオン〟眼窩の奥の瞳がさらに強く彼女を睨みつけた。

またサイレンの音――いや、電話だ。部屋の電話。

シャノンはベッドの上に起きあがった。背筋を汗が伝い、心臓が早鐘のように打っている。あたりは暗い。小さなコテージのなかの、自分の部屋だった。彼女はすすり泣きながら、あたたかい安堵《あんど》の気持ちが胸に広がっていくのを感じていた。夢。ただの夢だ。

すぐそばの床の上で、犬が不満そうにひと声吠《ほ》えた。「なんてことかしら。わたし、いったいどうしちゃったの？」彼女はそうささやくと、汗で濡《ぬ》れたシーツをはぎとって受話器をつかんだ。「もしもし？」

応《こた》えはない。

ただ沈黙が続くだけ……いやあれは、息の音だろうか？

彼女はちらりとベッドサイドの時計を見た。12：07というデジタル文字が、コンタクトなしでも見えるほどくっきりと赤く光っている。「もしもし？」

意識が突然はっきりした。あわててベッドサイドの明かりをつける。こんな時間に、いったい誰なんだろう？　そういえばママがいつも、真夜中すぎにはいいことなんてひとつも起きない、って言ってなかったっけ？　鼓動が激しくなった。彼女は、年老いた母親のことを考えた。事故にでもあったのだろうか？　家族の誰かが怪我《けが》でも？

「誰なの？」彼女は大きな声で言った。警察か兄たちのひとりがかけてきているのだとしたら、黙ってなどいないはずだ。きっといたずらにちがいない。こんな子供じみた冗談につきあっている気はなかった。「何か言わないと、切るわよ」受話器の向こうの呼吸音が荒くなったようだった。「わかりました。じゃあね！」シャノンは受話器を叩《たた》きつけ、「最悪」とつぶやいた。

最悪なのは、さっきまで見ていた夢も同じだった。あまりに現実的で、おぞましい夢。今でも汗がとまらないし、煙の匂いが鼻の奥に残っている。シャノンは目もとをぬぐい、ゆっくり息を吐きだして悪夢を頭から消し去ろうとした。そして、ただの夢じゃないの、と自分に言いきかせながら、電話を操作して発信元を確かめた。着信時刻は一二時七分。だが発信元は不明だった。

「そりゃそうよね」彼女は不安をぬぐい去ろうとしながら小声でつぶやいた。どこかの子供がいたずら気分で、適当な番号にかけたのだろう。そうにちがいない。

飼い犬のカーンが再び優しく吠えた。カーンはオーストラリアン・シェパードの血を引く雑種で、シェパードらしい毛並みと色の違うふたつの瞳を持った雄犬だ。カーンは尻尾《しっぽ》で床を叩きながら期待のこもった目でシャノンを眺めていた。

「ベッドにあがりたいっていうの？　残念ね」彼女は床におりたち、裸足《はだし》のままバスルームへ行った。しかし、なかに入ったとたん、カーンがベッドに飛びのる音が聞こえてきた。

「おりなさい！」明かりをつけながら命じる。すると、犬が再び床におりる音がした。

これでドッグ・トレーナーだなんて。シャノンはカールした髪をかきあげてぎゅっとつかみながらそう思った。事故現場で救助や捜査にあたる犬は育てられるっていうのに、自分の飼い犬はベッドから遠ざけておくこともできないの？

あいているほうの手で蛇口をひねると、顔を近づけ、直接水を飲んだ。ばしゃばしゃと顔を洗い、脳裏の隅に焼きついている悪夢の残滓《ざんし》を洗い流そうとした。

なのに、思い出したくないことを思い出してしまった。

ライアンが死んでもう三年になる。シャノンはあの当時から今までずっと、ライアンを殺したのではないかと疑われてきた。「そんなこと、忘れなさい」彼女はそうつぶやいてタオルをつかみ、顔や胸もとをぬぐった。心理カウンセラーだって、悪夢はそのうち見なくなるって言ってたじゃないの。

だがカウンセラーの言葉はなかなか現実にならなかった。シャノンはシンクの上の鏡をのぞきこんだ。目は充血し、その下には黒い隈《くま》ができている。とび色の髪はくしゃくしゃになり、汗で湿った巻き毛が肌に張りついていた。そういえば一四歳のころ、兄のネヴィルと口げんかになったとき、「おまえは天使みたいな顔をしていても、悪魔の舌を持ってるんだな」と言われたことがあった。

ネヴィル。いちばん下の兄のことを考えると、シャノンの心に悲しみが広がり、痛みが走った。双子のオリヴァーよりたった七分だけあとに生まれてきたネヴィル。パトリック・フラナリーとモーリーン・フラナリーの六人目にして最後の子であるシャノンが生まれたのは、それからほぼ二年後だった。オリヴァーとネヴィルのあいだには双子ならではの絆《きずな》があったけれど、シャノンもネヴィルには特別の親しみを感じていた。ネヴィルがここにいてくれたらいいのに。きっとわたしの髪を撫《な》でながら、ゆがんだ笑いを浮かべてこう言ってくれるだろう。〝シャノン、心配のしすぎだよ。ただの夢じゃないか〟

彼女はタオルを水に浸して絞り、首の付け根にあてた。悪夢の引き起こした頭痛が、後頭部にわだかまっていた。キャビネットに手を伸ばして鎮痛剤のボトルをとりだし、二錠口に放《ほう》りこんで水で飲みくだす。鏡の下の棚には、三年前ドクター・ブレナンが処方してくれた睡眠薬があった。飲んでおこうかとも考えたが、思いなおした。明日の朝——いや、今朝は、ぼんやりしてはいられない。新しい犬のトレーニングを行うことになっていたし、家の契約書にもサインしなければならなかった。シャノンは数週間後、ここより大きな家に引っ越す予定だった。

買おうとしている地所のことを思い出すと、彼女はまたしても怖くなった。先週、農場風の家のまわりを歩いていたとき、監視されているような気がしたからだ。誰かが太い樫《かし》の木の幹の向こうに隠れているような気分。カーンもそわそわと落ち着かない様子だった。だが残念ながら、これまでにシャノンが訓練した多くの犬とは違って、カーンはあまり勘の鋭いほうではなかった。誰かがわたしのあとをつけまわして見張っているなんて、そんなこと、ありえない。あそこにいたのは、このわたしだけよ。

それにしても、相続財産と貯金のすべてをはたいて新しい家を買うことに不安がないわけではなかった。兄たちが全員、彼女の計画に反対だったからだ。

「父さんが生きていたら、絶対に許さなかったはずだぞ」三番目の兄シェイは、前にシャノンが家に立ち寄ったとき、そう言った。煙草を吸いながらポーチに立っていた兄の黒い髪が、明かりを受けて青く光っていた。「父さんが爪に火をともすようにしてためた財産だぞ。それをあんな崩れかけの農家に使うなんて」

「パパはいつだってわたしの味方だったわ」彼女は少しだけ声を震わせながら応じた。

兄は灰色の煙を吐き、家と納屋やほかの建物とをつないでいる砂利道に吸い殻を飛ばしながら言った。「金のつかいかたにも自分のことも、ちゃんと気をつけなきゃだめだ」

「それ、どういう意味？」

「おまえはせっかちだからな」兄は首をかしげ、ウインクしてみせた。「まあ、それはフラナリー家の血ってやつだろうが」

「いいかげんなこと言わないで。なんと言われようと、わたしはあの家を買いますからね」

あれから一週間。兄はいったいどういうつもりで警告を発しようとしたのだろう。

反対しているのはシェイだけではなかった。ほかの兄たちも、末の妹をまるで子供扱いするように口をはさんできた。次兄のロバートなど、自分では遺産を湯水のように使い、スポーツカーを買ったり、遊びまわって妻子を捨てたりしたくせに、シャノンには「金は貯めておけ」などと言った。長兄のアーロンも株で失敗しただけでなく、リノのカジノに行ってブラックジャックで三万ドルもすったらしい。

そしてオリヴァーは、持っているものを次々と教会と神様に注ぎこんでいる。シャノンは、オリヴァーが突然信仰心に目覚めたのは自分のせいではないかと思っていた。ライアンが命を落とし、ネヴィルが行方をくらましたあと、オリヴァーは熱心なキリスト教徒になり、今は神学校で牧師になる勉強をしている。オリヴァーがそんなふうになってしまったのは、わたしが夫殺しの容疑をかけられたことが一因なのではないだろうか。

兄たちのうち、シェイだけは財産を無駄づかいしていなかった。彼はもともと用心深いたちだ。石橋を叩いて渡るタイプ。備えあれば憂いなし、というわけだ。

わたしが神経質になっているのは、兄たち全員に反対されたからにちがいない。それだけのことだ。だがそれにしても、いつもびくびくしながら眠れない夜を過ごし、悪夢に怯《おび》えるなんて。シャノンはタオルをシンクに落とした。また心理カウンセラーのもとを訪れるべきなのかもしれない。一週間に一度のセッションをやめてから、もう一年がたつ。もしかしたらわたしは、心理カウンセラーと話をしていないと精神のバランスが保てない人間なのだろうか。「最高ね」シャノンはそうつぶやいた。

暑い夜だった。もう一週間も、日中は気温が三七度以上になり、夜になっても三〇度をくだらなかった。ひどい日照りがやってくるのではないかという噂《うわさ》で、街はもちきりだ。火事の心配をしている人も大勢いる。

シャノンは鏡をのぞきこむことなく、「朝になったらもっとすっきりした顔になってるわ」とつぶやいた。明日は念のために、ファウンデーションをたっぷり塗り、何度も目薬を差そう。口のなかのいやな味をとりのぞくため、念入りに歯を磨いた。それでも煙や炎の匂いは消えようとしなかった。いったいどうしてなのだろう。彼女がタオルで口をぬぐっていたときだ。カーンが唸り声をあげた。何かを警戒しているような低い声だった。

タオルで口もとを押さえたままドアの外側を見ると、灰色と茶色の薄い靄のようなものが見え、犬がベッドへ跳びあがるのが見えた。

「なんなの?」カーンはじっと窓の外を見つめている。そのとき、彼女はようやく事態に気づいた。喉や鼻の奥に絡みついていた煙の匂いは、気のせいなどではなかった。現実だ。

心臓がとまりそうだった。シャノンは窓辺へ走り、カーンは体をこわばらせて大きな声で吠えたてた。

恐怖が脊髄を伝っていく。外をのぞいてみたが、闇のほかは何も見えなかった。家のまわりを囲む丘の上に銀色の月がのぼり、シャノンの家の五エーカーの敷地を照らしだしていた。乾いた風が突然東から吹きつけ、すでに落ちかけていた木の葉を揺さぶった。

おかしいところはどこにもない。すべて正常だ。

なのに、この匂い。

シャノンはさらなる恐怖に包みこまれた。

カーンが頭を低くしてもう一度唸《うな》り声をあげ、開いた窓の外を睨んだ。シャノンはふと、自分が素裸であることに思いあたってランプの明かりを消し、手探りでナイトスタンドの引き出しをあけて眼鏡を探した。そのあいだもずっと外を眺めていたのだが、あやしいものは……いや、南側の草むらで何か光らなかった? 喉がふさがってしまいそうだった。あわてて眼鏡を見つけだし、ケースからとりだしてかけた。

だが光はもう見えなかった。なのに、まだ煙の匂いがあたりに残っている。舌で味わえるような匂いだ。家のなかからなのだろうか？　しかし、だったらどうして、カーンは外に向かって吠えているのだろう？

シャノンは、ガレージに住んでいるネイト・サンタナに連絡しようと電話を手にとったが、彼が数年ぶりの休暇をとっていることを思い出した。「ああ、もう」彼女は奥歯を嚙みしめた。こんな時間に、煙の匂いがするというだけで電話をかけられる人は、ほかにいない。

全身の筋肉を緊張させながらフローリングの上を急いで歩き、外に向かって張りだしている反対側の窓辺へ行ってみた。そこから見えるのは、家の正面の景色だ。砂利を敷いた駐車スペースの向こうに納屋や犬小屋がある。防犯灯のかすかな明かりを頼りに、じっと外を眺めてみたが、おかしなものは何も見えなかった。

もしかしたらカーンは、フクロウかコウモリに気づいて吠えたのかしら。そしてわたしは、悪夢を見たうえにいたずら電話で起こされたせいで、気が立っているだけなのかも……。

だとしても、うっすらと漂っているこの煙の説明がつかない。「調べてみましょう」シャノンは犬に向かって言った。明かりをつけないまま階段をおりて下に行こうとすると、猛烈な勢いでカーンがかたわらを駆けぬけていったせいで、あやうく転びそうになった。犬は大きな爪音を立てながら階段をおり、玄関へ行くと、筋肉をこわばらせながら鼻先をドアにこすりつけた。

爪先立ちになって、樫の木のドアにくりぬいた窓から外をのぞく。しかし夜は静けさに包まれていた。風も急にやんだようだ。ピックアップ・トラックもガレージにとめたときのままだったし、納屋や小屋のドアも閉まっていた。

ほらね？　何もかもあなたの気のせい。このところ、働きすぎなのよ。

リラックスしようとしたが、肩の凝りはとれなかった。鎮痛剤を飲んだのに、まだ頭がずきずきする。

シャノンはキッチンへ行って、大きな窓から駐車スペースを見た。その向こうには、救助犬のトレーニングを行う小さなパドックがある。犬小屋にいる犬たちも吠えてなどいないし、ネイトが訓練を行っている馬のいる小屋からも、何も聞こえてこない。あたりを歩きまわっている人影など、どこにも見あたらなかった。

カーンがじっとしたまま、ドアのそばでくうんと鳴いた。「誤報だったのね」シャノンは犬に向かって言ってから、臆病《おくびょう》な自分を叱《しか》った。

いつからわたしは、こんなふうになってしまったんだろう？　五人の兄たちに囲まれて育ったおかげで、怖いものなんてなかったはずなのに。兄たちのやることを何から何まで真似《まね》たはずだったのに。

シャノンはおてんばな女の子だった。自転車は四歳の誕生日を迎える前に乗りこなせるようになっていたし、一八歳になるころには、いちばん上の兄のハーレー・ダヴィッドソンにうちまたがり、ハイウェイを飛ばしたりもした。裸馬に乗るのが大好きで、ロデオ大会にも出場した。ロバートのムスタング・コンバーティブルを運転していて事故にあい、あやうく命を落としかけたことさえあった。車は道路脇《わき》の水路に頭から突っこんだのだが、シャノンは鎖骨を折り、手首をくじき、目のまわりに青あざをつくって、自尊心を傷つけられただけだった。ロバートはいまだにそのことを根に持っている。

初恋のときも、彼女は向こう見ずだった。何も考えず、すばらしいことが待っていると信じて、相手に夢中になった。「馬鹿《ばか》よね」彼女は、初恋の相手だったブレンダン・ジャイルズのことを思い出しながら、自分に向かってそう言った。

いやな思い出を振りはらうようにして勢いよく冷蔵庫のドアをあけ、水の入ったペットボトルをとりだす。シャノンが水を飲み、冷たいボトルを額にあてていると、カーンもようやく裏口のドアを引っかくことをあきらめたようだった。今は肩越しに振り向き、すがるような目でシャノンを見ている。きっと外に出たいのだろう。

「いいわよ。いってらっしゃい」彼女はペットボトルを額にあてたまま、裏口のラッチをはずした。「でも、いつもこんなふうにあなたの言うことを聞いてあげるわけじゃありませんからね。今は真夜中なんだから」カーンがロケットのように外へ飛びだし、シャノンもそのあとに続いた。この暑さから解放されたかったからだ。外に出れば、そよ風くらい吹いているだろう。

そんな願いもむなしかった。外もうだるような暑さだ。風もない。

息が詰まるみたいだった。

ポーチに足を踏みだしたときだった。屋根から突きでたひさしを支える柱の一本に、白い紙がとめられているのが見えた。寒気が背中を駆けあがってくるのを感じながら、シャノンは思った。ただの紙切れでしょ？　誰かがメモを残しただけかもしれないじゃない？　でも、こんな夜中に？　それに、電話をかければすむことだわ。

血が凍ってしまいそうだった。もしかすると、この紙切れをとめたのも、さっき電話をかけてきたのも、同一人物なのかもしれない。

彼女はあとずさってキッチンへ戻ると、壁を手で探って明かりのスイッチを入れた。二本の蛍光灯の明かりに、ポーチ全体がまぶしく浮かびあがる。

シャノンはじっと動かず、紙切れを凝視した。

「ああ、そんな」

誰かが緑の押しピンで柱にとめたその紙切れを見ているだけで、全身から力が抜けていくような気がした。端のほうが黒く焦げている。

心臓の鼓動の音を耳もとで聞きながら、彼女は近づいた。どうやら、何かの用紙のようだ。眼鏡の位置を直して、焦げた文書のまんなかに見える文字を読む。

母の名：シャノン・リア・フラナ――

父の名：ブレンダン・ジャイルズ

シャノンは思わずあえぎ声をもらした。息が肺のなかで凍りついた。

誕生日：九月二三——
誕生の時間：午前一二時七分

「そんな！」彼女はそう叫び、持っていたペットボトルをとり落とした。ペットボトルがポーチの床を転がっていく音が、まるで遠くから聞こえてくるようだった。九月二三日！　明日じゃないの。いや、違う。もう真夜中を過ぎたわけだから、今日だ。それに、あの電話……そうだ、あの電話はちょうど一二時七分にかかってきたんだった！

膝をがくがくさせながら、ポーチの手すりにつかまった。暗闇に視線をさまよわせ、こんなことをした人間が近くにいないかどうか確かめる。誰がやったにせよ、犯人はわたしを苦しめたかったわけだ。「ひどいやつ」シャノンは噛みしめた歯のあいだから、吐き捨てるように言った。どうしようもないほどの暑さだというのに、体の芯《しん》から寒気がわき起こってくる。

一三年前の九月二三日。零時七分過ぎ。シャノンが三二〇〇グラムの女の子を産んだ時間だ。

だがシャノンは、それ以来、その子に会っていなかった。

2

男は炎の前に立ってその熱を感じながら、乾いた薪《まき》が炎に呑《の》みこまれてはぜる音を聞いていた。カーテンはすべてぴったり閉めてある。彼はゆっくりとボタンを外し、白いコットンのシャツを肩から滑り落とした。

暖炉の上にある鏡に自分の姿を映しながら、服を脱いでいく。完璧《かんぺき》な肉体だ。アスリートのように張りつめた皮膚の下で、筋肉がなめらかに動いた。

男はちらりと自分の瞳を見つめた。氷のように青い瞳。そうしてにやりと笑った。そんな表情を〝殺し屋の笑み〟と呼んだ女もいた。

まさに、そのとおり。

ハンサムであることは自分でもわかっていた。通りを歩いていて人が振りかえるほどではないが、女に声をかけて拒絶されたこともほとんどない。

男は革のベルトを外した。ズボンがするりと落ちて、足もとにわだかまった。下着などつけたことはない。どうしてそんなことをする必要がある？　大切なのは、いつだって外見ではないか。

男は真顔に戻って暖炉に近づいた。なめらかな木枠の上には数枚の写真が額に入れて飾ってある。ここに写っているやつらは、写真を撮られたことなど気づいていないはずだ。償いをしなければならないやつら。あのガキと、年老いた女と、兄弟たち。

馬鹿なやつらだ！

写真の裏には、狩猟用のナイフが置いてあった。骨でつくった柄と、どんなものでも楽に切り裂くことのできる薄い刃。毛皮でも、皮膚でも、筋肉でも、骨でも、腱《けん》でも。だがナイフは、彼が最初に思い浮かべる武器ではなかった。まず手にするのは、ガソリンとマッチだ。しかしもちろん、それだけでは心もとないときだってある。

男は試しに、ナイフの刃をそっとてのひらにあててみた。ほとんど肌に触れてもいないというのに、赤く細い筋が現れ、浅い皺《しわ》に沿って血がにじんでいった。男のてのひらには、そんな試し傷が無数にあった。彼はしたたるくらいに血がたまったのを確かめると、てのひらを炎にかざした。肌を焦がすような熱にあぶられながら、自分の血が一滴、また一滴と炎のなかに落ち、じゅっと音を立てて蒸発するのを眺める。

計画の第一段階は終了した。あの女を震えあがらせることはできたはずだ。あと一時間もしたら北へ向けて出発し、第二段階を始めよう。夜になれば、その次のステップに入れる。最初はあの老いぼれ女だ。なんと言ったっけ？　ブランチ・ジョンソン？　いくら名前を変えても、無駄なあがきでしかない。ピアノ教師の真似をしてニットのスカーフで顔を隠していても、俺にはおまえの正体がわかっている。あの女にも、シャノン・フラナリーにも、償いをさせなければならない。そしてほかのやつらにも。

男はナイフをもてあそびながら考えていた。ブランチを片づけたら、あの女の子を拉致《らち》しよう。そのあとはシャノンと兄弟たちの番だ。彼はシャノンの写真を視界にとらえて顎を引き、美しい顔を睨みつけた。

純真でセクシー。可憐《かれん》でいて蠱惑《みわく》的。

大きな罪を背負った女。

写真の髪の生え際を指でなぞっていくだけで、腸《はらわた》が煮えくりかえりそうだった。緑の瞳と、かすかにそばかすの浮いた鼻。豊かにカールした艶《つや》やかなとび色の髪。

あのときシャノンは、彼がこんもりと茂った木の陰に隠れてハート型の彼女の顔にレンズの焦点を合わせていたことに気づいたようなそぶりを見せた。もじゃもじゃの毛を生やした犬までもが鼻をひくつかせ、体を震わせながら唸り声をあげた。だがそのときすでに、彼は音もなくその場を立ち去っていた。犬に匂いを悟られないように、風上をめざしながら。あそこへ行ったのは、シャノンの写真を撮るためでしかなかった。目標が達成された以上、もはや長居は無用だった。

あのときはまだ、機が熟していなかった。だが今は……。

炎が輝きを増し、まるで生き物のように伸びたり縮んだりしながら燃えさかって、がらんとした部屋をあたたかい薔薇《ばら》色に浮かびあがらせた。男はもう一度、鏡に映った自分を眺めた。完璧な肉体だ。

だが向きを変えて肩越しに振りかえり、自分の背中を目にすると、男は歯ぎしりでもするかのように強く顎を嚙みしめた。男の背中には、一面に火傷《やけど》の跡があった。

彼はあの炎をよく覚えていた。

そして、肉が焼かれるときの猛烈な痛みを。

一度も忘れたことはない。

俺にあんな苦しみを与えたやつらに、償いをさせなければならない。

男は再び、視界の端にシャノンの写真をとらえた。美しくて、はかなげな表情だった。あたかも、自分の人生が永遠に変わってしまうことに気づいてでもいるようだ。

だが、まず餌《えさ》をまかなければ。あの女は絶対、その餌に食いついてくる。

男はほくそ笑んだ。あの女の娘は今、コロンビア川のほとり、オレゴン州のフォールズ・クロッシングという町に住んでいる。下調べは万全だった。

それにしても、あの娘とブランチ・ジョンソンが同じ町に住み、なおかつ知り合いだったなんて、なんという運命のいたずらだろうか。まさに一石二鳥じゃないか。

暖炉のなかで炎がはぜた。

あの娘も、老いぼれ女も、馬鹿なやつらだ。

そしてシャノンも。

秘密を隠し、嘘《うそ》にまみれながら、ぬくぬくと暮らしてきたやつら。

そんな生活がいつまでも続くと思っていたら、大間違いだ。

男は期待感に胸をふくらませた。俺は長いことこのときを待っていた。苦しみながら。しかし今こそ、望みがかなう。今夜こそ、すべての歯車が動きだす。

待ってろよ。男は悪意に満ちた笑みを浮かべながら、ナイフの長く薄い刃を炎にかざした。もうすぐ、おまえのところへ行ってやるからな、シャノン。もうすぐ。


「いったい何を考えてたんだ?」アーロンが、キッチン・テーブルの上に置いてある焦げた紙切れを指でつつきながら詰問した。紙切れは押しピンとともにビニールの袋に入っている。そのかたわらには新聞と、ダルメシアンをかたどった塩と胡椒《こしょう》のそろいの瓶があった。

キッチンのなかは、むせかえるようだった。扇風機は首を振っていたのだが、暑い空気を部屋の一方からもう一方へと押し流す役割しか果たしていない。カーンは裏口のそばの小さなラグの上に寝そべり、じっとシャノンを観察していた。

シャノンは皿洗い機のドアをばたんと閉め、スタート・ボタンを押した。モーターが動きだし、水が噴きだしたのを確かめてから、ようやく兄のほうに向きなおる。「何を考えてたか、って? そんなの、わかんないわ。ただ体が反応してただけじゃないかしら」

「三日間もか?」

「そうよ。三日間も」

彼女はあの夜ようやく冷静さをとりもどすと、犬小屋を掃除するときに使っていたラテックスの手袋をはめ、燃えた出生証明書の一部と押しピンをジップロックの袋に入れたのだった。

「どうしてすぐに連絡しなかった？」

「あのね、アーロン兄さん、何をどうしたらいいのか、わからなかったの」彼女はキッチンのタオルで手をぬぐいながら答えた。「だって……ショックだったんだもの」

「そりゃそうだろうが……」アーロンはふさふさした髪をかきあげながら冷蔵庫に近づき、勢いよくドアをあけてビールをとりだすと、プルトップを抜き、ひょいと体を持ちあげてカウンターに腰をおろした。カーキ色のズボンをはいた脚が、大きな音を立てて作動している皿洗い機の前でぶらぶらしている。額やこめかみには、はっきり見えるほど汗の粒が浮かんでいた。

シャノンの長兄は、父と瓜《うり》ふたつだった。がっしりした顎。力強く、いかにも頑固そうな目の光。まっすぐな鼻。何か気に食わないことがあると、きれいに切りそろえた髭《ひげ》の上で鼻の穴をふくらます癖。瞬間湯沸かし器のように怒りっぽい性格。アーロンが軍隊から放りだされたのも、消防署を辞めなければならなくなったのも、そんな父親譲りの性格のせいだった。

今、アーロンは私立探偵のエージェンシーを営んでいる。エージェンシーと言っても、働いているのは彼だけだ。

アーロンはじっと妹を見つめながらごくごくとビールを飲み、そしてたずねた。「ほかにこのことを知ってる人間は？」

「これをあそこに置いていった人だけよ」

「電話をかけてきたのも、その男だというわけだな」

「男か女かはわからないわ。でも、意図的だったのは確かね。誰かがわたしを怖がらせようとしたの――そして、それに成功した。だからわたしは兄さんに電話して――」

「最終的には、ね」

「あのね、シェイ兄さんに連絡してもよかったのよ。でも、警察を巻きこむのはやめようと思ったの。少なくとも、この段階では。ロバート兄さんにも電話しようかと迷ったんだけど、消防署が興味を持ってくれそうなことでもないしね。家が燃えたわけじゃないんだから」

「つまり、消去法で俺のところに電話をかけてきたわけだ」

「アーロン兄さんに連絡するのが、論理的な選択だったのよ」

「おまえはいつから論理的な人間になったんだ？」

「わからないけど、大人になろう、ってついに決意したときからじゃない？」シャノンは窓枠にかけておいたゴムを手にとると、髪をポニーテイルに束ね、背筋を伸ばして窓の外を見た。犬たちにはもう餌を与えておいたし、安全な状態にしてある。兄に連絡を入れる前に、馬たちの調子も確かめた。夕闇が近づきつつあり、駐車スペースには長い影が落ちていた。だが、気温はいっこうにさがらない。「兄さんは私立探偵でしょ？　だから、この件を調べてくれると思ったの」

今度は少しだけビールを口に含むと、アーロンは肩越しに妹の視線の先を追った。ネイト・サンタナがアパート代わりに使っているガレージが目に入った。窓に明かりはついていない。「サンタナは出かけてるのか?」

「ええ」

「やっこさんがいないときにかぎって、こんな事件が起きるなんてな」

「ただの偶然よ」シャノンはいらいらしながら、アーロンの携帯に電話を入れたのはまちがいだったのだろうかと考えた。連絡するのを三日もためらっていたのは、兄たちに頼りたくなかったからだ。自分のことは自分で始末をつけたかったし、彼らに余計なおせっかいをやかれるのはまっぴらだった。

「偶然なんて、信じちゃいないんだろう?」

「まあ、そうだけど」

「サンタナがいなくなったら、いきなりこんなことが起きるなんて、不思議だとは思わないか?」

「わたしたちはパートナーよ」

「あいつもいっしょに新しい家へ移るんだろ?」

「わからないけど、でも、いっしょに住んだりはしないわ」シャノンはため息をついて、またその話なの、という目で兄を見た。「わたしとネイトはそんな関係じゃないの。どんな関係だって、兄さんには関係ないけど」

「今は大ありさ」

「そうね。でも、ネイトとはビジネスのパートナーってだけ。念のために言っておくけど、恋人なんかじゃありませんからね。彼がいっしょに新しい家へ移るかどうかは、まだ話し合いをしてるとこよ」

アーロンは、さてどうだかな、とでも言いたげに低い唸り声をもらした。「で、あの子に連絡はしたのか？」

「え？」シャノンは驚いてたずねた。

「おまえが養子に出した娘だよ。誕生日を迎えたばかりのね。連絡はしたのか？」

「してないわ！　住所だって知らないのに」そう言ったときシャノンは、娘を手放して以来ずっと感じてきた痛みに襲われた。新生児だったとき病院でちらりと見てから、一度も会ったことのない娘。シャノンはいつも、ひとりで娘を育てる勇気が持てなかったことに罪の意識を覚えてきた。あのときはああするしかなかったのだし、娘は子供が欲しいと思っている夫婦のもとで愛されながら暮らしたほうがいいのだと、何度自分に言いきかせてきたことだろう。なのに今も、娘のことを考えると、目の奥が熱くなってくる。

再びしゃべりはじめたとき、彼女の声はすっかりかすれていた。「連絡したいと何度も思ったわ。実の親を捜している子供のためのホームページにアクセスして、自分の名前を載せようかとも思ったんだけど」

「でも、まだ載せてはいないわけだ」

彼女はうなずいた。

「誰かにその話をしたか？」

「ううん」シャノンは咳払《せきばら》いをした。「名前を載せるんだったら、あと何年かたって、あの子が成人してからにしようと思って」

アーロンが顎を撫でながら言った。「ジャイルズはどうだ？」

「ブレンダン？」こんなところで、かつての恋人であり娘の父親でもある男の名前が出るとは思っていなかった。「連絡もないわ」古い傷口がぱっくりとあいてしまった。シャノンはカウンターについていた水滴を指先でぬぐった。

「あの子の父親なんだぞ」

「わかってるわ、アーロン兄さん。でもね、わたしが妊娠したことを知ったとたん、姿をくらましたような人なのよ」

「そうだな」アーロンがカウンターから飛びおりると、古いリノリウムの床がきしんだ。「でも、あいつと話をしてみたいもんだ」

わたしは話なんてしたくない、とシャノンは思った。話どころか、これから一生、顔も見たくない。「あいつは臆病者よ。子供に興味さえ持ってくれなかった。でも、兄さんが見つけられると思うんだったら、ぜひ見つけだしてみて。ご自由にどうぞ」妊娠を告げたときのことを思い出しただけで、表情がこわばった。あのとき、ブレンダンはハンサムな顔をゆがめ、まるで汚いものでも目にしたかように口もとをゆがめた。「わかってるでしょ、兄さん。あのとき、あの人、ほんとうに俺の子か、って言ったのよ」

「男としては不自然な反応じゃないがな」

「不自然じゃないにしても、あれは臆病者の言うことよ」

「実父確定検査を受けさせればよかったじゃないか」

「どうして？　あの人が負いたくもない責任を負わせるために？　アーロン兄さん、そんなこと、なんの意味もないわ」

「だがおまえは結局、違う男と結婚しただろう？」

アーロンがそう言ったとたん、キッチンの空気が鉛のように重くなった。ライアン・カーライル。シャノンの結婚相手。その死に関して、シャノンが殺人容疑をかけられた男。彼に比べれば、ブレンダン・ジャイルズのほうがまだましだったかもしれない。

アーロンが腕時計を眺めた。「これ、持っていってもいいよな？」彼はビニール袋を手にとりながらたずねた。

シャノンがうなずくと、アーロンは、なかば焦げた出生証明書の入ったジップロックをポケットに入れ、かがみこんでカーンの頭を撫でた。「とりあえず、この話は外にもらさないようにしよう。シェイに伝えるのは、その必要が生じてからでいい。それまでは、俺があれこれ嗅ぎまわってみるよ」アーロンはビールを飲み干し、缶を握りつぶしてカウンターに置いて、ユーモアのかけらもない笑みを浮かべた。そんな表情まで父にそっくりだった。

彼はカーンを引き連れてドアのほうへ向かい、思い出したように振り向いた。その顔からは笑みが消えていた。「どうも気に食わない事件だな」

「そうね」

「じゃ、またあとで」

シャノンは、兄の車のテールランプが遠ざかっていくのを見守った。迫ってきた夕闇が兄を呑みこんでいくようだった。急いでドアを閉めて鍵《かぎ》をかけると、自分でも気づかないうちにカーンを引き寄せ、抱きしめていた。カーンがいてくれてよかった。ひとりぼっちじゃなくて、よかった。

3

「父よ、お許しください。わたしは罪を犯しました」オリヴァー・フラナリーは頭を垂れた。彼は裸で、森の地面にひざまずいていた。聖職者をめざす人間として、神の教えにしたがってその道を進むための努力を惜しんだつもりはなかった。なのに彼は、生きている価値さえない人間だった。

夜の熱いささやきが背中を撫でていく。まるで、悪魔が吐息を吹きかけてでもいるように。

オリヴァーがここへやってきたのは、初めて神の声を聞いたのがこの場所だったからだった。耳のなかでやかましくこだまするような人間の声ではなく、もっとひそやかで静かな声。体の内側から聞こえてくる声だ。

あのとき彼は、山の上に突きだした岩にのぼり、崖《がけ》から身を投げようと思っていた。だが、今と同じようにすっかり服を脱ぎ去り、崖の端の尖《とが》った部分に足の指をかけたまま立ちつくしていたとき、声が聞こえてきた。

おまえの体をわたしにあずけよ、オリヴァー。そうすればおまえを癒《いや》してやろう。おまえはその代わり、ほかの人々を癒せ。わたしを信じろ。俗世のものなど、すべて捨ててしまえ。

わたしのあとをついてくるのだ、オリヴァー。そうすれば、おまえの罪はすべて許される。

「すべて?」彼は小声でたずねた。

わたしを信じろ。

オリヴァーは目を閉じたまま、一〇〇メートル下を流れる川が自分を誘っているのを感じていた。彼が両腕を水平にあげ、今にも飛びおりようとしたときだった。またしてもあの声が聞こえた。

わたしはおまえを許す。

目を開いて谷底を見おろすと、とたんにめまいに襲われ、あわてて数歩あとずさった。心臓が激しく鼓動し、背中を汗が伝った。あれは神の声だったのだろうか? ずっと罪の意識に苛《さいな》まれてきたせいで、ぼくは気が違ってしまったのだろうか?

信じるんだ。再び声が命じた。**おまえの体をわたしにあずけよ。**

オリヴァーは涙を流しながらひざまずいた。その瞬間、彼は敬虔《けいけん》な神の徒になった。しかし今こうして考えてみると、あれこそが最も大きな嘘だったのかもしれない。

またしても、彼は罪を犯してしまった。

オリヴァーは顎を嚙みしめながら、哀れな自分の人生を思いかえした。体勢をさらに低くし、草や落ち葉の上にひれ伏す。祈りが神に届くことを、必死に願いながら。

お許しください。

お導きください。

空には、切り裂いたような月がかかっているだけで、あたりは暗かった。聞こえるのは、ひれ伏した裏切り者の心臓の音と、頭上の枝や乾いた葉を揺さぶる熱い風の音だけだ。むきだしの肌を汗が覆った。血液の流れのなかに恐怖がわだかまっていく。

神は沈黙を守っていた。

代わりに、頭のなかで悪魔の声がした。彼を挑発し、誘惑する声。おまえなど無価値だ。その声はそう言った。

「神よ、お助けください」オリヴァーは叫んだ。不安と苦痛が全身に広がっていき、罪の意識が肺から空気を絞りだそうとしていた。乾いた地面についた手を握りしめると、落ち葉や小枝、草の葉が拳《こぶし》のなかでつぶれた。頰に涙を伝わせながら、彼はイエスのことを考えた。ぼくの罪を背負って死んだ、イエス様。

イエス様がそこまでしてくださったというのに、このぼくは、心のなかに巣食った悪魔を振りはらえずにいる。血管に流れる熱い欲望をコントロールできずにいる。

オリヴァーは必死の思いで天を見あげた。神は聞き届けてくださったのだろうか？　ぼくに御心《みこころ》をかけてくださるのだろうか？

目を閉じ、再び地面に顔をつける。埃《ほこり》っぽい匂いが鼻を突き、息が詰まった。

「お願いです、父よ」彼は苦しみから逃れようと懇願した。「ぼくをお助けください」

だが、慰めの言葉は聞こえてこない。

答えは見つからなかった。

悪魔が笑った。

神はぼくをお見捨てになったのだろうか。オリヴァーはそう思った。


ダニー・セトラーにとって、学校をさぼるのは初めての経験だった。

少しは罪の意識を感じていたし、よりによって体育をさぼるなんて嫌だな、と思った。体育はその日最後の授業だったし、おまけに担当のジャミソン先生は、ほかの男性教師に比べるとずっとかっこよかったからだ。

それでも、やらなければいけないことがあった。新しい学年が始まって、まだ三週間だとしても。

バックパックを肩にかけ、体育館のそばにある小さなドアから外に出ると、誰にも見られないよう常緑樹の陰に隠れながらバスの車庫の裏をまわる。ダニーはすでに汗をかいていた。もう九月の下旬だというのに、秋の気配など少しも感じられない。強烈なほどの青い空を背景にして乾いた木の葉がひるがえり、飛行機雲が東に向かって伸びていく。山の上のほうに傾いた太陽が、うんざりするくらいの熱波を放っていた。それでもダニーは足を速めた。最後の通学バスが出るまで、あと四〇分。そのあいだに、サイバーカフェと学校を往復しなければならない。体育をさぼったことでパパが学校に呼びだされるだろうが、そのころには家に帰り着けるはずだ。怒られる前に、うまく言い訳すればいい。パパをがっかりさせるのは嫌だけれど、今はほかに選択肢なんてなかった。

ダニーは振りかえりもせず、歩道を駆けていった。計画はシンプルだった。サイバーカフェに着いてコンピュータの前に座ったら、インターネットにアクセスする。彼女はふたつのアドレスを使い分けていた。ひとつは、友達にメールを送ったりするときに使うBorninSF0923というアドレス。後者のアドレスには特別な意味があった。九月二三日、サンフランシスコ生まれ。もうひとつは、ひとりだけでネットをのぞくときに使うDaniSet321というアドレス。彼女を捜している人に向けたメッセージだ。

そんなアドレスを使っていることをパパに知られたら、とんでもないことになってしまうだろう。普段は片親であることなど気にしていないそぶりをしているパパだけれど、心のなかではむしろ逆であることを、ダニーは知っていた。

最近パパは、知り合いの女性とデートしようとしているらしい。ようやくママ以外の人との結婚を考えはじめたのは、いいことだ。妻だったエラの死をのりこえようとしているのだろう。しかしダニーは、新しいお母さんなど欲しくなかった。母親を亡くして以来、彼女は自分の生物学的なルーツに興味を覚えはじめ、しだいにそのことが頭の大部分を占めるようになってしまった。けれど、育ててくれた両親を捨て、産みの親のところに戻りたかったわけではない。そんなのは、頭の悪い人のすることだ。

ダニーはただ、自分がどこからやってきたのか知りたかっただけだった。わたしを産んでくれた人はどこにいるのだろう。兄弟や姉妹はいるのだろうか。サンフランシスコのどこで生まれたのだろう。ほんとうのパパとママは、そのとき結婚していたのだろうか。今でも生きているのだろうか。もしかして刑務所にでもいるのかもしれない。わたしは、一夜のあやまちやレイプで生まれた子なのかもしれない――そんな思いを抱えながら、彼女は川に向かって裏道を小走りで進んだ。

ネットにアクセスするようになって一年ほどたったころだった。ダニーはBJC27というアドレスを使っているひとりの女性と知りあった。メール交換をしているうちに、その女性は、自分がダニーと同じく生まれたばかりのころ養子に出されてしまったことや、二七歳になってようやくほんとうの両親を捜しだして会ったことを教えてくれた。彼女は親身になってダニーの相談にのり、フェニックスの小さなカレッジで司書をやっていることや、四〇代であること、そして、ベサニー・ジェインという名前まで明かした。さすがに名字までは教えてもらえなかったので、ダニーは自分でネットを検索し、彼女が働いているカレッジのホームページを見つけだした。そこには、ベサニー・ジェイン・クランドールという女性司書が写真付きで掲載されていた。彼女は実在する人物だった。

ダニーがこうして走っているのは、この前ベサニー・ジェインから受けとったメールのせいだった。そこには、ダニーのほんとうの両親の居場所がわかったので、それを証明する文書を次のメールに添付して送る、と書いてあった。そんなメールを自宅や友達の家であけることなどできない。だから彼女は、町の北の外れにあるサイバーカフェに向かって走っていたわけだ。

もう少しで到着だ！

この町に住むようになって好きになった、どんより湿ったような川の匂いを嗅ぎながら、道路を渡った。視界の片隅に、西へと流れていくコロンビア川の川面《かわも》が見えた。灰色の流れの上で太陽の光が反射して、きらきら輝いている。この川で何度もパパと釣りを楽しんだり、カヌーを漕《こ》いだりした。そして、川を見おろす丘で馬に乗ったり、滝のそばでテントを張ったりも。

ダニーの胸は罪の意識に痛んだ。自然のなかで生きるすべを教えてくれたパパ。おかげでカヌーの操りかたも、弓矢で狩りをする方法も、火をおこす方法も学ぶことができた。パパは、どの草に毒があってどの草が食べられるのかも教えてくれた。娘を、ひとりでもしっかり生きていける人間に育てようとしたわけだ。

なのにわたしは、パパに黙ってこんなことをしている。

しかし、もう後戻りなどできなかった。あと少しで、真実に手が届くのだから。

カフェの裏手にあるゴミ捨て場の前を通りすぎると、日向《ひなた》ぼっこをしていた猫が驚いて走りだし、隣の駐車場にとめられていた白いバンの下にもぐりこんだ。アリゾナ・ナンバーの薄汚れたバンだった。タイヤの後ろからこちらを睨んでいる猫を見ながら、ダニーは走るのをやめ、腕で目もとの汗をぬぐった。あのバン、昨日の午後も学校のそばにとまってなかったかしら？　そういえば、ここ数日、誰かに見られているような気もする。

ダニーは胸騒ぎを抑えこんで、知り合いに見られたときのためにと、別の店のひさしの陰に入った。そして、ぶかぶかのグレイのスウェットを着て野球帽を目深にかぶり、ドラッグストアで買った安物のサングラスをかける。だが、ナイキのスニーカーだけははき替えなかった。お気に入りだったし、いざというときには走って逃げようと思っていたからだ。しかし、この変装のおかげで、ダニーだと気づく人はほとんどいないだろう。暑い日にスウェットを着こんでいるとかえって人目を引くことなど考えもしないほど、彼女は計画に夢中だった。手に汗がにじみ、唇を嚙む。わたしはみんなに嘘をついている、とダニーは思った。親友のアリー・クレイマーにも。帰りはいっしょのバスに乗って帰る約束をしていたのに。それまでには絶対、学校に戻っていなきゃ。

パパは、ママが死んでからというもの、産みの親の話になると以前より言葉少なになった。「おまえが一八歳になってもまだ知りたいと思っていたら、そのときに教えてあげるよ」とパパは言った。

一八歳。その前にわたし、死んでるかもしれないじゃない？

ほかのことならなんでも話しあえたというのに、その話題になると、パパはかたくなに口を閉ざし、青い瞳を曇らせ、首の付け根のあたりをぐいぐいともみほぐすしぐさをした。まるで、ほんとうのことを教えてしまうと、わたしが産みの親を捜して家を出てしまうんじゃないかと恐れてでもいるように。

しかし、もう待ってなどいられない。わたしが最後の授業をさぼって何をしていたか知ったら、パパはきっとかんかんになって怒るだろうけれど、それでもかまわなかった。生理痛がひどかったんだけど恥ずかしくて先生に言えなかったの、とでも言い訳すれば、少しお小言を食らうくらいですむはずだ。

ダニーはサイバーカフェへと向かう最後の角を曲がり、腕時計をチェックした。時間はばっちりだ。まぶしいピンク色のネオンサインが、営業中であることを伝えている。てのひらにじっとりと汗をかきながら、なかへ入った。店内の空気は乾いていて埃っぽかった。店の責任者が、もつれそうなくらいたくさんのコードでつながった一ダースほどのコンピュータのうちの一台の前に陣どっていた。自分のことを軍曹《サージ》と呼んでいる、年配の男の人だ。禿《は》げあがった頭に少しだけ残った髪の毛をポニーテイルにし、迷彩色のジャケットの背中に垂らしている。男はドアのあいた音を聞きつけ、肩越しに振り向いた。

「Eメールをチェックしたいんだけど」ダニーは早口で言った。

「ああ、どうぞ」男は一五分刻みになっている料金表を指さしながら返事をすると、すぐにモニター上のゲームに戻った。どうやらチェスに夢中になっているらしい。

よし。

ダニーは窓からいちばん遠くのコンピュータを選ぶと、急いでインターネットにログインした。

BJC27からのメッセージが届いていた。胸を高鳴らせながらメールを開く。だが不思議なことに、添付ファイルは見あたらない。ベサニー・ジェインは簡単な文章で、こう書いていただけだった。

ごめんなさい。添付がうまくいかないので、次のメールで送ります。

信じられなかった。今日送ってくれる約束だったのに！　ダニーは怒りを抑えながら急いでキーボードを叩いた。

できるだけ早くお願いします。

そして、ログオフ。五ドルが無駄になってしまった！　カウンターに代金を置き、早足で外に出る。

とたんに熱風が吹きつけてきた。

こんなに苦労したのに、なんの意味もなかったってわけ？　ダニーはすっかりしょげかえり、スウェットを脱いだ。そのとき再び、道の脇にとめられている白いバンが目に入った。いや、あれはさっきの車とは違う。ナンバープレートがアイダホだもの。それにしても、さっき猫が隠れたバンにそっくりだわ。おまけにドアも半開きだし……。車のそばを通りすぎようとしたダニーの耳に、悲しげな子犬の鳴き声のような音が聞こえてきた。誰かが犬を車のなかへ置き去りにしたのだろうか。こんな暑さだっていうのに、ひどいやつ。

そう思ったとき、視界の端から何者かが跳びかかってきた。

逃げようとしたが、遅すぎた。ダニーはバンの陰から走ってきた男に、ものすごい力でつかまえられ、ひどい匂いのする布で口もとを覆われてしまった。

何をするの！　やめて！

必死にもがき、手足を振りまわして背後の男を殴ったり蹴《け》ったりしようとしたのだが、無駄だった。恐怖とアドレナリンが血管を駆けめぐる。叫ぼうとしても、嫌な匂いのする空気を吸いこむだけだった。その匂いが鼻の奥や喉を満たしていくと、体からしだいに力が抜けていった。頭がふらふらし、彼女は動けなくなった。

朦朧《もうろう》とした意識のなかで、バンに引きずりこまれるのがわかった。

だめ！　ダニー、抵抗しなきゃだめよ！　戦うの！　走るの！　叫ぶのよ！

だが手も足もゴムのようだった。振りまわした手が男にあたったようだが、相手にダメージを与えるほどの力はもうなかった。頭の片隅から広がってきた暗闇が、ダニーを呑みこもうとしていた。

最後の力を振りしぼって、男の顎を爪でひっかいた。とんでもなく腕が重かった。

バンのなかに投げこまれながら、ダニーは犬などどこにもいないことに気づいた。さっき耳にしたのは、後部座席のテープレコーダーから流れていた音だった。

だまされた。

この人はわたしを待ちかまえてたんだ。

このまま殺されてしまうんだろうか。そう思いながら目を閉じかけたとき、何か黒いものが見えた。黄色いリボンで口を結んだ、ゴミ用のビニール袋だった。底にあいた小さな穴から、血のようなどろりとした液体が染みだしていた。

ダニーは必死に男の顔を見ようとした。もしかしたらわたしが最後に見るのは、この男の顔なのかもしれない。だがそのとき、闇がすべてを包みこんだ。

4

「もう何日になるんだろうか」トラヴィス・セトラーは引き結んだ唇のあいだから、そうつぶやいた。行方不明の娘のことを考えただけで、血が凍るような思いに襲われてしまう。彼は、キッチンの椅子にぐったりと腰をおろしていた。

トラヴィスは目を閉じ、古い椅子の背に体をもたせかけると、こみあげてくる怒りと恐怖を抑えつけようとした。しかし、そんなことをしてもなんの意味もなかった。彼は目をあけた。するとそこに、ルイス郡の保安官であるシェーン・カーターが立っていて、じっとこっちを見つめていた。

カーターは背が高く、手足の長い男だった。ひと昔前なら、カウボーイにうってつけだっただろう。髪の毛と同じ色の黒い鼻髭が、唇の上を覆っている。保安官は相手の心を射抜くかのようなまなざしで、トラヴィスを正面から見すえていた。「捜査はしてるよ」と彼は言った。

キッチンにいるもうひとりの男は、オレゴン州警察のラリー・スパークス警部補だった。警部補がうなずいた。

スパークスはキッチンの壁に肩をもたせかけ、眉をひそめながらコーヒーをすすっている。その瞳には、ユーモアのかけらも浮かんでいない。顔に刻まれた皺がすべてを物語っていた――きみの娘のことをみんなで心配してるんだ。

一日一日と時間がたっていくうちに、手がかりはどんどん少なくなっていく。そのことは、みんながわかっていた。コンロの上で古い壁時計が秒を刻み、矢のように時が過ぎていくことをスパークスに教えていた。

「絶対にダニーを見つけてやるさ」カーターは確信に満ちた声で言った。「ブランチ・ジョンソンを殺したやつもな」

「問題はそれがいつになるか、だ」とトラヴィスは言った。こんなに自分の無力さを思い知らされたのは、初めてだ。三年前、妻を亡くしたときでさえ、ここまではならなかった。絶対に、あってはならない事態だった。「ちくしょう!」彼は思わずつぶやいた。娘が発見されるのがいつになるのか。そんなことは誰にもわからない。保安官が返答できずにいるのも当然だ。生きているのか、死んでいるのかもわからないのだから。当局は警察犬やボーイスカウトまで動員して、町なかだけでなく、フォールズ・クロッシングを囲む山々のほうまで捜査の手を広げている。ポスターを貼り、メディアを使って、目撃者がいたら名乗り出てくれと情報を募った。

なのに手がかりは見つからなかった。ひとつも。

トラヴィスは今にもどうにかなってしまいそうだった。

警察はダニーの部屋をしらみつぶしに調べた。家のコンピュータも持ちだし、ダニーがインターネットで妙なサイトにアクセスしていなかったかどうかもチェックした。インターネットには小児性愛者が大勢うろついている。

痛みのあまり、胸が今にもつぶれそうだ。どこかの変態野郎があの子の髪の毛に触れでもしたら……いや、そんなことを考えてはいけない。警察の調べによると、ダニーはあやしいサイトにアクセスなどしていなかった。彼女がアクセスしていたのは、いかにも女の子らしいサイトや、ペット関係、愛犬家のホームページくらいだった。三匹の猫や一匹の犬、二匹の馬、そして、水槽いっぱいの亀《かめ》だけでは満足できなかったのだろう。

トラヴィスは、娘といっしょに石や砂を敷いてつくった亀の水槽を眺めた。亀たちは今、プラスティックの〝家〟で、頭も手足も尻尾も甲羅に引っこめたまま眠っている。トラヴィスもそうしたかった。殻に閉じこもり、隠れてしまいたかった。

娘が行方不明になったことを知って以来ずっと感じてきた怒りや不安が、今も心のなかで渦巻いている。こんな状態にはもう一分も、いや一秒たりとも耐えられない。壁の時計が秒を刻む音がはっきりと聞こえ、冷蔵庫がぶうんと音を立てた。

「娘がどこにいるか、誰も知らないってわけだ」トラヴィスはかすれた声で言った。「あの子を連れていったやつ以外は」ダニーのことを思うと、息もできなくなりそうだった。たったひとりの娘。くしゃくしゃの茶色の髪と、鼻の上のそばかす。あの子はタフな子だ。タフな子になるように育てたはずじゃないか。それでも、今、ダニーはひとりぼっちだ。味方になってくれる人がひとりもいない状態で、どこかの変態野郎といっしょにいるのだろう。

いや、警察が言っていたように、家出した可能性だって残っている。それに、ブランチ・ジョンソンが殺された件とはなんのかかわりもないかもしれない。

ほんとうにそうだといいのだが。父親への反発心から家を出て、どこかで元気にしていてくれればいいのだが。

だがトラヴィスは、それが単なる願望でしかないことを知っていた。彼には真相がわかっていた。そしておそらく、警察にも。

フラストレーションを抑えこもうと奥歯を噛みしめる。娘はどこにいるのだろうか。怪我をしているのだろうか。それともすでに……。喉が詰まり、目が焼けるように痛んだ。最悪の事態は考えないようにしよう。

ちらりとテーブルの上を眺めた。そこには警察が盗聴器を設置した電話が置いてあった。だが、ベルは鳴らなかった。

ああ、ダニー。おまえはどこにいるんだ?

トラヴィスは髪をかきむしった。

軍の特殊部隊をやめてから一八年。こんなに攻撃的な気分になったことはなかった。娘を連れ去った犯人をめちゃくちゃに痛めつけてやりたい。彼は思いきり顎に力を入れ、何度も何度も手を握りしめたり開いたりした。

そうしてついに、これまで恐ろしくて言えなかったことを言った。「娘を連れていったやつは、連絡などしてきやしないさ。身代金目当ての誘拐なんかじゃないんだ」

「決めつけるのはまだ早い」カーターはそう言ったが、トラヴィスが冷たい目で睨んでいることに気づくと、口をつぐんだ。カーターは嘘をつくのがうまい男ではない。トラヴィスはカーターの気性を知っていた。

「早くなんてないさ」トラヴィスは髪をかきあげ、足の裏を木の床にこすりつけた。この小さなキャビンに住んで、もう一〇年以上になる。「あんたにもわかってるだろう。スパークス警部補にもわかってるはずだ」トラヴィスは、端の欠けた茶色のマグでコーヒーを飲んでいるスパークスのほうに顔を向けた。「そうでしょう、警部補？」

スパークスは何も言わず、ちらりとトラヴィスの表情を確かめてから顔をそむけ、マグに目を落とした。スパークスも嘘がつけないたちのようだ。

腸が煮えくりかえるような思いに苛まれながら、トラヴィスは立って窓のほうに近づいた。毎朝、こうしてここに立って、テレビから流れてくるニュースをぼんやり聞きながらコーヒーを飲んだものだった。そのあいだダニーは二階の自分の部屋で学校に行く支度をしていた。彼は娘を待ちながら、外を眺めた。ときには、鹿《しか》が庭を横切ったり、アライグマが低い茂みのなかから顔をのぞかせたりした。ダニーは朝が得意な子ではなかった。一三歳になったというのに、まだ男の子に特別な興味を抱いている様子もない。化粧もしていなければ、髪も染めず、あの馬鹿らしい一〇代の女の子向けの雑誌に夢中になったりもしていなかった。だがそれも、すぐに変わるはずだ。父親が好むと好まざるとにかかわらず、娘はすぐに――。

じっと耳を澄ますと、ダニーが二階で歩きまわる音が聞こえてきそうだった。そして、顔を洗い、歯を磨き、シャワーを浴びる音。あわてて木の階段を駆けおりる音。彼女はいつも決まって、片方の肩にバックパックを引っかけ、濡れたままの髪で、瞳をきらきらと輝かせながらおりてきた。今日一日、どんな出来事が起きるのか、わくわくしながら待っているような瞳。着ているのはぼろぼろのジーンズと、フードつきのスウェットだ。妻が生きていたら、そんな格好など許さなかっただろう。そうしてダニーは、グラノーラ・バーとジュースのボトルをつかんで、外へ駆けだす。そんな行動もまた、妻が生きていたら、絶対に許さなかったにちがいない。

ダニーは犬の頭を撫で、ピックアップ・トラックの運転席に乗りこむ。トラヴィスは、家の敷地のなかでなら、娘に運転することを許可していた。敷地を出ると、トラヴィスが運転を替わり、ふたりでハリントン中学校までの道をドライブした。

そんな日々が戻ってくることがあるのだろうか。娘が生きていることを証明してくれたあの物音を、再び耳にすることができるのだろうか。

トラヴィスはちらりと階段を眺めた。ダニーにあそこからおりてきてほしかった。この悪夢を終わらせてほしかった。だが彼は、弱気になっている自分を奮いたたせた。もうやめろ！　あの子はここにはいないんだ。誰かが連れていってしまったんだ。それもこれも、おまえがきちんと目を光らせていなかったからなんだぞ！

「自分を責めるのはやめるんだ」カーターがトラヴィスの心を読んだかのように言った。

トラヴィスは冷たいまなざしで保安官を睨んだ。

カーターがそう言うのは簡単だろう。子供のいない彼には、親の気持ちなど理解できない。ジェンナ・ヒューズの娘たちとどれだけ親密な関係になろうと、父親になるのとはわけが違う。

「そんなことをしても意味がないだろう?」カーターが言った。

「意味のないことばかりじゃないか」トラヴィスはそうつぶやいて、いつまでたっても鳴らない電話に視線を移した。

「カーターの言うとおりだよ」とスパークスが口をはさんだ。「自分を責めたって、なんにもならない」

「じゃあ、何をすればいいんです? ここで、ぼうっと待っていろって言うんですか?」

「いや……捜査は我々にまかせてくれ」

そのとき、スパークスの携帯が鳴った。

トラヴィスの胸にかすかな希望が生まれた。ダニーが見つかったという連絡であってくれ。あの子はただ家出しただけで、元気な姿で発見されたという知らせであってくれ。

「スパークスだ」警部はそう応えてからトラヴィスの顔を見て、期待にあふれた表情を読みとると首を振ってみせた。そして窓際にマグを置き、相手の話に耳を澄まし、うなずいて腕時計を確かめた。「了解だ」電話を切り、それをベルトにつけたケースに押しこむ。「八四号線で事故が起きたらしい。あとでまた連絡するよ」彼は帽子をかぶるとドアの取っ手に手をかけてふと動きをとめ、トラヴィスの瞳をのぞきこんだ。「今は耐えてくれ」

「そうすることしかできないでしょう?」

スパークスはもう一度うなずいてから、後ろ手にスクリーンドアを閉め、去っていった。

トラヴィスは、警部補のジープがドライブウェイを出るのを窓越しに見守った。車輪が砂利道に埃を巻きあげていく。トラヴィスは眉をひそめた。見慣れた景色に、異物感のあるものがまじっていたからだ。そこにはFBIの捜査官がふたり、張りこんでいた。

なんの役にも立たないやつらだった。おそらく、身代金目当ての誘拐ではないことだってわかっていないだろう。おまけにその二人組は、そろそろ今日あたり引きあげるかもしれないという。

最初は情報を求めて騒いでいたマスコミでさえ、今ではすっかり静かになり、この家にやってくることも電話をかけてくることもなくなった。もっとおもしろいネタを探しはじめたわけだ。

「みんなそれぞれ、できることをやってるんだ」カーターが言った。

「だがそれだけじゃ充分じゃない。そうだろう?」トラヴィスの声には怒りがにじんでいた。どうしてダニーじゃなきゃいけなかったんだ? どうしてあの子は、その日最後の授業の前に行方をくらましてしまったんだ? トラヴィスは何度もそう自問しながら、眠れない夜を過ごしてきた。

おまけに警察は、トラヴィスを容疑者のような目で見ていた。ダニーが養子であり、彼は片親なのだから、当然のことなのかもしれない。疑われても、かまわなかった。隠すようなことなど、何ひとつないのだから。

彼はただ、娘をとりもどしたいだけだった。

無精髭の生えた顎を撫でながら、娘がいなくなった午後のことを思い出してみた。

ダニーは午前中に電話をかけてきて、お泊まり用のバックパックを忘れたから、ピアノの先生のところまで持ってきてくれと言った。亡くなった母親に言われて五歳のときから続けてきたピアノだったが、ダニーは決して、好んでレッスンを受けているわけではなかった。

トラヴィスは娘に言われたとおり、ブランチ・ジョンソンの家へ向かった。ヴィクトリア朝風の家の前の花壇には、目が覚めるような色のペチュニアやゼラニウムが咲き乱れていた。

だが予想に反して、ピアノの音色は聞こえてこなかった。代わりに彼を待ち受けていたのは、心配そうな表情のシェーン・カーターとジェンナ・ヒューズだった。

「ダニーの身に何かが起きたのかもしれない」カーターの言葉を聞いたとき、トラヴィスは表情を凍りつかせた。そしてそのとき、晩夏の空気のなかを煙の匂いが漂ってきた。

それからのことは、切れ切れにしか覚えていない。彼は、あいていた玄関から家のなかへ駆けこんだ。煙の匂いがさらに濃くなり、心臓が激しく鼓動した。キッチンで小さな火の手があがっているのに気づくと、壁にかかっていた消火器を使って急いで消しとめた。

だがトラヴィスは、さらに恐ろしい光景を目にすることになった。あのときのことを思い出すと、今でも身の毛がよだつ。彼が目にしたのは、ブランチ・ジョンソンの惨殺死体だった。彼女は、普段レッスンを行っているリビングのカウチの後ろで、血だまりのなかに倒れていた。あたりにはピアノの楽譜が散乱していた。

カーペットをどす黒く染めて、虚ろな目を見開いたまま死んでいたブランチ。そのそばの壁には、おそらく彼女の血で書いたと思われる文字があった。〝復讐《ふくしゅう》の時〟

ブランチを殺したやつと娘を連れ去ったやつが同一人物だとしたら、殺しても殺し足りないくらいだ。

ダニーが家出したなんて、ありえない。確かにあの子は独立心の旺盛《おうせい》な子だけれど、そこまで反抗的ではなかった。

いや、おまえに何がわかるっていうんだ？　トラヴィスはそう自分を問いつめた。

もし育てかたをまちがっていたとしたら、どうだろう。それは、三年前妻を失ってからずっと心に抱えてきた疑問だった。

それにしても〝復讐の時〟とはどういう意味なのだろうか。どうしてダニーが連れ去られなければならなかったのだろう。

トラヴィスは、娘を失った日のイメージを頭から振りはらえずにいた。あのときのことを思い出すたびに、感じたことのないような恐怖に呑みこまれてしまう。殺害現場を確保しなければならなかったカーターの代わりに中学校へ行ってみると、ジェンナの娘、アリーが小さな肩を柱にもたせかけて胸の前で腕を組み、ぷりぷり怒りながら待っていた。聞けば、ダニーに待ち合わせをすっぽかされたのだという。「ピアノのレッスンが休みになったのに、ママは迎えにも来てくれない。いったい、みんなどうしちゃったの？」アリーはそう言った。

ダニーからは、レッスンが休みになったという連絡などなかった。トラヴィスは学校の事務室に駆けこむと、ダニーが授業をさぼったことを伝えようとした事務の女性の言葉をさえぎって、娘の行方を知らないかとものすごい剣幕でたずねた。だが思ったとおり、澄まし顔の事務担当の女性も、教師たちも、誰ひとり、ダニーの身に何が起きたのか知らなかった。

わかったのは、大好きだったはずの体育の授業をさぼって娘が姿をくらましたことだけだった。しかしダニーが実際に学校を出ていくのを目にした人間は、ひとりもいなかった。手がかりはなく、何度ダニーの携帯にかけてみても無駄だった。娘が何をしようとしていたのか、誰かに会おうとしていたのか、知るすべはなかった。

ダニーはまるで、宙に消えてしまったみたいだった。

だが、同じ日にブランチ・ジョンソンが死体で見つかったことだけは事実だ。彼女はベーコンを火にかけているとき、頭に一撃を食らってこの世を去った。

復讐の時。

そのメッセージが、トラヴィスの頭のなかで何度もこだました。復讐の対象はブランチだけだったのだろうか。それとも、ダニーも含まれていたのだろうか。

警察にもまだ犯人の目星はついていない。時間がたてばたつほど、逮捕の可能性は低くなっていく。トラヴィス自身、何度かテレビのインタビューに応えて、心当たりのある人がいたら連絡してほしいと訴えたのだが、有力な手がかりは出てこなかった。

不安に駆られ、拳を力なく握りしめながら、見るともなく窓のほうを見たトラヴィスは、カーターがじっとこっちを睨んでいることに気づいた。トラヴィスの顔に浮かんだ恐れやあせりには気づいているのだろうが、ありがたいことに、意味のない慰めの言葉をかけてきたりはしなかった。言葉など、なんの意味もない。今の彼の気持ちは、子供を失ったことのある親にしかわからないはずだ。

行動を起こさなければならなかった。何かしなければ。娘をとりもどすために。FBIも、州警察も、町の保安官も、頼りにはならない。

この手で事件を解決するんだ。

ダニーはぼくのひとり娘じゃないか。まごまごしている余裕はない。娘を救わなければ。どんなことをしてでも。

「もうじっと待ってなんていられないよ」トラヴィスはカーターのほうに向きなおって言った。

「我慢するんだ。いつ電話がかかってくるかわからないんだぞ」

「電話なんてかかってきやしないさ」トラヴィスはそっけなく言った。「それはきみだってわかってるはずじゃないか」

「しかし——」

「あの子を見つけなきゃ」彼は自分の胸を親指でさした。「このぼくが見つけなきゃいけないんだ」

「専門家にまかせておくんだ」

「専門家って、誰のことだ？　あのふたりか？」彼は外にいるふたりの捜査官のほうに顎を突きだした。トラヴィスはあえて、自分が私立探偵のライセンスを持っていることを口にしなかった。カーターにはもうわかっているはずだ。

保安官は一瞬だけ反論しようとして思いとどまり、ぶっきらぼうにうなずいてみせた。

「馬鹿なことはするんじゃないぞ」黒い瞳でじっとトラヴィスを見つめながら、彼はそう言った。

「わかってる」

そのとき、カーターの携帯が鳴った。保安官が電話に出た瞬間、トラヴィスは先ほどと同じような希望を感じたが、カーターはすぐに首を振ってみせた。トラヴィスの希望は、砂漠に置かれた氷のようにみるみるとけていった。ここで知らせを待っていても、なんの助けにもならない。それに警察は今、ブランチ・ジョンソンを殺した犯人を追うことで手いっぱいだ。

カーターのほうを振りかえりもせず、トラヴィスは寝室へ向かった。エラといっしょに暮らした部屋。意識する前に、手が勝手に荷物を詰めはじめていた。どこへ行けばいいのか、だいたいの見当はついている。

向かう先は、ダニーの産みの母のところだ。その女性の居場所なら、ずっと以前から確認済みだった。とても聖人とは言えないような生活を送ってきた女性。何年か前、殺人の容疑をかけられたこともある女。

彼女の裁判が行われていたとき、ちょうど、借金を踏み倒して逃げた男を捜す仕事を依頼されてサンフランシスコにいたトラヴィスは、サンタ・ルシアまで足を延ばしてみた。裁判所の前にはマスコミや野次馬が群がり、早春のやわらかい光が、木の葉のあいだから広場にさしこんで地面にまだら模様をつくっていた。

彼が木の幹に寄りかかって待っていると、夕方の五時をまわったころ、ひとりの女が裁判所から姿を現し、人々が色めきたった。トラヴィスが思っていたよりずっと小柄な女だった。おとなしめのネイビー・ブルーのスーツは、おそらく弁護士が薦めたものだろう。女の脇を固めているふたりの屈強な男たちは、顔立ちが似ているところからすると、どうやら彼女の兄のようだ。そのかたわらには、黒縁の眼鏡をかけてむっつりした表情を浮かべた白髪の老人がいた。きっとシャノン・フラナリーの弁護士だ。高価そうなブリーフケースを持ち、非の打ちどころのないグレイのスーツを着て、青いシルクのネクタイを締めている。見るからにやり手の弁護士だった。

男たちは彼女を守るようにして、大理石の建物の隣にある駐車場へおりてきた。サングラスをかけたシャノン・フラナリーは、ちょっと顎を突きだすようにして毅然と前を向いていた。まるでセレブリティのように男たちをしたがえ、マイクを突きだすリポーターたちを無視して歩いていく。

カメラがまわり、リポーターたちがさらにマイクを近づけながら質問した。

「ミズ・フラナリー、裁判の状況は？」背の高い女性リポーターが叫ぶように言った。男性のリポーターも声を張りあげた。「あなたは無実を主張してますね。弁護士の話だと、ご主人から暴力を受けていたそうですが？　ご主人の死とは無関係なんですか？」

「アリバイはどうなんです？」濃い鼻髭を生やした若い男が、興奮に頬を紅潮させながらたずねた。トラヴィスはそんな光景を見ながら、羊に群がる狼《おおかみ》の群れを想像していた。

「ご主人さんが殺された夜、あなたは何をしてたんですか？」男がもう一度質問した。

シャノンは体をこわばらせると、リポーターたちのほうへ向きなおり、額の上にサングラスをあげてカールしたとび色の髪をかきあげた。美しい顔立ちだった。瞳は驚くほど深い緑色で、まつげは長く、ふっくらした唇はピンクに塗られていた。彼女は怒りを押し殺したような表情で、ただひと言、「ノーコメントです」と言った。

待っていた車に乗りこもうとしたとき、シャノンは一瞬だけ、トラヴィスと目を合わせた。まるで、群衆のなかからわざわざ彼を選びだしたとでもいうように。

気のせいだったのかもしれない。しかしあのときトラヴィスは、集まった人々も、道を走っていく車も、すべてが静まりかえったような気がした。うなじの毛が逆立ち、胸を何かで締めつけられたみたいだった。

彼女の顔は、決意とともに、痛みや不安が浮かんでいた。この女は生きることの苦しみを知っている。トラヴィスはそう思った。自分の夫を殺すような常軌を逸した女には見えなかった。彼の血管のなかを、考えてもみなかった感情が流れていった。我が子の産みの親である女のことをもっと知りたい、と思った。

シャノンは彼を見つめたままサングラスをおろした。長い一瞬が過ぎ、彼女は待っていた車のなかへ滑りこんだ。そのとき初めて、トラヴィスはこめかみのあたりに汗が伝っていることに気づいた。

車は遠ざかっていき、最初の信号で角を曲がって見えなくなった。だが彼は、マスコミや野次馬がいなくなってからも長いあいだ、メルセデスのとまっていた場所を見つめていた。何かが彼のなかでうごめいていた。どす黒い予感。理解もできなければ考えたくもないもの。木陰に立ちつくしながら、エラのことを思い出した。ブロンドの髪を短く切りそろえ、明るい笑みを浮かべたエラ。頭がよく、陽気で、以前は彼の友人であり、最後には妻になった女性。日曜日になると教会へ通うような、敬虔で優しい人だった。

シャノン・フラナリーとは正反対だ。

それ以来、シャノン・フラナリーを思い浮かべるたびに、トラヴィスは罪の意識を感じるようになった。なのに彼女のファイルをつくって、夜になると隠し場所からとりだし、長いこと眺めていたりもした。

おかしな言いかただが、ほぼ三年前のあの日、彼は予感めいたものを感じていたのかもしれない。ふたりの未来が再び交錯するのではないかという予感だ。

どうやらその予感は正しかったようだ。

あの女を追いつめるつもりだった。

娘のために。

行方不明になった娘を捜しだすために。

そういえばダニーがくりかえし産みの親のことをたずねるようになったのは、トラヴィスがサンフランシスコから戻ってきたあとだった気がする。遠まわしな訊《き》きかたではあったけれど、娘が興味を募らせていることはよくわかった。証明することはできないが、ダニーはずっと、母親の身元を知ろうとしていたのかもしれない。あのファイルを見つけだしたのだろうか。ダニーは、純真そうな瞳を大きく見開きながらも、同時に頭のなかでいろんな計算のできる子供だった。

一度など、家のコンピュータを使って、実の親を捜している養子たちの集まるチャットに参加していたこともあった。トラヴィスがそれを見つけてとがめて以来、興味を失ったふりをしていたが、あれからもその手のサイトを見ていた可能性はある。だが、ダニーは幼すぎた。心を開いて、娘と話しあうべきだったのかもしれない。

犯人がシャノン・フラナリーではないにしても、ダニーは実の親を捜すために家を出たか、その途中で誰かに連れ去られたのではないだろうか。

早合点は禁物だぞ。トラヴィスは自分を戒めた。シャノン・フラナリーは実の子のことなどとっくに忘れ、自分の人生を楽しんでいるかもしれない。父親のブレンダン・ジャイルズだってそうだ。しかし、トラヴィスが考えるかぎり、ダニーを見つける手がかりは彼女だけだった。

もちろんシャノンの住所はファイルに控えてあった。トラヴィスはいつも、いつか時が熟したら娘に教えてやるために住所を控えておいたのだと思っていたが、今考えなおしてみるとそれは、彼自身が心の深い部分でシャノンに惹《ひ》かれていたせいだったのかもしれない。だがそういうことも、これ以上考えるのはやめておこう。問題は、一三歳の誕生日を迎えたばかりの愛娘《まなむすめ》と再び会えるかどうかだ。

彼は腸のよじれるような思いを抱えたまま、ダッフルバッグをとりだし、ジーンズを何本かと、手の届くところにあったシャツを何枚か放りこんだ。そうして片目でドアを見ながら、棚のいちばん上に手を伸ばし、鍵のかかった金属の箱をおろした。

なかには銃が入っている。

四五口径のグロックだ。誰が立ちはだかろうと、風穴をあけるだけの破壊力を持った銃。武装する必要などないかもしれない。ただ、娘の産みの親に会いに行くだけだ。なのになぜだか、しかるべき準備をしておいたほうがいい気がした。シャノンは無関係かもしれないし、逆に共犯者がいる可能性だってある。

ただ確かなのは、誰かが娘を連れ去ったことだ。

それが誰であろうと、目にものを見せてやりたかった。

銃の感触が手に心地よかった。ちょうどいい重さだ。彼はそれをバッグのなかに入れた。ピックアップ・トラックのなかには、すでに必要なものがそろえてある。暗視ゴーグル、小型望遠鏡、狩猟用ナイフ、迷彩ジャケット、それから、軍隊にいたころから扱い慣れた様々な道具類。

バッグのジッパーを閉じた。

準備完了だ。

ブラインドの隙間《すきま》からもう一度だけ、車のあたりをうろついているFBIの二人組の姿を確かめた。

使いものにならないやつらだ!

だが、納得したいなら自分でやるしかない。どんな仕事でも同じことだろう。

あのふたりが引きあげたら、すぐに出発しよう。

しかし、もしシャノン・フラナリーがダニーの失踪《しっそう》と無関係だったら?

そのときは、捜しつづければいい。永遠に。ダニーが見つかるまで。

5

こいつ、いったい誰なの？

ダニーは、目覚めていることを気づかれないよう、こっそりと薄目をあけて誘拐犯を見た。夜だった。男はダッシュボードの緑っぽい光に照らされながら、車を運転していた。トラックのタイヤがハイウェイのアスファルトを転がっていく音が聞こえる。

怖かった。これまで生きてきた一三年間で一度も感じたことのないほどの恐怖だった。心の一部は、父親の助けを求めて悲鳴をあげたがっている。だがそんなことをしても、誘拐犯を喜ばせるだけだ。確かに、必要以上に怯えているふりをして、こいつには逃げだす気力もないのだろうと思わせる手はあったけれど、今はそれより、恐怖のせいで理性が麻痺《まひ》してしまわないようにすることが大切だ。

生きてここから逃げだすには、自分の知恵と能力を頼りにするしかない。

だが、両手には手錠がかけられていた。

ダニーは四歳のころからテコンドーを習っていて、黒帯を持っていたし、大会に出て優勝したこともあった。暴れる裸馬に乗る方法も、二二口径のライフルを撃つすべも知っていた。

軍の特殊部隊にいた父親から、大人に襲われたときどうやって身を守ればいいかも教えてもらった。

なのに、サイバーカフェの外でこの男に襲われたときは、まったく不意をつかれてしまった。サイバーカフェ！　わたしはなんて馬鹿だったんだろう。恥ずかしさに頬が燃えだしそうだ。テコンドーの大会でも、友達と喧嘩《けんか》になっても、うまく立ちまわってきたつもりだったのに、この男にはすっかり裏をかかれてしまった。BJC27っていうのは、きっとこの男のことだったのね。ダニーはそう思った。それとも、わたしがベサニー・ジェインとメールのやりとりをしていたことを知っていて利用したのかもしれない。でもどうやって？　あんなに気をつけてたのに。

どうしてもっと考えて行動しなかったんだろう。

だが、悔やんでもあとの祭りだった。今は、逃げる手段を見つけだすことが先決だ。わたしは間違いをしでかした――もしかしたら、人生最大の間違いだったかもしれない。それでもまだ、生きている。生きて、自由になるための方法を探している。細かい部分はどうしたらいいのかわからないけど。さっき車をとめたとき、男が後部座席に置いてあった血まみれのナイフを隠したのも見た。わたしが眠っていると思ったのだろうが、そうは問屋がおろさない。ナイフが隠してあることは、忘れないようにしなきゃ。それにあの、何かがぎゅうぎゅう詰めになったビニール袋。男がさらってきた別の子の死体が入っているんだろうか。

そう考えると、息が詰まった。

お願い。神様。助けて。

彼女は下唇を嚙みしめた。母親が病気になってから身についた癖だった。心配になると、つい唇を嚙んでしまう。だが、男にそんな弱みを見せてはいけない。いやそれより、起きていることを感づかれてはいけない。油断させて、隙をつかなきゃ。

ダニーはそっと薄目をあけたまま、運転している男の姿を確かめた。まっすぐな鼻、落ちくぼんだ目、意志の強そうな口もと。顎には無精髭が生えている。スピードは八〇キロから九〇キロで安定していた。ラジオはニュース局に合わせてある。カリフォルニア州サンタ・クララの局らしい。計算は合っているみたいだ。ダニーはときおり、距離計を眺めてはどれくらい走ったか確かめていた。外の景色からしても、北カリフォルニアのようだ。

だが、まっすぐにここまで来たわけではなかった。男はまず東に向かってアイダホに入り、標識によればボイーズから五〇キロほどのところでハイウェイをおりて、草むらのなかに伸びた一本のでこぼこの脇道に入った。車は、ぼろぼろのガレージのそばでとまった。窓に板を打ちつけてあるガレージだった。男は外に出ると、かすかな月明かりのなかで背伸びをした。背が高く、筋肉質の男だった。おそらく三〇すぎ、いや、四〇歳に近いかもしれない。

ダニーは、男がポケットをまさぐりながらガレージに近づくのを見ていた。彼は鍵をとりだし、古いドアにかけられていた南京錠を外した。ぎいと音を立てて、ドアが開いた。男はバンに戻ってくると、ダッフルバッグと道具箱、そしてそのほかに箱をふたつ出してガレージへ持っていった。

ここが目的地なんだろうか？　ダニーはそう思った。こんなところにあの男とふたりきりでいることを考えただけで、鳥肌が立った。ホラー映画そのままだ。

どうやって逃げよう？

どこへ行こう？

携帯は電源を切ってブラのなかに隠してあった。あのひどい匂いのせいで気を失い、手錠をかけられる直前、こっそりスウェットのポケットから出して男の目の届かないところにしまっておいたわけだ。だが、自由のきかない状態で電話をかけようとしても、携帯を落としてしまう可能性があった。古い機種だから、ＧＰＳはついていない。

両手が自由になるまで待ったほうがいいはずだ。手錠が外されたあと少なくとも数分間は、ひとりきりになれるチャンスを待とう。パパに電話をかける機会は、おそらく一度あるかないかだ。

ダニーはそっと首を伸ばして、窓の外を確認した。おそらくガレージは以前、農家だったのだろう。野原にぽつんと一軒だけ立っている。薄暗い月明かりの下でも、壁のペンキが剝《は》げ、蝶番《ちようつがい》が錆《さ》びつき、あちこちの板が腐りかけていることがわかった。屋根の一部がすっかり傾いている。

昔は水車小屋だったであろうと思われる建物が完全に崩れ落ち、ただの瓦礫《がれき》になっていた。

外は静まりかえっていた。

まるで地の果てみたいだ。気温は高いというのに、ダニーは身を震わせ、喉の奥からこみあげてくる恐怖を呑みこんだ。いったいいつまで、ここにいなきゃいけないの？　彼女はおののきながら、後部座席に置いてある黒いビニール袋にちらりと目をやった。

ふと、あの黄色いリボンをほどいて、袋をあけてみたくなった。

ダニーを押しとどめていたのは恐怖だった。小さな女の子の死体が転がりでて、生気のない瞳でじっとこちらを見あげたりしたらどうしよう。

それでも、袋の中身が知りたくてたまらなかった。流れだしていた液体は、今やすっかり乾いて袋にこびりついている。ダニーは手錠をかけられまま両手を伸ばして、そっと袋にさわった。ぐにゃりとやわらかい感触だった。

頭のなかを様々な思いが駆けめぐった。

そんなこと考えちゃだめ！　彼女は心のなかで自分を叱った。袋のことなんて忘れて、逃げだす方法を探すのよ！

ダニーはそっと息を吐きだし、後部座席から目をそらした。

さあ、ここから逃げだして助けを求める方法を考えなさい。落とすかもしれないから、電話は使えない。でも、何かやらなきゃ。

彼女はフロントグラスの向こうに注意を払いながら、グローブボックスをあけようとした。車両登録でも、保険証書でも、なんでもよかった。男の身元を教えてくれるものがないだろうか。もしかすると、武器として使えるものが見つかるかもしれない。ジャックナイフとか、ドライバーとか……。だが、グローブボックスにはしっかり鍵がかけられていた。

時間がなかった。逃げだすチャンスはどんどん失われていく。暗い車内のあちこちに触れ、工具のようなものが落ちていないか探しまわった。隠しておいて、あとで男に立ち向かう際に使えるようなもの。しかし、何もなかった！　せめてペンだとか鉛筆だけでも落ちていれば、隙を見て目や喉に突き刺してやれるのに。

ああ、もう！

あとは最後の手段しか残っていなかった。

ダニーはシャツの裾《すそ》を持ちあげると、両手をなかに入れ、指先でブラのなかをまさぐった。片目でフロントグラスを睨みながら、左のブラの下のほうからまんなか、そして上のほうへと携帯を押しあげていく。だが肌が汗で濡れていたせいで、携帯はするりとブラから飛びでてしまった。だめ！　彼女はあえぎ声をあげながら、床に転がろうとする携帯をすんでのところでてのひらに受けとめた。

よかった。心臓をどきどきさせながら片手で携帯を握りしめ、もう片方の手で開く。長い長い一瞬が過ぎると、ようやく待ち受け画面が明るくなった。ダニーは外を見て、誘拐犯の居場所をもう一度確かめた。

まだガレージのなかだ。

あと数分は余裕があるかもしれない。バッテリーも、満タンではなかったけれど、まだ少し残っている。

そのとき、せっかく明るく灯《とも》っていた待ち受け画面が、すうっと暗くなってしまった。

そんな！　ありえない！

だが、事実だった。少なくともこの車内は、受信範囲を外れているらしい。かといって、外をうろつきまわって電波の入る場所を探すなんて、無理だった。ダニーは泣きたいような気持ちになりながら電源を切り、携帯を閉じると、体をくねらせながら再びブラのなかへ忍びこませた。おっぱいにあたってちょっと痛かったけれど、そのくらいのほうが携帯の存在が確認できて安心だった。

落胆のあまり希望を失ったりはしなかった。最後まで戦おう。ダニーはそう心に決めた。思わず口をついて出そうになる悲鳴を必死に抑えながら、車内を見まわす。ダッシュボード、カップホールダー、運転席、そして、灰皿。そこには無数の吸い殻があった。トレイのなかはいっぱいで、奥まできちんと押しこめないほどだ。

吸い殻の一本一本には、犯人のＤＮＡが残っている。

彼女は躊躇《ちゅうちょ》することなく運転席のほうへ体を寄せた。いつか警察がこの吸い殻を見つけてＤＮＡ鑑定にかけ、データベースを使って男の身元をつきとめてくれるかもしれない。テレビの刑事ドラマで何度も見たシーンだ。たとえわたしが法廷で証言できなくても、この吸い殻が犯人を教えてくれる。たとえわたしが大怪我をしてしまったり、もしかして死んでしまっても……。ダニーは血の染みだした後部座席のビニール袋を思い出し、ごくりと唾《つば》を呑みこんだ。ああ、神様……。

あの男に殺されるなんて考えたくもなかったけれど、ナイフの長い刃が喉もとに押しつけられるところを想像すると、思わず失禁してしまいそうだった。彼女は痛くなるくらいに奥歯を噛みしめ、そんな想像を頭のなかから消し去った。決してあいつの思いどおりにはさせない。怯えあがった小さな女の子のふりをしながら、隙を見つけて、絶対に反撃してやる。

ダニーは灰皿の中身をこぼさないようにしながら、注意深く手を動かした。押しつぶされた吸い殻を一本だけ、そっとつまむ。だがそのとき、夜の静寂をつんざくように大きなエンジン音があたりに轟《とどろ》き、ガレージの開いたドアから二筋のまぶしい明かりがこぼれだした。ダニーは驚きのあまり、その場で跳びあがり、思わずトレイの中身を床にぶちまけてしまった。

あわててシートの下から吸い殻を拾い、灰を払おうとしていると、黒いトラックがものすごい勢いでガレージから飛びだしてきた。ヘッドライトが怪物の瞳のように光っていた。

ダニーは額に汗を浮かべたまま凍りついた。

男はトラックをガレージの向こう側にとめると、小走りに駆けてバンのほうへ戻ってきた。

このままじゃ、見つかっちゃう！

砂利を踏みしめる足音が聞こえた。

ダニーは急いで吸い殻のひとつをポケットに突っこんだ。息もできないまま、どうすればいいか必死に考える。男に聞こえるのではないかと思うくらい、心臓がどきどきしていた。とにかく、床に落ちた吸い殻に気づかれないことを祈るしかなかった。ポケットのなかの吸い殻が石のように重い。男はバンに乗りこむと、イグニションをまわしてエンジンをかけ、一度前に進んだと思ったら、今度はギアをバックに入れてバックミラーを見ながら、崩れかけたガレージに車を入れた。シートの背にかけられた男の手が、今にもダニーの襟に触れそうだった。

ほとんど息もできなかった。

このままガレージに置き去りにされるのだろうか。わたしは、ゴミ袋に入れられた女の子の死体といっしょに、手錠をかけられたまま暗い場所で死んでしまうのだろうか。

それとも、またどこかへ連れていかれるのだろうか。

ダニーはじっと動かずに待った。

バンが大型だったせいで、壁とのあいだにはほんのわずかな隙間しかなかった。だが男は慣れたハンドルさばきで、すんなり車をガレージに入れた。ブレーキランプが車庫のなかを赤く不気味に照らしている。わずかにあけたまぶたのあいだから、あちこちに蜘蛛《くも》の巣が張っているのが見えた。

男は満足そうな声をもらすと、ギアをパーキングに入れてエンジンを切った。「さあ行くぞ。車から出るんだ」彼はそう命じてすべてのロックを解除した。「目が覚めてるのはわかってるんだ。妙な真似をするんじゃないぞ」ドアと壁のわずかな隙間に足を踏みだして、バンのなかを見渡している。

ダニーは目をあけて凍りついた。

「外に出ろって言ってるんだ！」男はそう言うと、マールボロ・ライトの箱とガソリンの領収書、そしてノートをつかんだ。そのとき、アクセルペダルのそばに吸い殻が散らばっていることに気づいた。「なんだこりゃ?」

男の視線がダニーの顔に突き刺さった。しかし彼女はそんな視線を無視して、もがきながらドアをあけるふりをし、いかにも偶然を装ってダッシュボードから突きだした灰皿を蹴りあげてさらに吸い殻をばらまいた。「うまく動けないの」ダニーは怯えたように言った。

「馬鹿なガキだな」男は唸るような声を出すと、床に落ちた吸い殻を指さしながら言った。「何をしてた? 逃げられると思ったのか?」男の唇がぎゅっと引き結ばれ、その瞳が悪意を持った輝きに満ちた。

ダニーは心のなかで震えあがった。

「つまらないことを考えるな」男は勢いよく運転席のドアを閉め、大股でバンの後ろにまわった。

ダニーは助手席のドアをあけ、転びそうになりながら外に出た。土が剝きだしの床をスニーカーで踏みしめたとたん、ジャケットの襟ごと、うなじのあたりを男につかまれた。埃っぽい匂いが鼻を突き、頭上から、驚いた鳥がばたばたと飛びたっていく音が聞こえた。

男は、ダニーの足がほとんど宙に浮くくらいのすごい力で彼女を引き寄せ、耳もとに口を近づけた。無精髭がダニーの頰をちくちくと刺し、男の息からは最後に吸った煙草の匂いがした。「いいか。言うとおりにしないと痛い目を見るだけだからな」

嫌悪感が全身に広がった。だがそれより最悪だったのは、汗に濡れた携帯がブラのなかをずり落ちていったことだ。

男はダニーを無理やりバンから遠ざけると、ばたんとドアを閉めた。「警告は一回きりだ。俺をナメるんじゃない。いいな?」そう言って、ダニーをがくがく揺さぶる。そのせいで携帯がさらにずり落ちた。

男が手を離すと、ダニーはバランスを崩して地面に倒れこんだ。その衝撃で、ついに携帯がシャツの裾からこぼれでてしまった。見つかっちゃう! ダニーは身をすくませた。

しかし男はダニーを立たせて急がせることに集中するあまり、タイヤのすぐそばに転がった携帯には気づかなかった。今、拾おうとしたら、絶対に気づかれる。ダニーはそう思った。逃げようとしても無駄なのはわかっていた。ここは野原の一軒家だ。助けを求めて声をあげたって、誰の耳にも届かないだろう。

男の言うなりになるしかなかった。助けて。彼女は心のなかで言った。神様、助けてください。

彼女は日曜のミサをさぼりがちだったことを、心から悔やんだ。ママが生きていたころは無理にでも連れていかれたのだが、パパは教会に行くことを強制しなかった。だから最近は、毎週日曜の朝早く起きてミサに参加し、ミセス・ランディーンの退屈な話を聞いたり、馬鹿らしい人形劇に参加したりしなくてよくなったことを喜んでいたくらいだ。わたしはなんていけない子だったんだろう。黒いピックアップ・トラックのほうへ無理やり引きずられていきながら、ダニーは思った。神様を信じていないわけではなかった。ただ、あのつまらない儀式が嫌いだっただけだ。

彼女は、自分を拉致した変態男の隣の助手席に座らされながら、じっと相手の様子をうかがっていた。少しでも隙を見せないだろうか。しかし男は時間をかけてガレージのドアをチェックし、しっかり閉めてから運転席に乗りこんできた。さっきのバンよりずっと新しいピックアップ・トラックはその鼻先を道路のほうに向け、ふたりは大きくまわり道をしながら最終的に南へと向かった。

そして今。数カ月にも思えるような数日が過ぎ、ダニーはカリフォルニアにいた。神に願いが届けられるよう、そっと心のなかで祈りを捧《ささ》げる。神様、わたしをお許しください。パパがわたしを見つけられるようにしてください。

だがそれは、簡単なことではない。

犯人は白いバンからこの黒いピックアップに乗り換えたうえに、ほぼ毎日のようにナンバープレートを替えている。最初はアイダホ・ナンバーだったのだけれど、その後東へ進んでモンタナとの州境に近づいたとき、男はワシントン州のナンバープレートをSUVから盗んで付け替えた。

車はそこからワイオミング、コロラド、ネバダと進んでいった。そのあいだもずっと、ダニーのポケットには吸い殻が隠されていた。幌《ほろ》をかけたトラックの荷台には移動式のトイレが置いてあった。彼女がトイレに行きたいと言うと、手錠は外してくれたけれど、用を足しているあいだ、いつも男は車の後ろに立って見張っていた。食べものは深夜のドライブスルー・レストランやガソリンスタンドで買ってきたものだった。

ダニーは、一度も目隠しをされないことが心配だった。テレビで見た刑事ドラマによれば、犯人が顔を見られるのを嫌がらないということは、つまり、いつか彼女を殺そうと思っているということだ。

そう考えると、喉が詰まってしまいそうだった。しかし、怯えたまま男の言いなりになるつもりなどなかった。犯人は彼女を車から引きずりだしたりするとき以外、いっさい触れようとはしなかった。ただ、見るともなく、ちらりちらりと彼女のほうに視線を走らせるだけだ。まるでダニーが、運ばなければならない荷物ででもあるかのように。

物静かな男だった。ハンドルをぎゅっと握りしめている様子や、ときおり唇を引き結ぶしぐさからは、心のなかで怒りが煮えたぎっていることが見てとれたけれど、とりあえず命令にしたがってさえいれば痛い目にあうことはなさそうだ。

いったいわたしをどうしようっていうんだろう？　いや、そのことは考えたくもない。じっと見つめているダニーの視線に気づいたかのように、男は彼女のほうを見た。ダニーは薄目をあけたまま助手席の窓に寄りかかり、叫びだしたくなるのを必死にこらえていた。

「起きてるのはわかってる」男が言った。

低くてがさがさした声が、ダニーの鼓膜を紙やすりのようにこすった。こんな男、嫌いだ。大嫌いだ。

「眠ってるふりなんてするな。そして、こっちを睨むのもやめるんだ」

男はダッシュボードのライターをかちりと押しこむと、セロハンの音を立てながら新しいマールボロ・ライトの箱をあけた。ライターがぽんともとに戻り、男が煙草に火をつけると、いつもの嫌な匂いが漂ってきた。犯人は大きく煙を吸いこんで、運転席の窓をあけた。

タイヤが乾いた道路の上を転がっていき、何匹もの虫がフロントグラスにぶつかってつぶれた。どうやってここから逃げだせばいいんだろう、とダニーは考えていた。次に車がとまったとき？　男が眠ったとき？　でも、この手錠はどうしよう。

パパの声が聞こえてくるみたいだった。〝どんな問題も解決することはできるんだよ。ただ必死に考えなきゃいけないことはあるだろうけどね〟

それは、学校で友達と喧嘩をしたときや、次の数学のテストに落第しそうなときや、キャストした釣り糸が川にせりだした枝に引っかかってしまったとき、いつもパパが言ってくれた言葉だった。

涙がこみあげてくる。パパは背が高くて、力が強くて、正直で、タフな人だった。ママが死んだときだって、気丈にふるまっていた。

ダニーはこみあげてくる嗚咽《おえつ》をこらえた。もう一度ちらりと犯人を見ながら、父親のことを考える。きっと助けに来てくれるわ。それはわかっていた。でも、いつ？　どうやって？

犯人は巧みに逃走経路を隠し、ことあるごとにナンバープレートも替えている。

ダニーは手錠をかけられた両手をぎゅっと握りしめた。

それでもきっと、パパはわたしを見つけてくれる。すぐに。

6

念には念を入れたほうがいい。これまでの経験からそう判断したトラヴィスは、ピックアップ・トラックをシャノン・フラナリーの家から二キロほど離れたところにとめた。オレゴンからここ、カリフォルニア州サンタ・ルシアまで、ノンストップで一二時間のドライブだった。今すぐにでもシャノンの家に押し入り、何か知っているのかどうか確かめたかったが、もう少し家のまわりを見てまわったほうがいいだろう。ダニーがどこかに閉じこめられている可能性だってある。

夜だった。またたく星と空にかかった三日月が、薄い雲の隙間からかすかな光を投げかけている。気温は今でも二五度をくだらなかった。

黒い服を着てバックパックをかついだトラヴィスは、足音を忍ばせながら、小走りに裏道を駆けて家へ近づいた。暗いところに隠れていた猫があわてて逃げだし、通りの向こう側で犬が吠えはじめた。

シャノンの家の隣の敷地には、フェンスが張りめぐらされていた。トラヴィスは、新しく立てられたらしい〝侵入禁止〟という立て札を無視してなかに入り、影を縫うようにして、シャノンの家の側にある樫の木の向こうへ体を滑りこませた。隣の窓から、あたたかい光がこぼれている。シャノン・フラナリーが救助犬や警察犬の訓練をしている小屋だ。気をつけなければ。物音を立てちゃいけない。風下にいろ。

裏側にまわると、また別のフェンスが立っていた。そこから三〇メートルほど向こうにあるのがシャノンの自宅だった。トラヴィスはフェンスを跳びこえ、彼女の家の敷地にそっと降りたった。茂みの陰に隠れつつ、二階建ての家に近づいていく。シャノンは家にいるらしく、開いた窓から声が聞こえてきた。だがこの距離からは、切れ切れにしかわからなかった。

「言ったでしょ……わからないの……」彼女は低く落ち着いた口調で、電話に向かって話していた。

そのとき彼女が、窓のそばを通った。トラヴィスは筋肉ひとつ動かさないようにした。

「ごめんなさい、メアリー・ベス。でもロバート兄さんは何も言ってくれないの。だって……」沈黙。シャノンは話し相手の言葉を聞きながら窓辺に近づき、トラヴィスのいる庭を眺め渡した。頭上の明かりを受けて、髪の毛が赤く輝いている。彼女は神経を集中するように眉をひそめ、ふっくらした口もとを引きしめていた。

見られるのではないかと思うと、トラヴィスの心臓は激しく鼓動した。だがシャノンは、首にかかった髪を手でかきあげただけだった。「それってあんまりいい考えじゃ……ええ……兄さんが何を考えてるのかなんて、わたしにはわからないもの――」彼女は目を閉じ、天井を見あげてため息をついた。喉もとがはっきりと見え、Vネックのブラウスから胸の谷間が顔をのぞかせる。

そんなシャノンを目にしただけで、息が詰まってしまいそうだった。トラヴィスはフォールズ・クロッシングを発って初めて、なんと馬鹿なことをしてるんだろうと考えた。この女がダニーの何を知っているっていうんだ？　こんなところまで狂ったように車を飛ばすなんて、いったいぼくは何を考えてたんだ？　彼女がダニーの失踪と関係しているなんて、本気で思ってたのか？

トラヴィスは表情をゆがめた。

「……わたしだったら、そんなことはしないわ。聞いて、メアリー・ベス。わたしがアドバイスするなんてお門違いかもしれないけど――」

彼女は上を向いたまま、かっと目を見開いた。「あのね、そんなことを言われる筋合いはないの。もういいわ！　じゃあね！」そう言ってボタンを押すと通話を切り、口のなかで何事かつぶやきながら窓辺を離れた。

トラヴィスは肺からふうっと息を吐きだした。

もう充分だ。そう思って指で髪をすき、立ち去ろうとしたときだった。視界の隅に黒い人影が見えた。家の角のあたりだ。

誰だろう？

彼はとっさに身をかがめ、再び木の陰に隠れた。何かが動いたあたりから目を離さないようにしながら、バックパックのなかを探って暗視ゴーグルをとりだす。

足音は聞こえなかった。暗視ゴーグルで確認しても、建物の角に誰かがひそんでいるようには見えない。

緊張のあまり、ありもしないものを見てしまったのだろうか？

トラヴィスはもう一度あたりを眺めてから、ゴーグルをそっとバックパックにしまった。さあ、これからどうすればいい？　こうやっていつまでも、彼女の家に出入りする人間を監視しつづけるのか？

こんなところまで来て、よく知りもしない女を見張っているなんて。それもおそらくは、なんの罪もない女を。しかし、ほかに選択肢などなかった。家を出てからもう六度もフォールズ・クロッシングに連絡に入れ、警察の人間と話をしたというのに、犯人からの電話は一度もかかってきていなかった。新たな手がかりも見つかっていない。もちろん、娘からの連絡もなかった。

ちくしょう。最悪じゃないか。

バックパックのジッパーをあげ、立ちあがったときだった。

ドカン！

爆発音が轟いた。地面が震え、窓ガラスが砕け散った。

なんなんだ？

トラヴィスはあわててシャノンの家のほうを振り向いた。

家に問題はなかった。だが、すぐそばの小屋が火に包まれていた。屋根から炎が噴きあげ、火の粉が乾いた地面に降りそそいでいる。

トラヴィスは走りながらポケットから携帯をとりだし、消防署に電話を入れた。

「どうしました？」相手が出たとき、再び爆発音がして、小屋の屋根が木端《こっぱ》みじんに吹き飛んだ。炎が天を焦がす勢いで燃えさかっている。そのせいで、空の暗さがいっそう引きたっていた。

犬が吠え、馬がいなないた。

「火事だ」トラヴィスは携帯に向かって大声をあげた。「シャノン・フラナリーの家で二度、爆発があった」彼は頭に叩きこんであった住所を伝えた。煙が夜の空を脅かしている。炎が音を立てながらすべてを呑みこもうとしていた。

「怪我人は？」

「まだわからない。場所はだいじょうぶだね？」

オペレーターがシャノンの住所を復唱した。

「急いでくれ！」トラヴィスは携帯を切り、家をめざして再び走りはじめた。


窓が震え、ドアが揺れた。

階段をのぼっていたシャノンは、思わず手すりをつかんだ。「いったい何？」いきなり心臓が激しく鼓動を打ちはじめる。恐怖に包まれながら、あわてて一階に戻った。

カーンが大きな声で吠えながら玄関のほうへ走っていき、背中の毛を逆立てて、何度もドアをひっかいた。

玄関脇の窓から外を確認したとたん、シャノンは血も凍るような思いに襲われた。馬小屋からほんの数メートルしか離れていない物置が火に包まれている。炎が屋根を突きぬけ、空を焦がしていた。「ああ、そんな！」彼女は叫んだ。「馬が！　犬たちが！」

あわてて携帯を充電器から引きぬく。緊急電話番号を押すと、最初の呼び出し音でオペレーターが出た。「どうしたんですか？」

「シャノン・フラナリーです」彼女は電話に向かって叫びながら、壁にかけておいた消火器を手にとり、住所を伝えた。「爆発があって、小屋が燃えてるの！」

「怪我人は？」

「まだいません。警察のシェイ・フラナリーにも伝えてください。火災捜査官で、わたしの兄なの！」

彼女は電話を切り、ジーンズのポケットに携帯を突っこんだ。

ドカン！

二度目の爆発音が家を揺さぶった。ああ、神様、動物たちを助けて。トラックのガソリンは満タンだし、馬や犬はすべて小屋のなかだ。お願い！

勢いよくドアをあけた。巨大な炎の壁が、すでに古い小屋の板壁を呑みこもうとしていた。熱い空気が波のように襲ってくる。どす黒い煙がうねりながら天をめざし、きな臭い匂いが鼻や喉を突いた。恐怖に怯えた馬のいななきや犬の吠え声が、夜を引き裂いていく。

ネイトがいてくれたら。

消防車が到着するまで、あとどれくらいかかるだろう。五分？　一〇分？　そのあいだに古い木の小屋はすべて焼け落ち、火は母屋にまで広がっているかもしれない。

シャノンは消火器を構えて家から飛びだした。こんなに小さな消火器では役に立たないことなどわかっていたけれど、火が燃え広がるのを少しは食いとめられるはずだ。

唸り声をあげながらあとからついてこようとしたカーンを、無理やり家のなかへ入れる。彼女は、吠えながらドアをひっかいている飼い犬をよそに、ポーチを駆けぬけた。

地面の乾いた落ち葉や枝へと降りかかる火の粉に、消火器のノズルを向けたときだった。視界の隅から、ひとりの男が駆け寄ってきた。男はジグザグに走って消火器の噴射をよけながら叫んだ。「気をつけて！」

「あなた、誰なの？」

「火が見えたんでね。消防署には連絡しておいた」

黒いジーンズと黒い手袋に身を包んだ男だった。「助けに来ただけさ」

「あなたなんて、見たこともないわ！」

「それはこっちも同じだよ。だが、今は困ってるんだろう？」

小屋を支えていた梁《はり》がついに燃え落ちた。火花が夜空へと噴きあがる。この男の言うとおりだ。もう時間がない。

「逃げたほうがいい」男は命じるように言って、消火器を指さした。「そんなものじゃなんついてくる。

「何もしないよりマシよ！」シャノンはそう応えて、馬小屋のドアをめざした。男もあとをついてくる。

「どうするつもりだ？」

「馬を外へ出すの」彼女はドアの取っ手をつかんで勢いよくあけた。なかからは怯えた馬の声が聞こえてきた。火はもうすぐそばまで迫っている。「あなたは誰？」

「そんなことはどうでもいい。きみは早く逃げろ。ここにも母屋にも、もうすぐ火の手がまわるぞ」

「嫌よ！」議論をしている余裕などなかった。シャノンは男の背後へまわりこみながら、ちらりと彼の顔を見あげた。背が高く、がっしりした肩と強烈なまなざしを放つ瞳を持ち、大理石の彫像ではないかと見まがうような顔つきの男。いったい誰なんだろう。その鼻は誰かに殴られたかのように、かすかに曲がっていた。「時間がないの」彼女はありったけの大声で言った。「助けるか、それともいなくなるか、どっちかにして！」

「何をすればいい？」

「隣の小屋へ行って。犬小屋よ」シャノンは馬小屋とガレージのあいだの、長くて低い建物を指さした。「犬を外へ出してやってちょうだい。ここから逃げてくれるんだったら、どこかにいなくなってもかまわないから！」

男はすでに向きを変えていた。

「ドアのそばに消火器があるわ。犬を逃がしたら、あたりにぶちまけて。それから、水よ。ホースは小屋の西側の壁にかかってる」

「わかった！」

シャノンは馬小屋に足を踏み入れた。

馬たちは怯えた声をあげながら、さかんに後ろ脚で立ちあがっていた。煙は馬小屋のなかにまで流れこんでしていたし、窓の外は赤く染まっている。炎は血の色の影を投げかけながら、悪魔のような指を広げて馬小屋に跳びかかろうとしていた。

スイッチを入れても、明かりはつかなかった。「ああ、もう！」彼女は汗をにじませながら、馬房と馬房のあいだのコンクリートの通路を駆けぬけた。馬は目をむきながら脚で壁を蹴っている。あたりには煙の匂いとともに、尿の匂いが濃くたちこめていた。

「落ち着いて」シャノンはなだめるように声をかけた。「だいじょうぶだからね」

消防車はまだなの？

小屋の奥にあるスイッチを入れても、やはり明かりは灯らなかった。暗いままで作業をしなければならないようだ。懐中電灯を探している暇はなかった。

急いで！

手探りで壁沿いに進み、ラッチを外して、パドックへと抜ける二重ドアをあけはなつ。ドアが壁にあたって大きな音を立てた。

黒い煙のなかに炎の赤い光がにじんでいた。だが目の前には広々としたパドックがある。

とりあえず、馬をここに逃がせばいい。彼女は小屋のなかに戻った。さっき入ってきたときに使ったドアがバタン！　大きな音がしてシャノンは跳びあがった。「なんなの？」そう叫んだが、答えはなかった。風がドアを押したか、それともあの男が閉めたのだろう。

なんのために？

でも、そんなことなど考えてはいられなかった。馬を安全なところへ出さなきゃ。

シャノンはまず、ネイトの黒馬へ近づいた。「さあ、行きなさい」と優しく言うと、馬はすぐに黒いたてがみをなびかせ、コンクリートの通路に蹄《ひづめ》の音を響かせながら外へ飛びだしていった。

まず一頭。あと七頭だ。

顔や腕を汗が伝った。向かい側の馬房の腕木をあげると、小さな鹿毛《かげ》の雌馬が狂ったように脚をばたつかせ、胴体をこすって転びそうになりながら逃げていった。とりあえず、ここまでは順調だ。

充満してきた煙のせいで今にも咳《せ》きこんでしまいそうだったが、それでも馬は一頭、また一頭と外へ走っていった。犬の吠え声が聞こえる。あの人がうまく逃がしてくれればいいのだけれど。

彼女は左側の腕木をあげて、鼻面に灰色の毛が少しだけ生えている雌の白馬を外へ出した。アドレナリンが血管をどくどくと流れている。馬たちを一挙に放すと、我先にパドックをめざし、暴走を始めてしまうかもしれない。それだけは避けなければ。別の黒馬と灰色の馬が逃げていく。あと一頭だ！

室内にはすでに黒い煙が渦巻き、小屋を見通すこともできなかった。シャノンは最後の馬房に近づいた。だがその雌馬は外へ駆けだすどころか、逆に怯えて隅のほうへあとずさった。体を震わせながら、泡のような汗をかいている。

「だいじょうぶよ」シャノンは馬房のなかに入りながら声をかけた。「外に出る時間なの」だが雌馬はぶるぶると声をあげながら鼻先を振りまわすだけだ。神経質に耳を動かし、大きく目を見開いている。シャノンはそっと励ましながら、馬の体を前に押しだそうと鼻面に手をかけた。

ガチャン！

窓ガラスが割れ、粉々に砕けた。

馬は甲高くいなないて高々と前脚をあげた。「モリー、落ち着いて……外に出るのよ」シャノンは声に恐怖がにじまないよう気をつけながら、低い声で語りかけた。ほんとうは怒鳴ってでも馬を外へ出したかった。「行きましょう」割れたガラスをブーツの底で踏みしめ、熱に肌をあぶられながら言う。

そのとき初めて、遠くからサイレンの音が聞こえてきた。消防車だわ！　急いで！　手遅れになる前に到着して！

ゆっくりした足どりで前に出ると、手をあげてもう一度、馬の端綱をつかむ。なんとしてでも、怯えた馬をここから出して安全なところへ逃がしてやらなければならない。「さあ、行くのよ」彼女はそう言って、革の端綱を引っぱった。

馬は頭を振りあげるだけだった。

だがシャノンも端綱を離そうとしなかった。

馬がいきなり後ろ脚で立ちあがったせいで、腕が抜けそうなほどの衝撃が走った。

「だめ！」

目の前に黒い前脚が落ちてくる。シャノンは端綱をつかんだままかわそうとしたのだが、一瞬動きが遅れ、蹄の先でこめかみを蹴られてしまった。目の奥で何かが爆発したみたいだった。思わず後ろ向きに倒れそうになりながらも、なんとか踏みとどまる。

しかしそれだけではすまなかった。馬はさらに前脚を振りあげ、すでに痛めていたシャノンの肩や、無防備な脇腹に何度も蹄をぶつけてきた。全身に激痛が走り、意識の隅から漆黒の闇が立ちのぼった。

「やめて」まるで命綱でもあるかのように端綱にすがったまま、彼女はそうつぶやいた。この端綱を放してしまえば、もう馬を救いだすチャンスはなくなる。「さあ、外に出るの」彼女は痛みをこらえながら、端綱を優しく引っぱった。今にも気を失ってしまいそうだ。

外では轟音《ごうおん》をあげながら炎が燃えさかっている。火はさらに勢いを増し、ぱちぱちと音を立てながら馬小屋の窓に迫りつつあった。

そのとき、視界の隅に人影が見えた。

あの人、こんなところで何をしてるの？　さっき、犬を逃がしてあげてって言ったばかりなのに。

シャノンは人影のほうへ向きなおったが、そこにはもう誰もいなかった。きっと気のせいだったのだろう。

雌馬は体を横にずらしながらまたも後ろ脚で立とうとしたが、シャノンもそれを許そうとはしなかった。どんな激痛が走っても、今は神経を集中しなければ。まず馬を火の手の届かないパドックへ逃がし、それから犬小屋をチェックするのよ。パドックへと続くドアは、とてもたどりつけそうにもないほど遠くにあるかのようだったが、それでも彼女は馬を引っぱりながらじわじわと進んでいった。あとはこのまま外に出るだけだ。肩が痛みに悲鳴をあげ、先ほど蹄で蹴られた脇腹がじんじんしている。

「さあ、ほら」彼女は馬の耳もとでささやいた。「だいじょうぶだからね」それは、自分自身に向けた励ましでもあった。

行く手には、扉が大きく口をあけていた。あともう少しだ！　ドアの向こうには、オレンジ色にあやしく光る夜の空が見えている。煙のせいで涙がにじみ、思わず咳きこんでしまったが、シャノンは一歩一歩前へ進んでいった。犬の吠え声が、また聞こえてきた。あの人が怪我ひとつさせず、犬たちを逃がしてくれたんだったらいいのだけど。

それにしても、あの男は誰なの？　たまたま近くを通りかかった善人？　それとも、この火事と何か関係でも？

名前も知らない男だった。だが今は息をすることさえ苦しく、何ひとつまともに考えられない。彼女は無理やり足を前に運んだ。あと少し……ほんの少し……。

窓の外を見ると、今や炎はネイト・サンタナの部屋の屋根にまで燃え移ろうとしていた。ああ、ネイトがいてくれたらよかったのに。あの人を心から愛することはできないけれど、でも、彼がいてくれたら……。だめよ。今はただ前に進みつづけるの！　神経を集中して！

それにしても、新鮮な空気が吸いたい。早く馬を安全な場所まで連れていきたい。なんて熱いんだろう。額にはふつふつと汗が浮かんでいる。肩や脇腹の痛みもひどく、脚にも力が入らない。シャノンは馬を急《せ》かせ、最後の数メートルを駆けぬけようとした。だが雌馬はすぐ目の前に自由が待っていることにようやく気づいたのか、激しく頭を動かすとシャノンの手を振りほどいた。

シャノンもあとを追おうと、あわてて足を踏みだした。そのとき、またしても視界の隅で何かが動いた。

心臓がとまるかと思った。

長い棒のようなものを持った人影が飛びだしてきた。

さっきの男？　シャノンはあわてて棒をよけようとした。

だが疲れと痛みのせいで、一瞬、反応が遅れてしまった。ズン！　干し草を片づけるときに使う三叉《みつまた》の長い柄が、シャノンの頰のあたりにぶちあたった。

激痛が顔全体を覆い、目の奥に無数の針が刺さったかのようだった。

皮膚が破れ、鼻血が噴きだす。

よろめきつつも手をあげて顔を守り、開いたドアから外に出ようとしながら、彼女は男のほうへ目をやった。顔だけは確かめてやりたい。だが頭からすっぽりフードをかぶっているせいで、よくわからなかった。

「シャノン！」男の声がした。襲ってきた男がわたしの名前を口にしたのだろうか？　いや、声は遠くから聞こえてくる。彼女は顔や喉から血を流しながらも、おぼつかない足どりで、馬小屋から走って逃げだそうとした。ほとんど何も見えなかったし、息をするたびに炎を吸いこんでいるみたいだった。

あと数歩！

「シャノン！」今度ははっきり、小屋の外から呼ばれていることがわかった。

「ここよ！　助けて！」彼女はそう叫んだが、その声は燃えあがる炎の音にかき消されてしまった。

ドアに向かってさらに一歩踏みだしたとき、後頭部に大きな衝撃を感じた。頭が割れてしまったのではないかと思うほどの痛みだった。彼女は前のめりになって、コンクリートの床へと倒れこんだ。

三叉を持った男が、窓の外で燃えあがる炎を背景にして、影を黒く浮かびあがらせながら近づいてくる。

シャノンは悲鳴をあげた。

男が三叉を振りかざしたので、急いで横向きに転がり、その勢いを利用して立ちあがった。再び叩きつけられた三叉の柄を、今度は空中でつかみとる。

なめらかな柄に指を絡みつけたまま、体重をのせて前へ突きだし、尖った三叉の先で男の胸や喉もとを突き刺してやろうと思った。だが指は、汗と血でぬるぬると滑るだけだった。

男が三叉をもぎとった拍子に、シャノンは後ろ向きに倒れた。痛めた肩をコンクリートに打ちつけたせいで、焼けつくような痛みが腕から全身へと広がっていった。

彼女は悲鳴をあげながら、ごろごろと転がって襲撃者から逃げ、ドアに接近した。今にも気を失ってしまいそうだったが、そんなことになったら、おそらく殺されてしまうだろう。男は三叉の先を彼女の体にずぶりと突き刺して、さっさと片をつけようとするはずだ。

サイレンの音が聞こえた！

耳をつんざくような長い音が、夜を切り裂く。

あと少しで助かるんだわ……シャノンは胎児のように体を丸めて目を閉じ、襲撃者から身を守ろうとした。それにしてもなんて熱いんだろう……息さえできない……だめ、目を覚ますの！　気を失っちゃいけない！

しかし、あまりにもひどい痛みだった。彼女はぐったりと床の上に横たわった。コンクリートに血が流れだしていく。シャノンはもう何も考えず、目の前に広がる闇に呑みこまれていった。

7

トラヴィスは最後の犬を逃がした。

ジャーマン・シェパードがほとんど彼を押し倒さんばかりの勢いで、ボーダー・コリーやラブラドールといったほかの犬たちが待っているところへと、飛びだしていった。

ケージのなかで不安そうに吠えていた犬をすべて外へ出した今、小屋のなかは薄気味の悪い闇に包まれている。小さな窓からときおり、地獄のように赤い光がさしてくるだけだ。天井の明かりは、どれもつかなかった。

自由になった犬たちは、野原や森を駆けまわっていた。夜空の高みへと立ちのぼっていく炎から逃れるように。

トラヴィスは、最初の爆発音の前に見かけた人影のことを考えた。あれはいったい誰だったんだろう。あいつが爆発を起こした犯人であることは、ほぼまちがいない。だが、なんのために？

彼は犬小屋で見つけた消火器を手に、汗をかきながらパドックを駆けぬけ、馬小屋へ近づいた。そうしてまず、火の手が迫る小屋のまわりに消火剤を噴射し、それからシャノンを捜した。

彼女はどこだ？　馬といっしょに、まだなかにいるのか？

馬が何頭か、野原のずっと向こう側でギャロップしていた。空気の匂いを確かめるように頭を高くあげ、不安げにいななきをあげている。

だがパドックのそのあたりに、シャノンはいなかった。

彼はもう一度すぐそばの建物に目をやった。もしかして、家のなかへ戻ったのだろうか。

いいや、それはありえない。シャノンなら馬を逃がしてやったあと、犬たちがだいじょうぶかどうか確かめるため、すぐにこっちへやってきたはずだ。彼女はどんなことがあっても、まず動物を助けようとする女性だった。

遠くでサイレンが叫んだ。するとパニックして大きく目を見開いた一頭の馬が、たてがみや尻尾を風になびかせながら馬小屋から飛びだしてきた。その雌馬はほとんど殺人的なスピードでトラヴィスのかたわらを駆けぬけ、黒い脚を高速回転させながら、ほかの馬たちが群れているパドックの隅へ向かった。

「シャノン！」彼は片目でドアを見すえながら叫び、消火器の中身をさらにあたりへ振りまいてから、ゆっくりと馬小屋へ近づいた。

別のドアから外へ出ていったのかもしれない。彼女がここへ入ってくるときに使ったドアだ。こちら側より小さく、駐車場に面している。だが遠くで鳴っているサイレンの叫びを耳にしながら、トラヴィスは不吉な予感にとらわれていた。

どうも、嫌な感じがする。

もともと馬が何頭いたのかはわからなかったが、とりあえず今は数頭の群れが、安全な場所で鼻を鳴らし、蹄で地面をかいていた。彼は、肺のなかまで熱い空気が入ってくるのを感じつつ、あたりの気配や隣の母屋、パドックやポーチに目を光らせながらドアのほうへ足を進めた。

「シャノン!」トラヴィスは再び叫んだ。水飲み場のすぐ近くの壁には、ホースが丸めてかけてあった。ドアに注意を向けながら小走りに駆けて馬小屋へ近づき、空になった消火器を地面に投げ捨てると、ホースを手にとって長く伸ばす。そして躊躇せず、一方の端を蛇口に突っこみ、水道の栓をいっぱいに開いて馬小屋のほうへ向きなおると、屋根に水をかけた。

シャノンはどこにいるんだ？　まだなかなのか？　馬が怪我でもしているのか？　確かめなければならなかった。手を放すと、ホースが地面の上で死にかけの蛇のようにのたくった。

戸口まであと数歩の距離に近づいたとき、シャノンの悲鳴が聞こえた。

痛みに満ちた鋭い悲鳴だ。

「シャノン!」彼は大きく口をあけたドアから闇のなかに駆けこんだ。

彼女は戸口からすぐそばのところにいた。体を丸め、血を流して倒れている。

「そんな!」

トラヴィスはあわててそばまで行った。シャノンの顔からしたたった血が、コンクリートを赤く染めている。彼女の上にかがみこんだとき、大型車両のタイヤが砂利を嚙む音がはっきり聞こえてきた。

消防車！　救急隊員も来ているはずだ！

早くここまでたどりついてくれ！　トラヴィスは心臓が喉から飛びだしそうになるのを抑えながら、脈を確かめ、気道を確保してやった。すると、炎がはぜる音とともに、無数のブーツが地面を踏みしめる音や男たちの叫び声がした。

脈もしっかりしていたし、自力で呼吸もできていた。だが後頭部の傷口からは、まだ血が流れだしている。「ここだ！」トラヴィスはあらんかぎりの大声で叫んだ。「早く来てくれ！」この煙の充満した暗い小屋からシャノンを外に出してやりたかったが、勝手に動かすのは危険だった。

「シャノン！」トラヴィスは彼女を揺り動かさずに、声をかけて意識をとりもどさせようとした。「シャノン・フラナリー！」

しかし彼女はぴくりともしなかった。ぼんやりと赤い光のなか、彼は、美しかったシャノンの顔がひどい状態になっていることに気づいた。鼻や口から流れだした血がべっとりこびりつき、さっきまで完璧だった顔にはあざができつつあった。トラヴィスは自分のTシャツの裾を引き裂き、傷のいちばん深い部分にあてた。白いコットンの布が、またたくまにどす黒く染まっていく。あいているほうの手と歯を使ってさらにTシャツを裂き、首に怪我をしている場合を考えてできるだけ頭を動かさないようにしながら、シャノンの後頭部に押しつけた。

「助けてくれ！」彼は再び叫んだ。やつらは何をぐずぐずしてるんだ？　ほかの建物へ行ってしまったのか？

後頭部を押さえていた手を一瞬放してポケットに突っこみ、携帯をとりだした。彼女を置き去りにして助けを呼びに行くことはできないが、もう一度緊急用の電話番号に連絡を入れて、馬小屋のなかに怪我人がいることを伝えておいたほうがいい。

だがトラヴィスが携帯を耳にあてたとき、足音が近づいてきた。

よかった！

「ここだ！」彼は怒鳴った。

誰かが駆け寄ってきた。安堵感がトラヴィスを包みこむ。

彼は携帯を片手に持ってひざまずいたまま、目をあげた。だがそこにいたのは、消防隊員でも救助隊員でもなかった。日に焼けたジーンズとぼろぼろのTシャツを着た背の高い男が、いぶかるような暗い目でじっとトラヴィスを見おろしていた。

「おまえは誰だ？」男はきつい口調でたずねた。

だがトラヴィスはそんな質問を無視して言った。「この人が怪我をしてるんだ」

「見ればわかる」見知らぬ男はかたわらにひざまずいた。

「くそっ」男はそうつぶやきながら、シャノンに触れた。いかにも彼女の体に触れ慣れているようなしぐさだった。トラヴィスは、腹の底からわき起こった嫉妬《しっと》心が血管を伝って広がっていくのを感じた。だが今は、そんな感情に身をまかせているときではない。「あんたは消防士なのか？」彼はそうたずねた。

だが黒い瞳の男は何も答えず、じっと神経をシャノンに集中させていた。燃えさかる炎も、パニックして走り去った馬たちも、やってきた救助隊員も、この世には存在しないとでもいうように。

男は注意深く彼女の体をまさぐりながら言った。「シャノン」ほとんど聞こえないくらいのささやきだった。「起きてくれ。俺の声が聞こえるか？」

「気絶してるんだよ」トラヴィスはいらいらしながら言った。

男はトラヴィスのほうを見ようとさえしない。

「助けを呼んでくる」シャノンをこの男とふたりきりにするのは気が進まなかったが、ほかに選択肢はなかった。トラヴィスは馬小屋の奥にあるドアのほうへ走った。だが、ドアはびくともしない。差し金をいじってかちりと音がしたのを確かめてから、肩をぶつけて無理やりこじあけた。あちこちに緊急用車両がとまっていた。郡保安官の車、ポンプ車、救急車。ヘルメットをかぶって防火服を着た消防士たちが、ノズルをひねり、ホースを引きずりながら、お互いに声をかけつつ炎を包囲しようとしていた。

「おい、あんた！」消防士のひとりがトラヴィスに声をかけた。背が低くて屈強そうな男だった。透明なバイザーの向こうから、射抜くようなきびしい瞳でこちらを見ている。「誰かなかにいるのか？」

「わからない」トラヴィスはそう答えながら、爆発の前に見た人影のことを考えた。あれは誰で、どこへ行ってしまったんだ？　「だが馬小屋で女性が怪我をしてる。手当てが必要なんだ――今すぐに！」

消防士は、救急車からおりてきた人たちのほうを指さした。

トラヴィスは急いでそちらへ走った。消防士たちが燃えている小屋やまわりの建物に向けてノズルを構え、放水が始まった。炎が水の大虐殺に抵抗するかのように、しゅうしゅうと怒りの声をあげる。

「この家の持ち主のシャノン・フラナリーが、馬小屋で気を失ってるんだ」トラヴィスは救急車から救命具の入った箱をおろしている隊員たちに言った。「頭に怪我を負って、顔も切ってる。目に見えないところも痛めてるかもしれない」

「あなたはどうなんです？」女性の救急隊員が、すでに馬小屋へと走りはじめたトラヴィスのあとを追いながら質問した。背が低くてスリムな女性で、そのパートナーは彼女よりほんの少しだけ背の高い、がっしりした男性だった。

「ぼくはだいじょうぶだ」

「そうは見えないけど」女性隊員が眉をひそめた。トラヴィスがふと視線を落とすと、ジャケットもシャツもジーンズも血まみれだった。

「ぼくの血じゃない」彼はドアにたどりついて言った。「この通路の奥だ。明かりはつかない」

「わかりました」男性隊員が大きなフラッシュライトをつけ、馬小屋のまんなかを走っているコンクリートの通路をあかあかと照らしだした。通路のあちこちには血まみれの足跡がついていた。

「現場を荒らさないでください！」男性隊員が言ったが、もう遅すぎた。暗いなか、助けを呼ぼうとしたせいで、血のついた足跡はトラヴィスのブーツに何度も踏みつけられたあとだった。これで足跡から犯人を割りだすのが困難になってしまった。彼はそう思いながら、これ以上足跡を踏まないよう気をつけつつ、シャノンが倒れている場所へ近づいた。かたわらには、まだあの男がひざまずいている。

救急隊員がやってきたというのに、動こうともしない。

「さがってください」女性隊員が命じた。「早く！」

男性隊員はすでに救命具の入った箱をあけはじめていた。

男が不承不承の様子でシャノンのそばから離れると、女性隊員が入れ替わりにかがみこむ。

「ひどい」彼女は小声で言った。「これがあのシャノン・フラナリーなの？」

「そうだ」ふたりの男は同時に答え、トラヴィスは悲惨な状態になったシャノンの顔を見て思わず身をすくませた。怪我人を目にしたことはこれまでに何度もあったけれど、血まみれになったシャノンの顔を見ていると、腸が引っくりかえりそうだった。

女性隊員が目をあげた。「あなたとこの人との関係は？　旦那さんですか？」

「いや」トラヴィスが言い、もうひとりの男も首を振った。

「ほかに怪我をしてる人は？」彼女はシャノンのかたわらに腰をおろしたままたずね、パートナーはケースのなかからラテックスの手袋をとりだした。

「わからない」トラヴィスは答えた。「ほかの人は目にしていない」

「ここに住んでる人は？」急いで手袋をはめた彼女は、早くもシャノンの状態をチェックし、呼吸や脈を確かめながら質問した。

「俺はここに住んでるが、今戻ってきたばかりなんだ」背の高い男が答えた。

じゃあ、こいつがネイト・サンタナなのか。トラヴィスはそう思った。そのとたん、またしてもあの望みもしない嫉妬の感情が、血管のなかで高らかに歌を歌いはじめた。もちろんサンタナという男の存在は、シャノンのことを書いた記事を読んで知っていた。馬のトレーナー。インターネットには、馬の耳に何事かささやいて言うことを聞かせる男、などという記述さえあった。

サンタナとシャノン・フラナリーが恋愛関係にあるなどという文章は、どの記事にも見あたらなかった。だが今、サンタナの顔に浮かんだ憂いや、彼がシャノンに触れたときのしぐさのことを考えると、単なるパートナーだとはどうしても思えなかった。ふたりは生活をともにし、おそらく愛しあっているのだろう。

トラヴィスは緊張したまま、黒曜石のように黒い瞳と黒い髪をした長身の男をちらりと睨んだ。口のまわりには深い皺が刻まれ、目尻にもカラスの足跡が広がっている。

「あなたとミズ・フラナリー以外に、この敷地に住んでいる人はいるんですか？」

「いいや」

開いたドアのすぐ外では、消防士が消火に努めていた。見事なチームワークで炎と戦っている。放水が続けて行われ、煙と蒸気が天へのぼっていった。

「お客さんが来ていたりとかは?」

背の高い男は一瞬トラヴィスに目をやった。「俺の知ってるかぎり、いないはずだが」

「わかりました。で、彼女に何があったんです?」女性隊員がそう質問しているかたわらで、男性隊員が無線を使い、サンタナとシャノン以外この場所に住んでいる人間はいないことを誰かに伝えた。

「彼女はここにも火が移るんじゃないかと思って、馬を外へ出そうとしてたんだ」とトラヴィスは言った。「ぼくは犬を逃がしてたから……ここにはいなかった。もしかすると、馬に蹴られたんじゃないか?」

「蹴られただけでこんな傷はできません」女性隊員は言って、ふたりの男たちを見あげた。

「気絶してどれくらいになるんですか?」

トラヴィスが答えた。「五分か、それよりちょっと長いくらいだろう」

女性隊員は傷口を見て眉をひそめながら、慣れた手つきですみやかにシャノンの頭部へ包帯を巻き、それからブラウスの襟もとを開いて、脇腹の切り傷にもガーゼをあてた。「こっちはかすり傷です」そう言って、ペンライトの明かりでシャノンの目もとを照らす。「シャノン!」だが反応はない。「運びましょう。肩を動かさないように気をつけて」

三人の男たちがシャノンを担架に寝かせるのを見ながら、彼女はレコーダーに向かって言った。「被害者は女性。顔と後頭部に打撲傷が数箇所あります……誰かに手ひどく殴られたようです」そうしてレコーダーのスイッチを切り、血に染まった通路を眺めて続ける。「彼女を病院に連れていきます」

トラヴィスの腸は煮えくりかえりそうだった。彼女のもとを離れたほんの数分のあいだに、いったい何があったんだ？　シャノンは馬小屋へ行き、ぼくは犬小屋に行っただけだったのに。トラヴィスは先ほどまであんなに美しかった彼女の顔を眺めた。その顔が今や血に染まり、包帯に包まれている。救急隊員は彼女の首を固定すると、ゆっくり担架を運びはじめた。まるで誰かが、彼女をバットで殴りつけたみたいだった。動物を助けようと我が身の危険を顧みずに馬小屋へ飛びこんで、こんな目にあうなんて。

トラヴィスは情けなさのあまり、奥歯を噛みしめた。

「あなたがたふたりはここに残って、捜査官に知っていることを教えてください」女性隊員はそう言い残すと、パートナーや担架とともに馬小屋のまんなかの通路を抜け、救急車のほうへと去っていった。

「その前に、あんたのことだ」サンタナが言った。トラヴィスを睨みつけるように目を細めている。その表情には疑惑と不信感があふれていた。「あんたはいったい誰なんだ？　火事が起きたちょうどそのときここにいたなんて、ちょっとおかしくないか？」

8

シェイはアクセルを踏みこんだ。制限速度ぎりぎりまでスピードをあげながらサイレンを鳴らし、ほとんど人気《ひとけ》のない町の通りを妹の住む郊外に向かって突き進む。オペレーターのメラニー・ディーンの言ったことが信じられなかった。シャノンの家で火事が起きるなんて。通報してきたのはシャノン本人と、もうひとり、別の男だった。メラニーが発信元の携帯電話を調べてみると、その男は、オレゴン州フォールズ・クロッシングに住むトラヴィス・セトラーであることがわかったという。

シェイはブレーキを踏んで大通りから外れ、少しだけ窓をあけた。いきなり、煙と煤《すす》の匂いが強く漂ってきた。子供のころから慣れ親しんだ匂いだ。

父親は消防士だったし、叔父のひとりは最近、四〇年間勤めあげたサンフランシスコの消防局から退職したばかりだった。別の叔父は八〇年代、南カリフォルニアで起きた山火事の消火活動中に命を落とした。そしてシェイ自身も、今でこそサンタ・ルシア警察で火災捜査官として働いているが、若いころは町の消防隊員として働いていた。

それがフラナリー家の血だった。

兄弟たちはみな、人生のどこかで消防署とかかわりを持っていた。だが現在、消防士として炎と戦うというフラナリー家の血筋を守っているのは、ロバートひとりだけだ。

木立の隙間から明かりが見え、それから数秒もしないうちにシェイは角を曲がって、駐車スペースに車をとめた。馬小屋のそばの二階建ての建物が、すっかり焼けて崩れ落ちていた。まだ残っていた消防車のヘッドライトや、消火活動の際に使う巨大なフラッシュライトの明かりで、黒くなった壁が三面だけ残っているのがわかった。焼け跡からはまだ、煙が幾筋かうねうねと立ちのぼっている。しかし幸運なことに、ほかの建物は被害を受けていないようだ。馬小屋や犬小屋、ガレージや母屋は煙のダメージを受けているだろうが、それにしても妹はラッキーだった。警察の黄色いテープを張りめぐらされているのは、物置代わりに使っていた建物だけだ。

シェイはエンジンを切るとサイドブレーキを引き、そっと悪態をついてから車をおりた。夜の空気には、すでにぴりぴりしていた彼の神経をさらに逆撫でするような緊張感が漂っていた。地面は水でびしょびしょだ。彼は、ブーツで砂利や泥やゴミをかき分けるようにして進んでいった。消防士が何人か残って、後片づけをしている。

地元のテレビ局のバンと警察の車が二台、妙な角度にとめられていた。シェイは、明日の『サンタ・ルシア・シティズン』紙の見出しや、一一時のニュースを読みあげるアナウンサーの声を思い浮かべて顔をしかめた。

この火事が以前の事件と関連づけて語られることは、ほぼ疑いようがなかった。人々は、妹が夫殺しの容疑で裁判にかけられたときの騒ぎを思い出すだろう。シェイは顎をぐいと引いて、ライアン・カーライルのことを考えた。あいつは相応の罰を受けただけだ。すべては過去の話じゃないか。

またスキャンダルが起きたりしたら、母親のモーリーンはそれこそ死んでしまうかもしれない。

「ちくしょう」彼はそうつぶやいて警官のいるほうへ近づいていった。シャノンがサンタ・ルシア総合病院へ搬送されたことは知っていたし、火事の原因がまだ不明であることもわかっていた。それを見つけるのが、彼の仕事だ。

しかし、消防署の側で同じ仕事を担当しているキャメロン・ノリスには、いつも手をやかされていた。シェイに言わせれば、ノリスはただの阿呆《あほう》だった。頭のなかには昇進のことしかなく、テレビカメラに映って有名になりたいだけの男。大学で犯罪学を勉強したという話だったが、火事のことなど何ひとつわかっちゃいない。あのときもやつは、シャノンがわざと火事を起こして夫を殺したのだという説を曲げようとしなかった。

ふたりの警官が立ち話をしながらあたりを見張っていた。近所の人間や友人、野次馬やリポーターが現場に入ってこないようにするためだ。火事場にはみんながやってくる。いつの時代になっても、それだけは変わらなかった。人間というのは、火に魅せられた生きものだ。本能では死ぬほど火を恐れながらも、炎がすべてを焼きつくし、奪いつくすところを見ずにはいられない生きものだった。

シェイはバッジを見せたが、ふたりの警官はほとんど目をあげようともせず、ただうなずいただけでまた立ち話に戻った。鑑識がやってくるまで、そうしているつもりらしい。

消防士のひとりが、トラックに器具を戻すのをやめて、シェイのほうへ近づいてきた。すぐ上の兄のロバートだった。防火服を着ていてもすぐわかる。

兄弟たちはみんな父親似だったが、親戚《しんせき》じゅうが認めるほどそっくりなのがロバートだった。

「いったい何があったんだ？」兄が近くまで来ると、シェイは大声でたずねた。

「わからない」ロバートはストラップを外してヘルメットを脱いだ。頭にかぶったフードは汗まみれで、顔には煤や泥がこびりついている。シェイよりは少しだけ背が低かったが、ウェーブした黒い髪や強烈な光を放つ青い瞳は、ほかのフラナリー家の兄弟と同じだった。

「一時間ほど前に通報があってな」ロバートはため息をもらしながら首の後ろをもんだ。「シャノンの家だなんて、信じられなかったよ。住所を聞いたときは、ションベンをもらすかと思っちまったくらいさ」

「シャノンにはまだ会ってないのかい？」

「ああ。だが話に聞くと、誰かにこっぴどくやられてるそうだ。ケイがちらりと見たらしい」ロバートは振り向いて、消防車のほうを見た。そこではケイ・カダヘイがノズルをしまおうとしているところだった。シェイは彼女のことを知っていた。背が高くて、かなりの別嬪《べっぴん》だ。しかしもう二度も離婚しているし、子供も三人いる。おまけに口の悪い女だった。

「煙を吸ったり、火傷を負ったりは？」

「怪我だけだ。おそらくは馬に蹴られたせいじゃないかって話も出てたんだが、ケイによれば、野球のバットで殴られたみたいだったらしい」

「殴られた？」シェイはくりかえした。炎にあぶられたかのように、皮膚がむずむずした。

「誰にだい？」

「まだわからんさ」

「だが、それじゃあ間尺に合わないな」シェイは顎をかいた。「あの子はいつだって、動物には優しかった。動物もあの子を信じてたんだぜ」それに、どうして小屋は一挙に燃えあがったのだろう。まるで誰かがシャノンを狙《ねら》ったみたいではないか。

シェイは奥歯を嚙みしめ、頭のなかで様々なシナリオを思い描いてみた。もしシャノンを蹴りとばすような馬がいたとしたら、きっと火事でパニックになっていたにちがいない。妹に怪我を負わせるなんて、そうとしか考えられなかった。

いや、もしかしたら悪意を持った誰かが……。

夜がシェイの体のなかに忍びこんできた。消えた炎の匂いと、吹きつける風。とてつもなく嫌な予感がした。

彼は煙をあげている小屋の残骸《ざんがい》を睨みながら、どうしてこんな火事が起きてしまったのだろうと考えた。緊急用のフラッシュライトの明かりを見つめながら、目を細める。青い光のなかすべてのものが悲惨に、そして不吉に見えた。

子供のころに感じた恐怖が心によみがえってくる。

頭のなかに浮かんでくることが、何もかも気に入らなかった。絶対に考えたくないことばかりだった。

「たぶん火事のせいで」とロバートが言った。「馬がパニックしたんじゃないかな。動物ってのは本能的に火を嫌うもんだからね。一頭がシャノンを押し倒して、その上をほかの馬たちが踏みつけていったってわけさ」

「かもしれないな」シェイはとりあえずそう言ったが、兄の言葉を信じたわけではなかった。シャノンはフラナリー家の人間だ。火の怖さはよく知っている。動物がどう反応するかも、よくわかっていたはずだ。

腑《ふ》に落ちないことばかりだった。

「シャノンはどこで見つかったんだい？」

「馬小屋のなかだよ」ロバートは、焼け落ちた建物から五メートルも離れていない建物を顎で示した。「パドックへ続く出入口のそばでね」

黄色いテープが長い建物をとりまいていた。シェイは何度か、その馬小屋に入ったことがあった。通路を挟んで、両側に六つずつ馬房が並んだ小屋だ。通路の一方は駐車場に、もう一方はパドックにつながっている。裏口のそばには手綱や馬具をしまういくつかの戸棚や飼料置き場があり、馬用の薬を入れたキャビネットがあった。屋根裏には、季節によって干し草や藁《わら》が蓄えられるようになっていた。

燃え落ちた建物に近いほうの壁が焦げ、窓がいくつか割れている。

「馬小屋まで燃えなくてよかったよ」シェイは心から言った。

「馬や犬もだいじょうぶだったしな」

「動物はどこにいるんだ？」

「パドックの向こうの囲いのなかさ。サンタナが馬を全部、炎からいちばん遠いところへ連れていってくれたんだ。それから犬を集めて、別の小屋に入れてね。動物たちがこれ以上興奮しないようにしたってわけさ」

「シャノンの犬は？」シェイはあたりを見まわしながらたずねた。

「カーンか？　家のなかにいたよ。怪我はしてないが、すごく怒ってたな。今はほかの犬たちといっしょだ」

「サンタナが面倒を見てくれてるわけだな？」

「そうだ」ロバートは一瞬だけ、弟の目を真正面から見すえた。どちらも何も言わなかったが、お互いの考えていることはわかっていた。シェイもロバートも、シャノンの家に住み、彼女といっしょに働いている男、ネイト・サンタナを信用していなかった。チャンスさえあれば、放りだしてやりたいと思っていたくらいだ。

「火事が起きたとき、サンタナはどこにいたんだ？」シェイがそうたずねると、煤にまみれたロバートの口もとが引きしまった。

「いい質問だな。シャノンが馬を外に出したあと、姿を現したって話だ。前にアーロンから聞いてたんだが、サンタナはしばらくここを離れてたらしいんだ。シャノンは今週、ひとりきりだったってわけさ」

シェイの心に再び不安が走った。まだ現場検証も行われていないというのに、事態は悪い方向へ向かっているようだ。

「それにもうひとり、救急車が到着する前にシャノンを助けようとした男がいたらしい」

「どんな男だ?」

「よそ者さ。セトラーっていう名前だったかな。俺にはそれ以上のことはわからないよ」ロバートの背後から消防車のエンジン音が聞こえてきた。「詳しいことは隊長が知ってる。俺はもう行かないと」彼は最後に残った消防車のほうを振り向いた。ふたりの隊員がホースを畳んでいるところだった。

「シャノンには誰がついてるんだ?」

「オリヴァーだよ」ロバートが言った。下の弟だ。「シャノンが病院に運ばれたって聞いたんで、すぐ連絡したんだ」

オリヴァーも以前は消防士だったのだが、とっくに署を辞め、今ではあと数週間で聖職者になろうとしているところだった。

シェイは弟のことが理解できなかった。神の使いになろうとしているなんて。だがここ数年、すっかり生きる希望をなくしていた母親は、家族のひとりが聖職者になれるかもしれないと喜んでいる。だったらさっさと教会に入ってしまえ、とシェイは思っていた。誓いを立て、セックスや罪への欲望なんて忘れてしまえ。すべての男は炎と闘わなければならないという家族の伝統——いや、それは強迫観念だろうか？——なんて、さっさと捨ててしまえ。

「母さんにはオリヴァーから連絡を入れるって話だった」

「そいつはいい」シェイは皮肉をこめて言った。きっと母親はあわてふためくだろう。たったひとりの娘がまたしてもトラブルに見舞われたのだから、当然だ。フラナリー家は、安穏に暮らすことのできない家族だった。モーリーン・フラナリーはそれを、家族にかけられた呪《のろ》いのせいだと言っていたほどだ。

フラナリー家の子供たちはみんな、おとなしくしていられないたちだった。誰もが人に言えない秘密を抱えていたし、いつも面倒に巻きこまれていた。「シャノンの怪我がたいしたことなけりゃ、それがいちばんさ」シェイはそうつぶやいた。

「まあ、な」

「まあ、ってどういうことだよ」

「誰かが俺たちの妹を痛めつけたのかもしれないんだぞ。もしそうだったら、そいつにはたっぷりをお返しをしないといけないじゃないか」

「警察にまかせておけよ」シェイは言った。

「ふん」ロバートは鼻を鳴らし、黒く汚れた顔にユーモアのかけらもない笑みを浮かべた。

「ねえ、フラナリー、ちょっと手伝ってよ！」ケイ・カダヘイが、わたしはずっと仕事をしてるのにあんたはどうしてそうやってさぼってるわけ、と言わんばかりの表情でロバートを睨みつけていた。

「じゃ、またな」ロバートはそう言い残し、小走りに消防車のほうへ戻った。

しばらくすると、消防車は巨体を揺らしながら走り去った。

シェイは現場をひとまわりしながら、火が燃えさかっていたときのことを想像しようとした。もう少し温度がさがれば、警察の鑑識が積み重なった燃えさしや灰、ガラスのかけらなどを調べて、状況を明確にしてくれるだろう。シャノンやサンタナからも話を聞いておかなければならない。それから、もうひとりの男。セトラーと言ったっけ？　いったい、どこの馬の骨なんだ？

シェイは車に戻って、現場を荒らさずにすむよう、自分のブーツにカバーをつけ、手袋をはめた。そうして懐中電灯を手にすると、黄色いテープをまたいで、開いたドアから馬小屋へ入った。

スイッチを入れると、まぶしい蛍光灯の光に建物の内部がくっきり浮かびあがった。こびりついてかたまった血だまりが視界に飛びこんできて、シェイは思わず息を詰まらせた。彼は通路を通らず、一度ドアを出ると建物の外をまわって、黒い血の跡を観察した。シャノンが手当てを受け、担架で運びだされたせいで、あたりはすっかり荒らされていた。これでは証拠など期待できそうもない。

シェイはしゃがみこんで通路を眺め、何が起きたのか頭のなかで再現してみた。馬がパニックしてシャノンを踏みつけ、怪我をさせたのだとしたら、どこかに血でできた蹄の跡がなければならないはずだ。しかし、そんなものはひとつも見あたらなかった。目についたのは、男ものの靴やブーツのあとだけだ。

腹の底でわだかまっていた嫌な予感が、さらに強くなった。馬小屋の向こう側から、車の接近する音が聞こえてきた。ヘッドライトの明かりが見える。

鑑識が到着したようだ。

もうすぐ答えが見つかるかもしれない。

裏のポーチの日に焼けたベンチに座り、コカコーラをすすりながら、男は夜が明けるのを眺めていた。暑い夜だった。夜明けの涼しさなど期待できなかった。乾いた熱風が周囲の丘をなぶり、涸《か》れ谷を駆けおりて森のなかへと滑りこんでいくだけだ。

燃えあがるような光が、東の山際を包みこんだ。鮮やかなオレンジ色や金色が、暗い夜をそんな景色はいつも、彼に炎を思い出させた。

野ウサギが古い家の庭の端にあるシダの茂みのなかを走った。もう何十年も、誰も住んでいなかった家だ。樫の木の枝でカラスがかあと鳴いた。頭上では、ひさしの下の泥でできた巣から出てきたスズメバチが羽音を立てはじめている。

ここが男の聖域だった。

誰も知らない場所。

男はボトルからごくりとコーラを飲んだ。

娘は家のなかにいた。明かりとりの窓があるだけの部屋。もちろん、鍵は外からかけてあるし、たったひとつの窓にもベニヤ板が打ちつけてあった。

今のところ、泣き叫んだりはしていない。ただ怯えているだけだ。

それにしても、手のやけるガキだった。

あんな怖がりのガキがシャノン・フラナリーの血を引いているなんて。

男は娘のことを頭の隅に追いやって、ゆっくりと明るさを増していく空へ視線を戻した。

再び、炎の色がよみがえってくる。

あの女のことがよみがえってくる。

それだけで、熱く血がたぎった。

男は、シャノンの匂いが嗅ぎ分けられるほど近くにいた。彼女の恐怖が間近に感じられた。三叉の柄をぶちあててやったとき、シャノンは「うっ」という呻《うめ》き声をもらした。男は唇を舐《な》めながら、そのときの感触を思い出した。だが彼はただ、皮膚を切り裂き、骨を何本かへし折ってやろうとしただけだった。シャノンの美しさにとりかえしのつかない傷をつけるつもりも、何週間も入院させるつもりもなかった。

まだ殺しはしない。

今のところは。

シャノンのことだから、火の手があがったらすぐ馬小屋か犬小屋に駆けつけるだろうと思っていた。消防車が到着する前に、まず動物を助けようとするはずだ。

だから彼は待った。飼料を入れた樽《たる》の陰で三叉を持ち、時を数えながら待っていた。呼吸が荒くなり、脈が速くなった。

仕掛けておいた火薬が爆発し、窓ガラスが砕け散り、地面が揺れた。パニックした馬が馬房のなかで暴れだした。彼は、火の手があっというまに広がり、乾いた屋根を舐めていくのをじっと見守った。

すべては完璧だった。

今こうしていても、あのときの興奮が血管のなかでささやいているのがわかる。

二度目の爆発が起きると、すでに怖がっていた動物が狂ったようにいななきをあげ、蹄で壁を蹴りはじめた。犬たちも小屋のなかで吠えたり、悲しげな鳴き声をあげたりしていた。彼の隠れているところからは、母屋の玄関がはっきり見えた。ドアがあき、必死の形相をしたシャノンが消火器を持って姿を現した。思ったとおりだった。シャノンはとび色の髪をくしゃくしゃにして、化粧気のない顔を恐怖にゆがめていた。引きしまった細身の体に、こんもりともりあがった胸。そして、完璧な形の小さなヒップ。

怖がってはいるが、とり乱してはいない。彼女は家から飛びだすと、砂利を敷いた駐車スペースを横切り、馬小屋へと走ってきた。

彼の勘は正しかった。

ただ意外だったのは、どこからともなく、ひとりの男が姿を現したことだ。

その男のことを思い出すと、彼の表情から笑みが消えた。

しかし幸運にもシャノンは、その男を犬小屋へと向かわせ、ひとりで馬小屋へやってきた。彼女は勢いよく小屋のドアをあけ、反対側まで通路を駆けぬけた。それも予想どおりだった。おかげで彼は、こっそり駐車場側にまわるとドアを閉めて鍵をかけ、シャノンの退路を断つことができた。これでシャノンとふたりきりだ。あの見知らぬ男に邪魔されることはなくなった。

彼はごくりとコーラを飲みながら、東側の山から太陽がのぼってくるのを眺めた。燃えあがる火の玉が、夜の余韻を消し去っていく。

シャノンを襲った瞬間を思い出し、男は唇の端を舐めた。あのときは筋肉が痛いほど予感に震え、体じゅうの血液が歓喜の歌を歌った。

彼はシャノンが一頭ずつ馬を逃がしていくのを、じっと我慢しながら見守っていた。シャノンは彼に近づいたり遠ざかったりしながら作業を進め、最後の一頭へと近づいていった。彼が前もってライターを顔の前にかざして、充分怖がらせておいた馬だ。シャノンがそばまで行ったとき、その馬はすでに恐怖で狂ったようになっていた。シャノンは苦労しながら馬を馬房から出し、おまけに怪我までさせられた。なのに、悲鳴ひとつあげなかった。

勇敢な女だ。

自尊心の強い女。

だが、そんな女も、もう彼の思うがままだった。

三叉は充分、その役割を果たしてくれた。

もしそうしたいと思えば、殺すことだってできただろう。だがそんなことをしてしまっては、計画が台なしだ。血のなかで殺しの欲望が渦巻いてはいるが、ことは慎重に進めなければならない。

ほかのやつらを全員殺してしまうまで、シャノンは生かしておくつもりだった。肉親を失うつらさと悲しみをたっぷり味わわせてやる。

自分の死が間近に迫っていることを、あの女に思い知らせてやる。

9

最悪の気分だった。

体全体が痛くてたまらない。

顔がずきずきするし、後頭部は今にも破裂してしまいそうだ。何より、起きあがることさえできないのがつらかった。まぶたには錘《おもり》がぶらさげられているようだし、舌ももつれてうまく動かない。

声が聞こえた——くぐもったささやき声。剝きだしの腕を指でつかまれたようだ。

シャノンは目をうっすらとあけてみた。だがまぶしい室内灯の明かりのせいで、すぐにまたまぶたを閉じた。

「意識が戻ってきたみたいね」やわらかい女性の声がした。

一瞬が過ぎ、シャノンはそこが自宅のベッドではないことに気づいた。病室だ。鋭い痛みとともに、記憶の断片がよみがえってくる。小屋が燃えあがっているのを目にして、パニックしたこと。思わず外に駆けだしたこと。見知らぬ男がいたこと。怯えた馬を外に出そうとして、そして、誰かに襲われて……。

「フラナリーさんの意識が戻りつつあるの」再び女性の声が聞こえた。「ゾルナー先生を見かけなかった？」

「ちょっと前、B棟にいらっしゃいましたけど」

「よかった。じゃあ、先生に、フラナリーさんが意識をとりもどそうとしてることを伝えてくれないかしら」

シャノンはそのときもまだ、断片的な記憶をつなぎあわせようとしていた。馬小屋に隠れていたのは誰だったんだろう。誰がわたしを殺そうとしたんだろう。

そのときの恐怖を思い出すと、心臓が早鐘のように打ち、呼吸が乱れた。火事を起こしたのも、わたしを襲ったあの男なの？　それに、爆発のあとすぐ姿を現した男――あれは、誰？　味方？　それとも敵？　助けるふりをして、火をつけたのはあの男じゃなかったのかしら？　それから馬小屋に身をひそめ、わたしを襲ったんじゃない？　あの人、なんて名前だったっけ――。

考えをまとめようとすると、頭がずきずき痛んだ。

「シャノン？」

女性の声――看護師の声だ。さっきよりも近くから聞こえるような気がする。「シャノン、聞こえますか？　シャノン？」

「ええ」彼女はかろうじてそう答えた。口のなかに煤のような味が広がり、頬の片側に激痛が走った。

「気分はどうです？　目をあけられますか？」

シャノンは顔をしかめながら何度かかすかにまばたきをし、まぶたを開いた。目の前にあったのは、髪を短く切りそろえて銀縁の眼鏡をかけ、えくぼを浮かべた小柄なナースの顔だった。

「ご気分は？」ナースは優しくシャノンの脈を確かめながら、もう一度くりかえした。

最悪よ。まるでトラックに跳ねとばされたみたい。

「ひどく痛みます」シャノンはかすれた声でそれだけ言った。

「先生に診ていただいたら、痛みどめをあげますからね」ナースが黒い瞳に同情の色を浮かべて言った。シャノンが寝かされているのは、壁を薄緑色に塗った個室だった。壁にははめこみ式のテレビがあり、向こう側の壁には花が飾られている。どうやら、お見舞いの花らしい。彼女の容態をたずねて、何人かの見舞客がやってきたということだ。

突然、パニックが襲ってきた。

「わたし、どれくらい眠ってたんですか？」彼女は点滴の注射針を刺されながらたずねた。

「運ばれてきたのは、一昨日の夜ですよ」

窓の外は薄暗かった。駐車場のライトがあたりを照らしている。

「何が起きたんです？　わたしの馬は？」体内で噴出されたアドレナリンが、意識をすっきりさせてくれた。

「無事だと思います」ナースはシャノンの体温をはかり、腕に血圧計測用のバンドを巻きつけた。

気持ちを落ち着かせようとしながら、シャノンはたずねた。「わたしのカバンは？　財布は？　携帯はどこなんです？」

「ここにはありませんよ。あなたは救急車で運ばれてきたんです。個人的な持ちものは服と腕時計だけでした。今はクローゼットのなかに入れてありますけどね」

「電話をかけなきゃ」シャノンは言った。動物たちの面倒は、兄の誰かが見てくれているはずだ。もしかすると、会計を担当しているリンディに電話を入れ、馬や犬たちに餌や水を与え、運動させるよう誰かに頼んでくれたかもしれない。「わたし、すぐにでも家に帰らないと」

「電話なら、ベッドサイド・テーブルの上です」ナースが言った。「でも、ご家族のかたなら、待合室にいらっしゃいますけど。背の高い、警察の人――」

「シェイ兄さんだわ」

ナースがうなずいた。「あなたの意識が戻ったら、家のことも動物のことも心配しないように伝えてくれ、っておっしゃってました。そういえば、お兄さんたちは何人もいらしてましたよ。お母さんはもうお帰りになりましたけど」

シャノンは大きなため息をついた。兄さんたちが待合室に来ていて、わたしのことを心配し、動物たちの面倒も見てくれているなんて。それだけで頭痛がひどくなりそうだ。ママが関節炎に痛む指でロザリオを握りしめながら神様にお祈りをし、オリヴァー兄さんがかたわらで慰めている図が目に浮かぶ。ロバート兄さんは自分でも家族の問題を抱えているところだから、きっといらいらしていたことだろう。奥さんのメアリー・ベスとは、最近、顔も合わせようとしない。アーロン兄さんは、妹にこんなことをしたやつの首根っこをつかまえてやろうと躍起になっているはずだ。そしてシェイ兄さんはいつものように、冷静で理性的なことを言いながらも、内心ではふつふつと怒りをたぎらせている――。

「ハロー、シャノン」白衣を着た背の高い女性が病室に入ってきて、自己紹介した。担当医師のイングリッド・ゾルナーだった。日に焼けた顔に髪がかからないよう、ピンでとめている。意志の強そうな表情や、目もとや口もとに刻まれた皺からすると、アウトドアの好きな女性なのだろう。彼女は疲れたような笑みを浮かべた。

ゾルナー医師はシャノンを診察し、周辺視力や痛みの具合を確かめると、顔や後頭部やおなかに巻かれた包帯の具合をチェックした。「あなたがここに運ばれたときは、後頭部に受けた衝撃のせいで意識を失っている状態でした。でも幸いなことに、骨折はしていませんでしたよ。肩をひねっていて、脇腹にも打撲がありましたけどね」そうして頭の後ろの傷をもう一度診ながら、こうしめくくった。「あなたはラッキーだったんですよ」

「ラッキー?」シャノンはおうむ返しに言った。「とってもそんなふうには思えませんけど」

「もっとひどい状態に陥ってても、おかしくなかったのよ」医師は表情から笑みを消し、真面目な口調になって言った。「脳に損傷がなかったのは、ラッキーだとしか思えないわ。それに、顔の再建手術の必要がなかったこともね」

言われてみれば、確かにそのとおりだった。

ゾルナー医師は胸の前で腕を組みながら続けた。「警察が話をしたがってるの。あなたの意識が戻ったあと数分間だけだったら、ってことで、OKを出しておいたんだけど、まだその気になれないんだったらもう少し待たせておきます」

「先延ばしにする必要はありません」シャノンは答えた。「家にはいつ帰れます?」

ブロンドの眉が持ちあげられた。「もうすぐね」

「もうすぐって、どれくらい?」

医師の白衣のなかでポケベルが鳴った。ゾルナーはポケベルを出して発信元を確かめると眉をひそめた。「明日の朝には退院できるんじゃないかしら。でも少なくともあとひと晩は、ここにいてもらいたいの。ラッキーだとは言ったけど、脳震盪《のうしんとう》って、軽視していいものじゃないから」

「わかってますけど、動物の面倒を見なきゃいけないんです――」

「まず自分のことを考えてください」医師はきっぱりと言い、ドアのほうへ向かった。「ペットの面倒なら、誰かが見てくれてるわ」

「違うんです。あの動物たちは――」

だがゾルナー医師はシャノンが言葉を言い終える前にいなくなっていた。

「最高ね、まったく」シャノンはつぶやいた。

「わたしができるかぎりのことをしますよ」ナースがウインクしながら言った。「ゾルナー先生はとってもお忙しいんです。ご家族にはわたしのほうから連絡しておきますから。でもその前に、何か食べてくれないと」

そう言われてシャノンは突然、空腹であることに気づいた。「そうね。おなかがすいたわ」

「いい兆候ですよ」ナースが出ていくころには、鎮痛剤も効果を発揮しはじめていた。

数分もしないうちに、クレオ・ジャノウィッツとレイ・ロッシというふたりの刑事が入ってきた。ジャノウィッツはモデルのような細身の体型の女性で、背もパートナーと変わらないくらい高かった。おそらく一八〇センチはあるだろう。つやつやした黒髪を肩まで垂らし、アーモンド型の瞳をきらきらと輝かせている。きれいな女性で、弱々しそうなところは何ひとつなかった。ロッシのほうは刑事コジャックを若くした感じと言えばいいだろうか。大きな鼻と大きな茶色の瞳。そして剃《そ》りあげた頭。ほっぺたが真っ赤なのが、ご愛敬《あいきょう》だ。

「フラナリーさん」とジャノウィッツが言った。「ご気分がすぐれないでしょうから、手短にお訊きします。火事のことなんですが」

「どうぞ」点滴の針を腕に刺され、あちこちに包帯を巻かれた姿で、シャノンはボタンを押し、ベッドの背を少しだけ持ちあげた。こんなところで警察の事情聴取を受けるなんて、妙な気分だった。病室のドアは開いたままで、すぐそこにナース・ステーションが見える。

「放火の疑いがあるのはご存じですか？」ジャノウィッツはそう言いながら、カバンに手を突っこみ、ペンと小さなノートをとりだした。ロッシもポケットからテープレコーダーを出し、ベッドについているテーブルの上に置く。

「そういうことであっても、不思議じゃないでしょうね」シャノンはそう答えながら、予想した最悪の事態が現実になりつつあることを悟った。焼けた出生証明書をポーチで見つけたあと馬小屋で襲われたのだから、誰かがわたしのことをつけ狙っていたとしても少しも不思議じゃない。ただ、それが誰なのか、なぜなのかが、わからなかった。

「まだ鑑識が証拠を調べてる段階ですけどね。署の火災捜査官のシェイ・フラナリーは、あなたのお兄さんですよね？」

「ええ」

「待合室で待ってますよ。あなたと話がしたいそうです」

少なくとも、兄のひとりが待合室に詰めていてくれたのだから、感謝くらいはしなければならないだろう。家族にはいつもいらいらさせられるけれど、頼れる人が身近にいてくれることは心強い。「あなたたちは何が知りたいんです？」

ジャノウィッツは金色の瞳でじっとシャノンを見つめた。「その傷からすると、あなたは誰かに襲われたんだと思われます。馬小屋からは、血のついた三叉やいくつかの足跡が見つかりました。もちろん、あなたが受けた傷のいくつかは、馬の蹄で蹴られたり踏まれたりしてできたもののようですけどね」

シャノンはゆっくりと息を吸った。「誰かが馬小屋で待ち伏せしてたんです」炎があがり、窓ガラスが粉々に割れたときのパニック感が心によみがえってきた。猛《たけ》り狂っていた馬たちと、吠えつづけていた犬たち。そして、あの男。「そいつがいきなり襲いかかってきたの」

「どんな男でした？」ジャノウィッツがたずねた。

「暗くてよくわかりませんでした。でも、フードみたいなものをかぶってた気がします。背は一八〇センチ前後で、筋肉質な感じね。でも、ほんとうにちらりと見ただけだから。暗かったし、あまりに突然だったし……」

「どんな服を着てたか、わかります？」

「ええと……」シャノンは首を振った。「黒っぽい感じ？　よくわからない……」

「ジーンズ姿でしたか？」今度はロッシが口を挟んだ。

「そうかもしれないし、そうじゃなかったかもしれない」

「長袖《ながそで》のシャツでした？　ジャケットや手袋は？」

「……わからないわ。はっきり覚えてません」

「ほかに何か、覚えている特徴は？　コロンをつけていたとか、たとえば、ガソリンの匂いがしたとか」

「いいえ――でも、汗臭かったわ。汗の匂いがしました。煙の匂いが充満してたけど、汗の匂いを嗅いだような気がしたの」

「その男は何か言いました？」

「ううん。言葉はひと言も発しませんでした」

「どういうふうに襲われたんです？」

シャノンは唾を呑みこんだ。「さっきも言ったように、そいつはわたしが通路のいちばん奥のドアをあけて馬を逃がすのを待ってたんだと思います。最後の一頭のモリーになったときでした。モリーはすっかり怯えて、一歩も動こうとしなかったんです。だから無理やり鼻面をつかんで外に出そうとしたんだけど、蹄で蹴られてしまって……」シャノンが水の入ったグラスに手を伸ばそうとすると、ロッシが気をきかせてとってくれた。

シャノンは咳払いをしてから、覚えていることをすべて話した。車は一台も見なかったこと。最近誰かに監視されているような気がしていたこと。焼けた出生証明書をポーチに置いていったのが誰なのか、見当もつかないこと。娘の生まれた時刻と同じ一二時七分に、謎《なぞ》の電話がかかってきたこと。火事も含めて、すべての出来事はつながっていると思っていること。

シャノンは突然疲れを覚えて、あくびをした。脇腹に痛みが走った。これ以上火事のことなど考えたくなかったが、ジャノウィッツは質問をやめようとしなかった。「で、火事の最中にあなたが出会った男性のことなんですが」

「ええ、そうね」シャノンは、突然現われた男のことを思い出してうなずいた。犬を逃がしてくれた男。暗くて彼の顔もよく見えなかったけれど、その男もまた、背が高くて筋肉質だった。「名前は訊きませんでした」

ジャノウィッツはノートを何ページか前に戻した。だが、わざわざ確かめる必要などないはずだ。この人なら、事件に関係のある人間の名前くらい、すでに頭に入れている。シャノンはそう思った。「トラヴィス・セトラーです」

その名前を聞くのは初めてだった。「セトラー？」

「心当たり、ないんですか？」

シャノンは首を振った。「ええ、でも……」彼女はその男の顔を見て、どこかで見覚えがあるんじゃないかと考えたことを思い出した。だがそれは、ただの気のせいなのかもしれない。すべてがあっというまの出来事だったのだから。

しかし女性刑事はシャノンの目を見つめたまま、話の続きを待っていた。

「でもあの夜、彼を見たとき、どこかで会ったことがあるんじゃないかな、とは思いました。まるで、デジャヴみたいな感じで……自信はありません」

「オレゴン州のフォールズ・クロッシングに住んでるんですが」

「聞いたこともない町だわ」

「あんまり有名な町じゃありませんからね」ジャノウィッツの口もとにかすかな笑みが浮かんだ。どうやらこの人にも、ユーモアの感覚はあるようだ。

「そのセトラーって、どういう人なんです？」シャノンはたずねた。

だがジャノウィッツは質問に質問で応じた。「あなたを襲ったのは、トラヴィス・セトラーでしたか？」

「いいえ……わたし……」だが、確信は持てなかった。彼が犬を助けに行ってくれたことは事実だが、そのふりをして馬小屋に隠れていた可能性はある。「わからないけど……彼ではなかったと思います」

「こっちが訊きたいわ。暗かったし、わたし、もう馬に蹴られて怪我をしてたんだもの」

「では、誰が？」

「馬小屋の明かりはつかなかったんですよね？」

「ええ、つきませんでした」

「ブレーカーが落ちてたんですよ」ロッシが話に割って入った。

「なんですって？」

「電気がつかなかったのは、馬小屋と犬小屋のブレーカーが落ちていたからなんです。火事のせいかもしれないし、誰かが故意に落としたのかもしれない。あなたはブレーカーをいじったりしましたか？」

「もちろん、そんなことしてません」心臓がとまってしまいそうだった。ということはつまり、犯人がすべてを計画していたってこと？　室内が急に冷えこんだように、彼女は体を震わせた。

「フラナリーさん」ジャノウィッツが優しい口調で訊いた。「あなたに敵はいますか？　あなたを傷つけたいと思っているような人間のことですが」

シャノンは目を閉じた。いくつかの名前が頭に浮かんでくる。彼女に侮辱の言葉を投げかけた人々。三年前、彼女が殺人を犯しながら逃げおおせたと思っている人々。つらい記憶だった。ずっと過去のことだと思っていたけれど、そうではないのかもしれない。点滴には鎮痛剤が入っているというのに、またしても頭痛がひどくなってきた。あのころの怒りや悲しみ、そして恐怖がまざまざと思い出された。裁判が終わったあと、ライアンの家族は、両親やいとこもふくめて、全員で「復讐してやるぞ」と叫んだ。夫のガールフレンドだったウェンディ・エアーズは、シャノンに唾を吐きかけようとさえした。ライアンが死んだときは、戸籍上、まだシャノンが彼の妻だったにもかかわらず。

あのころのことを思い出しただけで、気分が悪くなりそうだった。「名前のリストは、兄のシェイからもらってくれないかしら」

だがジャノウィッツはあきらめなかった。ぐいと体を寄せ、黒い眉のあいだに皺をつくりながらたずねる。「あなたの意見が聞きたいんです。誰か心当たりのある人はいませんか？以前の恋人とか、仕事仲間は？ ネイト・サンタナはどうです？ あの夜は旅行中だったはずなのに、突然戻ってきたわけですよね？」

「ネイトじゃありません」シャノンはきっぱり言った。だが内心では、まったく彼を疑っていないわけではなかった。長いあいだいっしょに仕事をしてきたというのに、わたしは彼の過去をほとんど知らない。知っているのは、彼がわたしを愛しているということだけだ。しかし、ネイトがあんな暴力的な行為をする人だとは、どうしても思えなかった。

「今、どなたか親しい男性はいらっしゃるんですか？」

「いいえ……今はいません。前の夫だったライアン・カーライルはもう死んでるし……そんなことはもうご存じよね」

「養子に出したお子さんの父親はどうです？」

「ブレンダンのこと？」思わず、嫌悪感が浮かんできた。「わたしが妊娠したって知った夜にいなくなってしまったわ。もう一四年も前のことです。それ以来、一度も顔を見てませんし、消息も知りません。彼の両親は、中央アメリカだか南アメリカに行ってしまったって言ってましたけどね」

「ほかにボーイフレンドは？」

シャノンは顔を赤らめながら首を振った。「真剣なつきあいじゃありませんでした。ライアンが死んでから、ボーイフレンドとしてつきあったのは、ふたりだけです。最初は、レジー・マックスウェルっていう人だったんだけど、ロサンジェルスに住んでるって言ってたくせにほんとうはサンタ・ローサに住んでて、おまけに奥さんや子供までいたんで、さっさと別れました」

「もうひとりは？」

「キース・ルウェリンって人です。サンフランシスコの弁護士で、デートしたのは五、六回だったかしら。お互いになんとなく打ち解けられなくて、自然な形ですぐに別れてしまったの。だから、わたしに憎しみを抱いている人がいるとすれば、ライアンの家族や友人だと思います」

ジャノウィッツはペンを持ったまま待ち、ロッシは髭を撫でていた。テープレコーダーはまわりつづけている。

「わたしは以前、殺人の容疑をかけられました」シャノンはシーツの端を指でいじりながら語りはじめた。「主任検事はドナルド・ベリンジャーでした。裁判では無罪になったんですが、ベリンジャーも含めて、たくさんの人が判決には不満を感じてました。裁判から一年たっても、まだ、殺してやるっていう脅迫状が届いたくらいでしたからね。もちろん、脅迫状のことは警察に届けました」

「差出人は？」

シャノンは顔をしかめた。いちばん可能性があったのは、ライアンのいとこたちだ。リアムは彼女に向かってはっきり「殺してやる」と言ったし、地元の新聞に投書したりもしていた。ケヴィンはいつも、ものすごい目で彼女を睨んできたし、義理の姉にあたるメアリー・ベスでさえ、犯人はシャノンであるという考えを曲げず、彼女の不利になる証言をした。しかし、脅迫状のほとんどは差出人不明だった。

「脅しの手紙はそのうち届かなくなりましたけど……あれはつらい日々でした。でも、ここ一年半くらいは何事もなかったし、すべて過去のことだと思ってたのに……」

「あなたの身に起きたことと、前の旦那さんの死亡事故は関係しているかもしれません」ジャノウィッツはそっと打ち明けるように言った。「正確に言えば、関係しているのは娘さんかもしれないんです。生まれてすぐ、あなたが養子に出した娘さん。その子が、いなくなったんですよ」

「いなくなった？」シャノンははっと頭をあげた。それまで感じていた疲れが、どこかに吹きとんでしまった。「どういうことなんです？」

「火事が起きたときにあなたの手伝いをしたトラヴィス・セトラーっていう男性は、あなたの娘さんの義理の父親です。彼がサンタ・ルシアまでやってきたのは、その娘さんが一週間ちょっと前、学校からいなくなったからなんです。あなたが焦げた出生証明書を受けとった二日後のことでした」

「わたしの——娘?」シャノンは小声で言った。驚きのあまり、ジャノウィッツの言っていることがよく理解できない。心臓がどきどきした。

「ええ。一三年前に生まれた娘さんです。あなたがポーチで見つけた出生証明書の、本人ですよ」

シャノンは世界がひび割れていくような感触にとらわれていた。

ジャノウィッツが彼女の目を正面から見すえて言った。「偶然とは思えません」

10

ダニーはドアと柱のわずかな隙間から外をのぞいた。部屋のなかには、隣の光がもれてくるだけだった。片目を押しあてると、メインのリビングと奥にある石造りの暖炉が見えた。その上には写真が飾られていたが、遠すぎて誰が写っているのかわからなかったし、ダニーに見えたのはそのうちの三枚だけだった。マントルピースにはナイフやマッチの箱、ライターやピストルなども置いてある。脱出するときに使えるはずだ。

ダニーは計画を練っていた。

暖炉の上にあるのは、おんぼろの鏡だった。表面にはひびが入っていたが、ときに男の表情やリビングの一部、そして自分を閉じこめている部屋のドアが見えた。

普段は小さな部屋に閉じこめられていたけれど、犯人がときどき家のなかを散歩させてくれることもあった。嫌な匂いのするトイレや、使われていない小さなキッチン。そしてメインのリビング。犯人は普段、そのリビングにいた。

彼は外出するとき、ダニーを閉じこめた部屋のドアをいつもロックした。しかしダニーにとって都合がいいのは、彼が何度も外出することだった。これまでのところは、乱暴な扱いを受けたこともなかったし、そんなそぶりも見られない。だがそれも、時間の問題だろう。あの男はわたしを使って、何かひどいことを企《たくら》んでいる。なんとかあいつをとめなきゃ。このままあいつの言いなりになっちゃダメ。乱暴されたって、たとえ殺されたって、最後まで戦いぬくの。とりあえずは怯えた女の子のふりをしていれば、いつか自由になれるときが来るかもしれない。

だからダニーは、このボロ屋を脱出するすべを考えていた。部屋のなかにはクローゼットと、そしてキャンプのときに使うような簡便式のトイレがあった。窓には外からベニヤ板が打ちつけられていたが、それでも板と板のあいだから太陽の光がさしこんでくるし、きれいな外の景色を眺めることもできた。腐りかけた床のほとんどは、ぼろぼろの絨毯《じゅうたん》で覆われていた。ベッドの上には、男がくれた寝袋が置いてある。剝きだしの枕《まくら》はいやな匂いがしたので、使おうとは思わなかった。

断熱材など使われていないせいで、部屋のなかはうだるような暑さだ。ベニヤ板に隙間があいていなければ、きっと熱射病で死んでいたか、窒息していただろう。おまけにあの男は、毎晩、気持ちが悪くなるような儀式を行っていた。ドアの隙間から何度も見た光景だ。

夜になると、彼はかがみこんで、ライターで火をおこした。パパが家でバーベキューをしてくれたときに使っていたようなライターだった。暖炉のなかの古新聞や小枝が炎をあげ、組みあげた薪に火が燃え移っていく。

すると男は必ず、裸足になって、燃えさかる炎の前の黒い石の上に立ち、鏡に映る自分の顔を眺めた。この三日間、ずっと同じ行為のくりかえしだった。男は立ちのぼる炎と自分の顔を交互に見ながら、満足そうな表情を浮かべた。

炎がぱちぱちとはぜながら乾いた薪を呑みこんでいく。男はゆっくりと服を脱いだ。

ダニーは嫌悪感を覚えながらも、その姿から目をそらすことができなかった。

まずシャツのボタンを外し、鏡に視線を注いだまま、それを床に落とす。ダニーは息を詰め、唇を嚙みながら男の背中を見つめた。あちこち引きつれのできた醜い火傷のあとが、その背中を覆っていたからだ。いったい何があったんだろう？　それにどうしてあの人は、火の前で服を脱ぐんだろう？

男はリーヴァイズのジッパーをさげ、脚から滑り落としたジーンズを蹴るようにして遠くへ放った。どうやら下着はつけていないようだ。男はダニーに背を向け、炎と正対したまま、裸になった。

日に焼けた体に、そこだけ白い筋肉質のお尻が浮かびあがる。

たくましい体だった。筋肉で肌がぴんと張りつめているのがわかった。贅肉《ぜいにく》なんてほとんどない。研ぎすまされた肉体と、そして背中の火傷の跡。男の正面は、鏡に映っている顔以外見えなかったので、火傷が前まで続いているのかどうかはわからなかった。だがその顔は整っていて、とてもハンサムだった。真っ青な瞳と、黒くふさふさした髪。がっしりした顎と、残忍そうな唇。

まるで悪魔みたいだわ、とダニーは思った。

男は暖炉の上に手を伸ばして小さなオイルのボトルをとると、その中身をゆっくり全身にすりこんでいった。首や腕、そして胴体。日に焼けた肌が、暖炉の明かりを受けて金色に輝いた。

彼はうっとりした表情を浮かべ、儀式にのめりこんでいた。

炎が明るく輝き、炎が音を立てながら踊った。黒い灰のなかで、赤く熱された炭がウインクしている。

男は自分を映した鏡に向かって微笑《ほほえ》みながら、下腹部に手を伸ばした。

この人、変態なんだわ！

しかしダニーがそう思ったとき、男は彼女が思っていたよりさらに奇妙な行動をとった。炎めがけて放尿を始めたのだ。

男は鏡から視線を外して炎を見おろしながら、暖炉におしっこをかけた。燃えあがっていた薪がしゅうしゅうと音を立て、嫌な匂いがダニーのほうまで漂ってきた。吐きそうだった。だがダニーは、すべてを見届けてやろうと思った。もしかして、あいつの弱点が発見できるかもしれない。

裸になって、炎におしっこをかける。

それが夜な夜な行われる、男の儀式だった。

男は奇妙な行為を終えると、脱いだときと同じようにゆっくりと服を身につけた。彼がシャツを着てジーンズをはくころ、炎はすでに呻き声をあげながら消えようとしていた。

儀式のあと、犯人は必ずダニーの様子を確かめに来た。彼女はあわててベッドへ戻り、眠っているふりをした。男はときに、永遠ではないかと思えるような長い時間、じっと戸口からダニーの顔を見つめていた。

彼女は目を軽く閉じて唇を薄く開いたまま、静かに呼吸をくりかえした。たまにはわざと寝返りを打ってみせることもあった。だが心のなかでは震えがとまらなかった。怯えていることを見抜かれないようにしなきゃ、とダニーは自分を励ました。

けれどいつか、あいつがわたしのほうに手を伸ばしてくるかもしれない。そう思っただけで気分が悪くなりそうだったけれど、必死に平静を装った。何があっても、今は耐えるしかない。うまくあいつを出し抜けるときが来るまでは。

これまでのところ、男が彼女の部屋に足を踏み入れたことはなかった。

もしかして、わたしをどう扱っていいかわからなくて、困ってるんだろうか。

あいつがどこの誰だか、いまだにわからない。会話に引きずりこもうとしても、男はいつも、むっつり黙ったままだった。

「部屋に戻れ」

「何を見てる?」

「黙って食え」

それ以外、男の声を聞くことはほとんどなかった。

食事のときはテーブルにつくことを許されたけれど、出されるのは決まって、缶入りの豆やスパゲッティ、スープばかりだった。男が毎晩おしっこをしている、あの暖炉の炎であたためた缶だ。そのことを考えただけで食欲がなくなりそうだったけれど、ダニーは無理にでも食べものを口のなかに詰めこんだ。暑くてたまらないこの牢獄《ろうごく》から抜けだすには、まず体力をつけておかなければ。男は、水のボトルやコーラをくれることもあった。

部屋を出て家のなかを散歩させてもらっているあいだ、ダニーはできるだけ多くのことを頭に刻みこもうとした。窓はふたつ、出入口もふたつあった。しかしテレビもなければ、電話もなく、電気さえ通っていないようだ。古くてぼろぼろの建物だった。彼女の部屋のドアには旧式のラッチ錠がかけられていた。五〇年は前のものなのではないだろうか。

牢獄から出ることを許されるのはほんの短い時間だったし、そのあいだずっと、男が目を光らせていた。ダニーがちょっとでも妙なそぶりを見せたら、張りつめた筋肉を総動員させて跳びかかってくるつもりなのだろう。

彼は夜の儀式のあと必ず、外に出ていった。何時間たっても帰ってこないことさえあった。いったいどこへ行くのだろう。もしかすると、どこかで仕事をしていたり、妻子のもとへ帰ったりしているのかもしれない。

どちらにしても、正気の人間のすることではないのは間違いなかった。男が外へ出ていくとき、ダニーは必ず耳を澄ました。男は彼女が閉じこめられている部屋のドアに錠がかかっていることを確かめると、外に出て、古いポーチの床板をブーツできしませながら遠ざかっていった。そうしてその一分か二分後、ずっと向こうのほうから車のエンジン音が聞こえてきた。

男はきっと、道の脇にある傾きかけた小屋の脇に車をとめているにちがいない。ダニーはそう考えていた。ここへ連れこまれたときちらりと目にした、おんぼろ小屋だ。部屋から出るチャンスがあるたびに、彼女は窓の外を眺めて家の位置を知ろうとした。カリフォルニアに入ってからあとは、州の境界線を越えていないはずだ。だとするとここは、カリフォルニア州のどこかだということになる。小さな町をいくつか通りすぎ、ブドウ畑のそばを走って、ヴァリー・オブ・ザ・ムーンを抜けたことは覚えていた。ワインの産地として知られる地域なのかもしれない。しかし、正確にはどこなんだろう？

町のざわめきは聞こえてこなかった。遠くのハイウェイを車が走っているような気配もない。だが真夜中、列車の通過音で目が覚めることはあった。そのたびに、家全体がかすかに揺れた。線路は、そんな遠くではないはずだ。

列車はどこから来て、どこへ向かっているのだろう。ここから最寄りの駅までは、どれくらいの距離なのだろう。ダニーはベッドの上で汗まみれになりながら横たわり、心臓の鼓動で時間をはかった。そして男が外へ出ていくと、遠くで車のエンジンがかかるまでのあいだ、息を詰まらせながら待った。しばらくのあいだ帰ってきませんように、と祈りながら。

このままいなくなってほしかった。

永遠に。

こんなところで死にたくない。

時間が必要だった。ひとりきりで考える時間が、たっぷりと。計画を練るために。

トラックのエンジンが咳をするような音を立てはじめると、ダニーはほっと緊張をゆるめた。ベッドを滑りおり、小さなクローゼットのほうへ向かう。そこには、彼女の救いがあった。たわんだ床板と、ゆるんで頭の飛びだした釘《くぎ》。ほとんど何も見えなかったけれど、はいていたソックスを手袋代わりにして、手探りでその釘を探しだし、指のあいだに釘の頭を挟んでゆっくり揺すり始めた。前へ、後ろへ。前へ、後ろへ。そうやって釘穴を少しずつ大きくしていった。

汗が額に浮かび、腕を伝っていった。

釘の頭が指に食いこんで痛かったので、ソックスを折って二重にし、作業を続けた。つらく、時間のかかる作業だった。でも、かまわなかった。

引きぬくことさえできれば、この釘が自由へのチケットになってくれる。

「裏から手をまわしてでも、誰かにおべっかを使ってでもいいから、わたしをここから出してくれない？」シャノンは病院のベッドに横たわったまま言った。

だが兄のシェイは気が進まない様子だった。ドアをあけたまま戸口に立ち、首を振っている。「あんまりいい考えじゃないと思うんだが」

「そうかもしれないけど、でも、退院しなきゃいけないの。兄さんは警察の人なんでしょ？　だったら、誰かの腕をねじ曲げてでも、わたしを外に出して」彼女はそう言いながら腰をひねって向きを変え、ベッドからおりようとした。そのとたん、肩や脇腹に激痛が走って顔をしかめる。七針も縫った後頭部の傷より、そちらのほうがずっと痛かった。

透明なスープに赤いゼリーと薄いターキー・サンドイッチ。ナースが持ってきてくれた食事は手つかずのままベッドサイド・テーブルに残してあった。トラヴィス・セトラーと彼の娘のことを耳にして以来、すっかり食欲がなくなってしまったからだ。いや、違う。その子は彼の娘であるだけでなく、彼女の娘でもあった。

「そううまくいかないんだ」シェイが言ったが、シャノンには引きさがるつもりなどなかった。「シャノン、言うことを聞いてくれよ」

「兄さんこそ、わたしの言うことを聞いてくれない？　火事のとき、あそこにいたのはわたしの娘の育ての親だったのよ。おまけにあの子は行方不明になってしまったの」

「そりゃそうらしいが」

「知ってたんでしょ？　どうして教えてくれなかったわけ？」

「おまえが退院してからにしようと思ってたんだ」シェイはきゅっと唇を結んでから、先を続けた。「確かにおまえの娘は行方不明になってる。それに、トラヴィス・セトラーがここまでやってきたのは、おまえが娘の誘拐に関係してるんじゃないかと考えたからだ」

シャノンは、腸のよじれるような思いにとらわれた。「冗談じゃないわ。娘の行方がわからなくなったからって、このわたしがさらったと思うなんて！」彼女は自分の胸を指さしながら言った。「わたしは、あの子には一三年間、一度も会ってないんですからね！」声が震えた。思わずこみあげてきた涙を必死にこらえ、咳払いをする。今は感情的になっている場合ではない。気持ちをしっかり保って、頭のなかを冷静な状態にしておかなければ。「奥さんはどうしたの？」彼女はたずねた。「どこにいるわけ？」

「しばらく前に死んだそうだよ」

部屋の酸素が一度に外へ吸いだされたような気がした。

怒りが少しだけ溶けていった。一瞬だったけれど、妻を亡くし、子供を失おうとしている父親に対する同情の気持ちが広がっていく。「原因は？」

「奥さんか？　よくわからないが、病気だったんじゃないかな。もう何年か前のことだ。今、セトラーは娘とふたりだけで暮らしてる」

「その子供の面倒もきちんと見られないなんて！」再び怒りがこみあげてきた。いったいどういう父親なの？　毎日大勢の子供たちがさらわれたり、行方不明になったりしてはいるけれど、自分の産んだ娘にそんなことが起きるとは思ってもみなかった。子供を望んでいる夫婦に預けるのが、あの子にとっていちばんいいことだと信じていたのに……。「どうしてこんなことになっちゃったの？」彼女はごくりと唾を呑んで、そうささやいた。

体じゅうに走る痛みをこらえながら、床の上をゆっくり歩いてクローゼットのドアをあけた。なかには黄色いタオル地のバスローブがかかっていた。きっと、兄のうちの誰かが家から持ってきてくれたのだろう。ずっと以前から使っているローブだ。袖口はすっかりほつれ、襟にはコーヒーの染みがついている。しかしクローゼットのなかには、血まみれのブーツが放りこまれ、室内履きが置かれている以外、靴は一足も見あたらなかった。

「最高ね」彼女は不服そうにつぶやくと、室内履きに足を入れた。

「何がなんでも退院しようってわけだな」

「ええ」

「妹ってのは、兄貴の言うことを聞くもんだぞ」

「あのね、そんな戯言《たわごと》に耳を貸すつもりはありません。わたしはもう大人なんだし、兄さんたちに頼らなくても生きていけるんだから」

「だが、ここから出るには俺の助けが必要なんだろう？」

シャノンはわざと優雅な笑みを浮かべてみせた。「必要っていうんじゃないわ。ただ利用させてもらうだけ」そう言って、ローブのベルトを締めなおす。どうやら、これを着て家まで帰らなければならないようだ。

「送っていこう」

「ええ。でもその前に寄りたいところがあるの」

「寄りたいところ？」

「トラヴィス・セトラーの居場所、兄さんなら知ってるでしょ？」

シェイの口もとがこわばった。「あいつのところになんて、連れていけるわけがないじゃないか」

「連れていくわけなら、大ありよ」

「シャノン、言っておくが、あいつには近寄らないほうがいい。まだ容疑者のひとりなんだからな」

「それでもかまわないの」

「捜査の妨害になるかもしれないんだぞ」シェイはポケットの煙草に手を伸ばしかけて、あやうく思いとどまった。「あいつと話をするなんて、無理な相談だ」

「どうして？　わたしはただ、単純な答えが知りたいだけよ。娘がどこにいるのか知りたいだけ。それに兄さんって、いつから規則にきびしくなったの？　規則なんてどうでもいい、っていうのがうちの家風だったんじゃない？」

シェイは戸口にたたずんだまま動かなかった。

「助けてくれないんだったら、ひとりでやるまでね」シャノンはそう言って、ベッドサイド・テーブルの電話に近づいた。「ネイトに連絡するわ。家にいて動物たちの面倒を見てくれてるはずだし、きっとすぐに迎えに来てくれるから。タクシーを呼んでもいいんだしね」

妹が受話器をとると、シェイはてのひらをさっとあげた。「わかったよ！　いつからそんなに頑固な女になっちまったんだ？」

「これもフラナリー家の血のせいでしょ？」彼女はやりかえした。だが、自分の手で事件を解決するつもりであることは黙っていた。犬も馬も無事だったし、母屋もまだきちんと立っている。しかし実の娘の行方がわからなくなっていた。ぼうっとしてなんかいられない。

「おまえの勝ちだよ」シェイが唸るように言った。「俺は退院の手続きをしてくるから、おまえはスタッフと話をして、処方箋《せん》をもらってくれ。車に乗ったら、まずどこかの店に行って服を買おう。病院のガウンでセトラーと話したくないだろ?」

「わかった」とシャノンは答えた。兄の言うとおりだ。

「だが、聞いてくれ。俺はあの男のことを信用していない。だから、おまえが話をしてるあいだも、そばを離れないからな。それが条件だ」

シャノンはためらわなかった。「かまわないわ」

さあ、トラヴィス・セトラーと向きあうときだ。

11

小さなモーテルの部屋の明かりをすべて消したあと、トラヴィスは指でブラインドをさげ、隙間から窓の外をのぞいた。アスファルトの駐車場と、そこに並んだセダンやSUVの向こうには、覆面パトカーだとはっきりわかる車がとまっている。今日一日じゅう、彼のあとをついてきたシルバーのフォード・トーラスだ。あれでこっそり尾行しているつもりなのだろうか、と思って、彼は眉をひそめた。そうして窓辺から離れ、エアコンを強にすると、消音《ミュート》にしたままテレビのスイッチを入れ、ベッドに敷かれた薄い花柄のマットレスの上へごろりと横になった。

シャノン・フラナリーの家はどうなったんだろう？

誰かが小屋に火をつけたことは、専門家でなくてもわかることだった。火を放ち、シャノンを罠《わな》にかけた人間がいたわけだ。そして彼女は動物を救おうと夢中になるあまり、誰かに襲われて、あやうく命を落とすところだった。

ニュース局にチャンネルを合わせると、大写しになった大統領がにこにこ笑いながらSPと握手を交わしているところだった。だがトラヴィスは、そんな画面などほとんど見ていなかった。額の汗をぬぐい、頭のなかであのときのことをもう一度整理してみる。もちろん、家が燃えるのを見るのが好きなだけの放火魔のしわざかもしれないが、どうしてもそんなふうには思えなかった。あの火事には、何か重大な意味が隠されているはずだ。

しかしこのぼくに、シャノン・フラナリーの何がわかるっていうんだ？　彼女はダニーの産みの親。それだけじゃないか。ダニーの父親と結婚もせず、娘を養子に出してしまった女だ。

それに、一時は夫殺しの容疑をかけられた女でもある。記録によれば、トラブルの多い結婚生活だったらしい。シャノンは、夫のライアン・カーライルがこれ以上自分に近づかないようにしてくれ、と警察に保護を求めたこともあった。それだけではない。もしかしたらライアン・カーライルこそ、あの〝物言わぬ放火魔〟だったのではないかと口にする人もいた。このあたりの住民を震えあがらせた〝物言わぬ放火魔〟による事件が、彼の死以降、ぱったりと起きなくなってしまったからだ。

カーライルの死は自業自得だという意見もあった。自分で火をつけたあと、森のなかで逃げ遅れて焼け死んだというわけだ。その火事はカーライルの命を奪い、遺体をすっかり灰にしてしまっただけでなく、あたりに燃え広がって五百エーカーにわたるカリフォルニアの森を焼きつくした。

ダニーの失踪とシャノンの家の火事には、どんなつながりがあるんだろう。

いや、つながりなんて何ひとつないのかもしれない。

ぼくはただ、ここでひとり相撲をしているだけなのかも。

ベッドの上で体を伸ばし、ナイトテーブル兼用のミニ冷蔵庫をあけると、先ほど買ってきたビールと、いかにもまずそうなピザで腹ごしらえをすることにした。

今日は一日かけて新聞社や図書館をまわり、当時の資料をチェックして過ごした。シルバーのトーラスはそのあいだじゅう、彼をつけまわしていた。しかし警察を責める気にはなれなかった。消防署に連絡を入れたのはトラヴィスだったけれど、彼が火事の現場にいたことは事実だし、それを考えれば警察が疑うのも当然だ。

彼はビールをあけると、キャップを部屋の反対側にあるゴミ箱に放り投げた。

トラヴィスは一時間ほど警察で尋問されてから自由の身になった。だがそのあと、ずっと尾行がついている。

ビールをごくりと飲み、すべてを計画したのは誰だったのかと考えてみた。どうして犯人は、小屋に火を放ったうえで彼女を痛めつけたのか。

シャノン・フラナリーのことは、これまでずっと、自分の敵だと思ってきた。彼女がいつか、一三年前に手放した娘を見つけだし、とりかえしにやってくるのではないかと思っていたからだ。トラヴィスを完璧なパニックへと追いこむ力のある女。その気になったら、どんな手を使ってでも娘をとりもどそうとするだろう。

エラがこの世を去って以来、そんな思いは強くなっていた。ほとんどパラノイア的なまでに……。だが今、動物を救おうと必死になっていたシャノンを思い浮かべていると、以前とは違う認識が生まれつつあるのも事実だった。彼女はそんなことのできる人間だろうか。もしかすると、敵ではないのかもしれない。

だったら、誰が敵なんだ？

誰があの子をさらっていった？

トラヴィスは飲み干したビールをナイトテーブルに置いた。あの子が見つかりさえすれば。ぼくが望んでいるのはそれだけだ。ダニーに戻ってきてほしいだけだ。

携帯を開き、短縮ボタンでシェーン・カーターに連絡を入れた。

「カーターだ」保安官が電話に出た。

「トラヴィスだよ。何か新しいことがわかったかと思ってね」哀れな声しか出てこないことが、嫌でたまらなかった。

「まだ何も出てこないよ」

「誘拐犯からの電話は？」

「まだだ」

「新しい証拠も手がかりも見つからないのか？」

電話の向こうで一瞬ためらってから、保安官が言った。「まだたいしたことはわかってないが、調べていることはある」

「何を調べてるんだ？」トラヴィスは息せききってたずねた。

「ジャンセンの金物屋でアール・ミラーっていう男が働いているんだが、そいつがあの日、州外のナンバープレートをつけた白いバンがとまってたって証言したんだよ。ほかのことは何も覚えてないが、ナンバープレートがアリゾナのものだったことだけは、はっきり記憶に残ってるらしい。それにマージ・リカートっていう女性も、同じ日、チワワを散歩させてるときに、学校のそばで白いバンがとまってるのを見たって言ってる。朝の八時半ごろだったようだ」

「ダニーが学校に着いたころじゃないか」

「犯人があの子を捜してた可能性はあるな」

「なんてこった」肺のなかの空気が膨張して、息さえできなくなった。ダニーはいなくなったのではなく、やはり誘拐されたわけだ。ほぼまちがいないと思ってはいたのだが、それでも、事実を突きつけられるととまどってしまう。

「でも、はっきりしたことはまだ何もわかっちゃいない。ブランチ・ジョンソンの近所の人たちにも話を聞いて、同じようなバンを見なかったかどうか確かめてる段階だ」

トラヴィスは無言でうなずいた。彼もカーターも、ダニーがいなくなった日にブランチ・ジョンソンが殺されたのは偶然ではないと考えていた。「何かわかったら、すぐに教えてくれよ」

「わかった。だがきみも、あんまり事件に首を突っこまないほうがいいぞ」カーターはそう助言した。「サンタ・ルシア警察から、きみのことで電話があってね」

トラヴィスはちらりと窓を見やった。ブラインドはきちんとおりている。その外に覆面パトカーがとまっていることは、まずまちがいなかった。「そうだろうなとは思ってたよ」

「きみがそっちにいる理由は隠さずに教えておいた。どうも、トラブルに見舞われたみたいだな」

「まあね」トラヴィスは答えた。「で、サンタ・ルシア警察はなんて言ってた?」

「いろんなことさ。火事のこととか。きみが、ダニーの産みの親が襲われた現場に居あわせたこととか」

トラヴィスはリモコンをつかんでテレビを消した。「火をつけたのはぼくじゃない。それに、シャノン・フラナリーをこっぴどく痛めつけたのもね。ほかの誰かだ」

「でも、ナイフと暗視ゴーグルと弾を詰めた四五口径を持って現場にいたんだろう?」

「武器の携帯許可はとってある」

「知ってるよ。でも、そっちの警察はかなり興味を示してるぞ。現場からかなり遠くにとめてあったきみの車から、シャノンに関する詳細なファイルまで見つかったんだからな。やつらは、きみが彼女をつけまわしてたんじゃないかと踏んでる」

トラヴィスは目を閉じた。思っていたとおりだ。「どうしてぼくがここに来たのかは、もう警察に説明したよ」

「まあ、疑うのが警察の仕事だからな」

トラヴィスはちらりと、ぼろぼろのドレッサーの上にかけられた鏡に目をやった。髭も伸び放題で、憔悴《しょうすい》しきった顔をしている。「実際にシャノン・フラナリーに会っていろいろ質問するのは、まず、ダニーがどこかに閉じこめられていないかどうか、家のまわりを確かめてからにしようと思ったんだ。だから、いろいろ道具を持っていったってわけさ」

「だが、ダニーはあそこにはいなかった」

「ああ」トラヴィスはあいているほうの手で目をこすりながら、娘の顔を思い浮かべた。あの子はどこへ行ってしまったんだろう。どこの変態野郎が連れていってしまったんだろうか。頭のなかを、拷問道具を積んだ白いバンがよぎっていった。ダニーはひどい目にあわされているのかもしれない。ああ、そんな。

急に気分が悪くなった。白熱した怒りが体じゅうを駆けめぐっていく。娘を拉致した男を、この手で殺してやりたかった。

「で、シャノン・フラナリーは誘拐事件と関係ないわけだな？」カーターがたずねた。

「そうだな」トラヴィスはかすれた声で答えた。「たぶん」

「気をつけてくれよ。警察にとっちゃ、きみは容疑者のひとりなんだから」

シャノンは助手席に座り、兄の運転する車が揺れるたびに肩や脇腹へ痛みが走ることを悟られまいとしていた。手には病院でもらった鎮痛剤とゾルナー医師の処方箋を握りしめていたが、トラヴィス・セトラーと話をする前に薬など飲みたくなかった。

「わたし、ひどい顔してる？」彼女は兄にたずねた。

「ひどいなんてもんじゃないな」シェイが眉をあげた。

「妹に優しい言葉をかけてくれるのが兄さんってもんじゃないの？」

「兄貴の忠告を聞いて、家で寝てるのが妹ってもんだろう。着替えくらいはしたほうがいいんじゃないのか？」

シャノンはちらりとバックミラーを見た。シェイの言うとおり、ひどい顔だった。「じゃあ悪いけど、ちょっとだけうちに寄ってくれる？」

「了解だ」そう言ってから、シェイはダッシュボードに置いてあったマールボロの箱をとり、片手で煙草をとりだすと、車のライターを押した。「あのな、シャノン。今こんなことを言うべきじゃないのかもしれんが、教えてほしいことがあるんだ。どうしておまえは、焼けた出生証明書だとかあやしい電話のことをアーロンには教えておいて、俺には教えてくれなかったんだ？」

「刑事さんたちには説明しておいたわ」

「今日になってな」

ライターがかちりと音を立てて飛びだした。シェイは煙草に火をつけると、窓を少しだけあけ、町のビジネス街を進んでいった。ホテルの敷地にとりつけられた照明が、テラコッタのタイルを明るく浮かびあがらせている。兄がちらりと腕時計を見た。

「警察に連絡しなきゃいけない理由なんて、なかったはずよ」

「誰かがおまえに脅しをかけてたんだぞ。通報してくれれば、俺たちだって気をつけていられたはずだ」

「たいしたことだと思わなかったの」

「他人の視線にさらされたくなかったってことだろう？」シェイは交差点の信号で車をとめながら言った。「もう二度と、な」

残暑がきついというのに毛糸のキャップをかぶった少年たちが、スケートボードに乗って車の前を行きすぎた。「とりあえず、アーロン兄さんに調べてもらおうと思ったのよ」

シェイはちらりと妹を眺めて、深々と煙草を吸った。「どうしてアーロンなんだ？」信号が変わり、彼はアクセルを踏んだ。

「だって私立探偵でしょ？　シェイ兄さんは警察のことで忙しいし、ロバート兄さんには消防士としての仕事があるし、オリヴァー兄さんは神様のことで——」

「アーロンは警察官になれなかったから私立探偵を始めたような男なんだぞ。それに消防署もクビになってる」

「何が言いたいの？」郊外に近づき、車は制限速度ぎりぎりで走っていた。

「兄貴は頼りにならない、ってことさ」

「そうかもしれないわね」シャノンは小声で言った。「だって、わたしの相談したことが、みんなに筒抜けなんだもの」

「あのな。おまえが困ってることを俺に教えてくれたのは、兄貴にしては珍しくまともな行動だったんだぞ」シェイは、いっぱいになっている灰皿に煙草を突っこんだ。

シェイの言葉は正しかった。それでも、大切なことをほかの兄たちに言いふらしてしまったアーロンには我慢がならなかった。

シャノンの家が近づいてきた。シェイはブレーキを踏み、長いドライブウェイに乗り入れた。バウンドする車の振動から感じる痛みと、黒く焼け焦げた物置小屋から感じる精神的な動揺。そのふたつのうち、どちらがひどいのだろうか、と彼女は思った。馬小屋の壁は煤まみれだったが、とりあえず母屋だけは無傷で立っている。

防犯灯が、青い光のプールをつくっていた。黄色いテープが、いまだにここが事件現場であることを主張している。生気のない、空っぽな空間だった。

「ネイトはどこ？」彼のＳＵＶを捜しながら、シャノンはたずねた。いつもの駐車スペースに、エクスプローラーはとめられていない。ガレージの上の部屋からも、明かりはもれていなかった。

シェイが肩をすくめた。「さあな」

シャノンの体をかすかな恐怖がかすめていった。「動物の様子を確かめてこなきゃ」

「俺がやっとくよ。おまえは着替えてこい」

「だいじょうぶ？」

「ああ」

まだぬかるんでいる地面を踏みしめながら、彼女は玄関へ行った。だが、ドアがロックされているのに、鍵を持っていなかった。

「ちょっと待ってくれ。俺があける」シェイがリングについている鍵を使って玄関をあけてくれた。まだライアンと結婚していたころ渡しておいた鍵だった。もうずっと昔のような気がする。

ドアをあけたらすぐにカーンが跳びかかってくると思っていたのだが、家のなかはしんと静まりかえっていた。爪で階段をひっかく音も、哀れっぽい鳴き声も聞こえない。シャノンは明かりをつけ、玄関にたたずんだ。何かが変わってしまったようだった。家を離れていたのはたった数日間だというのに、もう何年も帰ってこなかったような感じだ。

キッチンに入ると、水滴をしたたらせていた蛇口を締めなおし、テーブルのバスケットのなかで腐りかけているバナナやリンゴを見つめた。カウンターの端に置かれたカバンも、誰かが触れた形跡はない。

戸口に立ったシェイが声をかけてきた。「だいじょうぶか?」

「ええ、でもカーンの姿が見えないの」

「サンタナが連れていったか、ほかの犬たちといっしょにいるんだろう」

「かもしれないけど」しかし、そうは思えなかった。家のなかから、あたたかさや居心地のよさが消えてしまったみたいだ。汗をかいているというのに、シャノンは寒気でも感じているように腕をこすった。

「犬小屋へ行って、カーンがいないかどうか見てみるよ。おまえはシャワーを浴びて着替えたほうがいい」シェイはちらりと腕時計を眺めた。「階段はひとりであがれるな?」

シャノンは無理やり笑みを浮かべた。「なんとかかね。兄さん、急いでるの?」

「え?」シェイは鋭い視線で妹を見かえし、にやりと笑った。「いや、なんでもない。時計を見るのが癖なんだよ。玄関はあけておくからな。何かあったら呼んでくれ」シェイはそう言うと、ぷいと背中を向け、小走りに犬小屋のほうへ向かった。言われたことを気にしているようなそぶりだった。何か隠しているようだが、確かめている余裕はない。

シャノンは痛みをこらえながら、一歩一歩階段をあがった。寝室のベッドはまだくしゃくしゃのままだ。おそるおそる顔を洗い、濡れたタオルで体をぬぐうと、口紅とマスカラをつけ、ジーンズとニットのトップを身につける。上体を曲げるのはかなり苦痛だったし、髪を撫でつけるだけでもひと苦労だった。後ろの髪はすっかりもつれて丸まり、剃られた傷口のあたりだけ頭皮が剝きだしになっている。シャノンはその傷口を隠すように、そっと髪をポニーテイルにまとめ、鏡に映った自分の顔を暗い表情で眺めた。

ビューティー・コンテストに出られるような状態ではないが、なんとか見られるくらいにはなった。

階段をおりているとき、ドライブウェイのほうからからエンジン音が聞こえ、ヘッドライトが闇を切り裂いていくのが見えた。ネイト・サンタナがカーンを連れて戻ってきたのかもしれない。助手席の窓から鼻先を突きだした飼い犬の姿が見えないだろうか。

だが、外にいたのは新しいスポーツカーに乗ったロバートだった。シルバーのBMWが玄関先の明かりに浮かびあがっている。メアリー・ベスと暮らしていた家を出た週に、すぐ買った車だ。シャノンに言わせれば、それは、兄が中年の危機を迎えていることの証明でもあった。

ロバートはひとりではなかった。助手席に座っていたアーロンが車をおりようとしているところだ。犬小屋から戻ってきたシェイが、ふたりの兄と合流した。

「いったいなんの騒ぎ?」シャノンはいぶかしげに目を細めながら言った。「どうせならオリヴァー兄さんも連れてくればよかったのに」

「オリヴァーは母さんのところか、それとも教会だろう」ロバートが言った。

「で、なんの用?」シャノンは責めるような目でシェイを見た。「みんなでいっしょになって、わたしをトラヴィス・セトラーに会わせまいとしても無駄ですからね」

「事実をすべて知りたいだけさ」アーロンが言った。

「なかに入って、ちょっと座ろう」シェイが提案する。シャノンはようやく、兄がなぜこちらと時計を見ていたのか理解した。だからこそ兄さんは、わたしが家に戻って着替えをしたくなるように誘導したんだわ。これじゃ、フラナリー家のたったひとりの末娘だったころと同じじゃないの。

「さっさとすませてね」兄たちといっしょにキッチンのテーブルにつきながら、彼女は言った。バスケットの上を蝿《はえ》が飛びかっている。

「実は、火事の現場で妙なものが見つかってな」シェイが切りだした。「火事の原因は誰かがガソリンをまいたせいだったんだが、最初に火が燃えはじめたコンクリートのあたりで、炎が奇妙な形に走っていたことがわかったんだ」

「どういうこと?」嫌な予感を感じながら、シャノンはたずねた。

「犯人はどうやら、何かを俺たちに見せたかったらしい」シェイはお尻のポケットに手をやり、小さなノートをとりだした。「最初、炎はこんな形にあがったんだよ……ダイヤモンドみたいな形にね」

シャノンはじっとノートを見つめ、首を振った。「だから?」

「おまえがポーチで見つけた出生証明書も、ちょうどこんな形に燃え残ってたんだ。ここにコピーを持ってきたんだが、ほら、コンクリートの上を炎が走ったあととそっくりじゃないか。あの出生証明書は、わざとこの形になるように燃やされたものだったわけさ」

シャノンは自分の娘の出生証明書のコピーと、そのそばのノートに書かれた図を見比べた。喉がすっかりふさがってしまったようだった。

「まったく同じってわけじゃないが」とシェイは言った。「でも似てるだろ?」

ふたつを見比べていると、心臓がどきどきした。誰がこんないたずらを……いや、いたずらなんかじゃない。これは犯人からのメッセージだ。犯人は明らかに、わたしに何かを伝えたかったんだ。「ここに数字が書いてあるんじゃない?」彼女はシェイのノートを指さしながら言った。「6かしら……いや、9かな」

「おそらく6だ」今度はアーロンが言った。「出生証明書の向きから考えると、平たい部分が上に来るとしか思えない。こんな感じだよ」

部屋のなかは嫌になるほどの暑さだというのに、体じゅうの血が凍ってしまったようだっ

6

た。炎によってつくられたふたつのシンボルが、生まれてすぐ手放してしまった娘と関係しているなんて。「いったいどういう意味なの？」彼女は小声で言った。そっくりな顔つきの三人の兄たちは、困惑したような表情でシャノンを見つめ、暗い怒りをにじませながら唇を固く引き結び、顎を引いていた。

「おまえだったら何かわかるかと思ったんだがな」シェイが言った。

彼女はゆっくりと首を振った。「見当もつかない」恐れが脊髄を伝っていく。「誰がこんな……？」

「つきとめてみせるさ」アーロンが強い口調で言った。

「トラヴィス・セトラーにも見せたほうがいいかもしれない」シャノンは胃のあたりが引きつれるのを感じながら、そう提案した。「ポーチで出生証明書が見つかったあと、彼がサンタ・

ルシアまで娘を捜しに来たなんて、偶然とは思えないもの」

「だが、出生証明書が見つかったとき、あいつはオレゴンにいたんだぞ」シェイが言った。

「確かめたのか？」アーロンがたずねる。

「どうもそうらしい。オレゴン州警察と地元の保安官に再確認してるところなんだがな」

「だがあいつは、火の手があがったときここにいたじゃないか」ロバートが言った。

シャノンは肩をいからせながら言った。「じゃあ、ここでぐずぐずしてる必要はないわよね？　あの人のところへ行きましょう」

12

ドアの向こうには意外な人間がいた。シャノン・フラナリー。

顔には暴行を受けた跡がはっきりと残っていたが、気にしているそぶりなど見せていない。そんな彼女を守るようにして、三人の男たちが立っていた。まったく同じ顔だちではないが、兄弟であることは明らかだ。三人のうちのふたりは、あのときシャノンといっしょに裁判所から出てきた男たちだった。

「トラヴィス・セトラーさんね？」彼女は緑色の瞳を細め、トラヴィスを真正面から見つめながら言った。包帯で腕を吊《つ》った、ぎこちない立ち姿だった。彼は、シャノンが脇腹と後頭部に怪我を負っていることを思い出した。

「わたし、シャノン・フラナリーです。でも、もうご存じよね？　火事の現場で会ったんだもの。誰かが放火したわたしの家で」

「そうだね」

「名前を訊いたんだけど、あのときは教えてくれなかったわね」

「時間がなかったんだ」

「ええ」彼女は皮肉な表情を隠そうともせずに言った。

シャノンを責めることはできなかった。言い訳をしても無駄だ。

「ちょっと話がしたいんだけど、セトラーさん」

トラヴィスが男たちのほうへ視線を走らせると、シャノンが言った。「兄たちよ。この人がシェイ。サンタ・ルシア警察で火災捜査官をしてるの」三人のなかでは最も背の高い男だった。「そしてこの人がロバート。地元の消防士」シャノンの視線が最後の男に移った。「アーロンは私立探偵をやってるわ」

アーロンはわずかにうなずいてみせた。三人のなかではいちばん背が低いが、がっしりした体つきだ。濃い鼻髭が上唇を覆い、その視線からはいかなる感情も読みとれなかった。

この男は信用できない。トラヴィスはそう思った。ほかのふたりも同じだ。

「あなたは、わたしの産んだ子供を育ててくれた人だったのね。兄から聞いたわ」シャノンの体はかすかに震えていた。瞳を怒りに燃やし、ぐいと顎を引いている。「こんなところへ来るなんて、いったいどういうつもりだったの？」

「きみの家に行ったのは間違いだったよ」

「とんでもない間違いよね。で、なかに入れてくれるのかしら？　それともここに立たせておくつもり？」

三人の男たちはまだひと言も発せず、悪魔の申し子でも見るような目でトラヴィスを睨みつけているだけだった。モーテルの部屋にはベッドがふたつと椅子がひとつしかない。シャノン・フラナリーや猜疑心《さいぎ》のかたまりのような三人の兄たちといっしょにこんな部屋に閉じこめられるなんて、考えただけでもぞっとする。

「レストランにでも行くってのはどうかな？」彼は〈エル・ランチート〉という、モーテルの敷地内に立つ店のほうを顎でさしながらたずねた。「飲みものくらいはおごるよ」

シェイが目を細めた。おまえなど信用できない、とでも言いたげな顔だ。

「この部屋だと手狭だからね」トラヴィスはそう言うと、いったん室内に戻ってデスクの上の財布をつかみ、再び外へ出た。蒸し暑い夜だった。空気が顔の前に張りついていた。彼は後ろ手にドアを閉めながら言った。「かまわないだろう？」

「代金はこっちで払いますけど」シャノンは詮索《せんさく》するような目で見ながら答えた。「ええ、かまわないわ」

「よかった。じゃ、行こう」

彼らは駐車場を通って薄暗いレストランに入ると、窓際の角にある大きなテーブルについた。まわりでは男たちがビリヤードに興じたり、バーの頭上に設置されたテレビでスポーツ番組を眺めたりしていた。

トラヴィスは、シャノンが席につきながら顔をゆがめたのを見逃さなかった。アーロンとロバートが彼女の両脇を固め、シェイが奥に腰をおろし、トラヴィスは向かいのシートに座った。やってきたウェイトレスが場の雰囲気も読まずに明るい声でオーダーをとると、バーのほうへ戻っていった。

「まず、謝らなきゃいけないな」とトラヴィスは切りだした。「そう、確かにぼくはダニーの父親だ。一三年前、妻といっしょにあの子を引きとった男だよ」重たいものを胸いっぱいに詰められたような気分だった。「そして、あの子は今、行方不明になってる。手がかりはほとんどない。だからぼくは、じっと座って警察からの連絡を待ってるのが嫌になっちまったんだ」

「でも、犯人から電話がかかってくるかもしれないでしょう?」シャノンは青あざの下で表情をさらに青ざめさせながらたずねた。

「電話に出てくれる人くらい、ほかにもいるからね」

「誘拐犯があなたとしか話をしない、って言ったら?」

「携帯は持ってるさ。転送してくれればいいだけだ」トラヴィスは突然、疲れきり、すっかり年老いたような気持ちになった。自分は父親として失格だという思いが、ずっしりと肩にのしかかってくる。「ダニーは勝手にどこかに行ってしまったわけじゃない。そんな子じゃないんだ。だからぼくとしては、どうしていいのかわからなくなってしまってね」

ウェイトレスがビールを四本と、シャノンの注文したクラブ・ソーダを持ってきた。トルティーヤのチップスとミックスナッツがテーブルに置かれるあいだ、会話がとぎれた。

ウェイトレスがいなくなるとトラヴィスは、シャノンが一瞬ひるんだような表情を浮かべたのにもかまわず、ぐいと顔を近づけて言った。「確かにぼくは間違いを犯した。でも、ほかに手がかりなんてなかったんだ。最近娘は、産みの親のことに興味を持ってたんだよ」

「彼女にはどこまで教えてあったの?」シャノンは言葉に注意しながらたずねた。

「自分が養子であることは知ってた。だが、詳しいことは一八歳になるまで待ってくれと言ってあったんだ。そのときになったら、すべて教えてあげる、ってね」

「でもあなたは、わたしの個人情報をファイルしてたわ。それに、武器を持ってこの町にやってきたのよね?」シャノンの視線が突然鋭くなり、顔が上気したのがわかった。「あなたはわたしを監視してた。それって、わたしがあの子を誘拐したと思ったからじゃない? それにもしかして、わたしの家に火をつけたのはあなたじゃないの?」

「馬鹿なことをしたとは思うけど、でもこれだけは信じてくれ。火なんてつけてない」

「だがあんたはあそこにいたじゃないか」シェイが、ビールのボトルを指でつまんだまま言った。

「スパイの使うような道具や武器まで持ってな」追い打ちをかけたのはアーロンだ。

「どうしたらいいのかわからなくて、結論を急ぎすぎたんだ。ぼくはただ、娘を捜してただけさ」トラヴィスはため息をついて、シートの背にもたれかかった。ひと口ビールを飲んだが、味などしなかった。彼は三人の兄弟を無視してシャノンと視線を合わせた。「すまなかった。だが、ぼくは火事とは無関係だ。それにあの夜はオレゴンから到着したばかりで、とりあえずきみの家を見ておこうと思っただけだったんだよ」

「だからわたしの家のドアをノックもせずに、こそこそあたりをうろついてたのね。あなたって、最低の男よ!」

トラヴィスはシャノンがひと言も聞きもらすことのないように、もう一度顔を近づけた。「ひとつだけ言っておくよ、ミズ・フラナリー」三人の兄弟たちがとたんに身がまえる。今にもトラヴィスに跳びかからんばかりだ。それでもかまわない、と彼は思った。殴りあいの喧嘩にでもなれば、たまりにたまったフラストレーションを解消するにはもってこいだ。「ぼくはなんだってする気になってる。娘を見つけだすためならね。きみを困らせたことは謝ろう。確かにきみを監視したりもしたさ。だが娘を見つけるために必要なら、何度だって同じことをやるつもりだ」

「娘思いのお父さんだこと」シャノンは嫌悪感をあらわにして言葉を返した。

だがトラヴィスも引きさがらなかった。「きみが娘の失踪に関係しているのかどうか、あのときはわからなかったんだ」

「で、今はわかったの?」

「まあね。だがおかげで、今度はこれからどうしていいのかがわからなくなっちまった」

シャノンは大きく息を吸った。「ひとつだけあなたの意見に賛成するわ、セトラー。わたしも、実の娘を見つけだすためならなんだってやるつもりよ。確かにわたしはあの子を養子に出したわ。でもそれは、あの子を愛してなかったからじゃないの。そうすることが娘にとっていちばんいいと思ったからよ」そう言うと、突然彼女の顎が震えはじめた。なんとか感情をコントロールしようとしているようだ。「だからわたしを責めたりしないで。わたしだって、なんでもするつもりなの。実際、手がかりがないわけじゃないし……」

トラヴィスは固唾《かたず》を呑んで次の言葉を待った。

シャノンが兄たちのほうをちらりと見ると、警察に勤めているシェイという男がかすかにうなずいてみせた。

「あなたがここまでやってきたのは、間違いじゃなかったのかもしれない」

「なんだって？」トラヴィスは射抜くような目でシャノンを見た。「娘の居場所を知ってるのか？」

「違うの。落ち着いて。あの子がどこにいるのかはわからないわ。生まれてすぐ別れて以来、会ってないんだから」

シャノンの瞳にふと影がさした。薄暗いレストランのなかでも、表情が苦痛に満ちたものに変わったことがわかった。

彼女は教えてくれた。いつも見られているような気がしていたこと。奇妙な電話がかかってきたこと。そして、燃え残ったダニーの出生証明書を見つけたこと。

トラヴィスは土手っ腹を蹴りあげられたような気分になった。「なんてやつだ！」と叫んで、拳でテーブルを殴りつける。その音を聞きつけたバーの客が振りかえり、手もとを狂わせたビリヤード・プレイヤーがトラヴィスをじろりと睨んだ。

だが彼は気にもとめなかった。頭のなかがぐるぐると渦巻いている。誰がそんなことをしたんだ？　なぜ？　張りつめた神経がちぎれてしまいそうだ。三人の兄弟たちは悠然とビールを飲んでいた。アーロンというやつはのんきにピーナッツを口へ放りこんでいる。ロバートはボトルを両手で挟んでくるくるまわしているところだ。火災捜査官だというシェイは、腕を組んでじっとトラヴィスを観察していた。まるで、眼下の草むらの動きを一瞬たりとも見逃すまいとする鷹《たか》のように。

シャノンが再び口を開いた。「あの子が誘拐されたなんて、知らなかったの。妙な電話があって、あの子の出生証明書を見つけたときも、たちの悪いいたずらだとしか思わなかった。あなたも知ってるとおり、わたしは以前、いろんな人から意地悪をされたの。わたしの過去は知ってるんでしょ？」

トラヴィスは答えなかった。

「まあ、いいわ。とにかくわたしは、騒ぎになるのが嫌で警察にも連絡しなかった。ただ、私立探偵をやってるアーロン兄さんに相談しただけ。あなたも私立探偵の免許を持ってるようだから、事情は察してくれるわよね？」

トラヴィスはその質問にも答えず、鼻髭を生やした男に視線を向けた。「で、何かわかったのか？」

「いいや。出生証明書は写しだった。あのあと火事が起きたんで、証拠物件として警察に提出したよ」アーロンはピーナツを嚙みながら言った。

あとを引き継いだのはシェイだった。「今は鑑識が分析してるところだ。我々もシャノンの家を徹底的に捜査したんだが、何も見つからなかった。ちなみに、出生証明書に指紋はなかったよ」

「どうやら犯人は大変なことを企んでるみたいだな」トラヴィスはそう言って、ちらりとシャノンを見た。「その手始めとして、まず、きみにダニーのことを思い出させようとしたわけだ」

彼女はうなずき、吊ったほうの手をもう一方の手でさすった。「でもほんとうに、あの子がどこにいるかは知らないの。誘拐されたことだって知らなかったんだもの」

「犯人はきっと、ぼくがここへやってくることまで予測していたにちがいない」

「あなたがわたしの情報を集めてたことまで知ってたっていうの？」

「もしかするとね」

「いや、それは考えすぎだろう」アーロンが口を挟み、なじるような青い瞳でトラヴィスを睨みつけた。

「だが、ぼくは結局、焼かれた出生証明書が見つかった場所へやってきたわけじゃないか。考えすぎだとは思わないね」

シャノンも兄弟たちも、何も言わなかった。トラヴィスは、彼らがまだ何か隠しているのではないかと思った。「ほかに情報は？」

「ここで話しあえるようなことはないな」アーロンが答えた。

「ぼくはダニーの父親なんだぞ」トラヴィスは静かに、だが、腹の底から力をこめて言った。

シャノンがそれに応えた。「でも、放火事件の容疑者でもあるのよ」

彼は首を振った。「ぼくはただ、あそこに居あわせただけだ。確かにきみのことを監視してたさ。しかしそれは、娘を捜しだしたい一心でやったことなんだ」怒りのあまり、こめかみがずきずきと痛んだ。「言っておくが、証明書の件はぼくとは無関係だ。だってきみが証明書を見つけたのは、ダニーの誕生日を少し過ぎた時間だったんだろう？　ぼくが犯人であるはずがない。その夜はちょうど、娘の友達が泊まりに来てたんだから」

シャノンの表情が暗くなった。まるで、父と娘の日常など知りたくないとでもいうように。

シェイがうなずいた。「あんたがあの日オレゴンにいたことは、わかってる。カーター保安官と話をしたからな。彼の婚約者の娘が遊びに来てたんだろう？」

「そうだ。ぼくに言わせれば、放火したやつと出生証明書をポーチに置いていったやつは、きっと同一人物だよ」トラヴィスはあのとき目にした黒い人影を頭に思い浮かべながら言った。「それに、ぼくはそいつを見てる」

「なんですって？」シャノンが大きく目を見開いた。

「もう警察には言ってあるよ。ジャノウィッツとロッシっていうふたりの刑事にね。ただ、暗くて人相まではわからなかったんだ。ところで、覆面パトカーでぼくをつけまわしてるのは、ふたりのうちのどっちなんだい？　あっちにとまってるシルバーのトーラスなんだが。あまりにあからさまな尾行だったよ」

シェイ・フラナリーの顎がぴくりと動いた。

「そんなこと、どうして今まで言ってくれなかったの？」シャノンはトラヴィスだけではなく、兄たちにも怒りをぶちまけるように詰問した。

「別に隠していたわけじゃないさ」シェイがあわてて言った。

いや、それは嘘だ、とトラヴィスは思った。この火災捜査官もその兄弟たちも、知っていることをすべてぶちまけたわけではない。きっとまだ何か隠している。

「でも、あの夜あなたがわたしの家で誰かを見たことは確かなのね？」シャノンがトラヴィスのほうを向いて、確証を求めるようにたずねた。

トラヴィスはうなずいた。「しかし、顔までは見えなかったんだ。そのあと、いきなり爆発音が聞こえてね」

「そんな」シャノンは顔から髪をかきあげながら、そうつぶやいた。

シャノンの顔のあざが見えた。白目の部分にも血がにじんでいる。

「サンタナがやったのかもな」消防士の兄が眉をあげた。

「ネイトじゃないわ！」シャノンは怒ったように言い、さらに顔を上気させた。「そういう言いかたはやめて。彼は動物やわたしを傷つけるような人じゃないの！」

トラヴィスは激しく兄を非難したシャノンに、心のなかで賞賛の拍手を送った。だが気にかかるのは、彼女がむきになってサンタナを弁護しようとしたことだ。やはりあの男を愛しているのだろうか。

「あんたはどうなんだ？」シェイがいきなりトラヴィスにたずねた。「サンタナがやったんだと思うか？　シャノンを馬小屋で発見したとき、あいつもそこに姿を現したんだろう？」

シャノンはそれまで兄に向けていた怒りの目を、今度はトラヴィスに向けた。引き結ばれた口もとともに、緑の瞳が細められる。言いたいことを言ってよ、と挑発しているかのようだ。

「そうかもしれないが」と彼は言うと、もうひと口ビールを飲み、シャノンと視線を合わせた。「ぼくには判断がつかないな」

彼女はいらだちをあらわにした。「ネイトじゃありません。そのことだけは、はっきりしてるわ」

「アリバイがないじゃないか」アーロンが反論する。

「もうやめて！」シャノンはきっぱりと言った。

話題を変えるいいころあいだと判断したトラヴィスは、それまでずっと心に引っかかっていたことをたずねてみた。「ダニーの父親……血のつながった父親のことだが、彼はどうしたんだい？」

シャノンが体をこわばらせたのがわかった。声は落ち着いていたが、必死に自分を抑えているようだ。「わたしが妊娠したって知ったとたん、いなくなってしまったわ。娘が……ダニーが生まれる前にね。彼の両親でさえ、今どこにいるかは知らないの」

「って話だがな」ロバートがビールを飲みながら口を挟んだ。

「実際、ブレンダンはこの町に戻ってきてるのかもしれない」アーロンが続けて言った。

「なんですって？」シャノンが勢いよくアーロンのほうを向いた。怒りに燃えた緑の瞳で兄を睨みつける。「彼が戻ってきてるの？」

「おいおい、落ち着いてくれよ。そういう噂がある、ってだけさ」アーロンは弁解するように言った。「今回の火事もあいつのしわざなんじゃないかって言ってる人もいる。だが、いなくなってもうかなりの年月がたってるからな。ちょっと見ただけじゃ、あいつだとわからないかもしれん。焼けた出生証明書のことを調べてくれっておまえに頼まれたあと、少しあいつのことを探ってみたんだ。今のところ、ブレンダン・ジャイルズっていう名前のパスポートを使って海外から戻ってきた人間は、ひとりもいないよ」

「それだけのことを調べたのに、どうして何も教えてくれなかったの?」彼女はそう言うと、冷たい視線をシェイに向けた。「シェイ兄さんも知ってたんでしょ?」

「まあな」

「ひどい!」シャノンは吐きだすように言った。

アーロンがため息をついた。「必要以上におまえを心配させたくなかっただけさ。はっきりしたことがわかるまでな」

「あのね、アーロン兄さん、これはわたしの問題なんだし、わたしの娘の……」シャノンはそこで言葉に詰まると、再びトラヴィスのほうを向き、激しく震える指でグラスをつかんだ。

「どうしてこんなことになっちゃったんだろう」そう言って、グラスの中身をごくりと飲む。

「みんながわたしに隠し事をしてるのね」

「シャノン——」シェイが口を開いた。

「黙ってて。慰めなんて必要ないんだから。わたしはただ、嘘をつかれたくないだけ」

彼女は兄に反論される前に、意を決したような目でトラヴィスに言った。「どうしようかって迷ってたんだけど……やっぱり正直に言うわね。わたし、娘に会いたいの」震える息をふうっと吐きだし、気持ちを落ち着かせようと、一瞬だけ目を閉じてから続ける。「写真は持ってるんでしょ？　わたしの娘……いえ、あなたの娘、ダニーの写真」

トラヴィスはうなずいた。「今も持ってるよ」

「見せてくれない？」

「シャノン、それはどうだろうな」アーロンが言った。

「そうだぞ」シェイも賛成する。「あの子のことは想像するだけにしておいたほうがいい」

「見せて」彼女は言った。「お願いだから」

それがいいことなのかどうか、トラヴィスにも判断がつかなかったが、シャノンの言うとおりにするしかないことはわかった。母親なのだから、娘の顔を知りたいと思うのは当然だ。後ろのポケットから財布を出し、薄いプラスチックのケースに入った数枚の写真をとりだす。表に入れてあったのは、去年の新学期、学校で撮ったものだった。ちらりと眺めただけで胸に痛みが走った。今年ダニーは、記念撮影の日を逃してしまうだろう。こういう状態が長引けば長引くほど、あの子をとりもどすチャンスも減っていく。なんとしても、見つけださなければ。……そう思いながら、トラヴィスはテーブルの上に写真を置き、シャノンのほうへ滑らせた。

「一年くらい前、学校で記念撮影したときのものだ」

シャノンは写真を手にとり、じっと眺めてからケースを裏返した。ダニーとトラヴィスが川べりの岩の上に立って三〇センチほどの鱒《ます》を持っている。トラヴィスは向かい側からのぞきこみながら、その写真を撮ったのが秋の日の朝であったことを思い出していた。あのときは、まだ樅《もみ》の林の上で星がまたたいているころに起きだし、キャンプ場のそばの渓流へ行ったんだった。大漁だったたっけ……。彼は喉に力をこめ、そんな思い出を心の片隅に追いやった。

ほかにもいろんな写真があった。六年生のときの、スリーサイズほど大きなソフトボールのユニフォームを着たダニー。澄まし顔のダニー。シャノンは我が子の顎のラインをそっと指先でなぞっていたが、自分の行為に気づくと、あわてて次の写真に目を移した。

そんなシャノンのしぐさを見ていると、トラヴィスの心にひとつの考えが浮かんだ。エラがこの世にいなくてよかった。妻が生きていたら、どんなに苦しんだことだろう。ブランチ・ジョンソンの死体が見つかり、ダニーが行方をくらまして以来、絶望の連続なのだから。

復讐の時。

あれはいったいどういう意味だったのだろうか。シャノン・フラナリーや出生証明書と、どんなつながりがあるのだろうか。

恐怖という名の蛇が、血管のなかでのたうった。

シャノンは写真を一枚一枚、いつくしむように眺めていた。養子に出してしまった娘のことなら、なんでも知りたいと思っているような表情だ。奥歯を強く噛みしめ、瞳をうるませながらまばたきをしている。彼女は、ついにこぼれた涙をレストランのナプキンでそっとぬぐい、写真のケースをトラヴィスに返した。「一枚か二枚、コピーさせてもらってもいいかしら」

あまりに打ちひしがれたその表情を目にしたとき、彼女に対して感じていたトラヴィスの憤りや怒りは、すっかり消えてしまった。

「考えなおしたほうがいいぞ、シャノン」ロバートが緊張をあらわにして言った。「俺にも、会いたくてもなかなか会えない子供がいるが、この世には知らないほうがいいことだってあるんだからな」

「もう手遅れよ」シャノンはそう言うと、目をあげてトラヴィスの顔を見た。「コピーしちゃだめ？」

拒絶することなどできなかった。腕を吊り、顔をあざだらけにした女性が、懇願するような目でこちらを見ているのだから。「わかった。でもその前に……」彼はもう一度お尻のポケットに手を入れ、折りたたんだ一枚の紙をとりだしてシャノンに渡した。

手作りのポスターだった。ダニーのカラー写真が印刷されている。「これって……」とシャノンが小声で言う。トラヴィスは、豊かにカールした髪と大きなグリーン・ゴールドの瞳を持ち、鼻の上にそばかすがある娘の顔を凝視した。にっこり微笑んでいる娘。その顔の上には、活字体で〝行方不明　心当たりのある方はご連絡を〟とあり、下のほうには連絡先が書いてあった。

「もしよければ、それをあげるよ」

「ありがとう」

「おい、シャノン！」アーロンが割って入る。「ここに来た目的を忘れたのか？」

確かに、とトラヴィスは思った。三人の兄たちはどいつもこいつも気に食わないやつばかりだが、アーロンの言うとおりだ。シャノンとは一定の距離を置いておいたほうがいい。少なくとも、まだ彼女は味方ではないのだから。

しかし、さっき見せた涙が偽物だとは思えなかった。この一三年間、彼女は毎日、我が子を手放したことを悔やみながら生きてきたのではないだろうか。そしてなぜだか、その子と育ての親であるぼくを襲った事件に、自分も巻きこまれてしまったのではないだろうか。そう考えなければ、彼女の家のポーチに焼け焦げたダニーの出生証明書が置かれていたことの説明がつかなかった。

シャノンは長いあいだじっとダニーの顔を眺めていたが、ようやくポスターを折りたたむとポケットにしまった。

ビールを飲み終えたトラヴィスは、吊った腕を指さしてたずねた。「どうなんだい？」

「何が？」シャノンは一瞬、とまどいの表情を浮かべてたずねた。「ああ、怪我のこと？」かすかな笑みが浮かぶ。「どういうふうに見える？」

「トレーラーにでも跳ねとばされたみたいだね」

彼女は咳払いをした。「まあ、そんなとこよ」

トラヴィスはうなずいてから髪を後ろに撫でつけると、ウェイトレスに合図をした。「今夜はこれで充分だろう？」とシャノンを見ながら言う。

「もうひとつ、訊きたいことがあるんだけど」彼女はトラヴィスの視線を真正面からとらえて言った。「わたし、あなたが思ってるより役に立つかもよ。捜索犬や警察犬を訓練してるんだから。……あなたの手伝いがしたいの。犬を使ってね」

「犬を使って？」

「ダニーの服とか、ヘアブラシとか、何か持ってない？　彼女の身のまわりのものよ」

トラヴィスは、ダニーのスウェットがピックアップ・トラックのシートの後ろに突っこんであることを思い出した。シャノンを信用していいのかどうかはまだわからなかったが、今さら失うものなどないはずだ。これ以上シャノン・フラナリーを巻きこむのは、間違いなのかもしれない。だが、選択肢はどんどん少なくなっていた。「ああ、あるよ」

シャノンが椅子を後ろに押して立ちあがった。「じゃ、とりに行きましょう」

タイミングよく、ウェイトレスが勘定書を持ってやってきた。トラヴィスは、受けとろうとしたシャノンの手を押さえ、勘定書を奪いとった。「ぼくのおごりだって言ったじゃないか」そう言って、小さな銀色のトレイにクレジットカードを置く。シャノンもそれ以上反論せず、兄弟たちも残ったビールを飲み干して席を立った。

二分後、サインを終えたトラヴィスは、シャノンと三人の兄弟たちを引き連れながら駐車場を歩いていた。夜だというのに、まだむっとするほど暑い。

するとロバートのBMWのそばで、ひとりの女が待っていた。

「あら、ロバート」その女は悪意に満ちた笑みを浮かべて言った。「あの売女《ばいた》はどこ?」

トラヴィスはフラナリー兄弟のほうを振り向いた。いったい何が始まるんだ?

13

シャノンは歩みをとめた。

蒸し暑い夜だった。

空気が体にまつわりつくようだ。

ほとんど空っぽの駐車場からは、まだ放射熱が立ちのぼっている。そこで、ひとりの女が待っていた。

メアリー・ベス。ロバートの妻であり、ライアン・カーライルのいとこでもある女性が、怒りもあらわに、夫の買ったばかりのBMWに寄りかかっている。小柄でスタイルがよく、黒いショートの髪にブルーのラインが入っていた。その指からぶらさがっているのは、一本のキーだった。夫のBMWのボディに傷をつけようとしていたらしい。

五、六メートルほど向こうにいるのは、メアリー・ベスの兄のリアムだ。瞳をぎらぎらさせながら、来るんだったらいつでも来い、と言わんばかりの表情を浮かべている。

シャノンは我が目を疑った。いざこざになど巻きこまれたくなかった。

「こんなところで何をしてるんだ?」ロバートは大声で言うと、走ってメアリー・ベスに近づき、その手からキーをもぎとろうとした。「子供たちはどうした?」

「そんなの、どうだっていいんでしょ?」彼女は、つかまれていないほうの手で必死に抵抗しようとした。

「エリザベスとR・Jはどこだ?」

「妹のところよ。マーガレットが面倒を見てくれてるわ」

「で、おまえは俺を捜しに来たってわけか?」

「そうよ」メアリー・ベスはいかにも哀れっぽい声をあげた。その後ろではリアムが悪意をみなぎらせながら、用心棒よろしく控えている。「あの売女はどこなの? そこの高級ホテルのスイート?」彼女は鼻に皺を寄せ、安モーテルのドアをさしながら言った。

「シンシアはここにはいない。さあ、メアリー・ベス、子供たちを迎えに行って家へ帰るんだ。これ以上恥ずかしいことをするんじゃない」

「恥ずかしいことをしたのはあなたのほうでしょ」

「メアリー・ベス、お願いだから、ここではやめて」シャノンはふたりに一歩近づいた。

「あなたは黙っててよ」メアリー・ベスはせせら笑うように言った。どうやら、悲劇のヒロインを演じようとしているらしい。「体面なんて、今さら気にしないでほしいわ。身分不相応な車を乗りまわしてるのは、どこの誰なの? 妻も子もいるっていうのに売女といちゃいちゃしてるのは、どこの誰? 家族の体面を穢《けが》してるのは誰だっていうの?」

ロバートがいらだった声で言った。「やめるんだ、メアリー・ベス!」

「そっちがやめてよ。バカなことをするのは、もうやめて！」彼女は大声で叫んだ。リアムが足を前に踏みだす。

シャノンは穴があったら入りたかった。メアリー・ベスはいったいどういうつもりなんだろう。同情の余地はあるけれど、知らない人のいる前でこんなことまでしなくてもいいのに。確かにロバートはバカなことをしていた。メアリー・ベスとの結婚生活を続けるか、それが嫌だったら、さっさと離婚の手続きをとるべきだ。しかし、夫婦のことはふたりだけの場で解決してほしかった。

「俺の手には負えなさそうだな」シェイがため息まじりにつぶやいた。つかんでいたシャノンの腕を放すと、次兄のほうへ近づいていく。「ロバート、彼女をどこかへ連れていってくれないか？」シェイはメアリー・ベスのほうを顎で示しながら言った。

「ほっといてくれ、シェイ」

「こういうことはプライベートなところでやってくれよ」シェイが義姉に向かって目を細める。「このままじゃ、警察がやってくるぞ」

「あなただって警官でしょ？」メアリー・ベスがシェイに言った。「臭いものにはふたをしろ、ってわけ？　でもね、あたしはこのまま、自分の人生や子供たちの人生をめちゃめちゃにされる気はないの！」

もう一秒たりとも耐えられなかった。シャノンはトラヴィス・セトラーの視線を全身で感じながら、足を踏みだし、静かな口調で告げた。「シェイ兄さんの言うとおりだわ。こういうことは、ふたりきりのときにやって」

「なんにもわかってないくせに！」

「子供たちのことを考えてあげて」

「そんなこと、この人に言ってよ！」メアリー・ベスはロバートの手を振りほどきながら言った。涙が頬を伝い、マスカラが黒くにじんでいた。「あなただって、子供のことなんて何も考えてなかったんでしょ？　フラナリー家の人間って、みんな同じよ。自分のことばっかり。親として子供を育てるのがどんなことなのか、ちっともわかっちゃいないんだわ！」彼女は憎しみに顔をゆがめてわめきたて、シャノンを指さした。「ライアンがトラブルを起こしたとき、あなたは黙って受け入れた？　違うでしょ？　さっさと別れたじゃないの！　おかげでライアンは焼け死んじゃったのよ！」

「もうやめろ！」ロバートが押し殺した声で言う。

シャノンはやり場のない怒りを感じながら、怒鳴り散らしている女を見た。

すると、それまで我関せずだったアーロンが前に出てきて、メアリー・ベスの肩に手をかけた。

「妹にさわるな」リアムが警告した。

「おまえは黙ってろ！」アーロンはリアムをやりこめ、優しい口調でメアリー・ベスに言った。「こんなことをしても、なんにもならないぞ。さあ、俺が家まで送ってやろう。マーガレットのところで子供たちを拾ってな」

メアリー・ベスは一瞬だけとまどっていたが、すぐに顔をあげ、再び金切り声をあげはじめた。「さわらないでよ！　あんたなんて、あたしと寝ようとずっと狙ってたくせに！」

「おいおい、メアリー・ベス、何を言いだすんだ？」アーロンがあわてて応じる。

「もう充分だ！　車に乗れ」ロバートが妻に言い、ＢＭＷの助手席のドアをあけた。

「どうして？」

「話をするんだよ。乗れったら」

メアリー・ベスが抗《あらが》おうとしたとき、モーテルのオフィスのドアがあき、マネージャーが姿を現した。縦も横も変わらないくらいの太った男で、禿げあがった頭をわずかに残った髪の毛で隠している。「おい、もめ事だったらどこかよそでやってくれ。警察を呼ぶぞ」男は、ロバートの車を指さしながら声を張りあげた。

夫に睨みつけられたメアリー・ベスは、「あの売女の座ったところに座らされるなんて」とぶつぶつ文句を言いつつも助手席に乗りこんだ。ロバートは勢いよくドアを閉めると、車の前をまわりながらポケットに手を突っこんでキーを捜した。妻が逃げだしてしまわないように、急いで運転席に体を沈める。数秒もしないうちにエンジンがかかり、ＢＭＷはテールランプを光らせながら、フラナリー家の三人とリアム、そしてトラヴィスを残して駐車場から飛びだしていった。

「ふん！」リアムは吐き捨てるように言うと、自分の黒いジープのほうへ戻っていく。そして彼もまた、タイヤをきしませながら車を急発進させ、どこかへと走り去った。

「いったいどういうことだ?」アーロンが遠ざかっていくジープを見つめつつ言った。

「さっぱりよ」シャノンには、ライアンの家族のことが理解できなくなっていた。ちらりとトラヴィスのほうを見たが、何事もなかったようなふりをしている。

「メアリー・ベスってのは、頭がおかしいんだよ」アーロンはそうつぶやいて、ポケットをまさぐってから煙草とライターをとりだし、一本口にくわえた。兄の頰をひと筋の汗が伝っている。「どうしようもない女だ」

「昔からああいう女じゃないか」シェイがそう言い、トラヴィス・セトラーを見た。「これでフラナリー家のことが、ちょっとはわかったんじゃないか?」

「どの家族にも問題はあるさ」トラヴィスはぼそりと言った。

「だが、俺たちのまわりには、とくにおかしなやつが多くてね」シェイはそう言ってシャノンを自分の車へ連れていこうとする。だが彼女はふと思い出したように、トラヴィスのほうを振り向いた。「ダニーの持ちものは?」

「そうだった」トラヴィスはピックアップ・トラックのほうへ駆けだした。「ちょっと待っててくれ」

シェイは、トラヴィスが声の届かないところまで行ってしまったのを確認してから妹に言った。「あいつとはあんまりかかわらないほうがいい」

「もうかかわってしまったわ」

「よく知りもしない男なんだぞ」

「ええ。だけどわたしの娘の育ての親よ。そして、娘は誰かに連れ去られてしまった。それだけで充分でしょ？」

シェイはもどかしげに口もとを動かしていたが、それ以上何も言わなかった。

シャノンはすっかり疲れきっていた。あんなに恥ずかしい騒ぎを起こしたメアリー・ベスと、その原因をつくったロバートを絞め殺してやりたかった。

小走りに戻ってきたトラヴィスが、フードつきの赤いスウェットとCDをさしだした。

「今手もとにあるのはこれだけなんだ」

「もっとたくさんあったほうが助かるけど、でもやってみるわ」シャノンは言った。「明日、わたしの家に来てくれない？　これからのことを相談しましょ」

「なんだと？」アーロンが声をあげたが、シャノンは大理石さえも射抜くような視線で兄を睨みつけた。

「了解だ」トラヴィスが言い、シャノンは彼の娘の持ちものを受けとってシェイの車に乗りこんだ。

あの人は敵なんかじゃない。彼女は自分に言いきかせるように心のなかでつぶやいた。バックミラーにはトラヴィスの姿が映っている。背が高く、ジーンズとランニング・シューズをはき、がっしりした肩をニットのシャツで包んだ男。その頭上で背後のモーテルの明かりがにじみ、もともとはライト・ブラウンの髪をブロンドのように見せていた。そのとき、ふたりの視線がミラー越しに一瞬絡みあった。いや、ただの気のせいだ。外にいる彼に車内のバックミラーなど見えるわけがない。車が発進し、バックミラーのトラヴィスが小さくなっていった。

それでも、トラヴィスの視線はシャノンの心の奥にある何かを射抜いた。レストランに座っていたときの彼はすっかりやつれ、顔に深い皺を刻んでいた。だが彼女には、トラヴィスがほんとうはタフな男であることがわかっていた。微笑みさえすれば、どんな女性もうっとりする顔になるはずだ。今は心配のあまり、すっかり神経が張りつめているようだけれど、それはしかたのないことだろう。いなくなった娘のことを考えているのだから、暗く沈鬱《ちんうつ》な雰囲気を漂わせているのは当然だ。そんな憂いに満ちた彼の横顔は、なんとも魅力的だった。

魅力的？

わたし、何を考えてるの？

痛みどめのせいにちがいないわ。それとも、娘の育ての親に会って、子供だったころや赤ん坊だったころのあの子の写真を見たせいね。

トラヴィス・セトラーのことを魅力的だなんて、絶対に思っちゃいけない。あの人は自分の娘を救いだそうと必死になってるのよ。わたしを火事から救ってくれたのも、娘を助けたかったから。だって、わたしがあの子を誘拐したと思ったから家を監視してたんだ、って言ったじゃない？

わたしはただ、娘に対するこの気持ちを彼にわかってほしいだけ。

シャノンは目を閉じ、トラヴィスへの思いを心から締めだそうとした。

シェイがサンタ・ルシアの町なかを抜けながら窓をあけ、車のライターで煙草に火をつけた。彼女は頭を座席のヘッドレストにもたせかけた。体のあちこちが痛み、頭のなかがくるくると渦を巻いている。サンタ・ルシアの明かりが窓の外を過ぎていき、兄たちの交わす会話が煙草の煙といっしょになって車内に充満した。

実の娘の父親であることを知りながらトラヴィス・セトラーと会い、話をするのは、つらい経験だった。そして、娘の顔を目にすることはさらにつらかった。今でも心が激しく波打っている。彼女は写真を眺めながら、赤ん坊から子供、一〇代の少女へと成長していく娘の姿をなんとか頭に焼きつけておこうとした。それは誰にも理解できなくらい孤独で、痛みに満ちた作業だった。

だったらあの子を手もとに置いておくべきだったのよ、と彼女は自分に向かって言った。手もとに置いて、自分で育てるべきだったんじゃない？　そうすれば、最初のクリスマスをいっしょに祝ってあげたり、自転車の乗りかたや馬の乗りかたを教えてあげたり、動物との接しかたを教えてあげたりできたはずなのに。手もとに置いておけば、恐ろしい目にあわせずにすんだかもしれないのに。

頭痛が激しくなり、唾も呑みこめないほどに喉がふさがってしまった。ダニーはどこにいるんだろう。赤い頬をして大きな泣き声をあげていたあの子は、今、どこにいるんだろう。父親や警察の助けを待っているんだろうか。それとも、考えたくもないようなことがすでに起きてしまったんだろうか。

そんなことを考えちゃダメよ。あの子は生きてるわ。きっとトラヴィスが見つけてくれる。だからあなたは、彼の手伝いをするの！　自分の娘なんだから、それくらい当然でしょ？

ピックアップ・トラックが道路のくぼみでバウンドすると、脇腹にひどい痛みが走った。一日じゅう彼女を苦しませてきた頭痛が、今は、後頭部で猛威をふるっている。家に帰りたかった。家に帰って鎮痛剤を飲み、何百時間も寝ていたかった。

でも、トラヴィス・セトラーのことは？　そして娘のことはどうなるの？

そのとき彼女は、聞くともなしに聞いていた兄たちの会話のなかに〝メアリー・ベス〟という言葉がまぎれこんだことに気づいた。

「なんて女だ」とアーロンが言った。

「頭がおかしいんだよ……あの家はみんなそうさ」シェイが言う。「リアムとケヴィンを見りゃわかるじゃないか」

「リアムはなんであそこにいたんだ？」

「用心棒のつもりだったんだろ」

町の景色は今や、郊外の景色にとってかわろうとしていた。兄の言うとおり、少なくとも、カーライル家の人間が普通でないことは確かだった。ライアンのいとこのリアムやケヴィンは、瞬間湯沸かし器のように短気なことで知られている。ライアンと結婚していたとき、ふたりが喧嘩するのを何度目にしたことだろう。

「セトラーのことはどう思う？」アーロンが言った。

「どうも臭いな」シェイが答える。

「あいつのことはもっと調べておこうと思ってるんだ。やっこさんがオレゴンからのこのこやってきた晩にシャノンの家が放火されるなんて、偶然にしちゃあ出来すぎだろう？」

「そうだな」

アーロンの言葉にも一理あった。火事の現場に居あわせるなんて、いかにも不自然だ。しかし、娘のことを思って悲しみに沈んでいたトラヴィスを目の当たりにしたあとでは、彼が家に火をつけたとはどうしても思えなかった。おまけにダニーの出生証明書が見つかったとき、彼はこの町にいなかったという。どんな男性だかはまだよくわからないけれど、あの人は決して放火魔なんかじゃない。シャノンは、娘を育ててくれた意志の強そうな男性を思い浮かべ、矛盾する感情に苛まれながらも、そう思った。

車が速度を落とし、田舎道に入った。彼女はうっすらと目をあけ、家まで続く並木がヘッドライトに浮かびあがるのを眺めた。もうすぐベッドに入れる。この前、小さなコテージの二階にある自分の部屋で眠ってから、久遠の時が流れたかのようだ。以前は夫と暮らした家。ライアン。彼を失って悲しんでいる家族の気持ちは理解できるけれど、シャノンはむしろ、夫がいなくなってくれてほっとしていた。

「それにあの、マーガレットって女も相当だからな」アーロンが言った。

シャノンはもう、ライアンの家族のことなど考えたくなかった。ロバートがメアリー・ベスに結婚を申しこんだのは、彼女がライアンと結ばれる前のことだった。あのころ、ふたつの家族は固い絆《きずな》で結ばれていたのに。みんなでいっしょに学校へ通ったりしたのに。ライアンが死んでから、すべてが変わってしまった。

家のガレージが見えてきた。ネイトの部屋に明かりが灯っているのを見て、シャノンは安堵した。小屋はしばらく焼け落ちたままだろうが、ほかの建物はだいじょうぶだ。

しかし、もしかすると犯人はそれを意図したのかもしれない。それにあの、まんなかに6という数字のある奇妙なシンボル。ダニーをさらっていったのも、同じ人間なのだろうか。

ガレージの上のドアがあき、ネイトがブーツの音を響かせながら外階段をおりてきた。彼が大股で車に近づいてくるのと同時に、シェイがエンジンを切る。ネイトの後ろから、カーンが駆けてきた。

シャノンの心に幸せな気持ちがあふれた。カーンが無事でよかった。

先にトラックからおりたアーロンが、シャノンに手を貸してくれた。カーンがひと声うれしそうに吠え、勢いよく尻尾を振ってドアにばたばたとあてながら、足もとにまつわりついてくる。彼女はしゃがみこんで、飼い犬の頭を撫で、耳の後ろをかいてやった。

「わたしもまた会えてうれしいわ」毛むくじゃらの犬に声をかける。

「きみがいなくてほんとに寂しそうだったよ。一日じゅうくんくん鳴いてね」ネイトはそう言うと、真剣な表情になった。「で、調子はどうなんだい？」

「よくなったわ」彼女は無理に微笑みながら言った。

アーロンが運転席からおりてきた。「シャノンは休ませてやったほうがいいと思う。きみはここにいるんだろう？」

「ああ」

アーロンはそれ以上何も言わず、跳ねまわる犬を引き連れ、シャノンを抱きかかえるようにして家のなかへ入った。すると、どちらが妹に付き添うかで、アーロンとシェイが口喧嘩を始めた。

「ふたりとも帰って！」シャノンは大声で怒鳴らなければならなかった。「ネイトがすぐそばにいるんだし、兄さんたちだって、電話で呼べばすぐ来られるくらいのところに住んでるわけでしょう？　わたしはだいじょうぶだから」そう言って、ドアのほうをさし示す。ふたりは不満そうな表情を浮かべ、ぶつぶつ文句を言いながらも、シェイのトラックのほうへ戻っていった。

兄たちがいなくなるやいなや、シャノンはドアに錠をおろした。そうして、ポケットからダニー・セトラーのポスターをとりだし、しげしげと眺めた。ポスターの写真を見ているだけで、心がざわめくのがわかった。

「ああ、ベイビー」彼女はささやいた。「あなたはどこにいるの？」明るい表情の少女を優しい目で見つめる。お願い、生きていて。なんとしても生きていて。どんな女の子になったのか、今ようやく知ることができたというのに、そのとたん、わたしの前から消えてしまわないで。

「神よ、あの子をお守りください」シャノンはそうつぶやくと、この一三年間で初めて、胸の前で十字を切った。

　今のところ、あの〝ケダモノ〟――ダニーは犯人をそう呼ぶことに決めた――はまだ、何も気づいていない。彼女はベッドに横たわって天井を睨み、逃げだすための手段がほかにないだろうかと考えていた。しかし、何も思いつかない。

　もう三晩も、指が痛くてたまらなくなるまで、錆びた釘を板から引きぬこうとしてきた。少しずつ前進はしているはずだ。今や釘の頭は、五ミリほど飛びだしている。だが頑張りすぎて指を怪我するわけにはいかなかった。あいつに感づかれてしまう。

　細心の注意を払って、計画を進めなければ。

　時間がなくなりつつあることはわかっていた。あいつはこのところ、なぜだか期待と不安に目を輝かせ、そわそわしている。おまけにこの前の晩は、シャツに血までつけていた。ダニーは男がアイダホのガレージに置いてきたビニール袋を思い出した。あのなかには何が入ってたんだろう？　あいつはどこの子供を殺してきたんだろう？

　そんなこと、考えちゃダメ！　彼女は体を引きずるようにしてベッドからおりると、クローゼットをあけ、なかでネズミが騒いでいないかどうか確かめるために耳を澄ました。そうして、すっかり臭くなったのを我慢してはいている靴下を脱ぎ、それを手袋代わりに使って、釘を抜く作業にとりかかった。

　汗が鼻を伝って落ちていく。

すぐに指が痛くなったが、それでも我慢した。釘の頭を揺すっているだけで腕がつりそうだったが、力をゆるめたりはしなかった。そのとき、車のエンジン音が聞こえた。

ダニーは凍りついた。

あいつが戻ってきたんだろうか？　早すぎない？

誰かほかの人かもしれない。わたしを救いに来てくれたの？

あわててクローゼットから出ると、汗をかきながら、再び靴下をはく。

表の砂利を踏みしめる足音が聞こえたと思ったら、玄関のドアが勢いよく開いた。

ダニーは急いでベッドにもぐりこんだ。そのとたん部屋の鍵があけられ、ドアが開いた。

胸をどきどきさせながら、ぎゅっと目をつぶる。

「何をしてた？」男が唸り声をあげたが、ダニーは眠ったふりを続けた。

「何をしてた、って訊いたんだぞ」男は近づいてきて、ベッドの脚を蹴りあげた。

ダニーは飛び起きた。眠ったふりなど、とっくにばれている。「トイレに行きたいの」

男は懐中電灯をつけ、足もとにある空っぽの簡易トイレを照らしだした。「ここにあるだろうが」

「しようと思ったんだけど、足音が聞こえたから、あわててベッドに戻ったのよ。だって、見られたくないもん」

男が鼻を鳴らした。疑っているらしい。

暗くて表情まではわからなかった。すると男はいきなり、懐中電灯の明かりをダニーの顔に向けた。あまりのまぶしさに何も見えなくなった。

彼はダニーの顔から床のトイレ、ベニヤを打ちつけた窓、そして天井へと明かりを移していった。そして最後に、クローゼットも。

ダニーは思わず目をつぶった。ドアはちゃんと閉めただろうか？　靴下を置きっぱなしにしたんじゃない？

心臓が破裂しそうだった。男の注意をそらさなければ。彼女は最初に思い浮かんだことを口にした。「喉が渇いた」

「なんだと？」

再び懐中電灯で顔を照らされ、ダニーは片手で目を覆った。「喉が渇いたって言ったの」

「残念だな。明日の朝まで我慢するんだ」

「でも――」

「我慢しろ。まったく、うるさいガキだぜ」彼がそう言い残して部屋を出ていこうとしたとき、リビングの明かりに男の影が浮かびあがった。懐中電灯以外のものを手に持っている。小さくて四角くて……携帯電話だ！

これまで、男が携帯を使っているところなんて見たことがなかった。いったいいつから持ってたんだろう。ここからでもつながるんだろうか。

そのとき、ダニーは気づいた。あいつは家から携帯を持ってきたんだ。このあたりに住んでるんだわ。あの携帯を盗みだすことができたら、男の身元がわかるかもしれない。警察に通報できるかもしれない。

しかし、ダニーの心に希望の光がさしこんだとたん、部屋は真っ暗になってしまった。

男はドアを閉めると鍵をかけ、扉があかないことを確かめてからいなくなった。

ダニーはまたしても閉じこめられてしまった。

14

〝明日、わたしの家に来てくれない？ これからのことを相談しましょ〟トラヴィスの頭のなかで、シャノンの言葉がこだましていた。ほんとうに彼女を信用していいんだろうか。わからなかった。だが、ほかに選択肢はない。

腕時計に目をやり、まだカーターに連絡できる時間であることを確かめる。保安官は、呼び出し音が二度鳴る前に電話をとった。「カーターだ」

「トラヴィスだよ。何か動きがあったかと思ってね」

「いや。きみのほうはトラブルを避けてるんだろうな」

「避けようとしてるよ」

「なるほど」保安官は皮肉な口調で答えた。「そう言えば、マージ・リカートっていう人の話をしたのを覚えてるか？」

その名前は記憶に残っていた。「犬を散歩させてて、白いバンを見たって証言した女性だよな？」

「ああ。彼女がどうやら、事件の解決に役立ちたくて、催眠術師のところへ行ったらしい。

ナンバープレートの番号を思い出すためにね」

「そういうことが可能なのか？」

「思い出すこともあるらしいんだ。まあ、あんまり科学的な手段じゃないがな。とにかく、催眠術師をかけてもらったら、なんと、バンのプレートがアリゾナのものだったことと、そのナンバーが頭に浮かんだって言うんだよ」

トラヴィスの心臓はとまりそうになった。携帯をきつく握りしめる。「で？」

「ナンバーは黒のシボレー・トレイルブレイザーのものだったんだが、その車両、後ろのプレートが盗まれたっていう届が六週間前に出されてたんだ」

トラヴィスはモーテルの壁に肩をもたせかけた。

「それだけじゃない。持ち主によれば、盗まれたのがいつだか、よくわからないらしい。車を使ってオレゴンからシスキユー山脈を越えてタホー湖へ二週間の旅行に出たらしいんだが、そのあいだに、いつのまにか後ろのプレートがなくなってたって言うんだよ」

トラヴィスはぎゅっと目を閉じた。「それって、フォールズ・クロッシングからサンタ・ルシアまで来るときに使うルートじゃないか」

「そうなんだ。今、そのルートに沿って、連邦警察が年式の合うフォードの白いバンを照会してるところだ。まあ、藁の山のなかから針を探しだすようなもんだろうがな。それに、犯人はおそらくそのバンをどこかで乗り捨ててしまったはずだ。おそらく、プレートは定期的につけ替えてるんだと思う」

「犯人もバカじゃないからな」

「で、そっちは何かわかったのか? ダニーの産みの母親とは話をしたんだろう?」

「まあね」トラヴィスは答え、シャノンの家に残されていた焼け焦げた出生証明書のことを話した。

カーターはそのことをFBIにも連絡しておくと言い、捜査は警察にまかせたほうがいいとトラヴィスを諭した。だがそれは、保安官としての建前でしかなかった。トラヴィスが絶対にあきらめないことは、ふたりともよくわかっていたからだ。「後悔するようなことだけはしないでくれよ」カーターは最後に言った。

「もう手遅れだよ」

「まあ、そうだろうな」

トラヴィスはそれから数分間保安官と話をして、電話を切った。シャノン・フラナリーと会った今、事件の全容はしだいに明らかになりつつあった。だがそのせいで、新たな恐怖がちくちくと胸を刺しはじめたのも事実だ。ダニーがいなくなったことは、なんらかの形で、産みの親であるシャノンとつながっている。

感情を捨てて、冷静に、そして論理的に事件と向きあうんだ、とトラヴィスは自分に言いきかせた。いなくなったのは自分の娘じゃない。そう思って、すべてのことを考えてみるんだ。彼はそれからの数時間、ビールをすすりながら、シャノン・フラナリーについて知っていることを整理した。ファイルとコンピュータは警察にとりあげられてしまったが、ファイルの資料はすべて二枚ずつコピーしてあったし、コンピュータのデータもバックアップをとっておいた。先ほど、新しいコンピュータを手に入れてきたばかりだ。

シャノンと娘の失踪を結びつけるものは、いったいなんなんだろう。出生証明書は焼かれたうえに、シャノンに見せつけるようにポーチに残されていた。また彼女の夫は、放火が原因で起きたと思われる山火事で焼け死んでいる。というより、誰かがライアンを殺し、遺体を焼いたのではないかという説が有力だ。復讐のためだったのだろうか。

トラヴィスは眉をひそめながら、ライアン・カーライルの死や、その後のシャノンの裁判を報じた記事に目を通した。なかには、ライアンこそ〝物言わぬ放火魔〟だったのではないかと推測したものもあった。当時、二年間で七件もの放火事件が起きていた。どれも打ち捨てられた無人の建物を狙った放火ばかりで、消火活動中に怪我をした消防士はいなかったし、焼け死んだのも、なぜか建物のなかにもぐりこんでいたドロレス・ガルベスという女性だけだった。燃えたのが使われていない建物ばかりだったので、保険金狙いの放火ではないかという線で捜索が行われたようだが、いまだにはっきりしたことはわかっていない。狙われたのは、倉庫、レストラン、取り壊しの決まっていた学校、古いビルが二軒、無人の住宅が二軒。すべての建物に共通した関係者はいなかったし、いずれの火事においても、両隣に被害はなかった。出火原因はすべて、リモコン制御の発火装置によるものだったという。

そしてライアン・カーライルの死後、事件はぴたりとおさまった。

偶然だろうか？

そうは思えない。

トラヴィスはシャノンの家で火の手があがったときのことを思い出してみた。あのときも、まず爆発音が聞こえた。つまり、〝物言わぬ放火魔〟事件はシャノンの家の火事とつながり、ひいてはダニーの誘拐事件ともつながっている、ということなのか？

彼は首の凝りをほぐしながらミニ冷蔵庫に手を伸ばし、新たにビールをとりだした。そうして、ごくりと中身を飲みながら眉根を寄せ、もう一度冷静になって考えてみた。〝物言わぬ放火魔〟が戻ってきたなんて考えるのは、あまりに早計だろう。ライアン・カーライルと〝物言わぬ放火魔〟はまったく無関係だったかもしれないし、シャノンの家の火事だって、誰かがその手口だけを真似したとも考えられる。

トラヴィスはデスクに戻り、再びファイルにあたってみた。

三年前の山火事でライアン・カーライルが命を落とし、その数週間後、シャノンの兄のひとり、ネヴィルが失踪した。行方はいまだにわかっていないようだ。そしてネヴィルがいなくなってまもなく、双子の片割れであるオリヴァーが精神的に不安定な状態となって心療内科に入院し、退院後、神の道を歩みはじめた。

ネヴィルの失踪とオリヴァーの病気は、やはり関係しているのだろうか。

そしてシャノンは、ぼくの知らない何かを隠しているのだろうか。

目を細めながら、彼女のことを考えてみる。あざだらけだったけれど意志の強そうな顔。顎のカーブやほっそりしたうなじ。髪をかきあげるしぐさ。思い出しただけで胸が苦しくなってしまう。おまけにシャノンとダニーは、鼻の上のかすかなそばかすまで、何もかもそっくりだった。

奥歯をぐっと嚙みしめ、ビールを飲み干した。

シャノンを敵とみなしてはいけないのかもしれない。怒りを抑えて彼女に近づき、あたかも個人的な興味を抱いているふりをしながら、いろんなことを訊きだしてみよう。

トラヴィスはシャノンのまわりの男たちのことを考えてみた。

最初の恋人、ブレンダン・ジャイルズ。ダニーの実の父親でもあるその男は、姿を消してしまい、どこに行ったのかわからなかった。

夫だったライアン・カーライルは焼死している。

兄のうちのひとり、ネヴィルも行方不明だ。

その双子の兄、オリヴァーは精神病をわずらったことがある。

長兄のアーロンは消防署をクビになっていた。どうしてだろうか?

彼女の父親が亡くなったのは、昨年のことだ。それまでぴんぴんしていたのに、突然、心臓発作でこの世を去ったらしい。

ライアンが死んでからシャノンがつきあった男はふたり。どちらも長続きはしなかった。

そして、ネイト・サンタナ。謎の男。

あの火事の晩、あいつはごく自然にシャノンの体に触れた。思い出しただけで、またしても血管のなかを嫉妬の思いが駆けめぐる。おまえは大馬鹿野郎だぞ。トラヴィスはそう自分を戒めた。今は感情的になっているときじゃないと、さっき心に決めたばかりじゃないか。なのに、よりによってシャノン・フラナリーに心を動かされるなんて。

彼はシャノンの家に住んでいる男のことを、もう一度よく考えてみた。サンタナは、荒馬を手なずけるのがうまいと評判だった。また、あとになって無実であることがわかったのだが、殺人罪でしばらく刑務所に入っていたこともある。そんな男がシャノンの仕事上のパートナーだなんて。いや、恋人である可能性だってある。トラヴィスにはそれが気に入らなかった。

このところ、気に入らないことばかりだ。

夜も更けた。ふたりの兄たちは二時間ほど前に追いかえしたし、ネイトにも、今夜はひとりでもだいじょうぶだからと言ってある。水の入ったカップを電子レンジに入れ、窓の外をのぞいてみると、ガレージの上の部屋に明かりが灯っていた。どうやら、放っておいてくれるつもりらしい。

電話が鳴った。シャノンは電子レンジのタイマーをセットし、壁から受話器をとった。

「あいつ、そこにいるの?」いきなり女が言った。「シャノン? ロバートはそこにいるの、って訊いてるのよ」メアリー・ベス・フラナリーの声は普段より一オクターブは高かった。明らかに兄は、妻をなだめることに失敗したようだ。

「あなたといっしょに帰ったんじゃないの?」

「いなくなっちゃったの。子供たちを連れて」

「じゃあ……新しいアパートのほうじゃない？」シャノンは、いいかげんな兄を心のなかでののしりながら言った。

「もうチェック済みよ」メアリー・ベスが吐き捨てるように言う。「あいつ、子供を連れてあの女のところへ行ったんだわ！……ひどい！」最後のほうは涙まじりだった。

何か言おうかとも思ったのだが、どうせ聞く耳など持たないだろう。だからシャノンはただ「なんて言っていいのかわからないけど」と言った。

「何も言わなくていいの」メアリー・ベスはさめざめと泣きはじめた。以前は親友だった女性。だが今は、見知らぬ他人だ。

「どうしてあなたに電話したんだろ」メアリー・ベスが振りしぼるように言った。「そうだ、そっちが最初に連絡してきたからじゃないの。それであたし、あいつがあなたのところにいるんだと思って……大きな間違いだったみたいね」

「ごめんなさい、メアリー・ベス。でも、わたし、電話なんてしなかったけど？」

電子レンジがチンと音を立てた。

「したわよ。電話に残ってる発信元を確認したんだから。いったいどういうこと？」

「だけど電話なんて――」

「シャノン、あなたもほかのやつらと同じなのね。嘘ばかりついて！　あたし、ロバートとなんて結婚するんじゃなかったわ！」メアリー・ベスは叩きつけるように電話を切った。

背筋が凍りついた。〝あなたもほかのやつらと同じなのね〟メアリー・ベスの言葉が頭のなかでこだまする。そういえば裁判の直後、彼女から「ライアンを殺したのはあなたでしょ?」と言われたこともあった。「確かにあなたとは義理の姉妹の関係だけど、それだけのことよ。もう友達なんかじゃないわ」と。

悲しい経験はほかにもたくさんあった。たとえば、子供ができたことを両親に伝えたとき。父は、火をつけていない葉巻をくわえたまま背を向けて、窓際に立っていた。窓ガラスに映った父の顔は、憎悪の炎に燃えていた。「おまえはあんな男と結婚するのか」

「いいえ。彼、赤ん坊なんて欲しくないみたいなの。そんな人、こっちから願いさげよ。だから、結婚なんてしないわ」

母親は真っ青な顔で、詰めものを入れすぎた椅子に腰をおろしていた。「それはいけません」母は敬虔なカトリック教徒だった。「子供の父親とは結婚しなければだめよ」

「そんなの、嫌!」そのとき、人生でひとつだけはっきりしていることがあったとすれば、それは、子供ができたと聞いて逃げだすような卑怯者《ひきょう》とは絶対に結婚したくないということだった。

「母さんの言うことを聞くんだ」父はしわがれた声で言うと、大股で歩いて椅子の後ろにまわり、母の薄い肩にがっしりした手を置いた。「わたしがショットガンで追いまわしてでも、あの男に結婚の覚悟をさせてやる」

シャノンは背筋を伸ばして、きっぱりと言った。「わたしひとりで育てるわ」

「そんなことは許しません！」母親はあわてて立ちあがった。その顔には、めったに見せない強い決意が浮かんでいた。「ティモシー神父様にお願いして、ブレンダンの両親と話をするの。そうして――」

「やめて！　わたしのことはほっといてよ！」上気した頬を涙が伝った。ブレンダンの両親と話をするなんて、まっぴらだった。わたしを嫌っている人たちに会っても、事態は悪くなるだけだ。とたんに吐き気が襲ってきた。まるで、おなかのなかの赤ん坊が三人の会話を聞いて抗議の声をあげたかのようだった。

シャノンはバスルームに駆けこみ、何度も嘔吐《おうと》した。吐き終わると、ぜいぜい息をつきながら強く奥歯を嚙みしめ、それがなんであれ、子供にとって最良の道を選ぼうと心に誓った。父母や兄弟を頼ることはできない。シャノンはトイレの水を流し、薬棚の上の鏡に映った青白い顔を眺めた。ドアの外では父と母が口論していた。父親はブレンダンを口汚くなじり、母親は、物事がうまくいかないときに決まって持ちだす〝フラナリー家の呪い〟のことをあれこれ言っているようだった。

一四年たった今でも、あのときのことを思い出すと、体がかっと熱くなってしまう。

「〝フラナリー家の呪い〟とは、よく言ったもんよね」シャノンはロバートのことを考えながらそうつぶやき、電子レンジからカップをとりだすと、ずっと以前のクリスマスに、シェイの最初の妻だったアンからもらったハーブ・ティーの箱を出し、湯気の立っているカップにティーバッグを入れた。

メアリー・ベスの言ったことは正しかった。ロバートがシンシア・タレリッコといい仲になっていることは町じゅうの噂だったし、兄も自分のしていることを隠そうとはしなかった。それに、以前はほんのお遊び程度の浮気をくりかえしていただけだった兄が、シンシアとはかなり長続きしているのも事実だ。

愛はいつ、憎悪に変わってしまうのだろう。シャノンは暗い気持ちで思った。わたしの結婚も、最後はどろどろのけなしあいになってしまったんだっけ。

カップを持ってキッチンを出ると、明かりをつけて二階の寝室へと続く階段をあがった。上の窓からは裏庭のフェンスが見える。その向こうは広大な更地だ。もうすぐ、七〇軒の〝瀟洒《しょうしゃ》な住宅〟が建つ予定だという。

彼女が引っ越しを決意したのも、それが理由のひとつだった。ここにいれば動物たちは、広がりつづける〝サンタ・ルシア郊外〟に呑みこまれてしまうだけだった。そんなところでは訓練などできない。

窓をあけ、夜の空を眺めた。月がのぼりつつあり、コオロギの鳴き声が聞こえてくる。あたりは不吉な闇に包まれていた。

誰かが隠れていて、こちらを見ているのではないだろうか。

冷たいものが背筋を走った。

〝フラナリー家の呪い〟、か。シャノンは再び考えをめぐらした。妊娠したことを告げたときの、恐怖に満ちた、娘を断罪するかのような母親の顔は、決して忘れないだろう。

彼女は靴を脱いで裸足になると、バスルームに入った。脳裏にダニー・セトラーのイメージがよみがえってくる。お願いだから無事でいて。シャノンは心のなかで祈った。あなたのいるべきところは、トラヴィス・セトラーのそばなんだから。

鎮痛剤をてのひらに振りだしていると、違う種類の痛みが心に広がっていった。

薬を飲み、こんがらがった髪の毛をなんとかへアブラシでとかしつけようとした。シャノンは細心の注意をもって作業にあたった。急ぐ必要はない。最初は手間がかかるけれど、そのうちブラシも通りやすくなるはずだ。彼女は、髪をきれいにとかせば痛みも消えるのではないかと思いながら手を動かした。

生まれてすぐに手放した娘の顔を再び見る機会は、はたしてやってくるのだろうか。

髪をとかし終え、ベッドルームに入ると、ポケットから娘のポスターをとりだし、そっと皺を伸ばしてナイトテーブルに立てかけた。「無事でいてね、ベイビー」彼女はそうささやき、涙をこらえながらベッドにもぐりこみ、明かりを消した。

男は望遠鏡を使ってシャノンの家を見ていた。どうやらシャノンはひとりきりで家にいるようだ。完璧じゃないか。

ポケットから携帯をとりだした。

呼び出し音が一度。

二度。

女の声がした。「もしもし?」

男は待った。

「もしもし」

男は何も言わなかった。

「シャノンなのね?」女が言った。女の口調がとたんに激しくなった。「あのね、あなたのいたずらにつきあってる暇はないの! やめないと警察に通報するわよ!」女は電話を叩きつけた。

闇のなか、男はほくそ笑んだ。心配するな。もうすぐ警察がそっちへ行くはずだからな。計画を次の段階に進めるときだ。今夜。男は全身の血が期待感にわきたつのを感じた。

15

「あいつ、もう、最悪」蹴って脱いだ七センチのヒールが、ウォークイン・クローゼットの壁にぶつかった。半分空っぽのクローゼット。五年前、ここに引っ越すことを決めたのは、このクローゼットが気に入ったからでもあった。だが今、クローゼットの半分は空っぽで、ロバートの学生時代のジャケットが一着、ハンガーからぶらさがっているだけだ。メアリー・ベスは目を閉じ、そのジャケットを着ていたころのロバートを思い出した。運動部の花形だったロバート。彼と結婚できたら、死ぬまで幸せでいられると思っていた。

まったく、あたしはなんてバカだったのかしら。毎週金曜日の夜になると、彼が出場しているフットボールの試合を見て、そのあとデートをした。そして、彼がカレッジを卒業するまでじっと待った。父親のあとを継いで消防士になると言われたときも、不満はあったけれど、何も言わずにしたがった。

それがまちがいだったのかもしれない。

おかげで、その後の人生はめちゃくちゃだ。

彼女はため息をついて、クローゼットの明かりを消した。それにしても、なんて蒸し暑いのかしら。エアコンは大きな音を立てているだけで、ちっとも効かない。ロバートが修理代をけちったせいだ。

ひどいやつ。

メアリー・ベスはベッドルームの窓をあけ、リビングの窓もあけた。風はほとんどなかったが、少なくとも、こもった空気を入れ換えることはできるはずだ。

離婚すべきなのだろうか。そんなことになったら、郡の司祭を務めている父親はなんと言うだろう。子供たちは心に大きな傷を負ってしまうはずだ。

ロバートは、高校時代から浮気癖のある男だった。結婚して子供が生まれたらきっと変わるだろうと思っていたのだが、彼が落ち着いていたのは、長女のエリザベスが生まれたあとの何年かだけだった。下の息子が生まれたころには、またも夜遅くまで帰ってこないことが多くなった。

メアリー・ベスは子供部屋に入ってちらかったおもちゃを片づけ、脱ぎ捨ててあった服を持ってキッチンの脇にある小さな洗濯室へ行った。ドアの外は、一台だけ車を収容できる小さなガレージだ。

汚れた服を乾燥機の上に置いてあったバスケットに放りこみ、再びキッチンへ戻る。さっきあけたワインを飲み干してしまおう、と思った。ワインを飲めば、いつだって自信がよみがえってくる。先ほど駐車場でロバートと対決したときもそうだった。

「能なしのぐうたらのくせに」彼女はそうつぶやくとシャルドネのボトルを冷蔵庫から出し、

コルク栓を抜いて、背の高いグラスを満たした。この前ロバートといっしょにワインをあけてから、もう何年たっているんだろう。

ワインとグラスをバスルームに持ちこみ、ジェットバスつきの浴槽の縁に置いた。そうしてゆっくり服を脱いでいく。まず、ぴったりしたジーンズ。次にブラウス。その下につけていたのは、黒いローカットのプッシュアップ・ブラだった。胸の谷間を見せつけてロバートの気を惹こうとしたのに、なんの意味もなかったようだ。メアリー・ベスは鏡に自分の体を映した。客観的に見ても、ふたりの子供を産んだにしては悪くないはずだ。アスレチック・クラブへの支払いがかかりすぎるとロバートに文句を言われながらも、スタイルにはいつも気をつけてきたつもりだった。

彼をとりもどす方法はあるはずだ、とメアリー・ベスは思った。だが最近の夫は、まるで恋に落ちてしまったかのような行動ばかりとっている。恋！　二度の離婚経験がある女弁護士と恋だなんて！

再び怒りがこみあげてくるのを感じながら、ブラとパンティをとり、浴槽にお湯を張った。どうせ子供たちはいないのだから、ゆっくりお風呂を楽しもう。彼女は香りつきのオイルとバブル・バスを浴槽に注ぎこみ、いったんローブをまとうと、息子の部屋に行き、隠してあったチョコレートバーを手にとった。それから自分の部屋に行って大好きなディキシー・チックスのCDをかけ、思いきり音量をあげた。チョコレートバーを食べながらバスルームに戻ると、浴槽は泡でいっぱいになっていた。

窓際やジャグジーのまわりに置いてあった蠟燭《ろうそく》に火を灯して頭上の明かりを消し、ローブを脱ぐと、浴槽のなかへ滑りこんでグラスのワインを飲み干す。お風呂は最高だった。彼女はちょっとだけ微笑みながら、てのひらに泡をすくいとってふうっと吹いた。いくら外が暑くても、こうしてお風呂につかるのは気持ちいい。

ゆっくりとワインをすすった。

一ダースほどの蠟燭の明かりが、鏡や窓に反射していた。

絶対にロバートをとりもどしてやるわ。これまでだって、いつもあの人はあたしのところへ帰ってきたんだもの。

だが、わかっていた。ロバートは決して浮気をやめないだろう。

アルコールが血管をめぐりはじめた。お酒と抗鬱剤を併用するのがよくないのは知っていたが、ロバートがこの前浮気して以来、彼女はずっと薬を飲んでいたし、お酒もやめたりはしなかった。今のところ、何も問題はない。

ワインの一、二杯くらい、なんだっていうの?

聞こえてくる失恋のバラードに合わせて鼻歌を歌いながら、石鹼《せっけん》の泡を乳房にこすりつける。CDプレイヤーからはもうすぐ、暴力をふるう夫を殺した女の歌が流れてくるはずだ。

メアリー・ベスも彼女の家族も、シャノンがライアンを殺したのだと考えていた。シャノンが青あざのできた顔で、夫に殴られたと警察に駆けこんだとき、ライアンは、自分は決して暴力などふるっていないと主張した。だがそれが真っ赤な嘘であることを、メアリー・ベ

の上に貼りついている。それでも男は気をゆるめなかった。息を殺し、浴槽に近づいた。

床がきしんだ。

「ロバートなの？」メアリー・ベスがゆっくりと目をあけた。

男は即座に跳びかかり、女の首を締めあげた。彼女は大きく目を見開いて悲鳴をあげようとしたが、男はかまわず体重をかけ、彼女の頭を湯のなかに突っこんだ。

メアリー・ベスは手を振りまわして男の濡れた服をつかみ、足で浴槽を蹴りつけた。力の強い女だった。アドレナリンが体じゅうを駆けめぐっているせいだろうが、まるでアスリートのような強さだ。彼女はもがき、背中をのけぞらせ、手を振りほどこうとした。

だが無駄だった。

男は女の体をさらに深く沈めた。頭が浴槽の底にあたってごつんと音を立て、短い髪が水のなかで躍った。

メアリー・ベスはごぼごぼとあぶくをあげながら、男の手の下で暴れまわった。

浴槽の縁に置いてあった蠟燭が、水のなかや床の上に落ちた。彼女は身をよじらせて浴槽から出ようとしたが、男は満身の力をこめて押さえつけた。パニック感がてのひらからじかに伝わってくる。メアリー・ベスは絶望に目を剝いていた。

浴槽から湯がこぼれ、泡がバスルームの床や壁を汚した。

男は、浴槽の底で恐怖にゆがむメアリー・ベスの顔を見ながら、にやりと笑った。

抵抗が弱まってきた。最後の力を振りしぼっているようだ。ＣＤが大音量で鳴りつづけ、シンガーの声が頭のなかでこだまする。

メアリー・ベスが動かなくなった。

彼女は水底から、もはや何も映してはいない瞳で、じっと男を見あげていた。

だが男は念のために、それから三分間も彼女の頭を湯のなかに沈めつづけた。

メアリー・ベスが死んでしまったことを確かめると、湯を半分ほど抜いて彼女の体を露出させた。それから、一方の端が湯につかるような形で、バスタオルとバスローブの紐を浴槽の縁にかけ、発火しやすいように調合しておいた油をとりだして彼女の体の上にぶちまけた。

そのとき突然、CDの音がやんだ。

誰かが入ってきたのだろうか？

男は息をひそめながら待った。心臓がどきどきし、濡れた服の下で汗が噴きだした。

だが今、聞こえるのは、キッチンでぶうんと言っている冷蔵庫の音と、何軒か向こうで吠えている犬の鳴き声だけだった。

急げ。もう時間はない。

この家にいるのは俺ひとりだ。男はそう判断すると、最後の仕上げにかかった。

バスルームの棚にあったメアリー・ベスの口紅を使い、鏡にひとつのシンボルを描《か》きあげる。そうしてバックパックをおみやげ代わりにシンクに置いた。

あとは簡単だった。メアリー・ベスに最後の一瞥をくれ、火のついていた蠟燭を浴槽に落とした。

とたんに炎が水面を走って噴きあがり、タオルやローブの紐を燃やした。独特な匂いのする黒い煙が立ちのぼって、男の鼻孔を焼く。今やメアリー・ベスは炎のリングに包まれていた。バスルーム全体が熱に揺れながら、金色に染まっていく。彼女の髪が炎に縮れ、肌が焼けただれていく様子をいつまでも眺めていたかった。しかし、もうここを出なければならない。

男は急いで寝室に戻ると、侵入した際に使った窓から夜の闇へと滑りだした。茂みやフェンス沿いに走り、一度ガレージの陰に身を隠してあたりを確かめる。一〇代の少年が運転する、巨大なタイヤをつけたピックアップ・トラックが、轟音をあげながら家の前を通りすぎていった。

車が見えなくなったのを見届けると、再び全力で駆けだした。サイレンの悲鳴が聞こえてきたのは、メアリー・ベスの家から四ブロックも離れたころだった。

今ごろ来ても、遅すぎるぜ。男は自分の車にもぐりこみ、荒い息をつきながら心のなかで言った。もう、手遅れさ。

遠くでサイレンが鳴っていた。

火事だ！

シャノンは恐怖に怯えながら目をあけた。

時計を見ると、ベッドに入ってまだ二時間もたっていないことがわかった。嫌な予感がする。とてつもなく嫌な予感が。彼女は暗い部屋のなかでベッドからおりると、窓辺へ行って外を眺めた。

うちじゃないわ。

ふうっと大きなため息をつき、念のために下へおりてみた。カーンが木の床を爪でひっかきながらあとをついてくる。外に出ると、飼い犬はかたわらで立ちどまり、ふんふんと夜の匂いを嗅いだ。

燃えているものはない。すべて普段どおりだ。

なのに、体の奥のほうから寒気がわきあがってきた。シャノンは小屋の焼け跡を眺めながら自分に言いきかせた。あんまりぴりぴりしちゃだめよ。火事なんて、毎晩のように起きてるんだから。

それでも……。

家のなかに戻るとまっすぐキッチンへ行き、電話をとってシェイに連絡を入れた。だが、聞こえてきたのは留守番電話の声だった。

「もう充分でしょう?」そう声に出して言ったものの、彼女の指はいつのまにかアーロンの携帯の番号を押していた。長兄は三度目の呼び出し音で電話に出た。

「シャノン。どうしたんだ?」あわてているような口調だった。どうやら運転中らしい。

「サイレンの音が聞こえて、すごく嫌な感じがしたの。もちろん、放火騒ぎがあったせいで、神経が過敏になってるだけなんでしょうけど」

兄はためらっていた。

「何？　どうしたの？」シャノンはあわててたずねた。

「……火事はロバートの家なんだ」

「なんですって？」

「落ち着いてくれ。シェイとはもう話をした。全焼は免れるかもしれない」

やはり予感は正しかった。「でも、ロバートともメアリー・ベスとも、数時間前に会ったばかりよ」

「ああ」

「誰か家にいたの？」彼女は恐怖が全身に充満していくのを感じながら訊いた。

「わからない。今、現場に向かってるところだ。おまえはそこにいてくれ。何かわかったら、すぐに知らせるから」

「ロバート兄さんの家なのよ。わたしも行くわ」彼女は憤然と言った。「メアリー・ベスも子供たちもわたしの家族なんだから」みんなが無事でありますようにと心のなかで祈り、長兄が説得を続けようとする前に電話を切った。

急いでジーンズと長袖のTシャツを身につけ、ゴムで髪をまとめた。ついてこようとするカーンを押しとどめてトラックに乗り、家をあとにする。ネイトにひと言知らせておこうかと思ったのだが、彼のエクスプローラーはいつもの場所には見あたらなかった。

また火事が起きるなんて。それも、わたしの肉親の家で。

怯えが彼女を駆りたてていた。制限速度を無視して町に入り、もう何年も兄たちの一家が住んでいる通りをめざした。様々なイメージが心に浮かんでくる。結婚パーティでのロバートとメアリー・ベス……彼女はビーズのついたウェディングドレスを着て、喜びの涙を流していた。初めての子であるエリザベスが生まれたときは、セント・テレーザ教会で洗礼式をやったんだっけ。弟のロバート・ジュニアが生まれたときのことも鮮明に覚えている。わたしは分娩室《ぶんべん》の外の廊下で、甥《おい》の誕生を待っていたんだわ。

シャノンは最後の角を曲がった。そこに広がっていたのは、まさにカオスと言ってもいい状況だった。

ロバートの家へと向かう道はすでに封鎖されていた。家の前の消火栓のそばには三台の消防車がとまり、パトカーが青や赤の光をあたりにまき散らし、たくさんの野次馬が群がっている。通りの反対側には早くもテレビ局のバンが陣どり、リポーターが炎を背景に立っていた。

シャノンはかろうじてあいていたスペースに車をねじこむと、肩や脇腹が悲鳴をあげるのもかまわず、大股で兄の家へ近づいた。

炎が空を焦がし、黒い煙がくねりながら天をめざしている。

消防士たちは機敏に動いていた。芝に横たわるホースが、まるで大蛇のようだ。放水が行われ、家はぱちぱちと音を立てて燃えながらも、さかんに蒸気をあげている。

シャノンは痛みをこらえて、濡れた歩道を走った。炎を見つめる人々の顔には、恐怖と崇敬の念が同時に浮かんでいた。彼女は野次馬のあいだに割って入ったが、人垣から顔を出したとたん、警察にとめられてしまった。

「これ以上近づかないで」警官がぶっきらぼうに言った。

「でも、わたしの兄の家なの！　誰かなかにいるの？」だが警官は答えなかった。彼女はヘルメットをかぶった消防士たちを目で追い、ロバートがいないかどうか捜した。いるわけがないじゃないの。兄さんは今日、非番なのよ。さっき会ったばっかりでしょ？じゃあ、メアリー・ベスは？　子供たちは？

「誰かなかにいるのか、って訊いたのよ！」シャノンはもう一度言った。

「家に帰ってくれませんか？　すぐに連絡がいくはずですから」警官はにべもなく答えた。

「嫌よ。警察の火災捜査官はどこ？　シェイ・フラナリーはどこにいるの？」

尖った顎と鉛筆で書いたように細い鼻髭を生やした別の警官がやってきて、親指を立てて人々が集まっているほうを指さした。どうやらそこが司令センターらしい。「あっちにいるはずですが、でも、ここから出ないでください」

「わたしはこの家の持ち主の妹よ！　肉親がなかにいるかもしれないのに！」

「だったらなおさらさがっていてもらわないと」

誰かに肘をつかまれたことに気づき、シャノンはあわてて振りかえった。てっきり、サンタ・ルシア警察か消防署の職員が彼女を現場から遠ざけようとしてやってきたのだと思ったのだが、そこに立っていたのはトラヴィス・セトラーだった。ふと、その胸に飛びこんで泣きじゃくりたくなった。誰かにしっかりと抱きとめてほしかった。

だが彼女は目をあげただけだった。「ここで何をしてるの?」

「サイレンが聞こえたんで、きみの家だったらどうしようと思って飛びだしたんだ。モーテルはこのすぐ近くだしね。きみが警官と話していたことは、後ろから聞かせてもらったよ」

彼は首を振り、夜のように暗い表情を浮かべた。

「悪夢だわ」彼女は小声でささやいた。煙の匂いと湿った空気が鼻に充満した。伸びあがって司令センターのほうを見ると、こちらに近づいてくる人影が見えた。アーロンだ。長兄は、まるで霧のような水しぶきのなかを歩いていた。

「ロバートとは連絡がとれた」とアーロンは言った。「こっちに向かってるそうだ」

シャノンの胸に安堵の気持ちが広がっていった。兄は無事だった。「じゃあ子供たちは? メアリー・ベスは?」

「子供たちはまだマーガレットのところだ。でもどうやら、メアリー・ベスがひとりきりで家にいたらしい」

「そんな!」シャノンは思わず手で口もとを押さえた。「誰か彼女を見た人はいないの?」

アーロンは沈鬱な表情でこちらを見つめている。彼女の腕をつかんでいたトラヴィスの手に力がこめられた。兄は眉をひそめて何か言おうとしたが、ふと思いとどまった様子で視線を外した。「おまえはここにいるんだ」それだけ告げると、寝間着姿で火事を見ている野次馬をかき分けるようにして走り去ってしまった。

シャノンは首を伸ばし、アーロンが向かっている先をのぞきこんだ。

ロバートがBMWのエンジンをかけたまま、車をおりてこちらに近づいてくるところだった。その顔は恐怖にゆがみ、瞳は大きく見開かれている。そばに寄ったアーロンが何事か話しかけたが、ロバートの耳には届いていないようだ。彼は野次馬や警官を無視して、まっすぐ玄関のドアをめざした。

「メアリー・ベス！」ロバートは叫んだ。

がっしりした体格の消防士が立ちはだかった。「ここから先は誰も近づいてはなりません」

そのとき、消防士は目の前にいるのが誰であるのか、気づいたようだった。「ロバートか？」

「妻がなかにいるんだ！」ロバートがドアに向かって突進しようとすると、消防士はしかたなく道を譲った。火はほぼ消えかけている。

シャノンも兄のあとを追った。トラヴィスとアーロンもついてきた。

「メアリー・ベス！」ロバートは飛ぶように階段を駆けあがっていった。

シャノンも煙に涙をにじませながら階段をあがった。すると、二階の廊下で消防士がふたり、ひざまずいていた。

彼女ははっと立ちどまった。

ひとりの消防士が黒く長い袋のジッパーをあげようとしているところだった。黒焦げの死体が、ちらりと見えた。

「なんてこった！」アーロンがあまりのことに息をひそめて言った。

「見ちゃいけない」トラヴィスがシャノンに警告したが、もう手遅れだった。彼女は信じられない思いで、以前は義姉だったはずの死体を見た。

喉の奥から吐き気がこみあげてきた。こんなはずがない、という叫びが、頭のなかで何度もこだまする。この黒焦げの死体がメアリー・ベスだなんて！　そんなこと、あるわけがないわ！　彼女は足もとをふらつかせながらあとずさると、廊下の隅にうずくまって嘔吐した。

「そいつらを外に出せ！」誰かが命令した。

炎が断末魔の悲鳴をあげていた。それでもまだ、割れた窓からは煙や灰が噴きだしている。

煤まみれの廊下で、シャノンは、ふたりの消防士のあいだでがっくりと膝をつくロバートの姿を見た。

16

「さあ、ここから出よう」トラヴィスが言った。

胃がむかむかして、脇腹が痛んだ。シャノンは震える声で言った。「ダメよ。ロバートといっしょにいてあげなきゃ」

「ここにいても、なんにもできやしないさ」

「でも、外には出られないわ。ロバートと話がしたいの……」彼女は所在なげに手をあげた。

そのとき、シェイが消防士たちをかき分けながら入ってきて、ロバートのかたわらにしゃがみこむのが見えた。ロバートは人目もはばからず号泣している。その顔は灰のように白く、体には耐えられないほどの重みがかかっているようだった。兄の罪の意識を軽くしてあげるには、どんな言葉をかけてあげればいいのだろう？

「トラヴィスの言うとおりだ」アーロンが、ふたりの弟を凝視したまま言った。ロバートは膝を突き、シェイはその耳もとで何事かささやいている。

「でもわたしも……助けになりたいの」

「わかった」アーロンが言った。「じゃあ、オリヴァーに連絡してくれ。母さんにはオリヴアーから伝えてもらうようにするといい」

「そうね」彼女は抑揚のない声で兄に同意した。「でも、携帯がないのよ。わたしの携帯、どこにいったのか見あたらなくて」

トラヴィスがポケットから自分の携帯をとりだした。「ぼくのを使うといい」

シャノンはためらわなかった。「ありがとう」そう言って、視線をアーロンに戻す。「オリヴァーに連絡をするのはいいけど、兄さんもいっしょにママのところまで来てね」それから再びトラヴィスのほうを見る。「悪いけど、まだ家には帰れないわ」

「わかった。じゃあ、ぼくが運転してあげよう」

「運転くらい自分でできます」

だがアーロンが反論した。「シャノン、そんな状態で運転なんかしちゃダメだ。それに俺はここにいなきゃいけない。俺なら手助けができるかもしれないからな」アーロンは猜疑心にあふれた目でトラヴィスを見てから、弟たちのほうに顔を向けた。

シャノンはしぶしぶオリヴァーの番号を押した。アーロンの言うとおりだ。わたしがいてもほとんどロバートの慰めにはならないけれど、兄たちは強い絆で結ばれている。彼らはいつもわたしを守ってくれた。だが同時に、決して仲間に入れてくれようともしなかった。わたしは心からかわいがられていたけれど、その実、パトリックとモーリーンのただひとりの娘であり、末っ子であるという理由でつまはじきにもされていたわけだ。

シャノンはトラヴィスの携帯を耳に押しあてた。男性用アフターシェイブのかすかな匂いを嗅ぎながら兄が出るのを待ったが、呼び出し音が六度鳴ると留守電のメッセージが流れてきた。

「出ないわ」

アーロンが眉をしかめた。「聖職者ってのは二四時間営業だと思ったんだがな」

「まだ聖職者じゃないわよ。わたし、ママのところに行ってくる」シャノンはそう言ってからトラヴィスを見てつけ加えた。「ひとりでもだいじょうぶだと思うけど、でも……ありがとう」

トラヴィスがつかんでいた腕をようやく放してくれたので、彼女は消防士たちのあいだを縫って玄関に向かった。外に出ると、野次馬の数はさらに増えたようだった。パジャマ姿で犬を抱いて消火作業を見物している男の脇をすりぬけ、水たまりをよけながらピックアップ・トラックのほうへ戻る。できれば母親になんて会いたくなかったが、誰かが義理の娘が焼死したことを伝えに行かなければならない。朝まで待っていたら、早起きの母親は新聞やテレビのニュースで事故のことを知ってしまうだろう。

シャノンは自分を奮いたたせた。

これまで何度もつらいことをのりこえてきたママだけれど、ふたりの孫の母親が死んだことを聞いたら嘆き悲しむだろう。

でも、ひとつのことが気にかかっていた。もしかしたら、メアリー・ベスは殺されたのではないだろうか。

誰かがわたしを狙ったことは確かだった。そいつが今度はメアリー・ベスを襲ったのだとしたら……。犯人は火をもてあそぶタイプの人間だ。そういえば、ダニーの出生証明書も焼け焦げていたんだった。火を見て興奮するどこかの変態が、娘を閉じこめているのかもしれない。そう考えると、全身に寒気が走った。

ダニーは無事でいるのだろうか。いや、物事を悪いほうに考えるのはやめよう。肩越しに振りかえると、ダニーの父親はまだアーロンのそばにいて話をしていたが、シャノンが車のほうまで行ってしまったことに気づくと、急いで駆け寄ってきた。その顔を見ているだけで、彼女の心には穏やかな気持ちが広がっていった。この人に頼ってしまいたい。そう思った瞬間、彼女は即座に自分の考えを否定した。何を言ってるの？　よく知りもしない男なのに。小屋が燃えたとき、現場に〝居あわせた〟人なのよ。覚えてるでしょ？　そんな人を信頼するっていうの？　どれだけ彼が魅力的でセクシーな男性でも、信頼なんてしちゃいけない。

追いついたトラヴィスが声をかけてきた。「この車はここに置いといて、ぼくのを使おう。ちょっと行ったところにとめてあるから。約束する。きみの邪魔はしないよ」

シャノンはうなずき、ふたりで人気のない暗い通りを歩いていった。トラヴィスは自分のピックアップ・トラックがとめてあるところまで来ると、ロックを解除して運転席に滑りこんだ。シャノンも座席につくと、彼がエンジンをふかしながら言った。「どうやって行ったらいいんだい？」

「次の交差点を右に曲がって、信号のところで今度は左へ行って。そこからグリニッチまでは道なりに進むの。二キロくらいかな。それから右へ四ブロックくらい行ったところよ」

彼はちらりとシャノンに目をやると、暗がりでもはっきりわかるほどあたたかい笑みを浮かべた。「道をまちがえそうになったら、言ってくれ」

シャノンははっとして、鋭い目で彼を見あげた。もしかしたら今の言葉には、言外の意味が含まれているのだろうか。いや、違う。考えすぎよ。長い一日の最後にこんな悲劇が起きて、神経がすっかりまいってるんだわ。

ふたりは無言のまま進んでいった。トラヴィスはラジオをつけようとせず、シャノンも静寂を苦にしなかった。暗い家々や電柱が後ろに飛び去っていく。

ほんとうにメアリー・ベスは死んでしまったのかしら。いまだに信じられなかった。あの陽気で、自分の意見をはっきり口にする女性が？　しかし黒焦げの死体が頭のなかによみがえってくると、またしても吐き気がした。すっかり吐いてしまったあとだというのに、胃の奥のほうから嫌な感触がこみあげてくる。シャノンは自分を抱きしめるようにして両腕を体に巻きつけた。とたんに脇腹に痛みが走ったが、そんな痛みが逆に、生きていることの喜びを教えてくれた。

「メアリー・ベスは殺されたのかしら」そんな言葉が、思わず彼女の口をついて出た。

「ああ。ダニーをさらっていったやつにね」

シャノンは車に乗って以来初めて、顔を横に向け、正面からトラヴィスを見た。「でも、なぜ？　あなたはすべての事件が関係してると思ってるんでしょう？　わたしの家の火事も、メアリー・ベスが死んだことも」彼女は首を振り、忍びこんでくる寒気を払おうとした。

「メアリー・ベスが殺されたことは確かだと思う。すぐに証拠が見つかるはずさ」

「だけど、理由は？」

「きみが教えてくれよ」

「わたしにもわからないわよ！」彼女はシートの隅に体を寄せ、トラヴィスを睨みつけた。この人が、どうしたら行方不明の娘をとりもどせるのかと思い悩んでいることはわかっていた。だがこの人についてわかっているのは、せいぜいそれくらいだ。なのにわたしはこうして同じ車に乗り、悲しい知らせを伝えるために母親のところへ行こうとしている。「ダニーがいなくなったのはわたしのせいだって、まだ思ってるのね？」彼女は非難するように言った。

「いや」トラヴィスはきっぱり答えた。「でも、きみに関係した事件だとは思ってる。そうでなければ、ダニーの出生証明書が見つかった理由が説明できないからね。娘をさらっていったやつは、ぼくらを精神的に追いつめようとしてるんだよ」

「そんなことをして、なんの意味があるのかしら？」

「わからない」

「あ、ここで曲がって」彼女はこんもり生い茂った緑の並木が続く道をさし示した。トラヴィスはハンドルを切り、戦後すぐ建てられたと思われる二階屋が並ぶ狭い道へ入った。どれも同じ造りの家ばかりだ。

シャノンが指さした両親の住居もかなり古ぼけていた。緑色の側壁も、ペンキを塗ってから一〇年はたっているだろう。屋根には手を入れる必要がありそうだったし、短いドライブウェイの両側には草がぼうぼう生えていた。

「ついていこうか?」

「ううん、ひとりでだいじょうぶ」

「じゃあ、ぼくはここで待ってるよ」

あなたは帰って、と言いかけたが、運転席に座ったトラヴィスの表情を見て考えを変えた。ぐいと顎を引き、思いつめたような表情を浮かべている。彼を説得する気力も時間も、今はなかった。

彼女はちらりと家を見て、トラヴィスの携帯を握りしめたまま言った。「これ、もう一度使ってもかまわない?」

「ああ、いいよ」

母は二度目の呼び出し音で電話に出た。疲れた声だったが、かすかな緊張感が感じられる。こんな時間に電話がかかってきたのだから、いい知らせではありえないことに気づいたのだろう。「もしもし?」

「ママ? シャノンよ」

「シャノン? どうしたの?」すっかり目が覚めてしまったにちがいない。母は鋭い口調でたずねた。二階の寝室に明かりが灯る。「怪我の具合が悪くなったの?」

「今、家の前にいるの。なかに入れてくれない？」

「いったいなんの騒ぎ？」

「ドアをあけて。そうしたら説明するから」

シャノンは電話を切り、トラヴィスに携帯を返すと車をおりた。芝生を横切っていくあいだにポーチの明かりがつき、玄関の錠が外れる音がしてスクリーンドアが開いた。母親は赤毛の頭にネットをかぶり、小柄で細身の体をシュニール織りのローブで包んで立っていた。

「何があったの？」緊張のせいで顔をこわばらせながら、スクリーンドアのラッチをいじっている。

言うべきことはすでに考えてあった。「メアリー・ベスのところで火事があったの」シャノンは家のなかへ滑りこんだ。とたんに、埃と、ベーコンの脂やオニオンのまじった匂いが鼻を突いた。その瞬間、頭のなかに、騒々しい兄たちといっしょに育ったころの思い出がよみがえってきた。アーロンはポーチに陣どり、空気銃で鳥の餌箱を狙っていた。シェイとロバートは階段の手すりで遊び、ネヴィルとオリヴァーは裏にあるリンゴの木の上に隠れ家をつくっていた。シャノンも負けてはいなかった。母親は彼女に料理やキルティングを習わせたり、文章を書かせようとしたのだが、彼女は踊り場に置いた段ボールの箱に入り、兄たちに後ろから押してもらって階段を滑りおりるほうを好んだ。

そんな家が今はしんと静まりかえっている。本もきちんと棚に並んでいた。音を立てているのはただひとつ、玄関の壁にかけられた鳩《はと》時計だけだ。その時計が、母親の人生に残された時間を正確に刻んでいた。

「メアリー・ベスがどうしたんですって？　怪我でもしたの？」モーリーンが問いつめるように言った。

「メアリー・ベスは死んだの。火事でね」

「死んだ？　そんな、嘘でしょう？」母親の顔がショックのせいで蒼白《そうはく》になった。

「嘘じゃないわ。ほんとうよ」

モーリーンの体が小刻みに震えはじめる。彼女は薄い肩をドアにもたせた。「でも、この前会ったばかりなのに……ああ、神様……」悪い知らせを噛みしめるようにそうつぶやいてから、はっと顔をあげる。「子供たちは？」

「エリザベスとR・Jはだいじょうぶよ。メアリー・ベスの妹のマーガレットのところにいたの」

「それで——？」

「ロバートもだいじょうぶ」嘘だった。肉体的には問題ないとしても、精神的にはぼろぼろの状態だろう。

「また火事だなんて！」モーリーンは急いで胸の前で十字を切り、手を組みあわせた。「なんてひどい。きっと〝フラナリー家の呪い〟だわ」

「呪いなんて、この世に存在しないのよ、ママ」

モーリーンは赤く充血した目をひとり娘に向けた。「いいえ、これは呪いです」そう言うとぎごちない足どりでキッチンへ入り、引き出しをあけて〝もしものときのため〟の煙草の箱をとりだした。母はシャノンが五歳になったときに禁煙したはずなのだが、その後も何か事件が起こるたびに〝もしものときのため〟にとっておいた煙草を吸った。

彼女は震える指でセロファンを剝がすと、フィルターつきの煙草を一本抜き、苦労しながらマッチを擦って火をつけた。「知ってることを教えてちょうだい」

「まだたいしたことはわからないの」シャノンは言った。

モーリーンは煙草を吸いながら、手を振ってマッチの火を消した。「ロバートはどこにいたの？」

「わからない」

「あのタレリッコっていう女ところ？ あなたの弁護士だった人でしょう？」

「わたしの弁護士、ってわけじゃないわ。ただ、養子縁組の手伝いをしてくれただけ」そのときシャノンは、ようやくあることに気づいてショックを覚えた。ここにもまたひとつ、不思議なつながりがある。ダニーを養子に出したとき、率先して法的な手続きをとってくれたのが、当時サンフランシスコの弁護士事務所に勤めていたシンシア・タレリッコだった。彼女はその後事務所をやめてサンタ・ルシアに引っ越してくると、二度の離婚を経験したあと、兄のロバートとつきあうようになった。兄は六週間前、メアリー・ベスと子供たちのいる家を捨てた。町はここ数カ月、ふたりの噂でもちきりだ。

そして今、タレリッコが法的手続きをとって養子に出した娘が行方不明となり、ロバートの妻が火事で命を落とした。これって、偶然なんだろうか？

ドアの呼び鈴が鳴って、母がはた目にもはっきりわかるくらいにびくりと体を震わせた。「今度はなんなの？」そう言って最後の一服をして、蛇口の水で火を消すと、濡れた吸い殻をシンクの下のゴミ箱に捨てる。再び呼び鈴が鳴った。彼女は、年齢に見合わない素早さで玄関へ向かった。続く長い廊下の両側の壁には、子供たちの写真が何枚も飾られている。

「来てくれてよかった」モーリーンが玄関の鍵をあけながら言った。シャノンはてっきりトラヴィスだと思っていたのだが、家のなかに入ってきたのは兄のオリヴァーだった。「話は聞いたわよね？」母親は頬を涙に濡らしながらたずねた。

「アーロンが留守電にメッセージを残してくれたからね」オリヴァーはかすかにあたたかみのある薄い笑みを浮かべ、妹のほうをちらりと見た。シャノンはその瞳のなかに、何か奇妙な感情が躍っているのを見たような気がした。この場にそぐわないような感情だ。兄はそっと母の肩を抱いて言った。「話を聞いて、飛んできたんだ」

「ありがとう」

「いっしょにお祈りをしようか」

「ええ」

「シャノンはどうする？」兄が期待に満ちた視線を送ってきた。

リビングの古いカーペットの上で兄や母と並んでひざまずくなんて、想像さえできなかった。オリヴァーがもともと敬虔な人間であることはわかっていたけれど、ライアンが死んで双子の片割れであるネヴィルが失踪して以来、すっかり常軌を逸してしまった感じだった。聖書からの引用をいつも金科玉条のごとく振りかざし、神の言葉を聞いたと言ったことさえある。オリヴァーといると、居心地の悪さばかりが先に立った。長兄のアーロンは「あれだけ仲のよかったライアンがいなくなったんだから、神様にすがるのもしかたないさ」と言ったが、それだけではどうにも納得できない。

おまけに、ネヴィルはいったいどこへ行ってしまったんだろう。あんなふうに突然行方をくらましてしまうなんて、あまりに奇妙な話だった。あのころマスコミや検察は、ネヴィルがシャノンと共謀してライアンを殺したのではないかと推測していた。ふたりでライアンを森に連れだし、薬でも飲ませて焼き殺したあと、シャノンに不利な証言をしなくてもすむよう、ネヴィルだけが逃げだしたというわけだ。

とんでもない濡れ衣《ぎぬ》だった。

しかし、ネヴィルの身に何かが起きたことだけは確かだ。そのせいでオリヴァーは神様の声が聞こえるようになったにちがいない。

「わたしはもう行くわ」シャノンは母親に言った。

「外にいる男はおまえを待ってるのかい?」オリヴァーが訊いた。

「男って?」モーリーンがシャノンのほうを振りかえり、シャノンはオリヴァーを磔《はりつけ》にしかねない勢いで睨みつけた。

「ここまで送ってもらったの」

「なかに入ってもらえばよかったのに。なんていう人？」母親は知りたがった。

「トラヴィス・セトラーっていうの。でも、こみ入った話だし、もう遅いから」

「恋人なの？」

シャノンは思わず声をあげて笑いそうになった。トラヴィス・セトラーが恋人？　そんな単純な話だったら、どんなにいいだろう。「違うの、ママ。ただの知り合いよ」

トラヴィスがサンタ・ルシアまでやってきた理由は、たったひとつ。娘を捜しだすためだ。シャノンを救ってくれたのは、娘の所在を確かめるためにたまたま家を監視していたからにすぎない。おまけに彼の嫌疑は完璧に晴れたわけではなかった。最初はシャノンも、彼が犯人なのではないかと疑っていたほどだ。しかしトラヴィスと話をするうちに、そんな思いは薄らいでいった。

でも、まだあの人を信頼しちゃダメよ。シャノンはそう自分を戒めると、母親にこれ以上詮索される前に別れを告げ、家を出た。

スクリーンドアをばたんと閉じると、トラヴィスは車に寄りかかり、家を見あげながら待っていた。「誰か来たみたいだね」と彼は言った。

「兄のオリヴァーよ」

「ああ、聖職者になろうとしてる兄さんか」

「あなたって、わたしの家族のことならなんでも知ってるのね」シャノンがそう言って車に乗りこもうとすると、トラヴィスがドアをあけ、手を添えて助けようとしてくれた。だがシャノンは鋭い視線で睨みつけて拒んだ。この人には頼りたくない。

「知らないことは、まだたくさんあるさ」彼はぽつりともらして、弱々しい笑みを浮かべた。その表情があまりに魅力的だったせいで、シャノンは思わず目をそらした。

彼女は、助手席のドアを閉めて車の前をまわるトラヴィスをぼんやり眺めた。長い脚と、まっすぐに伸びた背筋。引きしまったお尻。……いったいわたしはどうしてしまったの？ なぜ彼のことがこんなに気になるの？

思わずシートベルトをきつく締めたせいで激痛が走り、あやうく呻き声をもらしそうになった。鎮痛剤の効き目はとっくに切れてしまったようだ。今や痛みは、肩や脇腹だけでなく全身に鈍く広がりつつある。彼女は疲れきっていた。

トラヴィスが車に乗りこむと室内灯が消え、シャノンは再びふたりきりの空間に閉じこめられた。彼の匂いがし、手を伸ばしさえすれば触れられるところにはジーンズに包まれた脚があった。ダッシュボードのかすかな明かりに、横顔が浮かびあがっている。トラヴィスは屈強で、ハンサムと言ってもいい男性だった。がっしりした顎とまっすぐな鼻。どんなにささいなことも見逃しそうにない瞳。頬には無精髭が生え、髪はくしゃくしゃだった。目的を達成するためならどんな苦労もいとわない——そんな雰囲気を漂わせている人。

彼は車のギアを入れて通りに出ると、ちらりとシャノンに視線を送った。じっと見つめていたのを悟られてしまったようだ。シートのクッションのなかにもぐりこんでしまいたかったけれど、虚勢を張って背筋を伸ばし〝だからどうしたの？〟という目で見かえした。かあっと頬が熱くなり、彼女は窓をあけて空気を入れ換えた。

トラヴィスは男らしい人だった。

そして、セクシー。

男性に対してこんな気持ちになったのは、久しぶりだ。

わたしは過去の経験から何も学ばなかったのだろうか？　いろんなことがあったせいで、いつもの自分ではなくなっているのだろう。メアリー・ベスが火事で命を落とし、わたし自身も誰かに襲われ、おまけに実の娘の行方もわからない。そんなとき、そばにいる男性のことをセクシーだと思ってしまうなんて。あのたくましい手で愛撫され、触れられたらどんな気持ちになるだろうと考えてしまうなんて。

シャノンは身震いした。危険が迫っているときって、逆に人恋しくなってしまうのだろうか？　防衛本能？　だけど、トラヴィス・セトラーに対してこんな思いを抱いてはいけない。絶対に。

自分自身に対する怒りを感じながら、いったん髪のゴムを外してもう一度ポニーテイルに結わえなおした。彼とのあいだに、もっと距離が欲しかった。車内の狭い空間がつくりだす親密な雰囲気をなんとかして変えなければ。あけた窓から入ってくる風が、ふたりのあいだにあるあたたかい空気を吹きとばしてくれればいいのだけど。

トラヴィスを信用しちゃダメよ、シャノン。ダニーの父親であるということ以外、あなたは、彼のことを何ひとつ知らない。なのに彼は、あなたのことなら何もかも知ってるのよ。

車がスピードをあげ、窓から入ってくる風がシャノンのポニーテイルを後ろになびかせた。肩を動かしただけで痛みが走り、思わずののしりの言葉を吐きそうになる。彼女はふうっと息をつきながら、なんの前触れもなくいきなり自分の前に姿を現した男性をもう一度盗み見た。わたしの娘の父親である人。

その男らしさに呑みこまれてしまいそうだった。彼のそばにいると、か弱い女になってしまいそうだ。シャノンは心のなかで呻いた。それだけは、絶対に嫌だ。

トラヴィスはフロントグラスの前をじっと見つめていたけれど、ふたりともお互いを意識していることは充分わかっていた。彼はバックミラーを確認してから車線変更した。だがシャノンは、トラヴィスが視界の端で自分の姿をとらえていることに気づいていた。まるで、どんなに小さな動きも見逃すまいとするかのように。

「確かに、ぼくはきみのことを少しばかり知ってる。きみの家族のこともね。でも、何から何まで調べたわけじゃない」彼はふたりを包みこむ静寂に語りかけるようにして言った。「たとえば、娘をさらっていったやつがどうしてきみまで巻きこもうとしているのかもわからないし、ネヴィルが姿を消したあと、なぜオリヴァーが聖職者をめざしはじめたのかもわからない。犯人がどうしてダニーを誘拐したあと、きみの家に火をつけたのかもわからない。何より最悪なのが、そんなことをしたのがどこのどいつで、ダニーに何をしてるのかもわからないってことさ！」トラヴィスは突然、それまでの冷静さをかなぐり捨てた。「この町で何かが起きつつあることはまちがいない。どう考えてもつじつまの合わないことがね。それが怖いんだよ。心配でたまらないんだ。そう、確かにぼくは、きみやきみの家族のことをすべて知りたいと思ってる。犯人がきみたち一家に興味を抱いているんだからね。娘につながる唯一の手がかりは、きみなんだよ。だから、きみのことを何から何まで知りたいと思っても、当然じゃないか」

「だけど、わたしが犯人だっていう考えは捨てたんでしょ？」車が信号でとまったのと同時に、シャノンは言った。

「ああ、もうそんなふうには考えていない」赤い信号の明かりが車内を不気味に照らしだす。

「よかった」その言葉をどこまで信じていいのか、シャノンにはわからなかったが、それでもかまわなかった。彼女は無理やりトラヴィスから目をそらし、窓の外に広がる夜の景色を眺めた。

そのとき、車がロバートの家の方向に曲がらず、まっすぐ町の外をめざしていることに気づいた。「ちょっと待って！　さっきの角で曲がらなきゃ」シャノンは人気のない通りからトラヴィスの横顔へと視線を移した。

「きみにはまだ運転なんて無理だよ」

「何を言ってるの？　あんなところに車を置いていくことなんてできない。いったいどういうつもり？」

「きみの家に向かってるつもりさ。車なら、兄さんの誰かに連絡して、明日の朝持ってきてもらえばいい」

「朝になる前にレッカー移動されちゃう」

「きみの兄さんは、警察にコネがあるんじゃなかったっけ?」

「ダメよ! Uターンして。それに、あれこれ指図するのはやめてくれる? そういうの、大嫌いなの。五〇年代のB級映画に出てくるタフなマッチョにでもなったつもり? わたし、自分の車くらい自分で運転できます」

「もう手遅れだよ」

シャノンはあんぐりと口をあけた。「あなたって、信じられない人ね!」

「きみは疲れきってる。それに、自分ではうまく隠したつもりかもしれないけど、痛みに体を震わせてただろう? 長くてつらい夜だったんだ。運転くらい他人にまかせるべきだよ」

「自分のすべきことは自分で決めます! わたしの人生なんですからね!」彼女は思わず、親指で勢いよく自分の胸を突いた。するとたったそれだけのことでまたしても激しい痛みが走った。シャノンは息を詰まらせながら目を閉じ、こんな状態になってしまったことを心のなかで呪った。「いいわ、わかりました」ようやく呼吸できるようになると、そうつぶやいた。それ見たことかと言わんばかりの笑いを浮かべていないだろうか。心配になってトラヴィスの表情を確かめたが、彼は真剣な顔でまっすぐ行く手を睨んでいた。「家に連れてって。最悪のチョイスだけど」

彼の唇がぴくりと動いた。

微笑もうとしたのだろうか、とシャノンは思った。

17

ぼくはどうしてしまったのだろう。

シャノンにあれこれ指図したうえに、運転を禁じるなんて。

トラヴィスは速度を落としてシャノンの家のドライブウェイに入りながら、自分のしたことが信じられずにいた。彼女といると、言わなくていいことまで言いたくなってしまう。確かにシャノンは怪我をしているけれど、だからといってさしでがましいことをしてもいいという理由にはならない。

なのに、さっき彼女がむきになって反論してきたときも、無視してしまった。まったく、ぼくらしくないことだ。他人の気持ちを無視して自分の意見を押しとおすような人間ではなかったはずじゃないか。

しかし、こうしてシャノンの家の前までやってきたことは事実だった。彼は拳が白くなるほどきつくハンドルを握りしめた。玄関では誰が待ち受けているのだろう。

いらだったネイト・サンタナか？　それとも兄のひとり？

誰がいようと、しっかり受けて立つつもりだった。しかしドライブウェイを曲がりきって家の全容がヘッドライトに浮かびあがったとき、あたりはしんと静まりかえっていた。駐車スペースには一台の車も見えず、窓にも明かりは灯っていない。

トラヴィスはエンジンを切ってサイドブレーキを引いた。

「送ってくれてありがとう……って言っておくべきよね」シャノンはそう言ってシートベルトを外し、ドアをあけた。室内灯の明かりに浮かびあがった彼女の顔には、ほとんど血の気がなかった。顔の傷は治りかけていたが、まだはっきりとその存在を主張していたし、目の下の青あざは睡眠不足のせいで以前よりめだっている。

「少し眠るといい。車は朝になってから持ってきてもらえばいいさ」

「車！　ねえ、もう一度だけ、携帯を使わせてもらえない？」シャノンは力なく手をあげ、またおろした。「ごめんなさい。でも、わたしの携帯、捜してる時間がなくて。このまま家に入ったら、電話をかけることなんて忘れて眠りこんじゃいそうなの」

「かまわないよ」

トラヴィスが携帯を渡すと、シャノンは番号を押した。

彼女は車から半分だけ体を出した状態だった。はきふるして色あせたジーンズが腿のあたりでぴんと張りつめている。「もしもし？　まだ現場にいるの？　……うん、ほんとうにひどい火事だった……ロバート兄さんはさぞかし……わかってる。ママには会ったわ。ショックを受けてたけど、でもオリヴァー兄さんが来てくれたからだいじょうぶだと思う。……ねえ、お願いがあるんだけど。わたしのトラック、動かしておいてくれない？　……そうなの。

帰りはセトラーに送ってもらったわ」彼女はちらりとトラヴィスのほうを見ると、うなずいてみせた。「心配しないで。わたしはだいじょうぶだから。キーはイグニションにささったままよ。じゃあ、明日。ありがとう、アーロン兄さん」彼女は携帯をぱたんと閉じ、トラヴィスに返した。「作戦完了よ」そう言ってトラックから滑りおり、ドアをあけたまま彼の顔をのぞきこむ。「ありがとう」

「問題ないさ」

「ううん、ほんとうに感謝してるの」彼女はかすかに微笑みながら言った。ほんとうは美しいはずのその顔には今、悲しみと痛みと疲労の色しか浮かんでいない。

「いいんだ」

「ほんとうなら、寄っていって、って言うところなんだろうけど……」シャノンは言葉を濁したが、トラヴィスにはわかっていた。これ以上彼女の邪魔をしてはいけない。

「それは次の機会に。明日になったら、また寄ってみるよ。いや、今日、って言ったほうがいいかな」

「じゃあ、そのときに、犬がダニーの匂いを追えるかどうか、やってみましょう」

トラヴィスは娘の名前を耳にして、はっと我に返りながらうなずいた。シャノンといっしょにいればいるほど、母と子がそっくりであることに気づかされてしまう。彼はちらりと家を見やった。「誰か面倒を見てくれる人はいるのかい?」

「カーンがいるわ」そう言ってシャノンは微笑んだ。それはトラヴィスが初めて目にする、彼女の心からの笑みだった。「あなたなら、家に誰もいないことくらい知ってるはずでしょ? この家を監視して、わたしのことをインターネットで嗅ぎまわってたんだから」彼女は勢いよく車のドアを閉め、あいたウインドウ越しにトラヴィスを見つめた。「わたしのこと、これからもしっかり勉強してね。次のテストに出るわよ」

シャノンは手を振ると、玄関まで歩いていって鍵をあけた。そうして、室内と屋外の明かりを両方ともつけ、飛びだしてきた毛むくじゃらの犬を撫でている。ばたばたと尻尾を振る犬に向かって微笑みかけ、家のなかに入るとドアを閉めた。鍵のかかるカチリという音が、車のなかにまで聞こえてきた。

それにしてもサンタナはどこへ行ってしまったのだろう。トラヴィスはエンジンをかけながら考えた。どうしてこんなときに、シャノンのそばにいようとしないのだろう。恋人だったら、待っていて当然ではないか。

砂利の上で車をまわしながらあたりを確認してみたが、駐車スペースは空っぽだった。彼は腕時計を眺めた。とっくに真夜中を過ぎている。やつはどこへ行ったんだろう? それに、シャノンが襲われたあの夜、どこへ行っていたんだ?

トラヴィスは様々な可能性を思い浮かべながら、物置小屋の焼け跡を眺めた。

いったい誰がこんなことを? そしてダニーはどこに?

フラストレーションと恐怖が彼を苛んだ。そっとののしりの言葉を吐き、アクセルを踏む。タイヤが彼のいらだちを感じとったかのように、砂利を跳ねとばした。

時間が指のあいだからさらさらとこぼれていく。おまけに娘を誘拐した怪物は、さらに大胆になっているようだ。メアリー・ベスの焼死はダニーの失踪と関係している。そうとしか思えなかった

彼はダニーが生きていてくれることだけを願った。

オリヴァーはひとりきりだった。

空っぽの聖堂は、ある意味、不気味な雰囲気さえ漂わせている。

彼は急いで十字を切ると、冷たい石の上にひざまずいた。以前サッカーで痛めた膝が悲鳴をあげる。

だが彼はその痛みを愛《め》でた。このまま耐えていれば、いつか、心に巣食っている悪魔がいなくなってくれるのではないかと思った。

しかし悪魔はガン細胞のように、全身に広がりつつあった。

「お許しください、神よ。わたしは罪を犯しました」オリヴァーは必死に祈った。

頭上の祭壇からは、いばらの冠をかぶせられた神の子がじっと彼を見おろしていた。

オリヴァーはもう一度十字を切り、聖霊の助けと神の救いを求めた。のぼる朝日がステンドグラスを突きぬけ、聖堂の床に色とりどりのイメージをつくりだしている。オリヴァーは、以前ネヴィルが持っていた万華鏡を思い出した。

ネヴィルは、無限に変化していく極彩色のパターンを飽きることなく眺めていたものだっ

た。誰にも使わせまいと、その万華鏡はいつも二段ベッドの上の段のマットレスのあいだに隠してあった。

だがオリヴァーはそれが気に食わなかった。だから万華鏡を盗みだして家から三ブロック離れた樫の木のうろに隠し、ネヴィルにたずねられても知らぬ存ぜぬを通した。樫の木のそばには小さな広場があり、錆びついたブランコやジャングルジムがあった。だがオリヴァーにとって特別な存在だったのは、その樫の木だった。彼は枝に腰をおろし、何度も魔法のガラス筒をのぞきこんでは、様々なイメージに心を躍らせた。

結局、罪を犯したことをネヴィルには告白しなかった。

もちろん、告白していない罪はほかにもたくさんあった。ぼくの心のなかには悪が満ちている。そう思うと、後悔の念が燃えあがった。オリヴァーは祈りの言葉をつぶやきながら、またしても床に広がる様々な色を眺めた。すると、頭のなかに別のイメージが浮かびあがってきた。暗い場所。暗くて寂しい場所。……病気を治すために入れられた場所だ。

みんなはそこを〝病院〟と呼んでいた。

だがそれは真っ赤な嘘だった。〝病院〟だったら、人を癒してくれるはずじゃないか。

しかしそこは、オリヴァーを苦しめるためにある場所だった。ぽたぽたとしずくを垂らしている蛇口。きしむ階段。不快な廊下……。

聖歌隊の壇の後ろから冷たい風が吹いてきた。邪悪なものの気配がした。これまで何度となく感じた気配だった。オリヴァーは祈った。

燃えるような思いで。

必死に。

だが、わかっていた。

悪魔はまた猛威をふるいはじめる。

また、すぐに。


ベッドのかたわらでけたたましく電話が鳴り、シャノンはいやいやながら手を伸ばして受話器をとった。ゆっくり眠ってなどいられなかった。まだ朝の九時半だというのに、すでに母から「オリヴァーといっしょに車を持っていきますからね」という連絡があったし、メアリー・ベスの死を知ってショックを受けた友人や、インタビューをしたがっているマスコミからも電話が入っていた。今度もリポーターだったらすぐに切ってやろう、と彼女は思った。

「もしもし？」彼女は怒気を含んだ口調で言った。

「調子はどうだい？」

トラヴィス・セトラーだった。声の感じですぐにわかった。暗いピックアップ・トラックの車内に浮かびあがっていた彼の横顔を思い出したとたん、心臓がどきどきしはじめる。シャノンはヘッドボードに頭をもたせながら答えた。「だいじょうぶよ」

「トラックはとりもどしたかい？」

「兄のひとりが持ってきてくれる、って」

「よかった。昨日言ってたこと、さっそく始めたほうがいいんじゃないかと思って電話したんだが……」

おずおずとした口ぶりだった。彼を責めることはできない。「一時間、くれない？　ちょっとやることがあるから」

「了解だ」

シャノンは電話を切り、体を引き剝がすようにしてベッドからおりた。「悪人に平安なし、ね」そうつぶやいて飼い犬を見る。カーンは耳をそばだてただけで、キルトの上から動こうとしなかった。「そう、あなたに言ったのよ」彼女は犬の頭を撫で、シャワーに向かった。

後頭部はずきずきし、目の奥には違和感があった。肩にもまだ痛みが残っている。

だが熱いシャワーは心地よかったし、なんとかシャンプーもできた。濡れた髪の毛は自然乾燥させることにして、歯を磨き、口紅とマスカラをつける。

鏡に映った顔は、とてもハリウッドで通用するとは思えなかったけれど、昨日よりずっとさっぱりしていた。これで充分だ。

彼女は洗いざらしのジーンズを出してきて身につけ、VネックのTシャツを着た。脇腹も肩も、ずいぶんよくなったようだ。

「いつも清潔にしとかなきゃね」今やベッドに寝そべっているカーンにそう言ってから、もう一度バスルームに入って医者にもらった鎮痛剤をボトルから出し、これからの一日のことを考えてみた。まず、トラヴィス・セトラーだ。それから犬たちの世話。母や兄たちもやってくるだろう。シャノンは錠剤を握りしめながら、強い薬は飲まないようにしようと誓った。今日はぼんやりしている余裕などない。もともとあまり薬を飲むほうではなかったし、できるだけ早く鎮痛剤に頼らなくてもいい状態に戻りたかった。少々痛みがあっても、よく父親が言っていたように"兵士のごとく突き進め"という気持ちでいればいい。

父。

二度の火事が発生し、義姉が命を落とした今、父が生きていたらどうしただろう。パトリック・フラナリーはまず行動の人だった。消防士としての任務をまっとうするためには、規則を曲げることさえあった。妻や六人の子供より仕事を優先させた人。酒を愛し、規則を無視したために、結局はその仕事まで失ってしまった人。

「ああ、パパ」シャノンはそうつぶやいて、父親の顔を思い浮かべた。声が聞こえてくるかのようだった。〝頑張るんだ、シャノン。人生は楽じゃないかもしれない。でも、いつだって興味深いもんなんだぞ〟

でも、興味の先に待っているのは痛みだったりもするのね。シャノンは焼死体となったメアリー・ベスのことを考えながら思った。

握りしめていた錠剤をボトルに戻し、薬棚に突っこんで鏡付きのドアを閉じる。

彼女は代わりに市販のイブプロフェン錠を飲んで、「朝ごはん代わりよ」とカーンに語りかけた。

飼い犬を引き連れて階段をおり、コーヒーをいれる。コーヒーメーカーがごぼごぼと音を立てるのを聞きながらカーンに餌をやり、ちらりと窓の外を眺めた。太陽はとっくにあがっていて、あけた窓から乾いたあたたかい風が吹いてきた。今日も暑い一日になりそうだ。

ライアンが死んだ年もそうだった。秋になっても気温はいっこうにさがらず、このままだと水や電気が足りなくなるのではないかとみんなが噂していたほどだ。周囲の丘では、何度も山火事が起きていた。

シャノンが離婚の意思を告げたのも、あのころだった。彼女の言葉は夫の怒りに火を注ぐことにしかならず、結局、警察に保護願を出さなければならなくなった。だが警察の命令書など、ライアンにとってはただの紙切れにすぎなかった。

結局誰も、わたしや、おなかの子供を守ってはくれなかった。

忘れてしまいたい思い出だった。二度目に妊娠したときのことを考えると、当時の悲しみや怒りがよみがえってきた。シャノンは目を閉じ、カウンターの端を強く握りしめた。暴力的でどうしようもない夫とのあいだにできた子供だった。すでに壊れかけた愛のない結婚生活のなかで身ごもった子供だった。それでも、産みたかった。あの子が——あの男の子がこの世に生まれてきたら、不幸の連続だったライアンとの結婚生活がもたらした、ただひとつの喜びになってくれたはずなのに……。彼女は唇を噛んだ。

冷蔵庫を探してもクリームは見あたらなかったので、ブラックで我慢することにした。シャノンはコーヒーをすすりながら携帯を探したが、これもまた見あたらなかったし、外に出ると、ネイトのトラックもいつもの場所にはとまっていなかった。彼はどこへ行ってしまったんだろう。だが馬小屋へ行ってみると、馬たちはすでに餌を与えられ、パドックに放たれて尻尾で蝿を追っているところだった。いったいどういうこと?

彼女はネイトの部屋の窓を眺めた。彼は毎日早く起きて、夜明けにはもう動物たちの世話をしてくれる真面目な人だ。今も仕事はきちんとやっているようだけれど、家をあけることが多くなってしまったのは、なぜなのだろう。

こんなの、彼らしくない。

しかし、ほんとうにそうなんだろうか。お互いのプライバシーには干渉しないというのが、暗黙のルールだったはずだ。よく考えてみたら、わたし、彼のことはほとんど何も知らないんだわ。

ネイトが戻ってきたら話をしてみよう。彼が火事と無関係であればいいのだけれど……。

「彼が犯人だなんて、ありえないわ」シャノンは思わず口に出して言いながら、犬小屋のドアをあけた。

とたんに、興奮した犬たちの声があたりに響き渡った。彼女は一匹ずつ言葉をかけてやりながら、運動をさせるために外へ出した。「今日は訓練はお休みよ」そう言ってから、子熊《こぐま》ほどの巨体を誇るジャーマン・シェパードの頭をぽんぽんと叩く。「でも、あなただけは別だけど」アトラスという名のその犬は、鼻面をシャノンの脚にぐいぐいと押しつけて甘えた。「でも、みんな、明日はまた訓練に戻りますからね」彼女は表にいる犬たちに向かって微笑みながら言った。「わかった?」

ブラッドハウンドのタトゥーが大きく吠えた。ボーダーコリーのシシーは小屋のなかへ戻ってくると、アトラスにまとわりついた。

「ごめんね、シシー。アトラスにはやらなきゃいけないことがあるの」

シシーはその言葉を理解しかねるかのように首をかしげた。犬は全部で五匹だった。普段はその倍の数の犬を訓練しているのだが、引っ越しを予定していたせいで、三カ月かけてここまで減らしたところだ。

パドックのほうを見ると、馬たちはゆったり尻尾を振り、ぴくぴくと耳を動かしていた。それにしても誰が小屋に火をつけ、わたしを襲ったんだろう。男の怒りや力の強さを思い出すと、今でも体が緊張してしまう。

シャノンは唇を嚙み、思いにふけるように目を細めた。もしあの男がわたしを殺そうとしていたんだったら、目的を遂げるのは簡単だったはずだ。わたしが馬を逃がそうとしているあいだに銃を使えばいいだけの話だし、跳びかかって喉を切り裂いてもいい。干し草用の三叉で殴りかかる必要など、どこにもないはずだ。

つまり、殺意などなかったわけだ。犯人はただわたしを怯えさせ、自分の力を誇示したかっただけ。おまけにそいつは、ダニーを養子に出したときわたしがどれだけ苦しんだかも、あの子がどれほど大切な存在であるかも知っている。だとすると、誰？　肉親？　友達？

わたしがブレンダンの子供を身ごもったことは、秘密でもなんでもなかった。ここは小さな町だ。多くの人がそのことを知っていたにちがいない。

シャノンは小屋の焼け跡に目をやった。そよ風が黄色いテープを揺らし、埃を巻きあげていた。外に出てフェンスのいちばん上の板に体をもたせかけ、メアリー・ベスのことを考える。兄嫁がもうこの世にいないなんて、信じられなかった。

アトラスが近づいてきて、再び鼻先を押しつけた。シャノンはその大きな頭を撫で、ぎごちない笑みを浮かべた。アトラスは優秀な犬だった。落ち着いていて人なつこく、命令もよく聞く。おまけに警察犬や捜索犬としても一級品の鼻を持っていた。「いい子ね」彼女は耳の後ろをかいてやりながら言った。「あとでいっしょに仕事をしましょう」アトラスが長い尻尾を振った。

犬たちを小屋に戻していると、電話のベルが聞こえてきた。できるかぎり早足で家へ戻り、キッチンに入って受話器をとった。かけてきたのはシェイだった。彼女はカウンターに寄りかかりながら、「何があったの?」とたずねた。

「いろいろとな」兄は言ったが、その声は張りつめていた。「まずひとつ。どうやらメアリー・ベスは殺されたようだ」

トラヴィスの言ったとおりだった。心のなかに新たな恐怖が広がっていく。

「俺はメアリー・ベスの親戚だから」と兄が続けた。「捜査からは外れたほうがいいってことになった。だからそっちには、ナディーン・イグナシオっていう女性から連絡がいくと思う。俺の同僚の、優秀な捜査官だよ。そして、殺人課の刑事からもな。こっちはパターノってやつだ。以前はサンフランシスコ署にいた男でね。何年か前、ケイヒルの事件を解決して新聞にも出たことがある」

「覚えてないけど」

「まあとにかく、評判のいい男さ。でも、注目を浴びるのが嫌いらしくてね。一年半ほど前、こっちへ転勤してきたんだ。気性のまっすぐな、信頼できるやつだよ」

「わざわざそんなことを言うなんて、わたしが警察の人と衝突するとでも思ってるの?」

「警察は根掘り葉掘り、いろんなことを訊くはずなんだ、シャノン。パターノと話をしたんだが、やっこさん、ロバートのことだけじゃなく、おまえのところの火事にも興味を持ってる。トラヴィス・セトラーの娘がいなくなったことにもな。それだけじゃない。〝物言わぬ放火魔〟のことやライアンが死んだことまで、もう一度調べようとしてるんだ」

シェイの緊張感がシャノンにまで伝わってきた。「そんなことまで? どうして?」

「わからない。なんでも調べてみないと気がすまない性分なんだろう」

だがシャノンは、兄の言葉に一瞬のためらいがあったことに気づいた。「兄さん、わたしに何か隠してることがあるんじゃない?」

「あのな、捜査に関することは、ほんとうは誰にも言えないんだぞ」これ以上神経をすり減らすことに耐えられなくなったのか、シェイは語気も荒く言いかえした。「そこを曲げて、いろいろ教えてやってるんだ」

シャノンも反論しようかと思ったが、今の兄に何を言っても聞く耳など持たないだろう。彼女は話題を変えた。「ロバート兄さんはどんな感じ?」

「最悪だよ。罪の意識に苛まれててね。どうやら、メアリー・ベスを最後に見たのはロバートらしい。おまけに、モーテルの外で派手に喧嘩をしたことは、みんなが知ってる」

「つまり、容疑者になってしまったってことね」もちろん、そうだろう。ほかの女と浮気をし、妻に離婚を迫っていたのだから当然だ。

「ああ。メアリー・ベスとうまくいってなかった人間は、ほかにもたくさんいるがな」

「夫婦仲が悪かったからって、それだけじゃ奥さんを殺す理由にはならないわ」シャノンは話の結末が見えないまま、そうつぶやいた。

「で、おまえが最後にメアリー・ベスと話をしたのは、いつだったんだ?」

「わたし?」シャノンは驚いてたずねた。

「そう、おまえだよ……パターノからも同じ質問をされるんだぞ」

「もちろん、最後に会ったのはあの駐車場だったし……そうだ、家に帰ってきてから、電話で話をしたっけ」シャノンはそのときのことを思い出しながら言った。「お酒を飲んでたみたいで、言ってることがあんまりよくわからなかったけど。文句たらたらで、またロバート兄さんを捜してた。いつもの調子よ」

「おかしなことを言ってなかったか?」

「何から何まで、おかしなことばかりだったわ」

「でも、電話は向こうからかかってきたんだよな?」

「そうだけど?」

「いや、おまえからかけたのかと思って」

「どうしてわたしから電話なんてするの？」シャノンは言った。「でもそういえば、なんだか変な感じだったわ。わたしから電話があったから、折り返しかけてみた、なんて言ってた。こっちは電話なんてしてないのにね。きっと、飲みすぎでわけがわからなくなってたのよ」

「それは確かなのか？」

「当たり前でしょ！　向こうから電話をかけてきたんだってば！」シャノンは強い口調で答えた。それ以上何も言わず黙っているところを見ると、シェイはまだ何か隠しているのだろう。何か大切なことだ。「いったいどういうこと？　わたしの言葉が信じられないっていうの？　電話の記録でも調べてよ」

「今、調べてるところさ」

「そりゃよかった！」シャノンは勢いをつけてカウンターから離れ、残りのコーヒーをシンクに捨てた。こんな調子で話を続けていても、肝心なことは何もわかりはしない。彼女は再び話題を変えた。「ほかには誰がママと話をしたの？」

「俺は今朝寄ってきたよ。オリヴァーがひと晩じゅういっしょにいたらしい。ロバートやアーロンはどうしたかわからないがな」

そのとき、電話の向こうで誰かのくぐもった声が聞こえた。「え？　そうか。ちょっと待ってくれ」受話器を手で覆って相手と話をしたあと、兄は再び電話口に出て言った。「シャノン、もう切らなきゃいけない。またあとで話をしよう」シェイは彼女がさよならを言う前に電話を切ってしまった。いつものことだ。兄は何かに気をとられると、ほかのことなどうでもよくなってしまう性分だった。

寒気が体の芯からわき起こってきた。気温はとっくに二五度を超えているというのに、血液がゆっくりと凍りついていくような感じだ。

外から車のエンジン音が聞こえた。見ると、トラヴィス・セトラーのピックアップ・トラックが姿を現したところだった。

18

ケダモノが戻ってきた！

心臓が喉から飛びだしそうだった。釘を抜く作業に熱中していたせいで、うっかり車の音を聞き逃してしまった。あいつは昨日一日帰ってこなかった。だから、昼のあいだじゅうずっと作業を続けていられると思ったのに。男はポーチをきしませながら玄関に近づいてきた。

ダニーはあわててクローゼットから離れ、ベッドにもぐりこんだ。胸をどきどきさせながら、錠が外れる音に耳を澄ます。

重たい足音が家じゅうに響き渡った。

そのとき、気づいた。クローゼットがあけっぱなしだ！

だがその一瞬あと、壁にぶちあたるほどの勢いで部屋の扉が開いた。ダニーはおそるおそる男を見た。何かが起きたにちがいない。何か悪いことが。

男はいつもの落ち着きを失っていた。髪は乱れ、どこかそわそわしている様子だ。そのせいでダニーはさらに怖くなった。クローゼットのドアがあいていることに気づかれませんように。

彼は汗をかき、荒い息をつきながらベッドの前に立ちはだかった。まるで体のなかを電流が走っているかのようだ。「起きろ！」男が命じた。クローゼットのほうは見もしなかった。

「行くんだよ」

「どこに？」

「そっちの部屋だ」男の目尻のあたりが、かすかに震えていた。今は言うなりになっておいたほうがいい。

ダニーはリビングに足を踏み入れた。いつものケダモノなら、一刻も早く次の部屋へ行けと言わんばかりに急きたてるはずだ。いったい何をしようというのだろう。

彼は壊れかけた暖炉を指さして言った。「座れ。妙な真似はするんじゃないぞ」そうして、火をおこしはじめる。

この人、ついに頭がおかしくなっちゃったんだわ、とダニーは思った。部屋のなかは暑すぎるほどだというのに、しゃがみこんで、丸めた紙くずや木ぎれに火をつけようとしている。ぱちぱちと炎があがりはじめると、男は満足そうな声をもらした。

そのとき初めて、ダニーは暖炉の上の写真をつぶさに眺めた。写真は全部で六枚あった。どれも古い写真ばかりだ。そのうちの四枚は、それぞれ、よく似た四人の男たちのポートレイトだった。みんな黒髪で、鋭い目つきをし、薄い唇を引き結んでいる。別の一枚は、結婚式のカップルの写真。女の人はウェディングドレス姿で、男の人はタキシードを着ていた。そして最後の一枚は、アップで写された女性の顔だった。茶色っぽい赤毛と緑の瞳。ちょっとだけ歯を見せて笑っている。

「この人たち、誰なの?」ダニーは好奇心を抑えられなくなってたずねた。

返事はなかった。

「四人は兄弟なんでしょ?」

まるでダニーの存在など忘れたかのようにひざまずいて炎を見つめていた男が、いきなり振り向いた。「あれこれ訊くんじゃない」

「誰なの?」それでもダニーはたずねた。

「うるさい」男は勢いよく立ちあがると、ポケットに手を突っこんで小さなテープレコーダーと紙切れをとりだした。そうしてダニーの前にしゃがみこみ、口のすぐそばにテープレコーダーを突きつけ、紙を広げてみせた。「読め」そこには、活字体でこう書いてあった。

ママ、助けて。お願い、ママ。怖いの。早く来て。どこにいるのかわからないけど、このままだと、ひどい目にあわされちゃう。お願い、ママ、急いで。

ダニーは黙ってケダモノの顔を睨みつけた。男の体臭とともに煙の匂いがした。「ママは死んだの」彼女はそうつぶやいた。彼女が考えていたのは、エラ・セトラーのことだった。日曜になるといつも教会に行かせようとした母親。ほとんど毎晩、つきっきりで数学や歴史を教えてくれた母親。口答えなど許さなかった母親。ダニーは頰の内側を嚙んで唇の震えをとめようとした。わたしがこんな目にあっているのは、ママにさんざん逆らったからなのかしら。それで神様が怒って罰をお与えになったのかしら。彼女は、こみあげてくる嗚咽を抑えた。こんなやつの前でとり乱したりしたくなかった。

「読むんだよ」男が唸るように言った。

ダニーは視線を合わせた。「何をするつもり？」

「おまえは知らなくていい」

「でも、ママは死んだって言ったでしょ」

「いや、おまえを産んだ女は死んじゃいない」

その言葉を耳にしたとき、ダニーは、心臓が腐った床を突きぬけて地面に落ちてしまうのではないかと思うほどの衝撃を受けた。

「おまえが躍起になって捜してた女さ。まだ生きてるんだよ」

「どこにいるの？」ダニーはそうたずねてから、あわてて自分を戒めた。この男は罠をしかけようとしてるのかもしれない。こんな人の言葉を信用しちゃダメよ。

そのとき突然、彼女は理解した。あわてて振り向き、暖炉の上の女性の顔を眺める。

「ようやく気がついたみたいだな」男がからかうように言った。

ダニーは思わず立ちあがった。あわてて写真を手にとり、そこに写った女性の顔をじっと見つめる。まだ二〇歳にもなっていないだろう。「これがママ？」心臓を高鳴らせながら、険しい目で男を見おろした。「どこにいるの？　ママに何をしようとしてるの？」

「おまえの声を聞かせようとしてるだけさ」

彼女は金属の部分が指に食いこむほど強くフレームを握りしめた。わたしを産んでくれたママが、近くにいるんだ！　そうにちがいない！　だからケダモノはわたしをここまで連れてきたんだ。ダニーは写真のなかの美しい顔を眺めた。

「さっさと読め！　でないと痛い目を見るぞ」男はそう命令すると、ダニーの手からフレームをとりあげた。「おまえがこれを読めば、おまえのママも、パパも、そしておまえも怪我をせずにすむんだ」

「パパ？　パパがどこにいるか知ってるのね？」

男は答えなかったが、その唇の端に浮かんだ意地悪そうな笑みがすべてを語っていた。

「五分だけ待ってやる」ケダモノはそう言うと、暖炉の上にある棚から大きな狩猟用ナイフをとって、ゆっくり鞘《さや》から抜いた。ダニーは、あの白いバンの後ろに置かれていたビニール袋を思い出した。なかに入っていたのがなんであれ、今ごろはアイダホのどこかでグロテスクに腐ってしまっているはずだ。

こんなところで殺されちゃ、なんの意味もないわ。もしかすると、わたしを産んでくれたママはとってもお金持ちで、この男は身代金を要求しようとしてるだけなのかもしれない。

ダニーはテープレコーダーを手にとった。男は広い胸の前で腕を組み、右手でナイフの柄をいじっている。命令にしたがうしかなかった。

今のところは。

屋根の上をリスが駆けていった。その音が合図となったかのように、ダニーは録音ボタンを押し、紙に書かれた文章を読みはじめた。「ママ、助けて。お願い、ママ――」

だが男は怒ったように体を近づけてダニーの手からテープレコーダーをもぎとり、録音を中断した。「学校で朗読でもしてるつもりか？　ほんとうに怖がってる感じで読むんだよ」

「でもそんなこと――」

突然、ナイフが鼻先に突きつけられた。ダニーはおしっこをもらしてしまいそうだった。

「これなら本気で読めるだろ？」男が言った。ナイフが頬を滑っていき、彼女は金切り声をあげた。息もできなかった。恐怖で全身が震え、肌に汗が噴きだす。背後で炎のはぜる音がした。

「さあ、もう一度だ」ケダモノは低い声で命じた。

カーンが大きく吠えた。

トラヴィス・セトラーがガレージのそばで車をとめ、外に出てきた。サングラスをかけていたし、髪には櫛《くし》を入れてきたようだが、昨晩と同じく張りつめた表情であることがわかった。彼はばたんとドアを閉めると背伸びをした。Tシャツの裾が持ちあがり、引きしまったおなかのあたりと黒い毛が見えた。

体がかっと熱くなり、シャノンは視線を引き剝がすようにして顔をそむけた。

わたしって、なんてバカな女なの？　状況を考えなさい。彼女は心のなかで自分を叱りつけながらキッチンを出た。玄関のドアをあけると、トラヴィスはちょうどポーチにあがってきたところだった。

「おはよう」

その声を聞いただけで鼓動が激しくなった。

シャノンはこわばった笑みを浮かべながら朝の挨拶《あいさつ》を返し、さらに大きくドアをあけた。

カーンが飛びだしていって、トラヴィスの足もとにまとわりついた。

「番犬としては、あんまり役に立たないようだね」トラヴィスがコメントした。

「あなたを信頼してるのよ。犬って、そういうことがわかる生き物なの」

彼は疑うように目を細めた。「犬のトレーナーって、お世辞もうまくないとつとまらないのか?」

「まあね」シャノンはそう言って矛先をかわしたが、唇の端がぴくりと震えるのがわかった。このところストレスのせいか、よく考える前に言葉が出てしまう。「とりあえず、コーヒーでもいかが?」彼女は犬の頭を撫でているトラヴィスに向かって言った。

シャノンは喜びいさんでいるカーンを引き連れながら先に立ってキッチンへ戻り、ガラスのカップをふたつ出してコーヒーを注《つ》いだ。「クリームもお砂糖もないみたいなの。わたしが探しだせないだけかもしれないけど」

トラヴィスはくすりと笑ってサングラスをカウンターに置いた。「ブラックでかまわないよ」その瞳は六月の空のように真っ青だった。

「よかった」彼女はてのひらに汗がにじみだすのを感じながら、カップを手渡した。「で、ダニーに関して何か新しいことはわかった？」

彼の顔から笑みが消え、目尻や口もとに心配そうな皺が浮かんだ。「いや、何も」カップに少しだけ口をつけてから、じっとシャノンを見つめる。「ＦＢＩにもオレゴンの警察にも連絡を入れてみたんだが、新たな展開はないそうだ」

シャノンの心は沈んだ。もしかすると、ダニーが生きているという証拠でも見つかったのではないかと期待していたからだ。トラヴィスの顔には、絶望と罪の意識に支えられた決意が浮かんでいた。

「絶対に見つかるわ」彼女は、慰めにはならないとわかりながら言った。でも、もしダニーを見つけられる人がいるとしたら、それはトラヴィスだけ。この人なら、どんな困難ものりこえて娘を捜しだしてくれる。

「未来を見通す力でもあるのかい？」彼は眉をあげてごくりとコーヒーを飲み、低い食器棚にお尻をのせた。

「ううん、そう信じてるだけ」

トラヴィスは鼻を鳴らした。「ぼくに超能力でもあればよかったんだが……」しかし、弱気なところを見せてしまったと思ったのか、彼はあわてて言いなおした。「いや、きみの言うとおりだ。絶対に見つけてみせるよ」真正面からシャノンをとらえたその瞳には、強い意志が表れていた。

「メアリー・ベスのことで警察の人が来た？」

「ああ、今朝、放火犯担当のやつらと会ったよ」

「ジャノウィッツとロッシね」シャノンは言った。「病院でわたしに質問したのもそのふたりだったの」

「パターノにはまだ会ってないんだね？」

シャノンはうなずいた。

「じゃあ、これからだな。今朝、そのパターノってのもいっしょにやってきたんだ。殺人課の刑事だよ。この事件の担当になったらしい。パターノは、ふたつの火事とダニーの誘拐は関係してるんじゃないかって考えてる。だから、ここには必ずやってくるはずさ。すべての事件をつなぐ鍵はきみなんだからね」

彼女は自分のコーヒーを口もとに運ぼうとして、途中で手をとめた。「だけど、ダニーに何が起きたのかなんて、わたしにはわからない」

「だからそれをふたりで解明しようとしてるわけだろう？」射抜くような彼の視線が、そのとき初めてやわらいだ。もしかしたらわたしたち、味方同士になれるかもしれない、とシャノンは思った。

「そうね」と彼女は答えた。「頑張らないと」

「じゃあ、始めようか」トラヴィスは再びサングラスをかけて残りのコーヒーをひと口で飲み干し、シャノンはカップをカウンターに置いた。

外に出ると、すでにむっとするような暑さだった。あるかないか程度の風が、まだ枝にしがみついている枯れ葉をかすかにそよがせている。地面には日の光がさんさんと降りそそいでいた。放水で濡れていた焼け跡も、すっかり乾いてしまったようだ。

トラヴィスはあたりを見まわした。「犯人は物置小屋に火をつけたわけだが、狙うのは犬小屋でも馬小屋でも、母屋でもよかったわけだよな」

「そう。わたしもそのことを考えたわ。でも、犬小屋や馬小屋へうかつに近づくと、動物たちが騒ぎだすかもしれないけど」

「きっと動物に慣れたやつだったんだろう」

「あなたみたいに？」

彼は首を振った。「ぼくは馬の扱いかたなんて知らないよ」

「でもそいつは知ってたのよ」あの夜のことを思い出すと、またしても悪寒が走った。トラヴィスはじっとこちらを見ている。サングラスに彼女の姿が映っていた。「誰にでもできることじゃないわ」

犬小屋のドアをあけると、様々な鳴き声の不協和音が歓迎してくれた。「どの子も落ち着かないの」と彼女は言った。「もう餌もあげたし、運動もさせたのにね」

「全部で五匹しかいないのかい？」トラヴィスがたずねる。

「カーンも入れたら六匹ね。今はほかの人の犬を預からないようにしてるの。ここにいるのはうちの子たちだけ」

「この五匹はここで飼われてるんだね」

「たまには家に入れてあげることもあるのよ。みんな子犬のときは家で育てたんだしね。でも、そうね、この子は特別なの」彼女はあとをついてきたカーンの頭を撫でた。カーンはお返しにシャノンの手を舐めると、まるで彼女の言葉を理解したかのように尻尾を振った。

「カーンはきみの寝室で眠るのかい？」

「ほとんど毎日ね。ほんとうは窓際にこの子用の寝床がつくってあるんだけど、わたしのベッドで寝るのが大好きで困ってるの。いつのまにかあがってきて、結局はこの子がベッドのまんなかで眠ってわたしは隅のほうに追いやられちゃうのよ。そうよね？」シャノンはカーンに問いかけるように言い、再び頭を撫でてやってから視線をトラヴィスに戻した。「それがどうかした？」

「いや、どうもしないけど……」

「けど、何？」彼女は壁にかけてあった犬用のリードに手を伸ばしつつ食いさがった。

「その、邪魔になるんじゃないかと思ったもんでね」

「なんの邪魔？　……ああ、そうか。男の人がいっしょにいたら、ってこと？」彼女は質問のあまりのぶしつけさに眉をひそめた。

「ちょっと頭をかすめただけさ」

シャノンは肩をすくめた。「わたしたちまだ、そんなことを話すような間柄じゃないと思うけど」彼女はアトラスの首輪にリードをつけ、ダニーのスウェットを入れておいた犬小屋のロッカーに手を伸ばした。「おいで、アトラス」そう犬に語りかけてから、トラヴィスを見あげる。「アトラスはここにいる犬のなかでいちばん鼻がいいの。ダニーが近くにいたら、きっと匂いを嗅ぎ分けられるはずだわ。もちろん、彼女がこの家にいたことはありませんけどね」シャノンはアトラスを外に連れだした。「犯人がダニーをここに連れてきた可能性はほとんどないと思うの。やってきたのは犯人だけよ。おまけに、火事のせいでこのあたりはすっかり水浸しになってしまった。状況的にはかなり困難ね。でもとにかく、この子に匂いを追わせてみましょう」

「それしかないんだしな」

シャノンは両手に手袋をはめ、ざわめく感情を心の片隅に押しやりながら娘のスウェットをビニール袋から出した。アトラスが匂いを嗅ぎはじめる。彼女は、飼い犬が何か見つけてくれますようにと祈った。

なんでもいい。かすかな希望を与えてくれるものなら、なんでも。

トラヴィスもかたわらで体をこわばらせている。

彼女は犬に命令した。「見つけなさい！」アトラスは鼻を地面につけてふんふんと嗅ぎまわりながら、あたりに円を描きはじめた。

「見つかったのかどうか、どうやったらわかるんだ？」トラヴィスがたずねる。

「この子が教えてくれるわ」彼女はそう答えたが、アトラスは建物のまわりをうろうろと動きまわっているだけだった。

犬は結局、焼け跡のほうまで行って、今やドライブウェイの匂いを嗅いでいるところだった。だが顔をあげて、シャノンに向かって吠えることはなかった。馬用のパドック。家を囲む林。侵入禁止の札が立てられたフェンスの下。トラヴィスが暗視ゴーグルをかけて家をのぞいていたあたり。アトラスはゆっくりと移動していった。

徒労だった。

アトラスが追えるような匂いは、どこにもないようだ。

二時間が経過した。「どうもダメなようだな」トラヴィスは今も動きまわっている犬を見つめ、首の後ろをもみつつ暗い声でつぶやいた。「またしても壁にぶちあたったってわけだ」

「そうみたいね」シャノンも同意した。高くあがった太陽のせいで、体がすっかり汗ばんでいる。肩の痛みも増したようだった。彼女はジャーマン・シェパードを呼びもどして頭を撫で、労をねぎらった。分厚い毛並みについた枯れ葉や草の実をとってやり、水道にホースをつないでたっぷり水を飲ませてから犬小屋に戻す。

「難しいだろうとは思っていたのよ」彼女はそう言ったが、その口調には絶望感があふれていた。時間が経過すればするほど、状況は悪くなっていく。

「試してくれてありがとう」トラヴィスは言うと、娘のスウェットをさしだしたシャノンに言った。「それは持っていてくれ。いつか、何かの役に立つかもしれないからね」

彼女は喉を詰まらせた。いつか、っていつなの？　思わずそんな言葉が口をついて出そうになる。「わかったわ」

「連絡をとりあおう……車をとりに行くんだったら、送ってあげようか？」

「ううん、だいじょうぶ。オリヴァーが持ってきてくれるはずだから」

「聖職者の兄さんだね？」

「まだ違うんだけどね」シャノンがそう訂正したとき、ツバメが馬小屋の屋根ぎりぎりのところを飛んでいった。「まだ最後の誓願を立ててはいないの。どうしてオリヴァーが車を持ってきてくれることになったのかはわからないけど、きっとシェイが忙しいでしょうね」

「なるほど」

彼女はぎごちない笑みを浮かべた。「あなたの番号はわかってるから、何か困ったことがあったら連絡するわ。でも、もうすぐネイトも帰ってくるでしょうから、問題はないと思うけど」そう言って、どこか不安げなまなざしをガレージのほうに向ける。

トラヴィスは彼女の視線の先を追った。「ネイトはどこにいるんだ？」

「さっぱりわからないわ」そのときシャノンはふと、心配事をすべてトラヴィスに打ち明けてしまおうかと考えた。しかし、ネイトの居場所をたずねたときの彼の口ぶりが、彼女を押しとどめた。トラヴィス・セトラーはもともと、わたしが犯人じゃないかと疑ってここまでやってきた人なのよ。あの火事の夜だって、わたしを監視してたんじゃなかった？　確かに以前よりは彼のことが親しく感じられるようになったけれど、気を許しちゃいけない。

「こっちも何かわかったら、すぐに知らせるよ」彼はそう言って犬小屋をさした。「いろいろとありがとう」

「当然のことよ」だって、わたしの娘なんだもの。その言葉は、あえて言わなかった。

トラヴィスは一瞬ためらい、サングラスの向こうからじっとシャノンを眺めた。それは、彼女の魂の奥底まで見透かそうとするかのような視線だった。キスされるのかもしれない、とシャノンは思った。だが、トラヴィスは動かなかった。まだわたしに対する疑いを捨ててはいないらしい。

それでもかまなかった。無理やり引き寄せられ、抱きしめられたりしても、どうしていいのかわからなくなるだけだ。なのに、そんな状況を思い浮かべただけで全身の血が熱くたぎってしまう。シャノンはそんな自分をきびしく戒めた。彼にちょっと見つめられたからって、それがなんだっていうの？

トラヴィス・セトラーに憧《あこが》れたりしちゃダメよ。彼女は埃を巻きあげながら去っていく彼のピックアップ・トラックを目で追いながら思った。あの人にだけは、絶対に恋心なんて抱いちゃいけない。絶対に。

19

アンソニー・パターノはデスクを指でコツコツ叩きながら、メモを眺めていた。これまでに訊いたり考えたりしてきたことが、五ページにわたって書いてある。彼はサンタ・ルシア警察署のオフィスで、点と点をつなげて線にしようとしているところだった。あけっぱなしのドアからは、いつもの雑音が聞こえてくる。電話の音。同僚の会話。書類をプリントアウトする音や突然あがる笑い声。

警察署のレンガの建物は、すでに築八〇年を越えていた。何度か改修されたようだが、印象は少しもよくなっていない。美しさより機能性、というわけだ。

秋はいっこうにやってこなかった。サンフランシスコより内陸に位置するこのあたりは、さらに残暑がきびしい。だがここは親しみの持てる場所だった。湾や太平洋の景色は見えないが、うねるように続く丘やブドウ畑は観光客の目を引いた。それにしても、今年は暑すぎる。家でもオフィスでもエアコンをかけっぱなしだった。ここ三〇年間で最悪の夏は、まだしっかりと居座っていた。夜になっても気温が二五度を下まわらないくらいだ。

貯水池の水位はさがり、電気の使いすぎで何度もトラブルが起きていた。山火事の恐れもどんどん大きくなっている。ちょっとしたことで、火はあたり一面に広がってしまうだろう。だが彼にとっての最大の問題は、体重だった。一五キロは落とさなければならないというのに、まだ一五グラムも減ってはいない。少しも運動をしていないのだから、当然といえば当然なのだが。

パターノはネクタイをゆるめ、椅子の背に寄りかかった。頭のなかではメアリー・ベス・フラナリーの事件がくるくると円を描いている。事件を解決するときは、昼も夜も集中して考えつづけるのが彼のやりかただった。相手が連続殺人犯だったら、なおさらだ。犯人の行動を読み、先まわりして、次の事件の発生を回避しなければならない。

今担当しているこの事件もそうだった——犯人は関係者の命だけでなく、ほかにも何かを狙っている。でなければ、警察を嘲笑《あざわら》うかのように、わざわざヒントを残していったりはしないはずだ。

犯人はバスルームの鏡に独特のパターンを描き、同じパターンのついたバックパックをシンクに置いていった。ダニー・セトラーの失踪事件とメアリー・ベスの死が関係していることを、警察に教えようとしたわけだ。

パターノは再びメモに目を落とした。メアリー・ベスは三三歳。ふたりの子供の母親だった。噂によれば、消防士である夫のロバート・フラナリーとはもうすぐ離婚する予定だったらしい。彼女には五〇万ドルにも及ぶ巨額の保険金がかけられていた。

おまけにロバート・フラナリーは金に困っている様子だった。家は三重の抵当に入っていたし、クレジット会社にも借金があった。妻を殺す動機としては充分だ。しかし、だとすると、どうしてあんなに手のこんだやりかたで殺す必要があるのか。

ロバート・フラナリーは、衝動的なタイプの男だ。じっくり策を練るような人間ではない。妻が死んでくれればいいと思ったことくらいはあるだろうが、誰かに殺しを依頼したり、事故に見せかけて自ら手をくだしたりはしないだろう。

では、誰が？

パターノは眉をひそめた。

ロバートの恋人であるシンシア・タレリッコも、メアリー・ベスが消えてくれたらいいと思っていたはずだ。とはいえ、殺してまで？　しかもこんなやりかたで？　だが興味深いのは、タレリッコがダニー・セトラーの養子縁組にかかわっていたことだった。

偶然なのだろうか？

彼はそんなものを信じてはいなかった。

だとすると、タレリッコが妙なシンボルを鏡やバックパックに残していった理由は？

焼けたバスルームのシンクから見つかったバックパックは、あちこち焦げていたものの、燃えつきてはいなかった。おそらく、耐火用の薬品が振りかけてあったのだろう。

ロバート・フラナリーに何度たずねても、そのバックパックは自分のものでも家族のものでもないという答えが返ってくるだけだった。しかしロバートは、最近家に帰っていなかったはずだ。子供や妻が新しいバックパックを買っても気づかなかった可能性はある。しかし

6

パターノには、どうしてもロバートが犯人だとは思えなかった。

知っていることをもう一度洗いだしてみよう。

まずひとつめは、メアリー・ベスが絞殺されていたこと。肺に水がいくらか入っていたが、致命的な量ではなかったし、首筋には誰かに締めつけられたあとがはっきりと残っていた。

ふたつめは、バスルームに火が放たれていたこと。

そして三つめは、記録を調べたところ、襲われる一時間ほど前に、メアリー・ベスが兄のリアムとシャノン・フラナリーに電話をかけていたこと。

メアリー・ベスの家族や友人にきちんと話を聞いておく必要があった。

パターノは椅子をきしませながら立ちあがった。そうしてデスクにかがみこむようにしながら、ふたつの現場に残されていた奇妙なシンボ

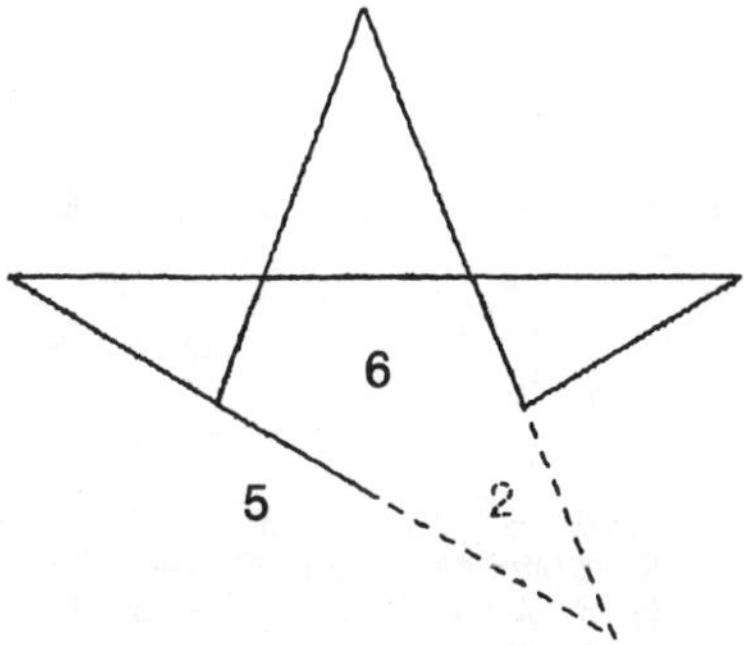

ルに目をやった。最初のものは五角形で、まんなかに6という数字が書いてある。いや、図形を逆にすれば9かもしれない。

ふたつめのシンボルは、おそらく星形の角がいくつか欠けたものだった。左下には、尖った角の代わりに5という数字だけがあった。右下の角は点線で描かれていて、これも同じく点線で、2という数字が残されている。そして中心にあたる五角形の部分には、やはり、6。

パターノはふたつのシンボルを眺めながら表情を曇らせた。最初のシンボルは、ふたつめのシンボルのまんなかにある五角形とまったく同じ形だ。だとすると、数字は9ではなく、6なのだろう。

いったい犯人は何を言おうとしているのだろうか。

コーヒーはすでに冷めていたが、それでもごくりと飲み干し、空になった紙のコップを握りつぶしてデスクの下のゴミ箱に放りこんだ。

パターノは視線を次のメモに移した。シャノン・フラナリーに関する情報だ。彼女が事件の中心にいることは、ほぼ間違いなかった。出生証明書の燃えさしがポーチで見つかった直後、証明書の本人であるダニー・セトラーが行方不明になっていたし、シャノンも家に放火されたうえ、何者かに襲われた。そして、ふたつの火災現場に残されていたシンボル。6という数字にはどんな意味がこめられているのだろうか。

すべてを解き明かす鍵はシャノン・フラナリーだ。そして、炎。出生証明書は燃えさしだったし、シャノンの家の小屋もメアリー・ベスのバスルームも炎に包まれていた。

電話が鳴った。パターノはメモから目を離さずに、ひったくるように受話器をとって耳にあてた。「パターノだ」

「鑑識の結果が出ました」ジャック・キムの声が聞こえてくる。「メアリー・ベス・フラナリーの体内から毒物は検出されませんでした。アルコールのレベルも、車の運転はできませんが、入浴が危険なほどではありません。おかしなところはどこにもない、というのが我々の感想です。あとは明後日の検死解剖の結果を待ってください。遺族は早く遺体を引き渡せとせっついてますがね」

「それは、わたしがあといくつか彼らに質問してからだ」

「そう言ってあります」

遺族はいつも悩みの種だった。今すぐ犯人を見つけろと無理強いするくせに、遺体は早く埋葬したがる。パターノは電話を切ると、シャノンに関するメモを手にとった。彼はまだ、三年前の彼女の夫の死亡事故に関する記録を待っているところだった。資料が到着したら、ページの隅々まで読みこんでやろう。あの女はどうもクサい。彼女のまわりでは、あまりに多くの人間が命を落としたり行方不明になったりしている。ダニーの実の父親であるブレンダン・ジャイルズは、いったいどこへ行ってしまったんだ？　それに、兄のネヴィルは？　もしかしたら夫だったライアン・カーライルと同じように、すでにこの世の人ではないのかもしれない。まわりの証言だと、ネヴィル・フラナリーが姿を消したのは、ライアン・カーライルの死から三週間もたっていないときだったという。人は、理由もなく行方をくらましたりするものではない。

だったら、その理由とは？

パターノは、ライアン・カーライルの死亡事故とその後のシャノンの裁判について、知っていることをすべて思い出してみた。結局出てきたのが状況証拠だけだったせいで、無罪判決がおりたはずだ。シャノン・フラナリーは夫から暴力を受けていた。二度にわたる病院のカルテがそれを証明している。最初のときは納屋から落ちたのだと言い訳していた彼女も、顎の骨を折られて二度目に病院へやってきたときは、夫から殴られたことを正直に打ち明けた。その結果、警察からライアンへ、シャノンに近づくことを禁止する命令書が出たのだが、ライアンは何度かその命令書を無視したらしい。そして、彼女はまたしても入院しなければならないはめになった。

しかし、もしかすると、シャノンは夫を待ち受けていたのではないだろうか。わざと夫が自分に近づくようにしむけ、罠にかけたのではないだろうか。ライアン・カーライルが死体で発見されたのは、シャノンが三度目の入院生活を終えてから、ちょうど一週間後のことだった。山火事が鎮火されたあとに見つかった死体は、ほとんど性別もわからないほど黒焦げだったという。

火事の原因とシャノンを結びつけるような物的証拠は、何ひとつ出てこなかった。だが同時に、アリバイもなかった。火が出たときには犬といっしょに家にいた、というのが彼女の言い分だ。

ライアンの家族は、いとこであるメアリー・ベスも含め、無罪判決に激怒した。マスコミも大騒ぎだった。あちこちで、シャノンは夫を殺しておいてうまく逃げおおせたのだという噂が立った。

パターノは眉のあたりをこすった。エアコンはぜいぜいと音を立てていたが、オフィスの室温は二五度を超えているのではないだろうか。伸びをして窓辺へ近づき、二階の部屋から下の歩道を見おろした。通行人がゆっくりと行きすぎ、鳩が羽ばたきをくりかえし、アスファルトが強烈な直射日光を浴びてきらきらと輝いた。熱波があたりを包みこみ、遠ざかっていく乗用車やトラックの姿が陽炎《かげろう》でゆがんでいる。

シャノン・フラナリーがほんとうは有罪だったのか、それとも判決どおり無罪だったのか、パターノにはまだ判断がつかなかった。三年間閉じられたままだった裁判記録の箱をあけ、新たな証拠を発見してやる。彼はそう思った。

ブレンダン・ジャイルズの知り合いにも全員あたって、その後の消息を確かめなければならない。そして、同じく消えてしまったネヴィル・フラナリーの兄弟たちにも。フラナリー家の人間たちは、シャノンと共謀してライアン・カーライルを殺したのだろうか？　ネヴィルはその罪の意識に耐えられなくなって行方をくらましたのだろうか？　それとも、口封じに殺されたのだろうか？

兄弟たちにはもう一度、しっかり話を聞いておくべきだろう。ロバートには、妻殺しの動機が充分すぎるほどにある。シェイ・フラナリーは神経質で、どこか秘密めいた男だった。パターノの苦手なタイプだ。アーロンは以前勤めていた消防署を解雇され、今は私立探偵をやっている。なぜクビになったのだろう。パターノは、アーロンという名前をメモに書きつけ、丸で囲んだ。

そしてもうひとり、聖職者になろうとしているやつがいる。オリヴァー。心療内科に入院していたこともある男だ。どうして教会は、精神的に不安定な人間を神父として認めようとしているのだろうか。いくらカトリックが人手不足でも、もっとマシな候補はいくらでもいるはずだ。オリヴァーがおかしくなったのは、ライアン・カーライルの死体が発見されたあとだった。ほとんど口もきかなくなり、最終的には病院に入らなければならなくなったのだが、そのとき、神の声を聞いたのだという。

いかにもありそうな話じゃないか。

こいつにも、いろいろ訊いておかなければ。

パターノはいらだつ気持ちを静めようと窓に寄りかかり、メアリー・ベス・フラナリーの死とオレゴンで行方不明になった少女がどうつながっているのか想像してみた。シャノン・フラナリーが一三年前、養子に出した娘。絶対につながりはあるはずだ。なんとしてもそれを見つけてやる。

片手を頭上高く伸ばすと、背骨がぽきりと鳴った。どうやら、長いあいだ同じ姿勢で椅子に座りすぎたらしい。

わかっていることは、もうひとつあった。三年前、〝物言わぬ放火魔〟と呼ばれる人間が、町のあちこちで火をつけてまわっていたことだ。焼けた建物は七軒。犠牲者はひとり。だが火炎はライアン・カーライルが死んだあと、ぱたりとやんだ。

電話が鳴り、パターノは眉をひそめた。彼は、夢中になって考えているときに邪魔されるのが何より嫌いな男だった。受話器をさっととり、嚙みつくように応える。「パターノだ」

「トニー、聞いたか？」レイ・ロッシだった。「ふたつの指紋がバックパックから採取されたんだが、そのうちのひとつが、ある男のものだったんだ」

「誰だか当ててみようか。トラヴィス・セトラーだろ」

「ビンゴ」ロッシは言った。

「ほかには？」

「もうひとつの指紋はおそらく娘のものだろうってことだ」

「セトラーにも話を聞かないとな」パターノは言った。

シャノンのピックアップ・トラックがガレージの前で滑るようにとまった。

キッチンで請求書の整理をしていた彼女は、エンジンの音を聞くと急いで玄関に向かった。そのときちょうど、ゴルフ・シャツを着てスラックスをはいたオリヴァーが運転席からおりてきた。撫でてもらおうと、カーンが走っていく。

「遅くなってごめんよ」兄は迎えに出たシャノンに言った。「ママと言い合いになってね」

「ママと？」

「こっちに向かってるところさ」オリヴァーは落ちていた枝を拾うと、駐車スペースの向こう側に放り投げた。カーンがあとを追って弾丸のように駆けだす。「ぼくにも町まで戻る足が必要だからね」

「わたしが送っていったのに」

「ママにそう言ってやってくれよ。……こりゃあひどいな」兄は目を細めて焼け跡を見ながら、長いため息をついた。「放火だったんだって？」

「そうなの」母親の巨大なビュイックが近づいてくるブルブルという音が聞こえた。シャノンは両腕で自分を抱きしめながら、美容院から出てきたばかりのように真っ赤な髪をしたモーリーン・オマリー・フラナリーが、シャノンのトラックのすぐそばに車をとめるのを見つめた。

最高ね、と彼女は思った。こんなときに母親と話をしても、ろくなことにならない。娘に手を添えられながらキッチンに入ると、案の定母親は「かわいそうなメアリー・ベス」だの、「あなたの兄さんたちは何を考えてるんでしょうね」だの、「お医者さんのところへは行ったの？　だいじょうぶ？」だのと言いはじめた。シャノンがインスタント・コーヒーをいれようとすると、円いコーヒーテーブルに腰をおろしながら娘を睨みつける。「こんな時間に？　とんでもないわ。迷惑じゃなかったら、アイスティーか何かにしてくれないかしらね」

シャノンは急いで、カウンターの上に散乱していた請求書やメモを片づけた。母親に見られたら、何を言われるかわからない。隠すこともなかったのだが、母はとんでもない心配性だ。きっと、クレジットカードの収支やローンの支払いのことを訊いてくるだろう。

「何がなんだか、わたしにはわからなくなったわ」母親が言った。「誰がメアリー・ベスをあんな目にあわせたんでしょうね。だいいち、子供たちがかわいそうよ」

忠実なるオリヴァーは、シャノンを手で制しながら母親の向かいに座らせ、インスタントのアイスティーを見つけてくるとグラスのなかで溶かし、氷を入れて母親の前に置いた。

「これこそ、〝フラナリー家の呪い〟よ」モーリーンは得意の自説を披露して、テーブルのホルダーからナプキンを一枚とり、目もとをぬぐった。

「それ、昨日も言ってたじゃない」

「だって、ほんとうのことなんだもの！」母親は憤然と言った。

モーリーンは意志の強い女性として知られていた。友人たちは、彼女がその細腕で五人の息子とひとりの娘を育ててきたことをほめそやした。だがシャノンは、母にも秘密があり、彼女なりのやりかたで心に巣食う悪と戦ってきたことを知っていた。

「これが呪いじゃなかったら、何がそうだっていうの？」母ははなをすすりながら言った。「お父さんが死んでしまったのも呪いのせいだし、あなたがライアンの子供を身ごもったことだってそうでしょう？　殺人の容疑をかけられたのも、〝物言わぬ放火魔〟のことも、それにネヴィル……あの優しいネヴィルだって……ああ、神様」

オリヴァーがシャノンの手の上に自分の手を重ね、顔をのぞきこんだ。言葉を交わさなくても、ふたりにはわかっていた。母親は気のすむまでしゃべりつづけるだろう。

自らの言葉に興奮したのか、母親はすすり泣きはじめた。シャノンは、そんなやりかたでしかストレスを解消できない母を哀れに思った。

「アーロンだって消防署を解雇されてしまったし……なのに今度は、メアリー・ベスが火事で死んでしまうなんてね。かわいそうなエリザベスとR・J。あの子たちはどうなってしまうのかしら」

「わからないけど、ロバート兄さんがなんとかするわよ」

「そう願いたいもんだわね」モーリーンは震える息を吸いこんだ。「でもあの子ったら、最近すっかり、心ここにあらず、だから」

「子供たちのことはちゃんとやるさ」オリヴァーが言った。兄は食器棚に寄りかかって立ちながら、手でカウンターの端をつかんでいる。

「だけど、火事なんて、呪い以外の何物でもないわ」

「ママ」オリヴァーが慰めるように声をかけた。

シャノンの頭は割れそうなほど痛んだ。やはり強い薬を飲んだほうがいいのかもしれない。

「おまけにここでも火事騒ぎがあったでしょう？　顔にはまだあざがあるじゃないの。腕や脇腹はだいじょうぶなの？」

「何が起きようと、呪いとか悪魔とかには関係ないわ」シャノンはきっぱりと言った。「運が悪いとは言えるかもしれないけど、でも、呪いなんて……」

オリヴァーが助け船を出してくれた。「とにかく、シャノンが大怪我をしなかったことを喜ぼうじゃないか」

「でもメアリー・ベスは死んでしまったのよ」

母親の哀れなおしゃべりに数分間つきあったあと、ついにオリヴァーが「もう帰らなきゃ」と言った。シャノンは安堵の気持ちが表情に出ないよう気をつけながら、ふたりを車まで送っていった。兄が母親に手を貸して助手席に座らせた。

だがオリヴァーは運転席に乗りこむ前にシャノンのところまでやってくると、袖を引いて樫の木の陰に連れていった。「言っておかなきゃいけないことがあるんだ」と兄は言った。どう切りだしていいのかわからない様子で、視線を周囲にさまよわせている。

「もったいぶらないで。そういうのはママだけで充分よ。何があったの？」

オリヴァーは顎をかき、目を合わさないまま話しはじめた。「一〇〇パーセント確かだっていうわけじゃないんだ。なんとなくそう思っただけでね。でも、昨日、教会の集まりでブレンダンを見た気がするんだよ」

「ブレンダン？」驚きのあまり、シャノンは言葉に詰まってしまった。一瞬のうちに、様々なイメージが頭のなかを駆けめぐる。高校の卒業記念パーティのとき、タキシードを着て迎えに来てくれたブレンダン。アパートでベッドをともにしたときのブレンダン。そして、子供ができたことを伝えると顔が真っ青になったブレンダン……。

「そう、ブレンダン・ジャイルズなんだ」兄は言い、なんとか落ち着きをとりもどそうとしながら続けた。「ごめんよ……間違っていたらどうしようと思って、迷ってたんだけどね。でも、ブレンダンだと思うんだ。少なくとも、彼にそっくりの人だった。信徒席のいちばん後ろに座っててね」オリヴァーは頭を振った。「もちろん、見間違いかもしれない。もう――一四年？　一五年だっけ？　とにかく、長いあいだ会ってないからね」オリヴァーは唾を呑みこみ、顔に皺を寄せながら天を仰いだ。「言うべきじゃなかったかもしれない」

「ううん、教えてくれてよかったわ」シャノンは動揺を抑えられないまま、そう応えた。

「声はかけてみたの？」

「説教が終わったあと、すぐに近くまで行ってみたんだけどね」オリヴァーはいきなり負荷でもかかったかのように肩を動かした。「でも、煙みたいに消えちまってたんだよ……ぼくの気のせいだったんだろうか。おかしな話だよね」

シャノンは何も言わなかった。

ビュイックの助手席のドアがあいた。「オリヴァー？　何をしてるの？　車のなかはとんでもなく暑いのよ」母親の声がした。

兄は青い目に苦悩の色を浮かべながらシャノンに言った。「もう行かなきゃ」

「ええ」

オリヴァーは彼女のこめかみに軽くキスをしてから、樫の木の下に妹をひとり残して行ってしまった。

ブレンダンが戻ってきた？　わたしとのあいだにできた子供の行方がわからなくなった、今、この時期に？

オリヴァーの見間違いなの？　兄がまた、ありもしないものを見てしまっただけ？

彼女は、暑い午後の空気のなか、埃を巻きあげながら遠ざかっていくセダンを見送った。

20

「ダニーのだよ」トラヴィスはバックパックを見て、怒りと不安に喉を詰まらせながら言った。「あの日、学校に背負っていったものだ」彼は視線を殺人課の刑事に向けた。「どこで見つけたんだ？」

「フラナリー家の殺人現場に置いてあったのさ」

「あの子があそこにいたっていうのか？」

「そうは思わない。犯人が残していったんだろう。出生証明書と同じようにね」

「どうして？」トラヴィスはたずねた。

「それを見つけるのが、俺の仕事でね」

「あの子の痕跡《こんせき》はなかったんだな？」トラヴィスは言葉をひとつひとつ押しだすようにして訊いた。「あの子は……」

「あそこにはいなかったんだよ」パターノは勇気づけるように早口で応じた。「家のまわりにも、娘さんがいたという形跡はなかった」

トラヴィスはふうっと息を吐いた。火事に巻きこまれたわけじゃなかったんだ。頼む。無事でいてくれ。

「あんたなら説明できるかもしれないと思ったんだが」パターノはトラヴィスにさわらせないよう気をつけながら、バックパックのフラップをめくった。そこには、木炭のようなもので描かれた奇妙な星形のシンボルがあった。「こういうものを前に見たことは？」

「いいや。なんの図形だかさっぱりわからない」トラヴィスはそのシンボルをじっと見つめた。「それに、あの子が使っていたときは、こんなものは描かれてなかったよ」

「ほんとうか？」

「ああ」

「もしかして娘さんはドラッグとかカルト宗教とか——」

トラヴィスはパターノのデスクに拳を叩きつけた。「いいか、刑事さん」激しい怒りが全身からこみあげてくる。「オレゴンの警察にもＦＢＩにも、もう何度も同じことを言った。ダニーはドラッグなんてやっちゃいない。見知らぬ他人をおいそれと信用するような子でもない。あの子は誰かに無理やり連れ去られたんだよ」首の後ろの筋肉が痛いほど張りつめているのがわかった。目の前にいるぶしつけな警察官を絞め殺してやりたかった。「うちの娘は被害者なんだ。それを間違えずに、きちんと仕事をやってくれ」

「オレゴンの警察官もカリフォルニアの警察官も、みんなきちんとやってるよ」

「じゃあ、あの子はどこなんだ？　え？　それに犯人は？」トラヴィスは焦げたバックパックをつつきながら声をあげた。「犯人は少なくともひとりの女性を殺して、シャノン・フラナリーを襲ってるんだぞ。ぼくもあんたも、すべての事件が関連してることはわかってる。そして、時間がたつごとに娘が無事である可能性が減っていくこともな。だから、パターノ刑事さん、ドラッグとかカルトなんていう意味のない質問をする前に、さっさと娘を見つけてくれないか！」

トラヴィスは刑事の返事も待たず、足音も荒く部屋を出た。握りしめた拳を誰かの顔に叩きつけてやりたい。

だが、やらなければならないことはわかっていた。

犯人がダニーの髪の毛に触れでもしたら、この手で殺してやる。

シャノンはとまどっていた。

目の前には、不動産エージェントのアレクシ・ディミトリが立っている。丘の中腹にある引っ越し先を紹介してくれた、恰幅《かっぷく》のいい男だ。彼は今、誇らしげな表情を浮かべながら、まるまると太ったブロンド色の子犬をシャノンに渡したところだった。

オリヴァーは長兄のアーロンに電話を入れて、ブレンダン・ジャイルズのことを教えたらしい。アーロンからシャノンのところに「調べてみる」という連絡があったばかりだ。そんなとき、裏のドアを誰かがノックした。アーロンがわざわざやってきたのかと思ったのだが、立っていたのはアレクシだった。

「何かお役に立ちたくてね」と彼は言った。「このところ、いろいろ大変だったでしょうから」そして、小屋の焼け跡をさし示す。「それに、お義姉《ねえ》さんのことも」

「ありがとう」シャノンは突然の善意にとまどいながら返事をした。

「怪我はだいぶよくなったんですか?」

「まあ、なんとかね」彼女は毛むくじゃらの小さなかたまりを胸に抱きながら、笑みを浮かべた。もう脚の痛みは引いていたし、頭痛も奥のほうで鈍くわだかまっているだけだ。しかし、肩や脇腹は今でも火事のことを思い出させてくれた。顔もまだ、ヘビー級のチャンピオンと三ラウンドの負け試合を戦い終えたような感じだ。

シャノンは、鼻先を押しつけてくる子犬にすっかり心を奪われてしまった。嫉妬したカーンが子犬を見あげながら、悲しげな声を出している。

「シーッ」と彼女は言った。「今でもあなたがいちばんよ」

「つらいことばかりだったでしょうから、ちょっとでも気分が明るくなればと思いまして」

アレクシが言った。

だから、わざわざ子犬を? 信じられなかった。花やカードだったらわかるけど、お見舞いに子犬のプレゼントなんて初めてだ。それに、元気になったらまた犬たちの訓練を始めなければならない。そんなときに子犬なんて、正直に言えば重荷以外の何物でもなかった。

だが顎を舐められると、彼女の心は溶けてしまった。子犬の匂いがした。あたたかくやわらかい生き物の匂い。

アレクシの言うとおりなのかもしれない。今のわたしには、この小さなラブラドールのような存在が必要なのかも。

　まるで彼女の考えを読んだかのように、アレクシがにやりと笑った。唇のあいだからちらりと金歯がのぞく。「うちで生まれた子犬のなかから、賢そうなのを選んできたんですよ」そう言って、予防接種の証明書を手渡す。

　シャノンはざっと書類を眺めてからポケットに突っこんだ。

「でも、お金を出してでも欲しいっていう人はいたでしょうに」彼女は戸口に体をもたせながらたずねた。骨に染みこんでくるような暑さだった。

　アレクシが黒い瞳を輝かせた。「いくらお金を積まれても、知らない人には売りたくなくてね」そう言って、自分自身を納得させるかのように、つるつるの頭を軽く上下に揺すり、ポケットをまさぐって真新しい鍵の束をとりだした。

「ほかの子たちは？」シャノンはたずねた。

「一匹は娘が育てるって言ったんでね。甥も一匹持っていきましたよ。残念なことに二匹は生まれてすぐ死んでしまって。でも、この女の子だけはあなたのために、と思ったんですよ。このスカトゥーリだけはね」アレクシはシャノンに鍵の束を渡した。「裏口のロックは替えておきましたから」

　買ったばかりの家の鍵だ。二〇エーカーの牧場がついている。犬を訓練するにはもってこいの環境だったし、新しい家に引っ越しをすれば、嫌な過去を忘れられるだろう。彼女は焼け落ちた小屋の跡を眺めた。

「スカトゥーリってどういう意味なのかしら」彼女は鍵をポケットに入れた。

「ギリシャ人が親しみの気持ちをこめるときに使う言葉でね」ほんとうの意味などどうでもいい、とでも言いたげだった。「たとえば、おばあちゃんが孫を呼ぶときに『スカトゥーリ』と言ったりするんですよ」なのに彼は、普段は青白く張りつめている頬を赤く染めていた。

「スカトゥーリ、ね」シャノンはそうくりかえして、ゴールデン・ラブラドールの子犬を抱きしめた。「なんて言っていいのかわからないけど……でも、ありがとう」背中を撫でてやると、子犬はさかんに尻尾を振った。カーンは相変わらずくるくると円を描くように足もとをまわりながら悲しげな声をあげている。

「礼には及びませんよ。早くよくなってください」黒い瞳に気づかうような色が浮かんだ。「火事があったうえにお義姉さんが亡くなるなんて……とんでもないことだ。あなたも気をつけてくださいよ、シャノン」

「ありがとう」

「いや、ほんとうに。防犯システムも、いいものをつけたほうがいい。カメラ付きのやつをね」アレクシはそう言うと、お尻のポケットに手をつっこんで革の名刺入れをとりだした。「これをどうぞ。わたし、不動産以外にも、義理の兄といっしょにこういう仕事をしてましてね」さしだされた名刺には、〈セーフティ・ファースト〉という会社名とサンタ・ローサの住所が印刷してあった。

「じゃあ、家を斡旋《あっせん》したあと、クライアントに防犯システムを売ってるってわけね？」

「生活のためにいろいろとね」

「商売上手だこと」

アレクシは満面の笑みを浮かべ、別れを告げると車のほうへ戻っていった。

シャノンは、二〇年落ちにはなるだろうと思われる白いキャデラックが遠ざかっていくのを見守った。

「スカトゥーリ」と彼女はささやいた。「あの人、ちょっと妙なところがあるから、うちに来てよかったかもね」ここだって天国にはほど遠いけれど、と思いながら、子犬にキスをする。この子は純血のラブラドールなのだろうか？　だとすると、お見舞いにしては高価すぎる。アレクシの行動にはどこか解せないところがあった。

キャデラックのタイヤが巻きあげた土埃が、ゆっくりと空気に溶けていった。「じゃあ、なかに入りましょうか」小声で言ったとき、子犬に脇腹を蹴られ、痛みが走った。「気をつけて」足もとにまつわりつくカーンを踏みつけないようにしながら、子犬を抱いて室内に戻った。

新しい家や嗅ぎ慣れない匂いに怯えたのか、子犬は震えていた。シャノンは小さな生き物をひしと抱きしめ「だいじょうぶよ」と励ましてから、カーンに紹介してやった。カーンは色違いの瞳でじっと子犬を見つめてから鼻先を近づけ、ふんふんと匂いを嗅ぐと、うんざりしたようにそっぽを向き、水を入れた器のほうへ駆けていった。「ほらね」とシャノンはスカトゥーリに言った。「もう仲よしになれたでしょ？」

彼女はキッチンの隅に置いてあった子犬用のケージにスカトゥーリを入れ、携帯電話を捜しはじめた。最後に使ったのは、あの火事の夜、消防署に通報したときだ。あれ以来どこを捜しても見つからなかった。このままだと、電話会社に知らせていったんサービスをとめてもらい、買い替えなければならないかもしれない。家の電話で携帯にかけてみても、呼び出し音が聞こえるだけで誰も出なかった。家のなかで鳴っている気配もない。

彼女は一度電話を切り、リダイヤルのボタンを押して、子機を持ったまま外に出てみた。すると、どこかで携帯の音が聞こえた。車のほうだ。だが、ピックアップ・トラックに近づいたとき、呼び出し音は留守電のメッセージに切り替わってしまった。

勢いよくドアをあけ、車内を捜した。いつも携帯を置いているカップホルダーの隣には何もなかった。ダッシュボードも、グローブボックスのなかも同じだ。シャノンは運転席のドア・ポケットに入れてあった懐中電灯を使って、座席の下を照らした。すると、シートの位置を調整するバーの陰に、電池の切れかかった携帯が転がっていた。

どうしてこんなところに？

あの火事の夜、わたしは車など使わなかった。

誰かがここに置いたんだわ。

心臓がとまりそうだった。監視されているような気味の悪い気配が再び戻ってきた。しかし、あたりを見まわしてもどこにも異常はなかった。馬は草を食《は》み、カーンはかいば桶《おけ》の匂いを嗅ぎ、犬たちは日陰で昼寝をしていて、ネイトはいまだに帰ってこない。

シャノンは携帯を開いて、留守電を確認しようとした。しかしメッセージが流れだす前に、ついにバッテリーが切れてしまった。「ああ、もう」とつぶやいて、ぱたんと閉じる。わたしの携帯を見つけて、こんなところに置いた――いや、隠したのは誰なんだろう。トラヴィス？　ありえない。ネイト？　でも、彼だとしたらいつ？

そのとき、彼女は気づいた。

携帯を車のなかに置いたのは、わたしの家に火をつけた人間だ。焼いた出生証明書を残していき、ダニーをさらい、メアリー・ベスを殺したやつ。

だとするとわたしは携帯をいじりまわして、証拠となる指紋を消してしまったかもしれない。いや、ここに携帯を置いていったのが同一人物なら、きっと細心の注意を払っていたはずだ。

突然、全身に鳥肌が立った。シャノンはゆっくりと振り向いて、母屋や犬小屋、馬小屋、そして物置の焼け跡を見まわした。この景色のどこかに、今でも、わたしを痛めつけて喜んでいる人間が隠れているのではないだろうか。

どうしてあなたはわたしを殺さず、メアリー・ベスを殺したの？

答えはわかっていた。怖がらせたかったからだ。

シャノンはダニーのことを思った。耐えてね、ハニー。わたしたち、きっとあなたを見つけてあげるから！

大股に歩いて家へ戻り、携帯を充電器にさしこむと、家の電話でネイトに連絡をとろうとしたが、呼び出し音が鳴っただけだった。留守電のメッセージもいっぱいで、これ以上吹きこめなくなっている。「最悪だわ」と彼女はつぶやいた。

次に考えたのはトラヴィスのことだった。彼と話がしたかった。会いたかった。別れてからの数時間が、永遠のように感じられた。

「いいかげんにしなさい」シャノンは自分をたしなめた。いったい何を考えてるの？　子供のころは過保護な兄たちにうんざりし、大人になってからはミセス・カーライルとして恐怖の日々に耐えたんじゃなかったの？　それにブレンダン・ジャイルズは妊娠したことを告げた瞬間、完全にあなたを拒否したんじゃなかった？　トラヴィス・セトラーは、ダニーの父親。それだけよ。それ以上のことを考えちゃいけない。

子犬は今、ケージのやわらかい枕の上で丸くなって眠っていた。「あなたはだいじょうぶよ」シャノンはそう口に出したが、子犬に言っているのか、それとも自分自身に言っているのか、よくわからなかった。

わたしに必要なのは気分転換だ。

「すぐに戻ってきますからね」彼女は子犬にそう告げると、車のキーをつかんだ。ここから出なければ。あまりにくよくよとつまらないことばかり考えすぎている。

だがそのとき、またしてもネイトのことが気になってしまった。新しい家への引っ越しを決めて以来、彼とのあいだには壁ができてしまったようだ。それにあの火事が起きてから、以前のようにわたしにつきまとわなくなった。

でも今は、何か建設的なことをしよう。そう決意したシャノンは、買っておいた日用品を新しい家へ持っていこうと、車に積みこみはじめた。掃除用品やペーパータオル、トイレットペーパーなどが詰まった段ボール箱をいくつも運ぶのは大変な作業だったけれど、それでも最終的にピックアップ・トラックの荷台はいっぱいになった。日没までにはまだ何時間もある。肩や脇腹は痛かったが、体を動かすのはやはり気持ちのいいことだったし、しばらくのあいだは事件のことを考えずにすんだ。

口笛でカーンを呼び、助手席のいつもの場所に乗せた。「あなた、甘やかされてるのよ」微笑みながら言葉をかけ、イグニションをまわす。エンジンがかかって、タイヤが小石を跳ねとばした。アクセル・ペダルの踏みこみかたが、いつもより強くなっていた。

シャノンは飼い犬といっしょに、マドロナや樫の木が頭上を覆う道を二〇キロほど走った。木漏れ日が路面に模様を描いた。ラジオをつけ、名も知らぬカントリー・シンガーのバラードに耳を澄ます。だが彼女の心はいつのまにか、事件のほうへと戻っていった。燃えた出生証明書。赤ん坊のころのダニーの写真。ブレンダン・ジャイルズ。メアリー・ベスの恐ろしい死。トラヴィス・セトラー――今のわたしにはセクシーすぎる人。そして、あの奇妙なシンボル。わたしはいったい、どんな悪夢のなかにさまよいこんでしまったのだろう。いくつもの事件は、どうつながっているのだろう。ブレンダンはほんとうにサンタ・ルシアへ戻ってきたのだろうか。

オリヴァーの言葉を鵜呑《うの》みにしちゃダメよ。いろんな幻覚を見てきた人なんだから。一度は入院してたんだし、またおかしくなっちゃったのかもしれないでしょ？

考えることに熱中していたせいで、あやうく角を曲がりそこねるところだった。新しい家への入口は草が伸び放題で、傾《かし》いで開きっぱなしの錆びついたゲートにはツタが絡まりついている。急ブレーキを踏んだせいで、カーンがシートから転げ落ちそうになった。

「ごめんね」シャノンはそう言うと、ハンドルを操ってピックアップ・トラックを私道に入れた。轍《わだち》のあいだに生えた下草が車の腹をこする。道は林のあいだを抜け、山裾へと続いていた。古いピックアップは上下左右に揺れながら、なだらかな坂道をのぼっていった。

この道には砂利を敷かなきゃ、とシャノンは思った。わたしの生活が普段どおりに戻ったときは。

最後のカーブを曲がりきると、視界が開け、澄んだ水をたたえた池が見えた。岸辺には、第一次大戦と第二次大戦のあいだに建てられた家がある。二階建てだが、上の部分は長いこと使われていない。池の北側には、納屋や馬小屋、ふたつのガレージが立っていて、物置もついていた。ボートハウスと桟橋のまわりにはトンボが飛びかい、水のなかでは鱒が泳いでいる。

なぜだかはわからないが、初めて見た瞬間からなつかしい気持ちにさせてくれる場所だった。いささか荒れてはいるけれど、風雅な古い牧場。もちろん手入れはしなければならないだろうが、今の家より大きかったし、何より心の安まりそうな場所であることが気に入っていた。ここには、過去の亡霊など歩きまわっていない。

母屋には修理が必要だが、納屋や馬小屋などは意外にしっかりしていた。ここに来れば、ビジネスを広げることだってできるだろう。水難救助犬の訓練だって可能だ。納屋の後ろの広い野原には柵《さく》をつくり、ネイトに牧場として使ってもらえばいい。

ネイト。

わたしたちはユニークな関係を築いていたのに、とシャノンは思った。多くの人たちはふたりが恋人だと思っていた。似たような経歴を持つ人間同士が同じ場所に住んでいるのだから、町の人があれこれ噂するのもしかたのないことなのだろう。だがそれは真実ではなかった。ネイトは馬を育て、シャノンは犬を育てる。それだけのことだ。ネイトは殺人の容疑で一年半刑務所暮らしをしていたのだが、新しい証拠が出て裁判がやりなおされ、結局無罪となった。わたしもまた、夫殺しの容疑をかけられた経験を持っている。

しかし問題はあった。わたしはふたりの関係をビジネス・パートナー以上のものではないと思っていたのに、ネイトはそうではなかった。おまけに引っ越しを決めて以来、言い争いをすることが多くなった。たぶん彼は、わたしが自分から離れようとしていると思っているのだろう。

シャノンは表情を曇らせた。ネイトの気持ちなど考えたくなかった。なぜなら、その気持ちには応えられないことがわかっていたからだ。兄たちが何を言おうと、彼はシャノンとって〝ふさわしい〟男性なのかもしれない。しかしその意味で言えば、彼女は〝ふさわしい〟男性に惹かれたことなどなかった。今も、彼女の心を乱している唯一の男性は、あのトラヴイス・セトラー——以前はシャノンのことを誘拐犯だと思っていた人だ。武器や道具をとりそろえて、彼女を監視していた人。トラヴィスがカリフォルニアにやってこなければ、もしかして、メアリー・ベスだって命を落とさずにすんだかもしれない。

トラヴィス・セトラーとは絶対に、距離を置いてつきあわなければならない。たとえ彼が気を許したとしても、妙な形で親しくなるのは間違いだった。これまでの人生でも、さんざん同じ間違いを犯してきたんじゃなかったの？　シャノンはそう自分を戒めた。ブレンダンのことを考えてみなさい。高校生のとき、兄の友達だったあの人と恋に落ちて、それから自分がどうなったのか。それにライアンのことも。心の痛手を癒すためにあの人と結婚したのは、あなたの人生最大の間違いだったでしょう？

夫のことを思い出して、彼女は身震いした。あれは悪夢のような日々だった。

ここに引っ越してくれば、少なくとも新しいスタートが切れる。シャノンはそう考えながらペンキや塗装用のローラー、掃除の道具やトイレットペーパーなどの必需品を車からおろし、家のなかへ運んだ。

キッチンの杉材の壁は黄色に塗られ、床は傷だらけでささくれだっていた。石でできた暖炉は長いあいだ使われていないようだ。鳥か蜂《はち》が巣でもつくっているのではないだろうか。だが彼女の頭のなかには、床を張り替え、ペンキを塗りなおした真新しい家の絵が浮かんでいた。ロッキンチェアとアンティークのソファのあいだには、ラグを何枚か敷こう。暖炉にはあかあかと火を燃やそう。キッチンの裏側にある家と棟続きの物置は、犬小屋に改装すればいい。完璧だわ！

シャノンはアレクシからもらった鍵をつかんで、物置へ向かった。屋根は傾いていて、扉をあけると埃や木くずの匂いが鼻を突いた。あちこちにかかっている蜘蛛の巣を払いのけながら、裏庭に続く奥のドアのほうへ近づいていく。壁には断熱材を入れる必要があるだろうし、だいいち、電気を引かなければ。木の床も腐りかけている。もしかすると、すっかり建てなおしたほうがいいのかもしれない。そんなことになったら、時間もお金もたっぷりかかるだろう。だが彼女は、嫌な思い出ばかりのあの家から引っ越すときのことを考えて、三年間貯蓄を続けていた。

物置の裏口の鍵をあけようとしたときだった。シャノンはドアが施錠されていないことに気づいた。つけ替えたばかりのボルトがきちんと閉まっていない。

ノブに手をかけただけで、ぎいと音を立ててドアがあいた。その向こうには、壊れかけた階段と草ぼうぼうの裏庭、そして、ゲートまで延々と続く私道が見えた。

怯えに似た感情がさざ波のように広がっていく。

アレクシは鍵をつけ替えたと言った。なのに、その鍵をかけ忘れたりするだろうか。

それとも誰かが？

いや、ありえない。こんなへんぴなところにある家に興味を持つ人間がいるとすれば、パーティ会場を探しているティーンエイジャーくらいだ。しかし、あたりに踏み荒らされた形跡はなかった。

考えすぎよ。たいしたことじゃないわ。

このところひどい事件が立て続けに起きたせいで、神経がまいっているのだろう。シャノンはしっかりとドアを閉め、鍵をかけた。アレクシがうっかりロックし忘れたんだわ。それだけのことよ。

物置を出て、飼い犬を呼んだ。カーンは池に面した草むらのなかを探検しているところだった。古い桟橋はところどころ板が腐っていたけれど、意外にしっかりしているようだ。彼女は先端まで歩いていくと、ランニング・シューズとソックスを脱ぎ、腰をおろして池に足をつけた。冷たい水が最高に心地よかった。ポニーテイルにしていた髪をほどいて肩におろし、目を閉じて天を仰ぐと、ふうっとため息をつく。

ネイトにも兄たちにも、引っ越しの理由を説明しようとは思わなかった。母親にも友達にも、何も言っていない。シャノンは誰にも相談せず、この家を買った。母や兄たちが引っ越しのよし悪しを議論する場面を想像しただけで、ぞっとする。三年前のことから、シャノンは、どんな結果になろうと自分の人生は自分で選びとろうと心に決めていた。兄に頼ることも、母に相談することも、もうしたくない。

太陽が雲に隠れたかのように、あたりがすうっと涼しくなった。目をあけてみたが、太陽は相変わらずさんさんと光を投げかけている。胸騒ぎがした。振りかえると、カーンがフェンスのそばで足を踏んばり、毛を逆立ててじっと外を見つめていた。

シャノンの体に緊張感が走った。カーンが低く唸りはじめる。

「どうしたの？」彼女はあわててソックスと靴をはきながら声をかけた。フェンスの外の林に目を凝らしてみたが、あやしいものは何ひとつ見えない。なのに、腕に立った鳥肌はまったく消えなかった。誰かに監視されているような気配がした。

急いでトラックまで戻り、鋭い声で命令して、唸り声をあげつづけているカーンを呼んだ。「あなたってほんとうに弱虫ね」毛むくじゃらの頭を撫でてやってから運転席に乗りこみ、勢いよくギアを入れる。でも、それはあなただって同じじゃないの？　彼女は自分にそう問いかけた。

ラジオをつけると、天気予報の最後の部分が流れてきた。ハンドルを切って車に大きな弧を描かせる。「きびしい残暑はまだまだ続きそうです。予想気温は三五度。山火事の危険性も……」アナウンサーの声を聞きながら、シャノンはちらりとバックミラーを見た。

心臓が喉から飛びだしそうになった。

誰かがいる！

バックミラーにほんの一瞬、人影が見えた。何者かが、木のあいだを縫うようにして逃げていった。

シャノンはあえぎ声をもらしながらブレーキを踏んだ。

あわてて頭をめぐらせ、後ろに目を凝らした。バックウインドウ越しに土埃がしだいにおさまっていく。

陽炎のせいで視界がゆがんでいた。

しかし、降りそそぐ陽光の下にも樫の木陰にも、もう誰もいなかった。悪意を持った怪物など、どこにもいない。

シャノンはちらりと飼い犬に目をやった。カーンは毛並みをつやつやと輝かせながら、何かを期待するような目で彼女を見あげている。

聞こえてくるのは小鳥のさえずりと、車のエンジン音だけだ。暗い過去から逃げだすために、ここへ引っ越してこようとしているっていうのに……。ゆっくりとブレーキから足を離し、バックミラーに注意を払いつつ私道に乗り入れる。

クスさせようとした。「バカね」と吐きだすように言う。彼女は全身の筋肉をリラッ

あやしい人なんて、どこにもいない。

すべていつもどおりだ。

カーブを曲がりきると、古い家や林に囲まれた池が視界から消え、ピックアップ・トラックはでこぼこ道に車体を揺らしながら進んでいった。

人影を見たと思ったのは気のせいだったにちがいない。怯えた鹿が走り去ったのを、人間だと勘違いしたのだろう。

だが、その影は確かに二本脚で立っていた。

ラジオのチャンネルを切り替えて、ロックを流している局に合わせた。なつかしいブルース・スプリングスティーンの歌が流れてきた。もう、恐怖に支配されるのはやめよう。

怯えながら暮らすなんて、うんざりだ。

21

破れた靴下には血がにじんでいた。ダニーは全身の力を指先にこめ、釘を抜こうとした。「ほら、もう少しよ、ほら」時間がなくなりつつあることはわかっていた。ケダモノはわたしをいつまでもここに閉じこめておいたりしないだろう。ドアの隙間から観察していると、男がますます落ち着かなくなってきたのが見てとれた。うろうろと部屋を歩きまわったり、暖炉の上の棚からナイフをとりだして刃を火にかざしたりしている。

ダニーはその刃が頬に押しつけられたときの感触を今でもよく覚えていた。思い出しただけで、身震いが走る。あんなことをされるのは、もう嫌だ。

指が痛くてたまらなかったが、でも、あきらめはしなかった。「早く抜けろったら！」彼女は前屈みになって、釘の頭を思いきり揺さぶった。

「さあ！」

ついに、釘がずるりと抜けた。

ダニーはあと少しで後ろへ引っくりかえりそうになった。

心臓をどきどきさせながら、長く尖った釘の先を見つめる。やった！　自由が、すぐ手の届くところにあった。このまま部屋を飛びだしていきたいが、それでは単なる自殺行為だ。男はいつ戻ってくるかわからない。出かけていってからもう何時間もたっているし、このところ、ケダモノの行動は不規則だった。

森のなかを駆けていきたかったが、まだ日も高い。逃げるなら夜だ。ケダモノが悪いことをやりに出かけていったあと。

予備の懐中電灯やナイフがどこにしまってあるかはわかっていた。ナイフは男が持っていくことが多かったけれど、ほかにも使えそうなものはある。ママの写真も絶対に忘れないようにしよう。

だが、バックパックはどこにも見あたらなかった。あれがないと、持っていけるものがかぎられてしまう。それでも、煙草の吸い殻だけはまだポケットの奥深くに隠してあった。ここにあるものをいくつか持ちだせば指紋も採れるはずだ。そうしたら、きっと警察がつかまえてくれる。

そのときが待ち遠しかった。

だけど今は落ち着かなきゃ。ダニーは釘の隠し場所を考えた。いちばんいいのは、もとの場所にさしこんでおくことだ。彼女は釘を穴に戻し、必要になったらすぐ抜きとれることを確かめた。

笑みを浮かべながら釘の頭を眺める。

その釘を男の首筋に突きたててやりたかった。テコンドーの技で蹴り倒してやってもいい。

あいつを気絶させることができたら、どんなに気持ちいいだろう。ケダモノはわたしのことを見くびっているはずだ。わたしに何ができるか、想像もしていないにちがいない。だが、それはこちらも同じだった。向こうは黒帯を持っているかもしれないし、少なくとも力は強そうだ。毎晩の儀式で、あいつの筋肉がどれだけたくましいかはよくわかっていた。タフで、大柄な男だった。向こうがその気になったらひどい目にあわされるだろう。

だけど、このままじっとしてなどいられない。待っていても、いつか殺されるだけだ。

ダニーは釘を見おろした。こういうのを五寸釘っていうんだろうか。目的を遂げるには充分な長さだ。

もうすぐケダモノが戻ってくる。あいつが近くに寄ってくることを考えただけで、胃のあたりがまたむかむかしてきた。そろそろ夕方になろうとしているようだ。ベニヤ板の隙間からもれてくる太陽の光がすっかり傾いている。今日は帰ってこないつもりなのだろうか。だとすると、逃げだすチャンスは今なのかもしれない。

そのとき、遠くからピックアップ・トラックのエンジン音が聞こえてきた。

恐怖が全身を駆けめぐった。

ダニーはあわててベッドに戻った。少なくともあとしばらくは、ケダモノの存在に耐えなければならないようだ。

嫌悪感に喉が詰まった。

でも、今夜。

何があっても。

男はわたしの状態を確かめて晩ご飯を食べさせたあと、いつもの儀式を行い、またいなくなるはずだ。あいつが出ていったら、わたしもここから逃げてやる。

家にたどりついてガレージのそばに車をとめたころには、ざわついていた心もすっかり静まっていた。ドライブのあいだじゅうシャノンは、あんなものを見たのは疲れてぴりぴりしているからよ、と自分に言いきかせつづけた。あれはただの気のせい。それだけのこと。家に帰ったら、ゆっくりとお風呂に入ろう。蠟燭を灯し、ワインを飲みながら。そうすれば心の整理もつくだろうし、恐怖感をぬぐい去ることもできるはずだ。新しい家に引っ越して、新しいスタートを切る。何があっても、そんな夢を台なしにしたくない。

シャノンが車をおりると同時にカーンも飛びだしていき、フェンスの根元のいつもの場所でおしっこをした。どの犬も、なぜだかここで用を足すのが大好きだった。おかげでシャノンは、そのたびにホースを引きずってきてフェンスに水をかけなければならなかった。

「匂いまではとれないんだよな」突然ネイトの声がして、シャノンは跳びあがった。手もとが狂ったせいで水しぶきがあらぬほうへ飛び、髪も腕もシャツの前もびしょびしょになってしまった。だが、冷たい水は心地よくもあった。

「すまなかった」

ネイトはかすかに笑みを浮かべていた。白い歯がちらりとこぼれる。「ひどい人ね。わざとやったんでしょ？　人を驚かせるのが好きなんだから」シャノンは口を開きかけたネイトを手で制した。「それがネイティブ・アメリカンの伝統のひとつだ、なんていう戯言は、もう聞き飽きたわよ」

「わかった、わかった」ネイトは手をあげた。まるで安っぽい西部劇に出てくるカウボーイのように、語尾を引きずりながら言う。「降参ですよ、お嬢さん」

「男の人からそういう言葉を聞くと、さすがにいい気持ちね」シャノンはかがみこんで蛇口を締めながら応じた。脇腹はまだ痛んだが、それでも思わず笑みが浮かんでくる。彼女は口笛でカーンを呼び、腰に手をあててたずねた。「で、どこへ行ってたの？」

「ちょっと用があってね。でも、途中で車がおかしくなっちまって、修理工場に預けてきたところさ。帰りはそこのメカニックに送ってもらったよ」

「連絡くらいしてくれたっていいでしょ？」

「したさ。きみの携帯にね。メッセージを残しておいたんだが」

「こっちからもかけてみたのよ。でも、あなたの携帯はメッセージがいっぱいになっていて、メッセージを入れられなかったわ。それにわたしの携帯、しばらく見あたらなかったの」

「まあ、とにかく、こっちからも電話してたってことだよ」

でも本気で連絡をとろうとはしなかったんでしょ？　シャノンはそう思ったが、口には出さなかった。

「メアリー・ベスのことは聞いたよ。気の毒に」

「ええ」

「警察は放火だって言ってるらしいが、だとすると、彼女は殺されたってことなのか？」

彼女は心のなかがすうっと冷えていくのを感じながらうなずいた。

「ロバートはどんな様子なんだい？」

「火事が起きたとき以来会ってないんだけど、かなりとり乱してるみたい」

「子供たちは？」

「わからない。でも、つらいでしょうね」彼女はフェンスのいちばん上に腕をのせた。「警察は、火をつけた犯人が彼女を殺したと考えてるわ」

ネイトは焼け跡からシャノンの顔へと視線を移しながら言った。「それに、きみを襲ったのもね」

「ダニー・セトラーの娘を誘拐したのも」

「その子、きみの娘でもあるんだろう？」

シャノンは眉をあげた。「あなたにそんなプライベートなことまで話した覚えはないんだけど」

彼は肩をすくめた。「サンタ・ルシアは狭い町だからね」そう言うと、馬たちが集まっているパドックのほうを顎で示す。「きみに見せたいものがあるんだ」

「なあに？」

「来てくれ」

シャノンはネイトのあとについて、パドックの向こうのフェンスまで言った。馬たちはその日最後の太陽の光を楽しんでいた。一頭が土の上に転がって埃を巻きあげ、ほかの馬はふたりを見守るように頭をめぐらせた。

「ここにいてくれないか」彼は馬小屋の壁にかけてあった革の手綱をとると、群れに近づいていき、なかの一頭に優しく声をかけた。

彼が連れてきたのは、モリーだった。火事が起きたとき、シャノンを手こずらせた馬だ。今でも大きく目を見開いて鼻の穴をふくらませ、何かに怯えているように見える。

「まだ怖がってるんだわ」シャノンは、首のあたりにまつわりついていた虻《あぶ》を払ってやった。

「あんな目にあったら、誰だってそうさ」ネイトは突然、黒い瞳に怒ったような表情を浮かべながら言った。「この子の顎のところをよく見てほしい」

シャノンは雌馬に顔を近づけた。モリーはけげんそうな目を向け、頭を振ってシャノンを遠ざけようとしたが、ネイトがしっかりと手綱をつかんでいた。「おかしなところはどこにも……うん？」シャノンは馬の口もとに目を凝らした。「ここ、ちょっと毛が薄くなってるみたいだけど」

「薄くなったんじゃない。焼かれたんだよ」

「焼かれた？」彼女は黒く縮れた短い毛を見ながらくりかえした。「火事のせいで？」

「いや、火は馬小屋までまわらなかった。誰かに火を押しつけられたんだよ」

くる。


「なんですって？」シャノンはネイトを睨みつけた。冷たい恐怖感がひしひしと押し寄せて
「おそらく、きみを襲ったやつにね」

「でも、どうして？」彼女はそうたずねたが、答えはわかっていた。「そんな……」

「この子を怖がらせるためさ」ネイトがぼそりと言った。「馬をパニックさせようとしたんだ。そうすればきみは暴れる馬をなだめることで手いっぱいになって、ほかのことに注意がいかなくなってしまう。モリーは火を怖がっていたんじゃない。ひどいことをされたせいで、どうしていいのかわからなくなってたんだよ。ここをよく見てくれ」彼はモリーの口もとを指さした。黒い毛のあいだに、火傷の跡だと思える引きつれができていた。

「ひどい」おなかの奥から吐き気がこみあげてきた。「ひどすぎる」

「ライターか、火のついた棒でやられたようだ。きみにとんでもない恨みを抱いてるやつがいるんだよ」


馬にこんなことをするなんて、と大声で叫びたかった。シャノンは火事の夜を思い出してみた。あのときいくらなだめても、撫でてやっても、モリーは抵抗するだけだった。「警察には言ったの？」

「まだだ」ネイトは答えた。シャノンには彼の気持ちがわかった。ネイトもわたしと同じく殺人の濡れ衣を着せられたことがある。おまけにそのせいで、一八か月も刑務所暮らしをしなければならなかった。彼は警察など信用していない。

「じゃあ、わたしが言うわ」彼女は新たな怒りが血のなかで沸騰するのを感じながら言った。罪もない動物を痛めつけるなんて、犯人はどんなやつなの？　反射的にポケットへ手を突っこみ携帯を探したが、充電中であることを思い出した。

シャノンは暗い表情を浮かべたネイトから群れのほうへと目を移した。「ほかの子たちはだいじょうぶなの？」

「ああ、俺が見たかぎりはね」

「犬たちも？」

「だいじょうぶだ」

「よかった」モリーのことは腹が立ってしかたがなかったけれど、ほかの動物たちが責め苦を受けなかったことを知って、かすかな安堵の思いが胸に広がった。

「防犯システムを設置したほうがいいだろう。馬小屋にも犬小屋にも、母屋にも」

「新しい家に移ったら、そうするわ。どうせ工事が必要だし。さっきアレクシ・ディミトリがやってきて言ってたんだけど、彼、そういうビジネスもやってるらしいの」

「あいつのことは、あんまり好きになれないんだがな」ネイトは抑揚のない声で言った。

「前にもそう言ってたわね」

「でも引っ越しまでにはまだしばらく時間があるんだから、ここもきちんとしておいたほうがいいんじゃないか？」

ネイトの言うことにも一理あった。新しい家へ移るのは数週間先のことだ。それまで、犯人は自由にここに出入りできる。そう思っただけで腕に鳥肌が立った。

「で、あいつは何しに来たんだ?」ネイトが訊いた。リスを追いまわすことに飽きたカーンが近づいてきて彼の足もとにまつわりつき、注意を引こうとした。

「新しい家の鍵を渡しに来てくれたの」

ネイトの唇の両端に力がこめられ、頬の筋肉が張りつめた。「やっぱり引っ越しはするんだな」

「向こうのほうが安全だもの」

彼は鼻を鳴らした。「人里離れた場所だぜ」

「もう何度も話しあったでしょ? それにアレクシには別の用もあったの。メアリー・ベスのこともあったから、気晴らしに、ってプレゼントをくれたのよ」

ネイトは背筋を伸ばしながら片方の眉をあげた。

「子犬をね」シャノンはためらいがちに言った。「あなたに紹介するわ」

「プレゼントに犬を?」その口調には猜疑心があふれていた。

「ええ」彼女はそう言いながら、すでに向きを変え、裏口のほうへ歩きはじめていた。すぐにネイトも追いつき、ふたりでポーチを横切る。ブーツの下で古い床板がきしんだ。

ドアの前まで来ると、ネイトが彼女の腕をつかんだ。火事以来、初めての触れあいだった。

「ちょっと待ってくれ」と彼は言った。「きみの調子はどうなんだ?」ぶっきらぼうな口調だったが、真剣に心配しているようだ。

「だいじょうぶよ」彼女は無理に笑みを浮かべながら言った。「わたし、タフだもの」シャノンがドアをあけると、彼は手をおろした。ネイトは、見た目だけでは判断のつかない人だった。感情はいつも、心の奥深くに隠されている。もしかすると、あまりに奥深くに。

キッチンに入ると、子犬はすでに起きていた。小さな毛の玉がケージのなかでぴょんぴょん跳びはねている。シャノンは身をくねらせる犬をそっと抱きあげて言った。「スカトゥーリよ」子犬は狂ったように彼女の顔をなめた。「ほら、ネイトにご挨拶して」彼女は、自分と同じくらい動物が大好きな背の高い男にスカトゥーリを渡した。節くれだってはいるが大きくて優しいネイトの手のなかに入ると、子犬はじっと動かなくなった。

「純血のラブラドールってことなんだけど……もちろん、血統書はないわ」

「それはありえないだろうな」ネイトは落ち着いた声で言った。カーンがネイトの足もとにまつわりついて注意を引こうとし、それを察したのか、子犬が甲高く吠えた。

「そうね。でもいい子だし、賢そう」

「俺はあの男を信用できないんだ。いつも何か企んでる気がするからね。ま、きみは俺の忠告なんていつも無視してばかりだが」

「いつもってわけじゃないわ」シャノンはため息をついた。「聞くべきことはちゃんと聞いてます。それにあなたも自分のことを考えてみて。ディミトリだけじゃなくて、他人は誰ひとり信用しようとしないでしょう?」

ネイトがうんざりしたような声を出したので、シャノンは思わず笑ってしまった。もう何度もふたりで話してきたことだ。「それに、わたし、新しい家が気に入ってるの」

「わかってるさ。俺だって議論をするつもりはない。もう決まったことなんだからね」彼の口もとが引きしまり、顔の皺が少しだけ深くなった。黒い瞳でじっとこちらを見ている。ネイトはときどきそんなふうに、シャノンの心を読みとろうとするような表情を浮かべることがあった。

動物のトレーニングには特別な才能を発揮する人だった。ここまでビジネスがうまくいっているのは、ネイティブ・アメリカンのシャーマンとカウボーイの血を引く彼のおかげだろう。ネイトは仕事となると、いつも真剣で忍耐力があった。以前、虐待されて人間を信用できなくなったロッコという雄馬を預かったときなど、何時間もかたわらに立って何事かささやきつづけていたほどだ。そのあいだじゅうネイトも雄馬も、ぴくりとも動かなかった。そうして数時間がたつと、ロッコが頭をさげ、鼻面をネイトに押しつけた。今、ロッコはネイトの馬になっている。

だが同時に、彼には意外な一面もあった。あるときなど、彼が飛びまわる虻を宙でつかまえ、針で刺されるのもいとわず、無表情のまま握りつぶしたのを見たこともある。ロッコのことも虻のことも、シャノンには忘れられない経験だった。

彼はしばらくしてから子犬をシャノンに返し、キッチンを出ていった。

ネイトは穏やかな表情の裏側に嵐《あらし》を隠している人だ。わたしが彼とベッドをともにしなかったのは、それが理由だろう。確かにあの人はわたしを愛している。口に出して言いはしなかったが、そのことははっきりわかった。

「考えすぎなのかしら」遠ざかっていくネイトの後ろ姿を窓辺に立って眺めながらつぶやいた。それに、どうしてわたしはトラヴィス・セトラーを前にすると違う反応を示してしまうのだろう。どうして彼といると、心が浮きたってしまうのだろう。見た目で言えば、ネイト・サンタナだって充分にハンサムだ。おまけにわたしは、トラヴィスのことをほとんど知らない。

しかし、どんなことがあっても娘を見つけだそうとする彼の意志の強さや必死の努力が、ほとんど官能的なレベルで何かを訴えかけているような気がした。

「ううん、やっぱり考えすぎなのよ」シャノンは腕のなかの子犬に向かってささやいた。


あの女に見られたのは失敗だった。

感情に流されてしまったせいだ。

計画は綿密に立ててきたはずだった。もうミスは許されない。男はそう思いながら、迷彩服姿で樫とマドロナの木のあいだを音もなく走りぬけ、今は使われていない駐車場にとめた車へと急いだ。汗が噴きだし、鼓動が速くなる。アドレナリンが血管を駆けめぐった。

しだいに色を濃くしつつある黄昏《たそがれ》のなか、男はなんの苦もなく倒木を跳びこえた。体調はいつも完璧に整えてある。どんな仕事でも楽にこなせるつもりだった。それは、あの哀れなメアリー・ベスを片づけたときにも充分証明されたはずだ。

それにしても、シャノンがこんな家を買うとは思わなかった。計画を推し進めるには最高のセッティングじゃないか。おまけに俺の手のなかには、最後の切り札がある。怯えてしまって、俺の顔さえまともに見られないあの娘。だがときおり、妙に反抗的な表情を浮かべることもあった。どうしてなのだろう。もしかして、俺が考えているほど怯えてはいないのか？　注意しなければ。

車に近づくと、ゆっくり大股に歩き、胸いっぱいに空気を吸いこんだ。しくじることはできない。こんなに長いあいだ待ったのだから。

男は次のふたりの標的のことを考え、炎を思い浮かべた。めらめらと燃えあがる炎。煙は星々を隠し、あたりには森と肉の焼ける匂いがたちこめる。

目を閉じると、天をめざして噴きあがる火の粉が見えた。

22

「ぼくを信用してくれ」彼が耳たもとでささやきかけてきた。ふたりは闇のなか、裸で横たわっていた。カエルやコオロギの歌が聞こえてくる。森が頭上に暗く浮かびあがり、木の葉が乾いた風にそよいだ。一〇月の月が、雲ひとつない星空をゆっくり滑っていく。

胸が高鳴り、呼吸が浅くなった。ふたりが体を動かすたびに、体の下の枯れ葉のベッドがかさかさと音を立てた。剝きだしの肌を汗が包みこみ、遠くで犬の遠吠えが聞こえた。

いや、あれは狼だろうか？

わたしは今、とんでもなく危険なことをしている。なのに、どうしても自分を抑えることができなかった。肌が欲望にさざめき、血が全身を熱く駆けめぐっている。シャノンは彼の情熱的なキスに応えた。

期待に体が震えた。頭のなかで何かが脈動している。

彼が欲しかった。

彼の唇はあたたかく官能的だった。張りつめた筋肉が肌にこすりつけられ、その指は優しかった。彼女は愛を感じた。

ダメよ、シャノン。この人を愛しちゃいけない。この人のまわりには死と闇がまとわりついているのよ。

だが彼女はそんな自分の声を無視し、動物的な衝動に身をゆだねた。

彼の手は大きくて節くれだっていた。経験豊かな手だ。その手が今、彼女の背中のカーブに沿っておりていき、お尻のくぼみにあてられた。

もっと触れてほしい。そんな思いで体が震えた。彼の唇が汗の浮いた首筋をじらすように滑っていき、喉もとのくぼんだ部分に圧力を加えてきた。

「ぼくが欲しいんだろう?」彼が言うと、森がしんと静まりかえった。深くてよく響く声だった。片方の手が彼女の乳房を見つけ、乳首をもてあそんだ。「そうなんだろう?」

彼女は固唾を呑んで彼を見あげた。

「言ってごらん」

口を開こうとしたが、言葉が出てこなかった。

「言うんだ」

魔法のような指が乳輪を慈しんだ。彼女は背中をそらせて彼をきつく引き寄せた。もう後戻りはできない。欲しかった。欲しくてたまらなかった。いくらいけないことでも、かまわなかった。

いくら危険なことでも。

頭上でぱちぱちと何かがはぜる音がした。かすかに煙の匂いもする。

「言うんだ」彼が命じた。

「あなたが……欲しい」彼女は声を振りしぼるようにして言った。空気が肺のなかで熱く燃えていた。

彼がこのままわたしのなかに入ってきたら、どんな気持ちだろう。

長いあいだ待ちわびた瞬間だった……あまりに長いあいだ。

木の葉があちこちでざわめき、彼は頭をあげた。月明かりがその顔を照らしだす。瞳はどこまでも青く、髪は銀色に輝き、表情は期待にあふれていた。なんてハンサムなんだろう。

彼女は彼の胸から脇腹、そしてさらに下のほうへと手を滑らせた。彼が息を詰まらせながらささやいた。「ああ、そこだ、そこだよ」

そのとき突然、黒いものが月を隠し、地平線が鈍くオレンジ色に光った。煙の匂いが強くなり、目に涙がにじむ。木の幹が黒いシルエットになって浮かびあがった。その向こうにあるのは——炎だった。

火事だ！

目をあげると、恋人は煙のように消えていた。

炎が勢いを増し、ぐんぐん近づいてきた。

彼女はひとりきりだった。

シャノンは目をあけた。喉もとまでせりあがっていた悲鳴をあわてて呑みこむ。心臓はいまだ狂ったように鼓動を続け、アドレナリンが体を駆けめぐっている。自分の寝室にいることを確かめ、窓辺からさしこむ太陽の光に目をやってから、時計を見て呻き声をあげた。もう八時過ぎだ。こんなにぐっすり寝たのは、襲われて以来初めてだった。炎も見えなかったし、煙の匂いもしない。すべては自分の無意識がつくりだしたイメージでしかなかった。

起きあがってベッドからおり、夢のことを考えてみた。わたしは男の人と愛を交わしていた。あれは、間違いなくトラヴィス・セトラーだった。わたしはまるで恋人同士でもあるかのように、彼の愛撫に応えていた。

「なんてことなの？」シャノンはカーンに語りかけるように言った。飼い犬は頭をあげ、あくびをしただけだった。

ふと、ベッドのかたわらのナイトテーブルに立てかけてあったダニー・セトラーのポスターが目に入った。彼女はポスターを手にとり、ため息をついた。世界の重みが肩にのしかかってきたみたいだった。「きっと見つけてあげるからね」微笑んでいる少女に向かって言う。シャノンは、その言葉が嘘にならないことを願った。

ジーンズとスウェットを着て下におり、コーヒーをつくってから、二匹の犬に餌をやった。子犬は与えられた餌をあっというまに平らげたと思ったら、〝もっとないの？〟という目でこちらを見あげた。「どうしたの？」彼女はたずねた。「アレクシからきちんと餌をもらってなかったわけ？」子犬をしばらく抱いてやってから、外に出てほかの犬たちの面倒を見た。

朝の仕事をひととおり終えると、もう一一時をまわっていた。おなかがぺこぺこだ。キッチンに戻ると、留守電に、〝家族の集まり〟があるから来てくれないか、という母からのメッセージが二件も入っていた。

「まったく、楽しそうね」シャノンは吐き捨てるように言った。三件めのメッセージは犬を預けられる場所を探している女性からの電話で、四件めはアンソニー・パターノからのものだった。メアリー・ベスの事件を担当している殺人課の刑事だ。話が聞きたいので時間を指定してくれ、という内容だった。「こっちも楽しそうだこと」そうつぶやきながらも、シャノンは彼の電話番号を押した。応えたのは留守電だったが、とりあえずメッセージを吹きこんでおいた。

電話を切ったとき、駐車スペースを越えて近づいてくるネイトの姿が見えた。数秒後、裏口のドアがあいて、彼のブーツが敷居をまたいだ。

「どうしてるかと思ってね」ちらりと笑みが浮かぶ。「調子はどうだい?」

「よくなってるわ」脇腹はまだ痛んだし、後頭部の縫い跡はかゆくてたまらなかったけれど、目もくらむほどの頭痛は感じなくなった。肩も以前ほどひどくはない。「メアリー・ベスのこと、まだ信じられないの」

ネイトがうなずいた。彼女はマグをふたつ出しながら、話題を変えた。「コーヒーは?」

「いいね」彼はキッチンに入ってくると、さかんに尻尾を振っている子犬を見おろした。

「この子には別の名前が必要だな」犬を抱きあげながら言う。

「どうして?」

ネイトは笑いを押し殺しながら答えた。「誰だって、小さなクソ野郎、なんて呼ばれたくはないだろう?」

「え?」

「スカトゥーリ、っていうのは、そういう意味なんだよ」

「冗談でしょう?」

「いいや。インターネットで調べたからね」ネイトは子犬をケージに戻し、さっきから必死に彼の注意を引こうとしていたカーンの相手をしてやった。「そういう名前を気がきいていると思う人もいるかもしれないが、考えなおしたほうがいいと思う」

「それ見たことか、って思ってるんでしょ?」シャノンはコーヒーを注ぎ、マグを渡しながら、わざと恨めしそうな顔をしてみせた。

「あいつのことは信用してないって言っただろ?」

「ええ、確かにそう言ってたわね」彼女はため息をつくと、コーヒーをひと口飲んで首を振った。「ボンジーってのはどう?」

「それも同じくらいひどい名前だな。意味は?」

「わからない。ただ頭に浮かんだだけよ」

「おいおい。名前ってのはなんていうかこう……実体を表すものなんだぞ」

彼女はゆっくりとコーヒーを口に含み、ふと思いついて言った。「マリリンは?」

「うん?」

「ブロンド色でかわいい女の子だからマリリン・モンローかなって……それだけ」

「マリリンか……スカトゥーリよりはずっとマシだな」

シャノンは声をあげて笑い、ネイトとふたりで週の残りのスケジュールを立てた。彼が反対していることはわかっていたので、新しい家のことは口にしなかった。一五分後、ネイトはマグを置いて外に出ていった。

「昼のあいだも、鍵はしっかりかけておいてくれよ」彼がポーチから声をかけてきた。「このところ物騒なことばかり起きてるからね」

「わかったわ。でも、うっかり自分を締めだしてしまいそう」

「合い鍵をガレージに隠しておけばいいさ。壁に梯子《はしご》がかけてあるだろう？　その裏側に釘が出てる。そこだったら、まず誰も気づかない」

「了解」

「それから、防犯のことを誰かに頼んだほうがいい。できたら、ディミトリ以外の人にね」

「すぐにやっとくわ」

ネイトは、さてどうだかな、と言うような視線を残して自分の住みかへ戻り、階段のてっぺんまであがったところで振りかえった。「頼むよ、シャノン。俺はこれからしばらく、あれこれやらなきゃいけないことがあるんだ。だから、誰かに電話してくれ」

「やっとく、って言ったでしょ？」ふたりは駐車スペース越しに睨みあった。

彼が背を向けたとき、シャノンは声をかけた。「ネイト？　どうして最近、出かけることが多くなったの？」

心臓が高鳴った。

ネイトが口もとに力を入れた。どう答えたらいいのか考えているようだ。しかし彼は「見た目だけで判断するのはよくないな」という言葉だけを残し、部屋に入ってしまった。答えにもなんにもなっていない。シャノンはとまどいと胸騒ぎを感じながら、後ろ姿を見送った。

ネイトは秘密の多い人だ。あの火事の夜だって、いったいどこへ行っていたんだろう？

「メアリー・ベスのことはほんとうにお気の毒だったわ」シャノンは、兄の妻の命を奪った悲劇以来初めてロバートの顔を見ながら言った。

「ああ、そうだな」彼は顔をそむけながら言った。妹と目を合わせることさえできないようだ。実家の小さなキッチンには、四〇年分のベーコンの脂とライソールの匂いがたちこめていた。ただひとつ欠けているのは、父親の葉巻の匂いだ。父のパトリックが葉巻をくゆらすのは、暖炉のそばの椅子に座っているときかポーチに出ているときだったけれど、その匂いはどこにいても漂ってきた。まるで、誰がこの家の支配者であるのか教えてでもいるように。

父は祖父と同じく、炎と戦うことに魅せられた男だった。音を立てながらめらめらと燃えあがる炎と格闘する――フラナリー家が何世代も受け継いできた血筋だ。

シャノンの兄たちも父や祖父にならって消防士になったが、いつのまにかロバートをのぞいて、みんな退職してしまった。だが今、ひとりで一家の血筋を守っていたはずの次兄は悄《しょう》然と肩を落として座っている。ロバートの妻が火事で命を落としてしまうとは、なんと皮肉なことだろう。

「子供たちはどうしてるの？」シャノンはそうたずねて会話の穂を接《つ》いだ。

「だいじょうぶだと思う。ただ、エリザベスは悪夢にうなされてるし、R・Jはいつかメアリー・ベスが帰ってくるみたいにふるまってるけどね。葬式のときは、大変なことになるかもしれないな」

「カウンセラーのところへ連れていったら？」シャノンは提案してみた。

「ああ、シンシアもそう言ってたよ」

シャノンは背筋をこわばらせた。誰とつきあおうが兄の勝手だが、こんなときにシンシアの名前を口にするのは不謹慎ではないだろうか。

「子供たちはまだマーガレットのところにいるのね？」

「うん。ベビーシッターも手配してある」ロバートは、そのとき初めてメアリー・ベスがどれだけ頑張って子供を育ててきたか気づいたかのように目を閉じた。「悪い夢でも見てるみたいだ……いや、すまん。まだショックから抜けられなくてな」

そのとき、ドアのベルが鳴って、ほかの兄たちが家に入ってきた。母が、葬儀の前にみんなで集まって話をしようと提案したからだ。ダイニングのテーブルの上には、モーリーンが用意した食べものが並べられていた。父親のバーには今でもアイリッシュ・ウイスキーをはじめとするお酒が何本も置かれている。

みんなでおしゃべりをしながら酒を飲み、小さなクラブ・ケーキやフルーツ、ディップを添えた野菜や手羽をつまんだ。チーズをたっぷりかけたコーンチップの横には、燻製《くんせい》のおつまみがあった。テレビでは野球の試合をやっていて、ジャイアンツがマリナーズに負けていた。兄たちは口をもぐもぐさせながら、画面の前に集まっている。

シャノンにしてみれば、それはどこかシュールな光景だった。母はこうして一家を集めることで、かえって異常な状況をつくりだしたのかもしれない。メアリー・ベスの存在が生前よりずっと大きく感じられる。兄たちは葬儀の手はずを整えながらも彼女の話題を避け、母はぎごちない笑みを浮かべたと思ったら次の瞬間にはハンカチで目を押さえていた。

シャノンはすぐに、何度も怪我の容態を訊いてくる兄たちを窮屈に感じるようになった。優しい言葉をかけられるたびに居心地が悪くなっていく。おかげで、朝起きたときは消えかけていた痛みが戻ってきたような気がした。最悪なのは、母親がことあるごとに〝フラナリー家の呪い〟を持ちだすことだ。その声は、まるで誰かが黒板を釘で引っかいたときのように耳障りだった。このままだと、兄の誰かや母親と言い合いをしてしまうかもしれない。そう思った彼女は、二階のバスルームへ身を隠した。

薬棚にあったアスピリンを二錠とりだし、水なしで飲みくだすと、浴槽の縁に腰をおろす。半分開いた窓から入ってきたかすかな風が、首筋を冷やしてくれた。家のなかはむせかえるように暑かった。肌には汗が浮かんでいる。シャノンは、おろしていた髪を頭の後ろでひとつにまとめた。

兄たちが裏のポーチへ出てきたようだった。声をひそめて話しながら、ライターをかちりといわせ、煙草に火をつけているらしい。彼女は子供のころ兄たちからつまはじきにされたときよくしたように、じっと耳を澄ました。

アーロンが「生まれ順」と言うのが聞こえた。いったい何を話しあっているのだろう。シェイらしい声がそれに応え、ネヴィルのことを何やら言っている。だが、詳しい内容まではわからなかった。

好奇心をそそられたシャノンは、ドアに鍵をかけて浴槽のなかに立つと、開いた窓から裏のポーチを見おろした。破れた網戸の下にふたつの頭が見えた。黒い髪がつやつやと輝いている。アーロンとシェイだった。照りつける太陽をブドウの木の枝でよけるようにして、煙をくゆらせながら小声で話しこんでいるところだ。ペチュニアやデイジーが咲く庭ではハチドリが飛びまわり、蜂が羽音を立てていた。

ロバートとオリヴァーはどこなのだろう。

ポーチのひさしの陰に隠れて、ここからは見えないのだろうか。それとも家のなか？

それにどうしてわたしは、一家の集まりに不吉なものを感じているのだろう。

そのとき、誰かがバスルームのドアをノックし、彼女は跳びあがるほど驚いた。

「ハニー、だいじょうぶ？」母がノブをがちゃがちゃいわせながらたずねてきた。

「だいじょうぶ」彼女は息を整え、鼓動を鎮めながら答えた。「頭痛の薬を探してたの」

「棚にあるわよ」

「ええ、もう見つかったから」シャノンは足跡が残っていないことを確かめてから、浴槽を出た。

「ほんとうにだいじょうぶなの？」

「ただの頭痛よ、ママ」

「お医者さんのところへ行ったら？」

「行くわ。何日かしたらね」

シャノンはトイレの水を流し、シンクの蛇口をひねった。そうして、数秒の間を置いてからドアをあけた。

母親は化粧ダンスの前に立ち、鏡をのぞきこんで髪を直していた。「ほんとうにだいじょうぶなのね？」スプレーを吹きつけながら、彼女はたずねた。

「ほんとうだってば」母親がまた〝フラナリー家の呪い〟を持ちだす前に、さっさとここを出ていったほうがいい。「ママ、悪いけど、もう行かなきゃ。子犬の面倒を見てあげなきゃいけないの」

「わかりました。じゃ、お葬式のときにね。もし車が必要だったら……」

「自分で行けるわ。でも電話はするから」母親はきっと、葬儀のあいだじゅう子供たちにそばにいてほしいと思っているのだろう。そしてわたしはどんなに気が進まなくても、母親の手を握ってやり、肩を貸して泣かせてあげるだろう。強い絆で結ばれた家族を装いながら。

階段をおりたところで、ばったりオリヴァーと顔を合わせた。いつもより顔が青ざめている。「ママは二階かい?」兄はたずねた。

「ええ。髪の毛を気にしてるわ」

「ひとりにしとかないほうがいいと思うんだ」

「わたし、もう行くわね、オリヴァー兄さん」シャノンがそう言うと、兄は少しいらだったような表情を浮かべ、階段をあがった。「また電話するわ」

「シャノン、待ってくれ」

兄はまっすぐにこちらを見おろしている。その視線に思いつめたようなものを感じとったシャノンは、あわててたずねた。「どうしたの?」

「その——」

オリヴァーが口を開きかけたちょうどそのとき、足音が聞こえ、ロバートが近づいてきた。

「もう帰るのか、シャノン?」次兄はシャノンにたずねた。

「そう。犬たちが呼んでるから」兄のこめかみのあたりにキスをすると、煙草の煙と二〇年もののウイスキーの匂いがした。「子供たちによろしくね」

「わかった」ロバートはそう言うと、シャノンを強く抱きしめた。兄からこんなふうに抱擁されたのは、一〇年ぶりくらいかもしれない、と彼女は思った。

邪魔が入ったせいで、オリヴァーは居心地の悪そうなそぶりを見せながらシャノンを見おろしていた。だが、どうしようもなかった。「オリヴァー兄さん」彼女は投げキスをしながら声をかけた。「じゃ、またあとで」

シャノンは残りの兄たちにもさよならを言って車に乗ると、制限速度を一〇キロ近くもオーバーしながら家路をたどった。兄のうちの誰かが呼びとめに来るのではないかという気がしていたからだ。

「そんなバカな」彼女は自分に言いきかせたが、それでも、ちらちらとバックミラーを確かめずにはいられなかった。家族といっしょだと、なぜ閉所恐怖症にでもなったような気分になるんだろう。今さら自己分析を始めてもしかたないけれど、大声を出しながら逃げだしたくなることがしばしばあるのは、どうしてなのだろうか。

最近は、考えてもわからないことばかり続いている。彼女はアクセルをさらに踏みこみ、嫌な気分を振りはらおうとした。

「どうやらバンが見つかったようだ」カーターの口調は重かった。「マージ・リカートが犬を散歩させてて見かけたバンだ。アリゾナ・ナンバーのね」

トラヴィスはモーテルの部屋でベッドの端に腰をおろしていた。「ダニーは?」喉を詰まらせながらたずねる。心臓が激しく鼓動していた。

「ダニーは見つからなかったが、あの子の携帯が見つかったよ」

「なんてことだ」トラヴィスは小声で言った。

「場所はアイダホの農場の、今は使われていないガレージだ。隣の小麦畑の持ち主が、どうも嫌な匂いがすることに気づいたらしい。飼い犬のラブラドールがものすごい勢いでガレージに向かって吠えはじめたっていうんだ。ふと見ると、ドアには真新しい錠がつけられていた。で、おかしいと思って無理やりこじあけてみると、なかにはバンがとめてあって、後部座席に黒いビニール袋が見つかったってわけさ。袋のなかに入っていたのは、血まみれの男ものの服だったよ」

「誰の血だ？」トラヴィスは訊きたくない質問をした。

「ブランチ・ジョンソンだ」

トラヴィスはしばらくのあいだ目を閉じ、鼓動を鎮めようとした。

「そのガレージはブランチのものだったんだ。それでこっちに連絡がまわってきてね。服はおそらく、犯人が彼女を殺害したときに着ていたものだろう」

トラヴィスは指が痛くなるほどの力で電話を握りしめていた。「でもダニーは見つからなかったんだな？」

「ああ。携帯電話が床に落ちていただけだ。そういえば、ガレージの床を調べたところ、別の車のタイヤの跡が見つかってね。どうやら犯人はそこで車を乗り替えたらしい」

「ダニーを連れていったってことか？」

「そうだろうな。足跡もふたつ見つかった。ひとつはサイズ七の女性。これはおそらくダニーのものだろう。もうひとつはサイズ一三の男性だ」

ダニー、お願いだから無事でいてくれ。トラヴィスはそう祈った。

「今はガレージをしらみつぶしに調査しているところだ。何かわかったら、アイダホの州警察やFBIから連絡があることになってる。そっちにもすぐに教えるよ」

トラヴィスは電話を耳に押しあてたまま、もう片方の手で髪をかきあげた。「服についていた血は、娘のものじゃなかったんだな？」

「ああ。ただ、確かなことは鑑識から正式な報告が届くまで待ってほしい。それから、袋のなかからブッチャー・ナイフも見つかったよ。どうやら、ブランチのキッチンから盗みだされたもののようだ。ガレージが立っている土地は、ブランチが数年前に相続したものだったんだ。彼女は子供のころそのあたりに住んでいただけで、最近は訪れることもなかったようだけどね」

トラヴィスは喉が締めつけられるような思いをしながら、血まみれの服とブッチャー・ナイフ、そして娘の姿を思い浮かべながら耳を傾けた。

「犯人はどうも、わざとバンが見つかるようにしたらしい。誰かがやってきて新しい錠前に気づくことくらい、予想してたはずだからな。おまけにやつは、そこがブランチの所有であることも知っていたはずだ。今、彼女の交友関係をもう一度あたってみてるところだよ。当時の知り合いも含めてね。ただ、それなりに時間はかかるだろう」

「時間なんて、もうないんだぞ」

「それはしかたがないさ」

「犯人はここにいるんだ。サンタ・ルシアのどこかに」トラヴィスは二度の火事のことを考えながら言った。「ダニーもいっしょにいるはずだ。ふたつめの火事のとき、犯人があの子のバックパックを現場に置いていったんだよ」

「わかってる。パターノとは話をしてるからね。何か情報が入ったら、また連絡するよ」カーターはそう約束して電話を切った。

トラヴィスは手のなかの電話をじっと見つめた。最近はほとんど心の友になりつつあるあの怒りが、またしても頭のなかで渦を巻いている。夕闇が迫っていたが、こんなところでじっとしていることなんてできなかった。何かしなければ。

むんずと鍵をつかんで外に出た。防犯用の照明が駐車場を照らし、虫が電灯のまわりを飛んでいる。風がないせいで、昼のあいだの熱がまだあたりに残っていた。人々が〈エル・ランチート〉を出たり入ったりするたびに、店内のラテン音楽やざわめきが聞こえてきた。

彼は自分の車のところまで来ると足をとめ、通りの向こう側を眺めた。シルバーのフォードはもうとまっていない。警察もあきらめたようだ。しかし、そんなことなどもう、どうでもいい。

メアリー・ベス・フラナリーが夫のスポーツカーに寄りかかって立っていたあたりに目をやった。彼女は指に鍵をぶらさげながら、怒りに瞳を燃えたたせていた。

あれから数時間後、メアリー・ベスは殺されてしまったわけだ。そして現場には、ダニーのバックパックが残されていた。

なぜなんだろう。

ロバート・フラナリーの妻とダニーを結ぶ線とは、いったいなんなんだろうか。

シャノン。

彼女はダニーの産みの母――それだけのことじゃないか。

トラヴィスはそっと息を吐きだした。初めて目にした瞬間から、ずっと気にかかっていた女性。彼女のことを憎んでしまいたかった。信じたくなどなかった。シャノンがダニーの誘拐にかかわっていればよかったのに。いや、確かに彼女は事件にかかわっていたけれど、予想していたのはこんなかかわりかたではなかった。これまでのことを総合して考えてみれば、シャノンはむしろ被害者だ。

だが、彼女に心を許しちゃいけない。利用するだけにとどめておけ。

うなじの筋肉に思わず力が入った。瞬間、頭のなかに彼女の姿がよみがえってくる。陽光を浴びてきらきら輝いていた緑の瞳。どこかセクシーな微笑み。やわらかそうなピンクの唇。シャノンは知的で、意志が強く、自信にあふれた女性だ。彼女が犬のそばにかがみこんだとき、シャツの裾が持ちあがって、蠱惑的に盛りあがったヒップが見えた。

ぼくが彼女に惹かれているなんて、そんなことはありえない。あっちゃいけない。なのにシャノンはあまりに美しかった。ぼくはこれまでの経験から何も学んでいないのか？　ジェンナ・ヒューズにあっさりふられたことを、もう忘れてしまったのか？

だが、シャノンを利用するなんて、フェアなやりかたじゃない。彼女の顔には、襲われたときの怪我がまだ残っている。おまけに彼女は、我が身の危険を顧みずにぼくの娘を救おうとしてくれている。あれは演技ではないはずだ。

すべてをつなぐ鍵は、シャノン・フラナリーだ。

だからこそ、利用すればいいんだよ……シャノンがぼくに好意を抱いていることは、そぶりでわかったはずじゃないか。そうだろう?

「おまえって、最低の男だな」額を汗が伝っていくのを感じながら、彼は自分に向かって言った。蹴った小石がおんぼろのミニバンのホイールキャップにあたって、からんと音を立てた。

自分に対する怒りを抱えたまま、ピックアップ・トラックに乗りこみ、エンジンをスタートさせて車の頭を通りに向けた。

トラヴィスはギアをドライブに入れ、アクセルを踏んだ。

23

パターノはエンジンを切った。カーライル家とフラナリー家に関する情報をありったけ頭に詰めこみ、ロッシ刑事といっしょにシャノン・フラナリーの家の前まで来たところだった。ほかの兄弟たちからはすでに話を聞いてあったし、メアリー・ベスの家族や友人とも会った。仕上げは、悪名高きライアン・カーライルの未亡人だ。

すべての事件はつながっている。パターノはそう考えていた。〝物言わぬ放火魔〟事件も、ライアン・カーライル殺害事件も、ダニー・セトラーの誘拐も、そして、ふたつの火事とメアリー・ベス殺害も。記録を調べているうちに、両家に関する新たな事実もわかった。ふたつの家族のあいだでは、説明のつかない不思議な出来事がいくつか起きていた。

そして、すべてのどまんなかに、シャノン・フラナリーという女がいる。

「行こうか」パターノはロッシに声をかけて車をおりた。家のなかでは皓々《こうこう》と明かりがついていたが、ガレージの上の部屋には誰もいないようだ。車も、シャノンのものだと思われる一台しかとまっていなかった。ネイト・サンタナは外出中らしい。駐車スペースには防犯用の照明がひとつだけ灯り、まわりにはいくつかの建物が立っていた。いちばん近くにあるのは、物置小屋の焼け跡だ。

パターノは母屋に近づいた。なかから犬の吠え声がし、彼がポーチに足を踏み入れる前に明かりがついた。かすかにドアが開き、アスリートのような体つきをした小柄な女性が顔をのぞかせた。かたわらでは毛むくじゃらの犬が毛を逆立てながら、色違いの目でパターノを睨んでいる。

「シャノン・フラナリーさんですね?」そう言ってバッジを見せると、シャノンがうなずいた。「刑事のパターノです。こいつは――」

「ロッシさんね」シャノンは冷たい口調で言った。「もうお会いしました」

パターノは彼女の氷のような視線を無視した。「メアリー・ベスの事件を調べてます。もしよかったら、なかでいくつか質問させていただきたいんですがね」

以前、警察といろいろあった女性だ。おそらく嫌がったり、ためらったりするだろうと思っていた。だが彼女は素直にドアをあけた。「母や兄たちのところへ行ったんでしょ? どうぞ」そうして犬に向かって「毛布のところへ行きなさい」と命じる。犬はパターノやロッシに最後の一瞥を投げかけると、しぶしぶ命令にしたがって、爪音を立てながらキッチンへ戻っていった。キッチンからは子犬の吠え声が聞こえ、オニオンやグリーンペッパーの匂いが漂っている。

シャノンはふたりの刑事をすりきれたカーペットの敷かれたこぢんまりしたリビングへ通した。あちこちのテーブルの上には、家族や犬の写真が置いてある。彼女は小ぶりの椅子に腰を落ち着けると、横座りになった。パターノは古いカウチの端に、ロッシはロッキンチェアに腰をおろす。

シャノンは用心深くふたりを眺めた。「で、何が知りたいんです？」いつか刑事たちがここへ話を聞きに来るだろうと覚悟はしていたものの、いざロッシがノートをとりだし、パターノが許可を得てからテープレコーダーをまわしはじめると、体がこわばってしまった。以前、この部屋で警察に尋問されたときのことがデジャヴのようによみがえってくる。

だが今回は、疑われるようなことは何ひとつない。

まずパターノに訊かれたのは、メアリー・ベスとの関係と、彼女が殺された夜の行動だった。シャノンは正直にすべてを伝えた。目が覚めて現場まで車で行ったこと。義姉の焼死体を目にしたこと。ロバートとメアリー・ベスが最近仲違《なかたが》いをしていたこと。そして、メアリー・ベスは折り返し連絡をしたと言っていたけれど、こちらからは決して電話などかけていないこと。

「あなたは電話していないわけですね？」パターノが鷹のような目で見つめつつ念を押した。

シャノンは椅子の上で背筋を伸ばした。「向こうからかかってきただけです。それにわたし、ここで火事があった夜に携帯をなくしてしまって。消防車を呼ぶのに使ったことは覚えてるんだけど、それ以来しばらくのあいだ、どこを捜しても見つからなかったんです。ようやく昨日、見つけだしたところなの。そうだ、ちょっと待っててください」

彼女は証拠を見せようとリビングを出てキッチンへ行き、充電器から携帯をとった。子犬が甘えた声を出し、カーンはラグの上で寝そべったままじっとこちらを眺めている。電子レンジであたためたばかりの中華風チキンがカウンターの上で冷えつつあった。履歴を確かめてみれば、すべてがはっきりするはずだ。彼女は携帯の電源を入れた。

「そんな……」思わず声がもれてしまった。喉もとに手をあてて履歴画面を見つめる。メアリー・ベスの自宅の番号が続けて三件も、発信履歴に表示されていた。シャノンは携帯をパターノに手渡した。「車のなかで見つけたんです。シートの下に突っこんであって。でもわたし、ここに表示された日付に電話なんてしてません」彼女はわき起こってくるパニック感を隠そうともせずに続けた。「誰かがやったんです。誰かがわたしの携帯を盗んで、電話をかけ、そうして車のなかに隠したのよ！」

「誰がやったのか、心当たりはないんですか？」パターノはシャノンの携帯をそっと証拠品用のビニール袋のなかへ入れた。

シャノンはうずくまるように椅子に座った。「ええ」

「誰があなたをハメようとしたのか、わからない、と」

「ひょっとして……わたしがメアリー・ベスを殺したんだと考えてるの？」

「どう考えたらいいのか、わたしたちにはまだ見当がつきませんよ」パターノは恐ろしいほどの忍耐力を見せながら言った。「でも、誰が携帯を隠したのか、あなたがいちばんよくご存じなんじゃないかと思ってね」

「ここに火をつけてわたしを襲った可能性のある人のリストなら、とっくにそこのロッシさんに渡してあります！」

「義理のお姉さんとの関係をもっと詳しく教えてくれませんか？」

シャノンは刑事を睨みつけた。この男は何を考えているんだろう？「昔は友達でした。親友、って言ったほうがいいかもしれません。彼女はわたしを通じてロバートと知りあったんです。兄たちもわたしも、メアリー・ベスやリアムやケヴィンやマーガレットも、みんな同じセント・テレサ高校に通ってましたから」

「あなたの旦那さんはどうです？」

彼女は拳を握りしめた。「彼もよ」

「ライアンとメアリー・ベスはいとこ同士ですね」

「ええ」

「だがライアンは養子だ」

「そうよ」シャノンは答えた。「彼の家族もそのことは隠してませんでした」

「ライアンには弟がいたんでしょう？」

この人はいったい何が知りたいんだろう。「ええ、テディね」

「彼とは知り合いだったんですか？」

「小学校のころ、ですけど。わたしよりひとつ年上でした」

パターノがメモを調べた。「お兄さんのオリヴァーやネヴィルと同学年ですね？」

「そうです」彼女はほとんど自動的にそう答え、テディ・カーライルのことを思い出した。

そばかすを浮かべた、ちょっと歯並びの悪い、大口叩きのわがままな体育会系少年。

「双子のお兄さんたちも彼とは親しかったんでしょう？」

「まあね」と彼女は言った。「でも、どちらかというとネヴィルのほうが仲がよかったみたいでした。オリヴァーとテディはあんまりうまくいかなかったみたい」

「どうして？」

「テディがネヴィルとオリヴァーの仲を裂こうとしたからじゃないかしら。それにテディはガキ大将タイプだったから、読書好きでおとなしいオリヴァーをからかってました。テディは、いわゆる問題児だったんです」

「つまり、あなたも彼のことが好きじゃなかった、と」

「先読みばかりしないで。わたしが嫌だったのは、彼が双子の兄たちを仲違いさせようとしたことだけよ。でもそれは、わたし個人にはなんの関係もありません。テディなんて、わたしにはどうでもいい人間だったわ」

「でも、ライアンは違ったわけですよね」

「当時はね」

「テディは実子でした」

「そうですね。だけど、そんなこと、ライアンとはあんまり話さなかったから」シャノンは眉をひそめた。「どうしてテディのことばかり訊くんです？」

「彼は一三歳になったばかりのとき、乗っていた車が事故を起こして亡くなってます。運転していたのは、ライアンでした」

彼女は、注意して言葉を選ばなければ、と思いながらうなずいた。「あれはひどい事故だったわ」

「記録を読みましたよ。ライアンは一六歳になったばかりで、まだ運転に慣れていなかった。ちょうど今くらいの季節、フットボールの試合から帰る途中だったようですね」

「そうだったかも……」シャノンは肘掛けの毛をむしろうとして、あわてて手をとめた。神経質になっていることを悟られてはいけない。

「ライアンは道路に飛びだしてきた鹿をよけようとして、車のコントロールを失い、道ばたの立木に正面衝突したようです。テディを助けようとしたんだが、その前に車が爆発して炎に包まれてしまった。しかし、そのときはもう手遅れだったみたいですね。検死医の報告によれば、首の骨を折って即死状態だったようですから」

シャノンは身震いした。確かにテディは嫌な子だったけれど、あんなに若くして死んでしまうなんて。

「妙だとは思いませんか？　事故にあったとき、テディは一三歳になったばかりだった。そしてあなたが産んだお子さんも、一三歳になってすぐ誘拐された。そうしてこの町では、〝物言わぬ放火魔〟を思わせるような事件が続いて起きはじめた……」

「よくわかりません」

「わたしはね、これらの事件はつながってると思ってるんですよ。こんがらがったところをひとつでもほどくことができれば、すべて解決するはずなんですがね」

「じゃあ、さっさとほどいてください」刑事の言葉の裏にひそむ非難には、もううんざりだった。この人は最初からわたしを犯人扱いしている。

「お兄さんたちは仲がよかったんですか？」

「え？」

「双子のお兄さんたちですよ。仲がよかったんですか？」

「とってもね」彼女はうなずいたが、リラックスなどできなかった。簡単な質問だからといって、うかつに答えてはいけない。

「まわりの子たちとはどうだったんです？」

「ネヴィルはほかの男の子とよく遊んでました。ネヴィルのほうが外向的だったから」

「だった？」パターノがたずね、ロッシが身じろぎしてロッキンチェアをきしませた。「あなたはネヴィルが死んだと思ってるんですか？」

シャノンは答える代わりに首を振った。

「彼が行方不明になったのは、あなたの旦那さんが火事で命を落とした直後ですよね？」

「……三週間くらいあとだったと思います」

「その三週間のあいだに、ネヴィルと会ったことは？」

「ええ、もちろん」

「話もしたんですか？」

「ええ」

「どんなことを？」

「覚えてるわけないでしょ！　もうずっと前のことなんだから」夫の死を知ったときの恐怖を思い出しながら、シャノンは言った。ライアンのことはもう愛していなかったし信用もしていなかったけれど、ただ放っておいてほしかっただけで、死んでほしいなどとは思わなかった。夫の死に関して殺人容疑をかけられたときは、あやうく精神のバランスを崩しかけたほどだ。あのころ、確かにネヴィルに会ったことはあったが、ほんとうに話などしたのだろうか。よく思い出せない。おそらく、ネヴィルと最後に言葉を交わしたのはオリヴァーだろう。オリヴァーが心療内科に入院し、神の言葉を聞くちょっと前のことだ。

もちろんパターノは、そんなことなどとっくに知っている。ただ、ひとつひとつ確かめなければ気がすまないだけだ。

パターノがカウチの上で身じろぎした。「お兄さんが急に行方をくらますなんて、妙だとは思いませんでしたか？」

「もちろん思いました」彼女はため息をつき、窓の外を眺めた。「理由もわかりません。今もそうだし、あのころは……ほかにいろいろ大変だったから」

「殺人容疑のせいですね？」

「そうよ！」シャノンは刑事を睨みつけた。あのころ地方検事や警察、法律制度全体に対して感じていた激しい怒りが、再び彼女を呑みこんだ。「生活がめちゃくちゃになってしまったんだもの。夫が死んだ。いいえ、殺されたってはっきり言ったほうがいいわね。そうして彼は連続放火魔だったのではないかと言われ、わたしには殺人容疑がかけられた。おまけに兄のネヴィルは突然行方をくらましてしまった」彼女は膝の上に肘を突いて前のめりになりながら続けた。「でもね、刑事さん、そういうことはもう昔の話なの。ネヴィルに何が起きたのか、わたしは知らない。みんなで行方を捜したんだけど、わからなかったの」

パターノの瞳からは静かな決意が感じられた。何があっても絶対にあきらめないという執《しつ》拗《よう》さが、そこにはあった。

「ライアンが死んであなたに嫌疑がかけられたとき、メアリー・ベスはどんな反応を示したんですか?」

「わたしが殺したんだって言ってたわ」シャノンは正直に答えた。「カーライル家の人はみんなそう思ってたみたい。とくにリアムはね。ライアンとは同い年だったし、同じフットボール・チームでプレイして、すごく仲がよかったから」

「そういえば、ロバートも同じ学年ですね」

シャノンはうなずき、肘掛けに体をもたせた。まだまだ質問は続くようだ。

「三人はつるんでたんですか?」

「ほとんどいつもね」高校時代なんて、遠い昔のことに思えた。

「メアリー・ベスはあなたの裁判で証言台に立ちました」

シャノンは目を閉じた。「そんな人はたくさんいたわ」法廷に立ったときのメアリー・ベスの姿が頭に浮かぶ。彼女は目に涙をためながら、シャノンが「ライアンなんて死んでくれたらいいのに」と言ったと証言した。リアムもライアンの人柄をたたえながら、さらに激しい言葉を使って妹と同じ内容のことを述べた。ケヴィンは口調こそ控えめだったが、ぞっとするほど悪意のこもった視線を向けてきたし、マーガレットは遠くからでもはっきりわかるほど体を震わせ、何度も胸の前で十字を切りながらライアンがかわいそうだと訴えた。

もちろん彼らは、ライアンがシャノンに暴力をふるっていたことなど信じていなかった。

「あなたの旦那さんは――」シャノンはパターノの声ではっと我に返った。「お兄さんたちといっしょに消防署で働いていたんですよね？」

「ええ」

「リアム・カーライルも？」

「そうです」

「でも、ライアンが死んだあと、リアムもロバートも署を辞めてしまった。そしてネヴィルはその数週間後、行方がわからなくなった。どういうことなんでしょう」

「さっきも言ったとおり、わたしにはわかりません。兄の身に何かが起きたんじゃないかとは思うけど。でもネヴィルは、ほんとうにこんなふうに――」彼女はぱちんと指を鳴らした。「消えてしまったんです」

外を眺めるとあたりはすっかり暗くなっていた。窓ガラスに自分の顔が映っている。「ネヴィルが帰ってきてくれたらいいのに」

「ネヴィルには生命保険がかけられていました。第一受取人はあなたですね？」

「保険金なんて、一セントもおりてません」

「保留、ということですか？」

「でしょうね」

「しかしあなたは、彼の持っていた土地を相続した」

シャノンはうなずいた。「ネヴィルには奥さんも子供もいませんでしたから」

「しかしネヴィルには双子の兄がいたわけですよね。仲のいい兄が。よくふたりで入れ替わって、まわりの人たちをからかったりしてたんでしょう？」

「遺産を遺《のこ》すんだったらオリヴァーのほうが自然だったんじゃないかって思ってるのね？」

「絡まった糸をほどこうとしてるだけですよ」

「どうしてわたしが相続人に指定されたのかは、わかりません。ネヴィルはオリヴァーが聖職者になろうとしてたのを知ってたのかもしれないし」それは、何度も頭のなかで反芻《はんすう》してきた疑問だった。「兄たちはいつも、わたしを守ってくれました。ひとり娘だし、末っ子ですからね」

「六番目の子供ですね」

「え？」

「六番目、と言ったんですよ」

「そうですけど」彼女はあたりの空気がかすかに変化したのを感じた。腕の産毛が逆立っている。

「この家のポーチとメアリー・ベスの殺害現場には、シンボルらしきものが残されていました」パターノはポケットから二枚の紙をとりだして、シャノンに渡した。ひとつはあの出生証明書と同じ形をしていたが、もうひとつは初めて見るものだ。共通しているのは、まんなかに書かれた〝6〟という数字だった。

「6っていう数字がわたしをさしてるっていうの？」彼女は驚きをあらわにしながら訊いた。「でも、どういうこと？　わたしが6だとしたら、ほかの数字は？　兄さんたち？」

「その可能性はありますね」

「だけど、なぜ点線が……。それにどうして、わたしがまんなかに？」彼女はそうつぶやいて、まるでそれが世界の秘密を解き明かすためのヒントでもあるかのように、二枚の紙を見つめた。背筋がぞくぞくする。「この、ふたつめのシンボルはどこにあったんですか？」

「メアリー・ベスの殺害現場で同じものがふたつ見つかりました。ひとつは鏡に口紅で描かれていて、もうひとつは現場に残されたバックパックのフラップの内側に描いてあったんです。トラヴィス・セトラーが、バックパックはダニーのものだと証言してくれましたよ」

「なんですって？」突然、肺が締めつけられたような気分がした。

そのときパターノの携帯が鳴った。刑事は急いで電話を耳にあてた。「パターノだ……あ、わかった」ちらりと腕時計に目をやる。「あと一五分くらいで行ける……了解」彼は携帯を閉じると、シャノンが握りしめている紙切れを指さした。「今日はこれくらいにしましょう。それは持っていてください」

合図でももらったかのように、ロッシが立ちあがる。

「そちらから言っておきたいことはありますか?」パターノがたずねた。

「意味があるかどうかわかりませんが……兄のオリヴァーが教会の集まりでブレンダン・ジャイルズを見かけたって言うんです。先週の日曜に」

パターノは眉間《みけん》に深い皺をつくった。「見間違いじゃなくて?」

「そうかもしれません。ただ、伝えておいたほうがいいと思ったので」

「妙ですね。お兄さんに話を聞いたときは何も言ってなかったのに」パターノはゆっくりと言った。「きっとそのときは忘れてたんでしょう」

「兄も自信はないって言ってましたから」

「ほかには?」

「うちで火事が起きたときのことなんですけど、どうやらわたしを襲った犯人は、馬を傷つけたみたいなんです」シャノンはネイトから聞いたことをそのままくりかえし、ふたりの刑事を連れて馬小屋まで行くと、モリーの口もとを見せた。

パターノの表情がさらに暗くなった。

「とんでもないやつだな」ロッシが頬を紅潮させた。彼の怒りは理解できたけれど、シャノンには刑事がそんな反応を示したことが意外だった。パターノは黙ったまま、じっと考えこんでいる。

馬小屋を出ると、パターノが言った。「何か思い出したら、すぐ連絡してください」

「もちろん。わたしだって犯人をつかまえたいんですから」

ふたりの刑事が車に乗りこんで帰っていくと、シャノンは家に戻って玄関を閉め、警察の質問が終わったことにほっとしながら羽目板に寄りかかった。頭のなかに浮かんできたのは、またしてもダニー・セトラーのことだった。誘拐されたことを聞いて以来、こうやってあの子のことを考えるのはもう何度目だろう。「お願いだから、無事でいてね」彼女は心のなかで必死に祈った。どうして警察はあの子を見つけられないの？　ダニーが元気であることを知って心が落ち着く日は、再び来るのだろうか。

ベッドのかたわらのナイトテーブルに立てかけたあの写真の少女とは、もう会えないのかもしれない。

喉もとに熱いものがこみあげてきて、おさまっていたはずの頭痛がここぞとばかりにぶりかえしてきた。

キッチンにいたカーンが大きく吠えて彼女を呼んでいた。「あなたのことを忘れたとでも思ったの？」彼女はそう言うと、飼い犬のもとへ行き、パターノがくれた紙切れをテーブルの上に置いた。

カーンはシャノンの姿が見えるやいなや尻尾を振りはじめ、子犬はきゃんきゃん吠えながらケージの柵を越えようとした。窓の外に目をやると、警察車両のヘッドライトが夜を切り裂きながら遠ざかっていった。シャノンは大きく息を吐きだし、視線を飼い犬に戻した。

「いい子ね」

さっきあたためた食事は、すっかり冷たくなっていた。もう一度電子レンジであたためなおす気はしない。彼女は顔をしかめて中華風チキンをゴミ箱に捨て、餌を欲しがって鳴き声をあげている子犬をなだめてから、二階にあがってアスピリンを二錠、水で飲みくだした。

下に戻ると、マリリンの鳴き声がさらに大きくなった。「我慢できないの？」そう言ってまるまると太った子犬を抱きあげる。子犬はピンクの舌で彼女の顔をなめまわした。

シャノンは思わず笑いをもらした。子犬ってどうしてこんなにかわいいんだろう。「ええ、ええ、わたしもあなたのことが大好きよ」

嫉妬したのか、カーンがあわてて足もとにすり寄ってきた。だが彼女はそれを無視すると子犬をケージに戻し、餌を与えてやった。マリリンはまたたくまにたいらげ、満足そうに水を飲んだ。シャノンは子犬の首輪にリードをつけ、外へ出た。カーンは我先に駆けていき、フェンスのあたりを嗅ぎまわっている。マリリンはあたりをうろつきながら、新しい環境に慣れようとしていた。

シャノンは焼けた物置を眺めながら、朝になったらアレクシ・ディミトリに連絡しなければ、と思った。ネイトは反対するだろうが、しかたがない。それに、アレクシの言ったことは正しかった。あんなことがあったのだから、きちんと防犯システムをつけておくべきだ。アレクシの会社がすぐに来てくれないようだったら、アーロンに頼んでみよう。

彼女は前回、アーロンに防犯システムをつけてもらったときのことを思い出して体をこわばらせた。ライアンが警察の命令書を無視することは予測していた。だけど、いきなり拳が飛んでくるなんて。おまけに彼は防犯カメラがまわっていることに気づくと、壁からむしりとって粉々に壊してしまった。

ライアンが死んだのは、それから一週間後のことだ。

そのとき、道の向こうにヘッドライトの光が見えた。

刑事たちが戻ってきたんだろうか。いや、警察のセダンにしてはエンジン音が低すぎる。近づいてきたのは、トラヴィス・セトラーのピックアップ・トラックだった。

安堵の思いが胸に広がっていき、シャノンは思わず笑みを浮かべた。だが、トラヴィスが車からおりてきたとたん、気を引き締めなおした。彼がやってきたということは、とりもなおさず、何かが起きたということだ。色あせたジーンズをはき、革のジャケットを着たこの男性が目の前に姿を現してからというもの、トラブルばかり続いている。

数日分の無精髭が顔の下半分を色濃く染めていた。「パターノが出ていくのが見えたよ」と彼は言った。その瞳は深い愁《うれ》いを帯びている。「だいじょうぶかい?」トラヴィスはシャノンの肩にそっと触れながらたずねた。

そのとき彼女は、これまで心のまわりに築いてきた壁が音を立てて崩れていくのを感じた。

「あなたはどうなの?」

「だいじょうぶなわけがないじゃないか」彼はシャノンの肩に触れたまま、もう片方の手で髪をかきあげた。「ダニーのバックパックのことは聞いただろう?」

「ええ」

トラヴィスが目を閉じた。肩に触れた指に、ほんの少しだけ力がこめられた。「犯人が娘に何かしたら、絶対にこの手で殺してやる」

「わたしだって同じ気持ちよ」シャノンがそう言ったとき、ふたりの視線が闇のなかで絡みあった。彼女は、今朝見た夢を——ひとりの男と愛を交わしていた夢を思い出した。それだけで、甘美な震えが体を突きぬけていった。

「この子は？」トラヴィスはちらりと子犬を見おろしてたずねた。

「新しい家族よ。マリリンっていうの」

彼はかすかな笑みを浮かべた。

「入ってビールでも飲んでいかない？」

かすかな笑みが少しだけ大きくなったようだ。「いいね」

なかに入ると、まぶしすぎるキッチンの明かりのせいで先ほど感じた甘美な思いはすっかり吹きとんでしまった。ふたりはビールを手に腰をおろした。トラヴィスがオレゴンの警察から入った情報を教えてくれたので、シャノンはお返しに、オリヴァーがブレンダン・ジャイルズらしい男を見かけたことや、モリーの口もとが焼かれていたことを伝えた。

トラヴィスはモリーの話を聞くと眉をひそめ、ビールを飲み干してから、馬を見せてくれないかと言った。シャノンはまたしてもカーンを引き連れ、駐車スペースを越えて馬小屋へ向かった。ドアをあけると馬たちが耳をそばだててこちらを向き、ぶるぶると鼻を鳴らして挨拶を送ってくれた。

「あの晩から、もう何年もたったような気がするよ」彼はシャノンが襲われた場所を見つめながら、ぽつりと言った。

「いろんなことがあったものね」彼女はモリーの入っている馬房の横木をあげながら言った。「かわいそうに。この子も犠牲者だったのよ」そう言ってゆっくり手を伸ばし、優しく鼻面をつかんで火傷の跡を見せた。

トラヴィスは唇を引き結んだまま、表情を曇らせた。「ちくしょうめ」つぶやくように言う。「こんなことまでするなんて！」彼は一瞬、何かを殴りつけようとするかのように拳を握りしめた。

ふたりはいっしょに馬小屋を出た。「で、オリヴァーがブレンダンを見たんだって？」トラヴィスがたずねた。

「でも、確信はないようなの。そのこともパターノには伝えたわ」

「そうか」彼は吐きだすように言った。ダニーの実の父親が近くにいると思っただけで、気分がいらだってしまったらしい。

「それからもうひとつ」シャノンは駐車スペースを歩いて玄関に戻りながら言った。風が吹いてきて乾いた葉をそよがせ、土埃を巻きあげていく。「携帯は見つかったわ。車のなかにあったの」彼女は、その携帯からメアリー・ベスの家に電話がかけられていたことと、パターノが証拠品として持っていってしまったことを教えた。

「犯人はいつ携帯を車のなかに置いていったんだ？」

「わからない。ロバートの家で火事があった夜かしら。野次馬がたくさんいたし、わたし、車をあそこに置きっぱなしにしたから」

トラヴィスはいつもの場所にとめられた彼女のピックアップ・トラックを見た。「どこに隠してあった？」

「来て」彼女はトラックへ近づいていき、ドアをあけてシートの下を指さした。「ここよ」

「懐中電灯はある？」

「あるけど……どうして？」

「ちょっと気になるもんでね」シャノンがグローブボックスから出した懐中電灯を受けとると、彼はシートの下を照らした。

「まだ何か見つかると思ってるの？」

「わからない。でも、犯人がヘマをして、証拠になるものを残していった可能性はある」

「警察はそんなところなんて調べなかったのに」

「きみの言葉を信用してないんだよ」

トラヴィスはシートの下をごそごそと探しまわり、古いロードマップとフレンチフライの食べかすや雑誌、そして、小さなプラスティックのケースを見つけた。「これ、きみのかい？」防犯用のライトのほうへケースをかざしながらたずねる。

シャノンは目を細めた。「違うわ。なんなの？」

「テープが入ってるようだ」

心臓がとまりそうだった。「テープって、カセットのこと？」

「ああ」トラヴィスは暗い声でそう答えると、地獄から贈り物が届いたかのように、まじまじとケースを見つめた。

シャノンはそのときすでに、家へと駆けだしていた。犯人からのメッセージであることは、本能でわかった。「警察に連絡しなくていい？」ふたりであわてて室内に戻りながら、彼女はたずねた。

「一度確かめてからにしよう。誰かが忘れていった音楽テープかもしれない」

「そんなこと、ありえないわ」彼女は低い声でつぶやくと、テープデッキのオープン・ボタンを押した。トラヴィスがカセットテープの角をつまんで指紋がつかないようにしながらケースからとりだし、デッキに入れる。

数秒後、スピーカーから女の子の声が流れはじめた。

「ママ、助けて！　お願い、ママ。怖いの。早く来て。どこにいるのかわからないけど、このままだと、ひどい目にあわされちゃう。お願い、ママ、急いで！」

24

全身から血の気が引いていった。今にも倒れてしまいそうだ。

「ダニーだ。あの子の声だよ」トラヴィスが抑揚のない声で言った。

シャノンは壁に手をついて体を支えた。トラヴィスはステレオの前にしゃがみこんだまま、凍りついている。顔は真っ青で、瞳は怒りに燃えていた。彼がテーブルに拳を叩きつけると、置いてあった写真が床に落ちた。「ちくしょうめが」食いしばった歯のあいだからそうつぶやき、視線をシャノンに向ける。

「でも、あの子は生きてるのよ」涙が頬を伝った。一三歳になった実の娘に、なんとしても会いたかった。「でも、ほかの音も聞こえる」

「火の燃える音だ。犯人は炎のそばでこれを録音したんだよ」

「ああ、そんな」シャノンは震えていた。頭がくるくるとまわり、心がずたずたに引き裂かれた。写真を見ただけでもかなりの動揺を覚えたというのに、こうしてダニーの声を耳にすると、もういてもたってもいられなかった。何年も前に見捨てた娘が、今、わたしに救いを求めている。シャノンは口もとに拳を押しあて、必死に嗚咽をこらえた。

〝ママ、助けて！　お願い、ママ。怖いの。早く来て。どこにいるのかわからないけど、このままだと、ひどい目にあわされちゃう。お願い、ママ、急いで！〟

娘の声が何度もこだました。これまで信じてきたものがすべて消えてしまったような気分だった。娘は闇のなか、たったひとりでいる。炎のそばで。誘拐されて。

思わずあえぎ声がもれた。するとトラヴィスが近づいてきて、そっと抱きしめてくれた。シャノンはその胸に顔を押しつけ、指で彼のシャツをつかんで肩を震わせながら、身も世もなく泣きじゃくった。

強い腕が彼女を包みこんでいた。やわらかい生地が涙に濡れていった。シャノンは、心の痛みとともに流れだしてくる涙を抑えようと、しっかり目をつぶった。

「しーっ」トラヴィスがそうささやいて、頭の後ろを撫でてくれた。

だがそれは、逆効果でしかなかった。彼だってつらいはずなのに……。

「わたし、わたし……ああ、トラヴィス、ごめんなさい」彼女は小声で言った。自分をコントロールできなかったことが、恥ずかしくてたまらなかった。

「きみのせいじゃないさ」

「いいえ、わたしのせいよ。わたしがいなければ、犯人はあの子をさらっていったりしなかった。それにあの子、わたしに助けを求めてたわ。でも、どうしてなんだろう。わたしのことなんて知りもしないのに……。そうだ、犯人に無理やり言わされたのよ。犯人はわざとあれを炎のそばで録音したあと、テープをわたしの車のなかに置いて、あの子がどんなにつらい目にあってるか教えようとしたんだわ。なんてひどい……」膝からすうっと力が抜けていく。すかさず、トラヴィスが抱きかかえてくれた。

「自分を責めちゃいけない」

「だけど、わたしのせいなんだもの」

シャノンはこみあげてくる涙をとめようと何度もまばたきをし、背筋を伸ばした。弱気になっていては怪物と戦うことなんてできない。だが今は、どうやったらいつもの自分に戻れるのか、さっぱりわからなかった。

犯人はわたしを傷つけるすべをよく知っている。そいつはわたしの心を切り裂き、想像もつかないような痛みにのたうちまわらせようとしている。

「あの子を見つけなきゃ」シャノンは頭をあげ、涙越しにトラヴィスを見つめた。「あの子を連れもどすためには、なんでもする」

「ぼくもそのつもりだよ。きっと見つけられるさ」彼も瞳をきらめかせながら、力のこもった声で応えた。恐怖と痛みに満ちたその表情の下には、固い決意が見えていた。顎を引き、筋肉をこわばらせ、まるで戦いに臨む戦士のように鼻孔を広げている。「きみはまず、二階のベッドに行ってぐっすり眠るんだ。体力を戻しておかないとね。パターノにはぼくが連絡する。テープを押収して、鑑識にまわしてくれるだろう。もしかしたら指紋が採れるかもしれないし、ぼくらには聞こえなかった音が録音されてるかもしれない。何か手がかりになるようなものがね」

「犯人はミスをしない人よ」信じたくないことだったが、事実だった。

「誰だってミスくらいするさ。さあ、二階へ連れていってあげよう」

「いいえ……だいじょうぶ。……少しだけ待ってて」シャノンは体を離した。トラヴィスにこれ以上面倒をかけるわけにはいかない。か弱くて哀れな女になど、なりたくなかった。

「パターノに電話して、車もこの家も隅から隅まで調べてもらってかまわない、って言ってちょうだい。わたし……顔を洗ってくるから」

「眠ったほうがいい」と彼は言った。「疲れてるんだから」

「それはあなたも同じでしょ？　わたし、ちょっと時間が欲しいだけよ。あんなふうにとり乱すつもりはなかったんだけど、でも、あの子の声を聞いたら……」

「わかってる」トラヴィスはもう一度彼女を引き寄せ、頭のてっぺんにキスをした。唇の甘い感触が、血液にのってシャノンの全身に広がっていった。

彼からは離れていなければいけない。抱擁に身をゆだねたりしてはいけない。それはわかっていた。だがシャノンは、その腕を振りほどくことができなかった。今はこうしてきつく抱きあい、お互いの意思を確かめることが必要だった。ダニーは、わたしとトラヴィス、ふたりの子供だ。

シャノンは喉を詰まらせながら、彼の頬に軽くキスをした。無精髭が唇をつついた。「五分で戻ってくる。よかったら電話を使って」

そう言ってから、これ以上馬鹿なことをしてしまう前に急いで二階へあがった。怪我の痛みなど感じなかった。自分の部屋に入ると、ベッドのかたわらまで行ってダニー・セトラーのポスターを手にとった。あの悲痛な声を思い出しただけで、また涙がこみあげてくる。

「心配しないで、ハニー」彼女はつぶやきながら、指の先で娘の顎のラインをなぞった。「すぐ助けに行きますからね……ママが、今すぐに」


チャンスは今しかなかった。ケダモノは一時間前に出ていった。すぐ帰ってくると言っていたが、そんな嘘にだまされてはいけない。

嘘でなくたって、こんなところにはもう一秒だっていたくなかった。ダニーは少しずつ状況が変わりつつあることに気づいていた。男はますます落ち着きがなくなり、ちょっとしたことですぐ怒るようになった。あんなテープを吹きこませたのだから、そろそろわたしをお払い箱にしようと考えているのだろう。

彼女は幻想など抱いていなかった。ここにいても、殺されるだけだ。

チャンスに賭《か》けなければ。

準備はできていた。手にはしっかり釘を握っている。ダニーはドアに近づいた。その向こうには自由が待っているはずだ。

神経が張りつめ、胸がどきどきした。釘の先をドアと枠のあいだの隙間に滑りこませ、ゆっくりと上向きに動かしていく。手応えがあった。釘の先が、おりた錠に引っかかったのにちがいない。彼女は腕に力を入れた。だがロックはびくともしなかった。

そんな！　ここから逃げなきゃいけないのに！　今までくじけずに頑張ってこられたのは、いつか絶対に脱出するんだと思いつづけていたからだ。錠前が動かないからといって、こんなことであきらめるわけにはいかない。

もう一度やってみた。釘をさしこみ、上向きに動かす。再び手応えを感じた。そこで思いきり力を入れてみたが、結果は同じだった。

失敗だ。

「そんなの嫌よ！」ダニーはそうつぶやき、自分の声に身をすくませた。怒りのせいで自分を見失ってはいけない。しっかりしなきゃ。テコンドーの練習を思い出すの。彼女は深呼吸して気持ちを落ち着けようとした。貴重な時間がなくなりつつあることはわかっていた。ケダモノはもうすぐ帰ってくるかもしれない。

両手でしっかり釘を支え、意識を集中させた。頭のなかで、錠がかちりと外れるところを思い浮かべる。ラッチが穴から落ちさえすれば、ドアはきしみながら開いてくれるはずだ。息を整えながら、力をこめていく。指が痛み、前腕の筋肉が震えはじめた。開いて、開いて、開いて……。彼女は心のなかで、呪文《じゅもん》のようにそうくりかえした。

錠のなかで何かが動きつつあった。胸が高鳴った。ダニーはラッチが外れるところだけを想像しながら、力をかけつづけた。

かちりと音がして、ロックが外れた。彼女は転げこむようにしてリビングに入った。時間を無駄づかいしている余裕はなかった。暖炉の上の棚からナイフとライターをつかむ。

そうして籐《とう》椅子のかたわらの箱から懐中電灯をとりだし、母の写真をポケットに入れた。彼女を産んでくれた、緑の瞳と赤い髪の毛を持つ女性。

ダニーは雷鳴のような速さで裏口を飛びだした。

深い闇だった。空に散らばった星や月が、あたりの山を照らしていた。ガラガラヘビやクーガーがどこかにひそんでいるかもしれない。だが、動物なんて怖くなかった。あの男に比べれば、かわいいくらいだ。

わたしが逃げだしたことを知ったら、ケダモノはかんかんになって怒るだろう。だけど、そんなことはどうでもいい。あそこにいたって、どうせいつかは殺されるだけだ。だったら、脱出するしかなかった。

懐中電灯の細い光で行く手を見きわめながら、可能なかぎりの駆け足でけものみちを進んでいった。男が足跡を追ってくることはわかっていた。とにかく今はできるだけ距離を稼いでおくことが大切だ。

ダニーは斜面を駆けおりた。もしかすると谷底には川が流れているかもしれない。いったん水のなかに入ってしまえば足跡を追うことは困難になるだろうし、たとえ犬を連れてきたって、匂いはそこで消えてしまうはずだ。心配なのは、ひどい残暑のせいで川が干あがっていないだろうかということだった。

それでも計画どおりに行動するしかなかった。

集中するのよ！　彼女は自分に言いきかせた。

「これが娘さんの声なのは、確かなんだね？」パターノがたずねた。彼はトラヴィスから連絡を受けると、ロッシを連れてシャノンの家へ戻ってきた。今はリビングに立ち、テープを聞いているところだ。

「娘の声を聞き間違えたりするもんか」トラヴィスはぴしゃりと言った。「それに、後ろからかすかに聞こえるこの音。ぼくらは火の燃える音だと思ってる。犯人はわざと娘を炎のそばに連れてきて、これを録音したんだよ」

パターノの表情がさらに暗くなった。じっと耳を澄まし、同意するようにうなずく。「どうやらそうらしい」

シャノンは刑事に向かって言った。「わたし宛《あて》のメッセージであることは明らかだわ。携帯が見つかったのと同じ場所に置かれてたテープなんだし。犯人はわたしに聞かせようとして、無理やり娘――ダニーにこんなことを言わせたのよ」

「そして、そんなことをしたのはあなたの家に火をつけ、メアリー・ベスを殺した犯人と同一人物である、というわけですね？」パターノは言った。

答えなんて知ってるくせに、とシャノンは思った。この人はわざとわかりきったことをたずねて、わたしたちの反応を確かめているだけだ。「あなたは、わたしがすべてを解く鍵だ、って言いましたよね」シャノンはガラス窓に映った幽霊のような自分の姿を眺めながらパターノに告げた。「奇妙な形をした星のシンボルのまんなかに、〝6〟っていう数字があるのは

シャノン。俺が守ってやるから」と言ってくれた。だがあれは本心だったのだろうか。兄たちは実家の裏のポーチで、何を話しあっていたのだろう。

彼女は胸の前で腕を組んだ。「確かにわたしは六番目の子供です。それに今日兄たちが、〝生まれ順〟のことを話しあっているのを耳にしました」

「ほう？」パターノが興味を示したが、シャノンはふと、その先を続けることをためらった。兄たちを警察に売っているような気がしたからだ。アーロンはいつも「だいじょうぶだ、シャノン。俺が守ってやるから」と言ってくれた。だがあれは本心だったのだろうか。兄たちは実家の裏のポーチで、何を話しあっていたのだろう。

「実際の生まれ順を教えてくれませんか？」パターノはペンを握り、シャノンをじっと見つめながら訊いた。

「そんなこと、もう知ってるでしょ？」

「念には念を入れたいのでね」

「……いちばん上はアーロンです。ちょうど四〇歳になったところ。その次がロバートで三九歳。ふたりは一年ちょっとしか離れてません。三番目がシェイで、三七だったかな。オリヴァーはわたしより一歳上だから、今、三四です」

「で、あなたは三三歳ですね？」

「ええ」

「ネヴィルは？」

「オリヴァーと同い年だから、三四になっていたはずね」

「あなたはいつも、彼のことを過去形で話すんですね」

シャノンは目を閉じた。「たぶんわたし、心のどこかではネヴィルがもうこの世にはいないって思ってるんじゃないかしら」彼女は静かに言った。これまでは「ネヴィル兄さんは帰ってくるわ」と何度も母親を励ましてきたけれど、今ようやく、それが嘘だったことに気づいた。彼女は窓に背を向け、真正面からパターノを見た。「生きてるんだとしたら、どうしてこんなに長いあいだ隠れてるんでしょう。理由がわからないわ」

「罪を犯したのかもしれませんよ」パターノがかまをかけるように言った。「悪いことをしたせいで、身を隠さなければならなかったのかもしれない」

「たとえばどんなこと？」シャノンはそう言ってから、パターノの本心を見ぬいた。「あなた、ネヴィルがライアンを殺したんじゃないかって思ってるの？」彼女は憤然と頭を振った。声の調子が高くなっていたせいで、それまでラグの上に寝そべっていたカーンが起きあがって唸り声をあげた。シャノンは飼い犬を制してから言った。「ありえないわ。ネヴィルはそんな人じゃないもの」

「お兄さんたちの会話のことをもっと教えてくれませんか」

「よく聞きとれなかったから、詳しいことはわかりません。ただ、アーロンかシェイのどちらかが〝生まれ順〟って言ったのが聞こえたんです。それから〝親父《おやじ》のせいだ〟みたいなことも」シャノンは質問を挟みかけた刑事を制して続けた。「でも、何を言ってたのかは、直接兄たちに訊いてください」

「わかりました」とパターノが言った。ふたりの刑事は荷物をまとめ、玄関に向かった。するとパターノが振りかえって、明日の朝ＦＢＩが話を聞きに来るはずです、とシャノンに警告した。「テープは隅々まで分析します。それからあなたのトラックも、これから署に運んで調べようと思ってます。何かわかったら連絡しますよ」

シャノンはトラヴィスといっしょに、ピックアップ・トラックがレッカー車に引かれて遠ざかっていくのを見守った。ようやくふたりきりになれた。

「これからどうすればいいのかしら」彼女はたずねた。

「まず、体を休めることだな」彼はまだあざの残るシャノンの頬に優しく指を置いた。「夕ご飯はぼくにまかせてくれないか」

「こんなときに料理をしようっていうの？」

「いいや」トラヴィスは唇をゆがめた。「でも、作戦を練る必要がありそうだからね」表面上は冷静を装っていたが、ほんとうは今にも感情が爆発してしまいそうなのだろう。目の端がぴくぴくと痙攣《けいれん》している。「ピザでも食べながら相談しよう。ここまで配達してくれるんだろう？」

「ええ。でも、配達料がヨーロッパ行きの飛行機代くらいかかるわよ」

「ぼくが払うよ」

この人はわたしをひとりにしたくないんだ、とシャノンは思った。「ベビーシッターをやってくれる必要はないのに」

トラヴィスが肩をすくめた。「でもきみはどうせ、ここから離れられない。警察が車を持っていってしまったんだからね。それにこの家は、すべての問題に絡んでる場所だ。やつは絶対、またここに姿を現すはずだよ」

「つまり、わたしのボディガードをしながら犯人をつかまえようっていうの？」

「まあ、そんなとこかな」彼は認めた。

「わたし、怒るべきなのかしら、喜ぶべきなのかしら」

彼の青い瞳がきらりと光った。「どっちも正解だと思うよ」

シャノンは眉をあげた。

トラヴィスが目を細めながら話しはじめた。「ぼくら、物事を突きつめて考えすぎてた気がするんだ。一歩引いて、全体を視野に入れてみるべきなんじゃないかな。勘違いしないでほしいんだが、ぼくが考えてるのは娘を無事に連れもどすことだけだからね。ただぼくらはふたりとも、すでにこの事件に深くかかわってしまってる。犯人がぼくらを組ませたがってるような気さえするんだ」

「ほんとうにそう思う？」

「ああ。最初はぼくひとりで事件を解決しようと思ってた。それが父親としての義務だって考えてたからね。だがうまくいかなくて、きみと相談するようになった、ある意味それは、犯人の意図するところでもあったんだ。思う壺《つぼ》にはまったわけさ。だから新しい角度から、冷静な目で問題を見なおしてみる必要があるんじゃないかな。難しいことだけどね」

「どうせ今までだって、楽なことはひとつもなかったんだもの」

トラヴィスは真正面からシャノンの瞳をとらえた。「いや、今までのことなんて、犯人がこれからやろうしていることに比べたら、まだまだ序の口かもしれないよ」


男は遠くから獲物を見つめていた。

油断せず。用心深く。

もうすぐゴールだ。男は車を数ブロック離れたところにとめ、夜の闇のなかをここまで駆けてきて、茂みの陰に身を隠したところだった。庭に打ち水がしてあったせいで、地面から湿った匂いが立ちのぼってくる。暑く乾いた夜には、ありがたい匂いだ。男は全身の筋肉を引きしめ、すべての神経を緊張させた。少しだけだが不安な要素もある。……あの娘だ。最近どうも態度がおかしい。そのせいで、夜の儀式も心ゆくまで楽しめなかった。しかしこれから行おうとしている儀式は、何年もかかって計画してきたものだ。ここでやめるわけにはいかない。

娘のことなど、すぐにどうでもよくなる。あと、一日か二日で。

そうすれば、あんな娘など始末するだけだ。

今は作業に集中することが大切だった。あたりの闇が濃くなりつつあった。積年の恨みを、これから晴らしてやる。あいつらをあっと言わせてやる……。

男は、教会の脇にある小さなコテージ風の家に目を凝らした。すると、見慣れた車がやってきて、いつもの場所にとまった。予想どおりだ。

エンジンが切れ、ヘッドライトが消えた。運転していた人間は車をおり、自分の家を眺めながら思い悩むようなそぶりを見せたあと、背中を向けて教会をめざした。

オリヴァー・フラナリーは明らかに、告白しなければならない〝罪〟を背負っているのだろう。男は茂みの陰でほくそ笑んだ。

犠牲者は怯えていたほうがいい。残された時間がほとんどないことに気づいてくれれば最高だ。

どこかでフクロウが鳴いた。鐘楼《しょうろう》からコウモリが飛びたつ。

獲物は何も気づかないまま、ほとんど走るような足どりで教会の階段をあがった。必死な面持ちで。何かを恐れるように。

裏切り者め。

男は闇に目を凝らした。あたりを照らしているのは、庭を横切る道沿いに点在している夜間照明の青白い光だけだ。車道を通りすぎる車のヘッドライトも、こんもりと茂った灌木《かんぼく》のせいでここまでは届かない。完璧じゃないか。

男は乾いた唇を舐めながら、流れだす血や、壁を這《は》いのぼる炎を思い浮かべた。背筋がぞくぞくする。赤い液体は炎に呑みこまれ、じゅうじゅうと音を立てるはずだ。

落ち着け……あわてるんじゃない。

オリヴァーは扉の鍵をあけ、セント・ベネディクティン教会のなかへ入っていった。

男は教会のドアが閉まってたっぷり五分たってから、小さなバックパックに手を突っこんでナイフをとりだした。手袋越しに柄を握りしめ、てのひらにその重みを感じる。

これを使えば、オリヴァーを思いのままに操れる。ひざまずかせることも、喉を切り裂くことも可能だ。教会に出入りする人間は、ほかにひとりもいなかった。

さらに二分がすぎた。教会の鐘が真夜中の一二時を打ちはじめた。ひとつ、ふたつ……。

男はようやく行動を開始した。

三つ、四つ、五つ……。

教会の鐘の音に足音をまぎれさせながら庭を横切り、階段をのぼった。

六つ、七つ、八つ、九つ……。

呼吸が不規則になり、心臓が狂ったように鼓動していた。男はドアの取っ手を握った。

一〇、一一、一二……。

さあ、お楽しみの時間だ。

アドレナリンが全身を駆けめぐった。

男は扉をあけ、音もなくなかへ滑りこんだ。


つらい一日だった。

嘘。背信。無慈悲。殺人。

家族といっしょにいると、罪にまみれたような気分になってしまう。おまけに今日はみんなをなだめることでせいいっぱいで、死者を悼んだり、ひそやかに祈りを捧げることもできなかった。兄たちはただ、どうやって〝この状況に対処する〟のか、小声で相談していただけだ。彼らがやろうとしていることは間違っている。なのにぼくには、それをただす勇気も力もなかった。だから教会へやってきて、神の許しを請おうと思ったわけだ。

嘘と偽りの重みで、魂がつぶれてしまいそうだった。オリヴァーは唾を呑みこんだ。もうそろそろ、嘘なんて終わりにするべきだ。すべてを明らかにして、罰を受けるべきだ。

なのに彼は、弱い人間だった。

解決策は死しかないのかもしれない。彼はそう思いながら、何本かの蠟燭に火を灯した。小さな炎がまたたきながら燃えあがる。ぼくが罪を告白したら、神は天国への門を開いてくださるだろうか。罪を許してくださるだろうか。

この世で地獄の業火にさらされるくらいなら、死を選ぶほうがましだった。しかし、自ら命を絶つことは大罪だ。

父よ、お許しください……ぼくをお助けください。

オリヴァーは教会の鐘の音を聞きながら硬い石の床にひざまずき、ステンドグラスの前の十字架と祭壇を見あげた。甘いお香の匂いが自分の汗の匂いとまじりあっていく。許しを願い、罪の償いをすることが必要だった。そうすれば、神への道が見えてくるはずだ。

「お許しください、父よ。そして、みんなをとめる力をぼくに与えてください」彼は闇のなか、必死に涙をこらえた。もう、くたくただった。長いあいだ重荷を背負ってきたせいで、すっかり疲れてしまった。いつまでこんな状態が続くのだろう。

そのとき、背後で足音が聞こえたような気がした。しかし振り向いても、あたりに人影はなかった。きっと空耳だ。神経がすり減っているせいにちがいない。蠟燭の炎が揺らめくのと同時に、信徒席の下からネズミが飛びだしてきて壁の隙間にもぐりこんだ。ほら、ありもしないものに怯えているだけじゃないか。

恐怖に負けちゃダメだ。憎しみに負けちゃダメだ。ネヴィルのことを思い出せ。見た目はそっくりだったけれど、気性はまったく違っていた双子の弟のことを。

オリヴァーはすすり泣きはじめた。

泣くのはやめろ。もっと強い気持ちを持て。悪魔に心をのっとられちゃいけない。弱みを見せたら、また病院に入れられるんだぞ。夢を破壊され、生きる望みを奪われるあの場所に。

「ぼくをお救いください」オリヴァーは心のなかで震えながら祈った。いつもびくびくしていた子供時代に戻ったかのようだった。鐘の音が突然とまり、教会全体が再び静寂に包まれた。聞こえてくるのは自分自身の荒い呼吸と、激しい鼓動の音だけだ。

彼はポケットに手を突っこみ、古いロザリオをとりだした。いつも彼に心の安らぎを与えてくれるロザリオだった。深呼吸をして、毎日唱えている祈りの文句をささやき、慣れ親しんだ十字架の感触を指で確かめながら胸の前で十字を切った。「あなたを信じます、全能なる神よ……」

十字架にかけられたイエス様を見ていると、またしても後悔の涙がこみあげてきた。祈りに没頭するあまり、オリヴァーは教会のドアがあいたことにも、足音が近づいてくることにも気づかなかった。

25

ダニーの心臓は狂ったように鼓動していた。草木の蔓《つる》や棘《とげ》に脚を鞭《むち》打たれながら、小道を必死に駆けぬける。逃げだしてからどれくらい時間がたったのかはわからない。けれど、力の続くかぎりひた走った。坂をくだっているせいで、すねのあたりが激しく痛んだが、それでもへこたれなかった。あの家から離れれば離れるほど、逃げのびられるチャンスも広がる。

走らなきゃ！　このまま走りつづけなきゃ！　歯を食いしばり、決して立ちどまらずに進んだ。何度か足を滑らせたり岩につまずいたりしたものの、幸い、転んだり足首をひねったりすることはなかった。懐中電灯で前方を照らしつつ、全速力で走りぬける。息が切れて苦しかったが、体じゅうを駆けめぐるアドレナリンのおかげでどうにか動きつづけられた。

炎の前で裸になり、肌が光るほど大量に汗をかきながら奇妙な儀式をしていた男の冷酷な顔つきが、どうしても忘れられなかった。

ケダモノはそう簡単にあきらめないはずだ。

頭がずきずきし、肺が爆発しそうになっても、ダニーはなお猛スピードで斜面を駆けおりた。細い道が枝分かれしているところへ出て、立ちどまる。両手を膝に突いて息を整えながらあたりに耳を澄まし、自分が今どこにいるのかを確かめようとした。汗が鼻筋を伝わり、埃っぽい地面へとしたたり落ちた。喉がからからに渇いて、息をするのも苦しいくらいだ。

呼吸が徐々に落ち着いてくる。

「神様、助けて」ダニーはつぶやきながら父親のことを思った。パパ、どこにいるの？　ママは？　一度だけでいいから、わたしを産んでくれたママに愛してると伝えたい。そう思ったとたん泣き崩れてしまいそうになったけれど、必死にこらえた。こんなところで赤ん坊のように泣いたって、なんの役にも立ちはしない。とにかく逃げつづけなきゃ。

そのとき、かすかに鐘の音が聞こえた。教会の鐘だ。はるか遠く、下の谷のほうから響いてくる。たちまち胸が高鳴った。ダニーは体を起こし、暗闇に目を凝らした。教会があるなら、そこには人もいるはずだ！

だけど、どうやってそこまで行けばいいの？　森のなかをやみくもに走りまわるわけにはいかなかった。断崖《だんがい》絶壁でもあったら一巻の終わりだし、道に迷って同じ地点をぐるぐるまわることにもなりかねない。

しかたなく小道をたどることにし、分岐点へ出るたびに下へおりるほうを選択した。途中で二度ほどわざと上へのぼる道を選んで足跡を残し、そこから藪《やぶ》のなかを踏み分けて、また下へと向かったりもした。小細工をしても時間の無駄かもしれないけれど、ケダモノがあとを追ってきたとき、少しでも混乱してくれればいい。

あいつがわたしをさらったのには、何か目的があるはずだ。産みの母親にかかわることで。

それがなんなのかはわからないけれど、きっと恐ろしいことなのだろう。男の計画を想像するだけで、背筋がぞっとした。あいつは悪魔だ。暖炉の上の棚に飾られた写真のなかの人々に対して、とんでもない妄想を抱いているのは明らかだった。ダニーはポケットに手を忍ばせ、一枚だけ盗んできたスナップ写真にそっと触れた。ママは結婚していたの？　ほかにも子供はいるの？　なぜわたしを産んですぐに手放さなければならなかったの？　ダニーの心は痛んだ。育ててくれた両親を心から愛してはいたけれど、それでも、写真の女性に対する疑問が次々とわいてくる。懐中電灯の電池が切れかけていた。彼女は再び駆けだした。あの家からできるだけ遠くへ。炎におしっこをかけて興奮するような変態男にまたつかまったら、今度こそ何をされるかわからない。そんなこと、考えたくもなかった。

「オリヴァーと話さなきゃ」シャノンは勢いよく椅子を引いて立ちあがった。キッチン・テーブルに置かれた箱のなかですっかり冷めてしまったピザの残りには目もくれずに。

「もう夜中の一時すぎだぞ」トラヴィスは指摘した。椅子に座ったままビールを飲み干し、パターノが置いていった星形のシンボルをじっと見つめる。ダニーの声を聞いたときのショックが、まだ尾を引いていた。

わが子が凶悪な殺人鬼にとらえられ、どこか暗いところにひとりぼっちで閉じこめられているかと思うと、居ても立ってもいられなかった。

なんとしても、あの子を捜しださなければ。そして、この手で犯人を八つ裂きにしてやる。

恐怖が胸につきまとって離れなかった。時間が矢のように過ぎていき、あせりばかりが募った。

シャノンはトラヴィスの異議にも耳を貸さず、コードレス電話のボタンを押しはじめた。

「聖職者は二四時間年中無休のはずよ」ケージのなかでは、子犬が丸くなって寝ている。カーンはテーブルの下に寝そべり、ピザのおこぼれにあずかろうとトラヴィスをじっと見あげていた。

「まったくもう！」シャノンが電話を叩きつけるように置いた。子犬が小さく吠えたが、目は覚まさなかった。「オリヴァーったら、出やしないわ」

「メッセージを残しておけばいいじゃないか」

「時代遅れであることに誇りを感じてる人なのよ。留守番電話も、伝言サービスも、なんにも利用してないんだから」彼女は頭をぐるりとまわし、凝りかたまった首筋をもんだ。

トラヴィスは彼女が疲れきった顔をしていることに気づいた。肌は青白く、目の下には隈ができている。「きみは少し休んだほうがいい。ベッドで寝てきたらどうだ？」

「どうして？　どうせテープの声が頭のなかで鳴りつづけて、ひと晩じゅう眠れずに寝返りを打つのがオチだもの」知的な緑の瞳が彼を見つめかえす。「そんなの、ごめんだわ」

「でも、このままではいずれ倒れてしまうぞ」

「平気よ」ストレッチで軽く体をほぐしてから、シャノンは再び電話をかけた。「出てちょうだい、オリヴァー。起きてったら」

「もしかしたら、留守なんじゃないか?」

「じゃあ、どこにいるっていうの?」彼女はトラヴィスに向きなおり、ため息をついて電話を切った。「わかった。聖職者の卵にだって私生活はあるって言いたいんでしょ?」

「何をそんなにあせってる? どうして今夜じゅうに連絡しなきゃいけないんだ?」

「今日、母の家にいたとき、ちゃんと話を聞いてあげなかったの」シャノンはたちまち、後ろめたそうな表情を浮かべた。「オリヴァーはわたしに何か言おうとしてたんだけど、ロバートの姿が見えたら、黙りこくってしまって」眉間にうっすらと皺が寄る。「正直、わたしもそのほうがありがたかったの。深刻な話をする気分じゃなかったから」彼女は窓の外の闇に目を向け、考えこむように唇を引き結んだ。「……でも、今思うと、大事なことをわたしに伝えたがっていたような気がするのよ」シャノンはテーブルに近づき、そこに置かれていた紙切れを手にとった。「ほかの兄たちには内緒にしておきたかったみたい。ダニーの件にかかわりのあることじゃないかしら。もしかしたらメアリー・ベスが殺された件にも」未完成のシンボルに記された数字の6を指ではじく。「オリヴァーには、わたしに言いたいことがあったはずなのよ」

「そこまで確信があるのなら、今から会いに行ってみようか」

「いっしょに行ってくれるの?」

「ああ」トラヴィスは立ちあがり、真摯《しんし》なまなざしを向けた。「どうせ眠るつもりはないんだろう?」

「まあね。眠ろうとしても眠れないだろうし。あなたもでしょ？」

トラヴィスはうなずいた。

「やっぱりね。じゃ、行きましょうか」


パターノは眠れずにいた。

いまいましい事件に頭を悩まされているせいだ。

ボクサーパンツとＴシャツだけの姿になり、キッチンへ行ってグラスにロック・アイスを放りこんでから、慣れた手つきでウイスキーの栓をひねった。酒を注ぎ、氷がぶつかりあう音に耳を傾ける。シンクに積み重なっている汚れた皿には目を向けないようにしながら、グラスを持ってリビングへ入った。テレビは二画面になっていて、メイン画面はスポーツ専門チャンネルのＥＳＰＮ、右隅の小画面にはＣＮＮが映っている。

エアコンが壊れているので、二階建てのアパートはうだるような蒸し暑さだった。デッキに通じる引き戸をあけてみたが、息苦しさは変わらない。

前の通りは静かで、行きかう車もほとんどなかった。口に含んだ酒が喉をなめらかに落ちていく感覚を楽しんでいると、デッキの明かりのまわりを蛾《が》がばたばた飛んでいるのが目に入った。網戸をぴしゃりと閉めてから、夜空を見あげる。

俺は何を見逃しているんだ？

デスクに戻り、酒をもうひと口飲んでから、雑然と並べたメモを見おろす。星形のシンボルがフラナリー家を暗示しているということ以外、まだ何もわからなかった。頂点が欠けた部分は行方不明のひとりをさしているはずだ。点線は……ロバートが離婚係争中だったことを示しているのか？　それとも、死んだ人間はこのシンボルに含まれてはいないのか？　星の中央にいるのはシャノンで、兄たちが彼女を囲んでいるのか？　数字が生まれ順を示しているのだとしても、点線で囲まれた2の隣にあるのは、線で囲まれていない5だ。普通なら、2は1と3のあいだにあるべきだろう。

それに数字の6には、シャノン以外の別の意味も含まれているのかも……もしかすると、娘なのか？　出生証明書はダニー・セトラーのもので、シャノンのものではなかった。俺は根拠のない直感だけに頼り、とんでもない思い違いをしていたのではないだろうか。

一歩離れてみる必要がありそうだ。これが兄弟の〝生まれ順〟を示しているという考えを、いったん忘れてみるべきなのかもしれない。

パターノは脇に積んである書類に目を移した。〝物言わぬ放火魔〟による連続放火事件に関する資料だ。これだけ放火があったのに、犠牲となったのは女性がたった一名だけ。犯人は無人の建物ばかりを選んでいる。

パターノはもうひと口酒をすすり、いっしょに流しこんだ氷をがりがり噛み砕きながら、〝物言わぬ放火魔〟の書類をぱらぱらめくって、三ページめを眺めた。死者一名、女性――ドロレス・ガルベス。

その名前に、何か引っかかるものがあった。だが、はっきりとは思い出せない。

デスクの椅子にもたれ、捜査資料のコピーがしまってある箱をとりだした。三年もたっているせいですっかり黄ばんだかび臭いページをめくり、サンタ・ルシア近郊で起こった一連の火災報告書に目を通していく。当時はシャノンの父親のパトリックだけでなく、その息子たちも消防士だった。アーロン、ロバート、シェイ、オリヴァー、ネヴィル。ほかにも見覚えのある名前があった。ライアンと、リアム・カーライル。このふたりはいとこ同士だ。

「まったく狭い世の中だな」パターノはひとり言を言った。死亡している者も含めて、彼ら全員があやしかった。ライアン・カーライルは手に負えない厄介者だったし、いとこたちも似たようなものだ。メアリー・ベスは、あんな殺されかたをするいわれはないにしても、口やかましくてがさつな女だった。彼女の妹のマーガレットは狂信的な堅物だ。兄弟のひとりのケヴィンも毛色の変わった男で、人づきあいは苦手らしく、学位をいくつも取得しながら、連邦政府の事務員をやっている。ライアンといちばん親しかった長兄のリアムも社交性はあまりなく、サンタ・ルシア消防署を辞めたあとはサンタ・ロサの保険会社で放火事件の調査員をしている。

そして、ライアンの弟テディは、一三歳のときにライアンの運転する車で自損事故にあって死んでいた。

フラナリー家もカーライル家も、知れば知るほどうさん臭い人物ばかりだ。

なかでも最悪なのがライアンだろう。妻に暴力をふるうような男。パターノは、彼とシャノンが最後に大喧嘩したときの録音テープを聞いたことがあった。防犯カメラを含めた機材はほとんど破壊されていたのだが、警察が音声を復元できた部分には、シャノンが必死に抵抗しながら夫に向かって叫ぶ声が録音されていた。検察はその録音テープを逆手にとって、彼女を夫殺しで立件した。シャノンが殺し屋を雇うか、協力者——すなわち兄たちだ——を得て犯行に及んだ、と考えていたようだ。

振りかえってみれば、公判を維持できるだけの証拠はそろっていなかった。なのになぜ、検察は立件に踏みきったのだろう？　世間からのプレッシャーのせいだろうか。

書類をさらにめくっていき、〝物言わぬ放火魔〟事件、唯一の犠牲者の情報に目を通す。ドロレス・ガルベス。三二歳、離婚歴あり、子供なし。イタリア料理店のウェイトレスだった。パサデナ在住の兄がひとり。両親は三年前の時点で、LA在住だった。兄の供述によればつきあっている男がいたらしいが、面識もなく名前も聞いたことがないという。ドロレスは、〝年に二度くらい〟は恋に落ちる女性だったようだ。しかし死亡当時、彼女が誰かと交際していた形跡はなく、過去の恋人たちも全員シロだった。

結局、ドロレスの恋人が誰だったのかはわからなかった。

どうも腑に落ちない。

ダニーの声が録音されたカセットから指紋が検出されるか、ノイズから録音場所を特定できればいいのだが、望みは薄いだろう。しかし、シャノンの携帯電話がなんらかの手がかりを与えてくれるかもしれない。履歴の詳細は電話会社に請求済みだ。それと、彼女のトラック。携帯を隠したやつが、なんらかの証拠を残していったのではないだろうか？

これまでのところ犯人は実に用心深くふるまっていて、現場には警察に発見してほしいものしか残していない。ＦＢＩなら、アイダホで見つかったバンから何か見つけてくれるかもしれない。ダニー・セトラーをさらい、おそらくはメアリー・ベス・フラナリーとブランチ・ジョンソンも殺した犯人につながる、なんらかの手がかりを。

パターノは片手で顔をこすり、一八時間分の無精髭がてのひらにちくちく刺さるのを感じながら、ブランチ・ジョンソン殺害事件の資料を読んだ。現場に残っていた〝復讐の時〟という血のメッセージは、何を意味しているのか？　シャノン・フラナリーとの関係は？

いくら考えても無駄のような気がしてくる。

朝になったらオレゴン州の当局と連絡をとり、ネイト・サンタナからも話を聞こう。最近は出かけていることが多くてめったにつかまらないのだが、あの男には刑務所暮らしをした過去がある。

パターノは酒を飲み干し、先ほどあけた引き戸を閉めに行った。いまいましい蛾はまだ外灯のまわりを飛びかっている。

「いいかげんにしろよ」パターノはつぶやき、明かりを消した。飛びまわる虫にしゃべりかけているのか、自分に言いきかせているのか、彼自身にもわからなかった。

「もう一度、電話してみるわね」小さな暗い家の前まで来て、白いトヨタ・カムリの後ろにトラヴィスが車をとめると、シャノンは言った。

「ここにはいなさそうだけどな」そう言いながらも、トラヴィスは携帯を手渡した。

「車はとまってるわ」目の前の車を顎で示しながら、シャノンは番号を押した。「出てよ、オリヴァー」そうささやき、爪を嚙みながら待ったが、呼び出し音が鳴りつづけるばかりで家の明かりも消えたままだ。彼女は電話を切り、携帯を閉じた。「何かあったのかしら」

トラヴィスが言葉を発する前に、シャノンはトラックから飛びおり、玄関へと走りだしていた。彼が車をおりるころには、ベルを何度も鳴らしていた。オリヴァーったら、どこにいるの？　いつもの場所にとまっているカムリをちらりと見たとたん、なぜか、冷たい感覚がみぞおちのあたりに渦巻いた。

「オリヴァー兄さん」ドアをどんどん叩きながら呼ぶ。「シャノンよ。あけて」

返事はない。シャノンは人気のない通りを見渡した。「そうだ、わたし、鍵を隠してある場所を知ってるの」そう言うやいなやポーチの石段を飛びおり、家の裏手へと続く小道を駆けていく。彼女は恐怖を抑えこみ、ゲートの掛け金を外してフェンスで囲われた庭に入った。オリヴァーは無事でいるはずよ。とにかく居場所を見つければいいだけ。

だがそのとき、今日オリヴァーが何か話したそうにしていたことを思い出した。耳を貸そうとしなかった自分を蹴とばしたくなりながら裏のポーチに近づいていき、いちばん下のステップのさらに下をまさぐって鍵をとりだした。そうして裏口のドアをあけ、トラヴィスをしたがえて質素な家のなかに入った。

キッチンの明かりをつける。

とくに変わった様子はない。シンクには汚れた皿一枚なく、二脚の椅子もテーブルの下にきちんとおさまっている。聞こえてくるのは、冷蔵庫の低い唸りと、廊下の時計がカチコチと時を刻む音だけだ。

「オリヴァー?」シャノンは大声で呼びかけた。寒気が背筋を伝っていく。

リビングへ行ってみると、使いこまれて艶の出た椅子のそばのテーブルに聖書が広げて置いてあった。使われた形跡のない暖炉の上の壁には、イエスとマリアの絵がいくつも飾られている。

すりきれたカーペットを踏みしめ、床をきしませながら、ふたつある部屋をのぞいてまわった。書斎として使われている部屋は家のほかの部分と同じく質素で、デスクと長椅子が置かれているだけだった。棚に整然と並んでいるのは、宗教、神学、心理学などの専門書だ。隣の寝室には、整えられた小さなベッドと、子供のころから使いつづけている衣装だんすのほかにめぼしい家具はなく、ベッドにも寝た形跡はなかった。

「どこにいるのかしら」シャノンはトラヴィスに訊いた。あけはなたれたバスルームにも人影はなく、きっちり折りたたまれた青いハンドタオルが洗面台の横にかけてあるだけだ。

「さあ、どこなんだろうな」トラヴィスはリビングへ戻り、明かりをつけて、テーブルに置かれてた聖書をぱらぱらとめくりはじめた。

「もうこんな遅い時間なのに」シャノンは、兄たちの誰かに連絡をしておこうと思い、キッチンの壁掛け電話に駆け寄ろうとしたところでふと足をとめた。壁に飾ってある十字架や造花のシュロの葉を見つめ、オリヴァーの身になって考えてみる。「もうじき聖職者になる誓いを立てようとしている人が、何か悩みを抱えていたら……とてつもなく大きな問題に苦しんでいたとしたら……」考えを声に出しながらリビングを横切っていき、ブラインドをあげて、小さな庭と、隣に立つ教会を眺めた。上に向けられた夜間照明が鐘楼やとんがり屋根の十字架を照らしだしている。「オリヴァーが深刻な悩みを抱えていたとしたら、いったいどこへ行くと思う?」

「わからないよ。ぼくはカトリック教徒じゃないからね」トラヴィスはそう答えたが、窓辺まで歩み寄ってきて彼女の視線を追い、教会を見つめた。

「つらいことがあって、心の整理をつけたいとき、あなたならどこへ行く?」

「ぼくはたいてい散歩に出るね。ひとりでじっくり考えられるような静かな場所へ行く」シャノンはうなずき、ブラインドの隙間から通りの向こうを指さした。「たぶんオリヴァーは教会にいるんじゃないかしら」

「かもしれないな」トラヴィスは言った。

そのときすでにシャノンはキッチンの裏口を抜け、外へと駆けだしていた。ひどい胸騒ぎがする。母の家でオリヴァーの話を聞いてあげればよかった。あんなに思いつめた様子だったのに。

やめなさい、シャノン、悪いほうに考えちゃダメ。オリヴァーが何を考えていたかなんて、まだわからないんだから!

走って庭に出たところで、トラヴィスが追いついた。ふたりはれんが敷きの小道をたどって教会に近づいた。一キロほど北にあるセント・テレサ教会ほど大きくも新しくない建物だけれど、今も一応教会として使われている。何よりここはオリヴァーの家の隣だし、車だってそばにあった。きっとここにいるはずだ。

玄関は暗く、なかから物音は聞こえなかった。

シャノンは大きな取っ手をつかみ、ドアを引きあけた。激しい不安がこみあげてくる。歓迎されない場所や〝立入禁止〟の標識があるところへ足を踏み入れるときは、いつもそうだ。教会もまた、そういう場所のひとつだった。通常の時間帯は、聖歌や祈りやオルガンの音楽に包まれたあたたかくて神聖な場所だが、誰もいないときは暗くて寒々しく、不気味なくらい静まりかえっている。

兄たちは子供のころ司祭を助ける侍者の役を務めたこともあるせいか、こういう場所にいても畏縮《いしゅく》することはないようだったが、シャノンは昔から、人気のないがらんとした教会が苦手だった。

おそるおそるなかへ入り、祭壇へと続く通路の先に目を凝らすと、ちろちろと燃えるキャンドルが磔にされたイエス・キリスト像をぼんやりと照らしだしていた。

キリストが万人のために犠牲となったことを理解できない不信心者にしてみれば、ただ恐ろしいだけの像だ。

彼女はトラヴィスの手をまさぐり、しっかりと指を絡ませて、勇気をもらおうとした。

「ここにはいないようだな」トラヴィスが言った。

「でも、キャンドルが燃えてるわ」シャノンはささやき、炎を揺らめかせている蠟燭の列を示しながら前へ進んだ。トラヴィスの顔を見あげ、視線を合わせる。「誰かが火を灯したはずよ」

「シャノン、ここには誰もいないよ」

「教会のこの部分にはね。ほかの場所はまだ見てないんだから、わからないじゃない？」

「全部の部屋をのぞいてまわるつもりか？」

「あなたはそのつもりじゃないの？」

「罰があたりそうで気が引けるな」

「しかたないでしょ」シャノンは彼の手を引っぱり、左右に目を走らせながら中央の通路を歩きはじめた。誰か、もしくは何かが、突然出てこないともかぎらない。一歩進むごとに不安が募って心臓がどきどきし、腕の産毛が逆立った。「オリヴァー兄さん？」ささやきよりほんの少しだけ大きな声で彼女は呼びかけた。「オリヴァー兄さん、いるの？」

立ちどまり、耳を澄ましてみる。

何も聞こえない。

トラヴィスが首を振ったが、シャノンは馬鹿げた不安を脇へ押しやり、再び前へ歩きだした。この建物は神様の館《やかた》だ。神様だって真実を知りたいだろう。祭壇までたどりついて目をあげると、十字架に磔にされたイエス像が見おろしていた。しかし彼女は恭しくひざまずく代わりに、トラヴィスの手をさらに強く握りしめた。

そのまま壁際まで歩いていって、いかにもオリヴァーが神と対話するために選びそうな小さな礼拝室のドアをあける。なかは真っ暗だった。壁を探ってスイッチを見つけ、明かりをつけてみたが、誰もいない。

「やっぱりここじゃないんだよ」トラヴィスがそう言って、つないでいる手を軽く握った。

「最後まで確かめてみましょう」礼拝室の明かりをつけっぱなしにしたまま聖堂に戻ると、祭壇の背後をのぞいてみた。だが、何もなかった。静寂が広がり、よどんだ空気のなか、灰とお香の匂いがかすかに漂っているだけだ。

聖具室ものぞいてみたが、司祭が儀式に使用する道具や祭服があるほかは、めぼしいものはなかった。壁際に、薄暗い告解室がふたつしつらえられている。トラヴィスの手を引っぱって、そのひとつに入ってみた。子供のころ、人の悪口を言ったり、母に口答えしたり、兄たちに嘘をついたりしては、罪を懺悔《ざんげ》しにここへ来たことを思い出した。そんなときはいつも、仕切りの向こう側にいるティモシー神父が静かな口調で許しの言葉をかけてくれたものだ。

告解室に入ると思うだけで心臓が早鐘を打った。彼女はきしむドアをそっとあけてみた。何もない。

息をとめたまま、震える手でもうひとつのドアもあけてみる。やはり誰もいなかった。念のため、神父が座るほうの側ものぞいてみたが、同じく空っぽだった。

「オリヴァー兄さん？」再び大きな声で呼んでみる。がらんとした空間に声がこだまして、思わず背筋が寒くなった。

「ここにはいないみたいだな」トラヴィスが優しくそう言った瞬間、彼女の手を握っている手に力がこめられ、アーチの奥の暗い廊下のほうに顔が向いたのがわかった。

「なんなの？」

「しっ！」彼はアーチのほうへと静かに足を踏みだした。「この匂い、わかるか？」

「何？」言われるままに嗅いでみると、かすかに煙の匂いがする。「キャンドルじゃ……」

トラヴィスは首を振り、彼女の手を放して自分の背後に移動させてから、忍び足で暗がりのほうへ歩きはじめた。

ばかばかしい。わたしたちがいるのは教会なのよ。ホラー映画に出てくるティーンエイジャーじゃあるまいし。シャノンはそう思ったが、ひと言も口には出さなかった。トラヴィスの背中にぴったりくっついて暗い廊下を進んでいく。心臓の鼓動が激しくなり、どくどくと血が流れる音が耳もとで聞こえた。煙の匂いも強くなってくる。

もしかして、火事？

そう思った瞬間、鳥肌が立った。

ああ、お願い、神様、やめて。こんなところで！　また火事だなんて！

トラヴィスは通路を曲がり、短い廊下へ出た。奥のドアがあいている。その隙間から、金色に揺らめく炎が地下へとおりる階段を照らしているのが見えた。

「いや！」匂いのもとがはっきりわかると、シャノンは叫んだ。「オリヴァー兄さん！」

「消防車を呼ぶんだ！　今すぐ！」トラヴィスは携帯を投げてよこしたと思ったら、身を投げだすようにしてドアをあけ、階段を駆けおりていった。

シャノンも必死に番号を押しながら、遅れまいとあとに続く。煙と灯油の匂いが階段のほうにまで漂ってきていた。恐怖が全身を貫いた。「オリヴァー兄さん！　どこなの、オリヴァー兄さん！」メアリー・ベスの焼死体が袋詰めにされたときの光景が、まざまざと脳裏によみがえる。

トラヴィスはブーツの音を響かせてコンクリートの床に飛びおりるや、すぐに後ろを向いて怒鳴った。「きみは上に戻れ！　早く！」だがそのときには、シャノンも階段をおりきっていた。「シャノン、だめだ！」

トラヴィスは彼女の前に立ちはだかろうとしたが、遅かった。シャノンは彼の肩越しに見てしまった。炎の輪のなかで首を吊った兄の無惨な姿を。ロープの先で揺れ動いているオリヴァーの足もとには、折りたたみ式の椅子が転がっていた。床に丸く描かれている炎はすでに勢いをなくし、消えかけていた。

「いやああ！」シャノンは叫んだ。「いやああああ！」

「早く消防を呼んでくれ！」トラヴィスは再び大声で命じると、シャツを頭から脱ぎ捨て、炎の輪を飛び越えてオリヴァーの体に駆け寄った。転がった椅子をなおして、その上に立つ。

シャノンは狂ったように携帯のボタンを押した。

「はい、こちらは緊急通報ダイヤルです」落ち着いた女性の声が聞こえてきた。「緊急事態ですか?」

「火事なの……男性がひとり、自殺を図ったみたいで。首を吊っているんですけど、今すぐおろしますから」

「首吊り自殺に、火事、ですか?」

「そうよ! 早く誰かよこして! 五番街とアロヨ通りの交差点にある教会よ! セント・ベネディクティン教会!」シャノンはそうまくしたててから、もう一度言った。「火事があって、男性がひとり重体なの! セント・ベネディクティン教会の地下で!」煙を吸いこんだせいで息が苦しい。トラヴィスはナイフをとりだし、太いロープを切ろうとしていた。

「五番街とアロヨ通りの交差点ですね?」

「ええ、そう! 早く来てちょうだい!」

「電話は切らないでください、ただちに手配しますので。あなたのお名前は?」

「シャノン・フラナリーよ! 怪我をしているのはオリヴァー・フラナリー! 早く救急車を! 急いで!」

「もうそちらへ向かってますから」女性がそう応えた瞬間、トラヴィスのナイフがロープを切り落とした。オリヴァーの体が汚れたコンクリートの床にどさりと落ちる。そのまわりで、炎がなおも燃えていた。

「もしもし、聞こえてますか?」女性が呼びかけてくる。

トラヴィスが床におり、オリヴァーの脇にかがみこんだ。シャノンは電話をとり落とした。がたがた震え、咳きこみながら、信じられない思いで前に一歩踏みだす。「オリヴァー兄さん」彼女は叫んだ。

「だめだ！　こっちへ来るな！　それより、消火器を探してきてくれ！」トラヴィスがオリヴァーの口もとに耳を近づけ、呼吸と脈を確かめようとする。だが兄はがっくりと横を向き、ガラスのような目でむなしく宙を見つめているだけだった。

シャノンの心は粉々に砕け散った。夏の日の思い出が――蝶々を追い、釣り竿《ざお》を持ち、広い野原を双子の兄たちと駆けまわった日々の記憶が、次々と頭をよぎっていった。オリヴァーは楽しそうに笑い、ネヴィルはもっと速く走れとふたりをけしかけていた。

喉が詰まった。あとずさりして階段にぶつかる。

トラヴィスがこちらを向き、黙って首を振った。

言われなくても、わかっていた。兄が聖職者になるための誓いを立てる日はもう永遠に来ない。

オリヴァーは死んでしまった。

26

「とにかくここを出よう」トラヴィスはシャノンの肩を抱き、オリヴァーの遺体が見つかって混乱をきわめている教会を逃げだした。現場付近は消防車や警察車両や救急車で埋めつくされ、物見高い野次馬が警察の張った規制線の向こうに群がっている。オリヴァーの家と教会が面している通りの両端にはバリケードが築かれ、交通が遮断されていた。

近所の住人から連絡を受けたティモシー神父も駆けつけていた。白髪頭には寝癖がつき、縁なし眼鏡の奥の目は赤く充血している。自分の教区内、それも神聖なるセント・ベネディクティン教会のなかで〝こんなむごたらしい出来事〟が起こったことが信じられず、激しい驚きと怒りを覚えている様子だ。衛星通信用のアンテナを積んだ報道車や、マイクやカメラを手に押し寄せてきたマスコミに、ひとりで対応している。シャノンとトラヴィスも何度となくインタビューを申しこまれたが、そのたびに断った。

暑くて湿気のない夜だった。邪悪な行為によって熱気が増してしまったかのようだ。シャノンは、天井の梁《はり》から太いロープでだらりとぶらさがっていた兄の姿を頭から締めだそうとした。

彼女とトラヴィスは、現場へ最初にやってきたサンタ・ルシア警察の署員に簡単な事情聴取をされ、「詳しい話はまたあらためてうかがうことになるので連絡のとれるところにいてください」と釘を刺された。これでまた、アンソニー・パターノ刑事と顔を合わすはめになるのだろう。いったいなんと言えばいいの？　わたしのせいで、誰かが周囲の人間を殺したり、さらったり、脅迫したりしている、と？

でも、どうして？

オリヴァーの話を聞いてあげたらよかった。ほんの五分ほどの時間を惜しまず、ちゃんと耳を傾けていたらよかったのに。シャノンは罪悪感に苛まれながら、駐車場のそばの大きなセコイアの木の下で何やら話しあっているロバートとシェイに目をとめた。

「ちょっとごめんなさい」トラヴィスにそう断り、芝生を横切ってふたりのほうへ近づいていく。ロバートは非番で、シェイはちょうど勤務中だったらしいが、ふたりは別々に現場に現れ、やはりそれぞれ事情聴取をされたようだった。

ふたりは憤りと絶望に満ちた青白い顔で、唇を嚙みしめていた。

「双子が両方ともいなくなってしまうとはな」ロバートがうつむきながらつぶやく。「それに、メアリー・ベスもだ。かわいそうに」

「同じやつにやられたんだよ」シェイは煙草をくわえ、ライターで火をつけて煙を吐きだした。

「俺にも一本恵んでくれないか？」

「ああ、いいぜ」シェイは暗い視線をシャノンから教会の鐘楼へ移しつつ、マールボロ・ライトを兄に手渡した。ロバートは少し震える手で煙草を一本とりだし、火をつけた。

「もちろん、同じ犯人のしわざに決まってるわ」シャノンは言った。それだけは確信があった。「うちの家族や親戚を殺してまわって、名刺代わりに妙な形の焼け焦げを残していくような頭のいかれた人物が、この世にふたりもいるはずないでしょ？」

「犯人の狙いはやっぱりそこにあると思うか？」ロバートがたずねた。

「兄さんはそう思わないの？」

「でも、だったらどうしてメアリー・ベスが？　どうしてやつは……その……」

シャノンは兄が言おうとしたことを理解した。「どうして犯人はあの晩わたしを殺さなかったのか、ってこと？　チャンスはいくらでもあったのに？」

「ああ」

いい質問だわ、とシャノンはあらためて思った。どうしてわたしは殺されずにいるのだろう？　物置小屋に火をつけたあの晩なら、わたしの命を奪うのは簡単だったはずだ。でも犯人は三叉の柄でわたしを殴りつけ、傷を負わせただけだった。

単なる警告のつもり？

いいえ、犯人の行動は素早くて容赦ない。メアリー・ベスとオリヴァーのむごたらしい殺人は綿密に計画されたものだった。

未来の暗示？

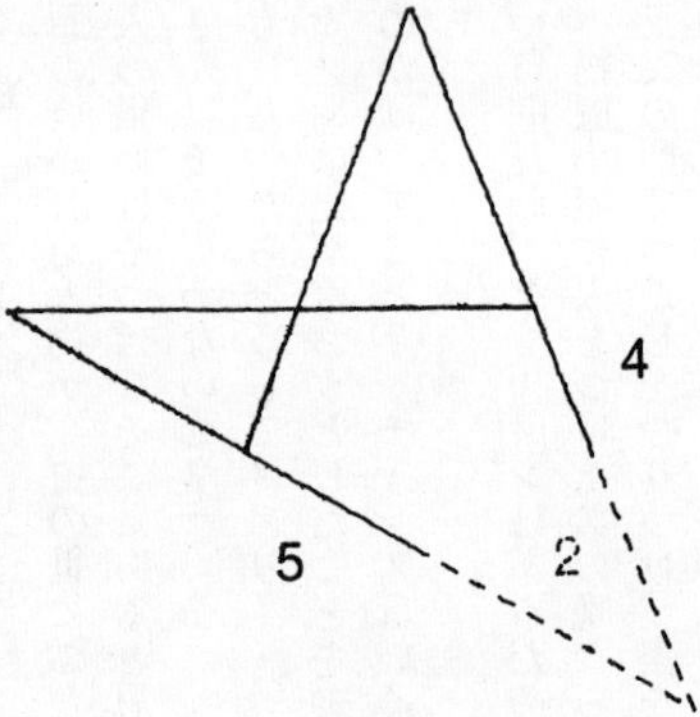

そう考えて、シャノンは震えあがった。犯人はわたしに恐怖を味わわせようとしている。魂がずたずたに引き裂かれるほどの恐怖を。

そして今夜……。オリヴァーの死の現場を目撃したせいで、シャノンの心は粉々に砕け散ってしまった。太い梁に結ばれたロープの先でゆらゆら揺れていた兄――両のてのひらから血を流し、低い炎の輪に囲まれて首を吊っていた兄の姿が脳裏にくっきりと焼きついていた。吐かずにいるのがせいいっぱいだった。

トラヴィスはロープを切り落としたあと、オリヴァーを炎の輪の外へ引きずりだし、懸命に心臓マッサージをほどこした。だが無駄だった。オリヴァーはとっくにこと切れていた。

遺体が運びだされ、消火作業が終わったのち、警察は、炎の輪に見えたものが実はいくつか頂点の欠けた星形だったことを発見した。今度は右上の角が欠けていて、そこに数字の4が記されていた。

シャノンはぞっとした。

わざわざこんな薄気味の悪いことをするなんて。

こうして家族をひとりひとり消していくつもりなのだろうか。

血のつながっている家族だけではない——メアリー・ベスもだ。

無言で煙草を吸っているロバートとシェイに、近づいてきたトラヴィスが話しかけた。

「犯人の狙いはフラナリー家にとどまらないようだな。うちの娘もさらわれているんだから」

ロバートが灰色の煙を吐く。「でも、その子はシャノンの娘だぞ。血はつながってる」

「それはそうだが、オレゴンでは女性がもうひとり殺害されている。ダニーのピアノの先生の、ブランチ・ジョンソンが」

「ダニーを誘拐するのに邪魔だったから消したんじゃないのか？」ロバートが訊きかえした。

「かもしれない。あるいは、それとこれとは別の事件なのかもしれない。あの日の午後、ダニーはブランチ・ジョンソンの家にいなかった。最後の授業をさぼったあと、ピアノのレッスンを予約していた時間までのあいだに行方がわからなくなったんだ。レッスンはどのみちキャンセルになったわけだけどね」

シェイが首を振り、眉をひそめた。

「じゃあ、どうしてその女性は殺されたんだ？」ロバートが訊く。

「警察もそこのところを調べているんじゃないかな」

「そこにも何か例の星形みたいなシンボルは残されていたの?」悲劇の真相を探ろうとして、シャノンはたずねた。

「いや。代わりに血で壁に書かれた短いメッセージがあっただけだ。〝復讐の時〟とね」

「復讐?」ロバートがつぶやく。「いったいどういう意味なんだ?」

「ダニーの誘拐も復讐の一部ってこと?」シャノンは口にするのもはばかられるといった調子でたずねた。

トラヴィスの眉間の皺が深くなる。「それはわからない。まだね」

シャノンは腕にすがりつくようにして彼を見あげた。この人はほかにもまだ何かわたしの知らないことを知っているのだろうか?

「このこと、母さんにも知らせておかないとな」ぎごちない沈黙が広がりかけたとき、シェイが言った。吸いさしの煙草を路上に投げ捨て、かかとで踏みつぶす。「今夜のうちに俺が話しに行ってくるよ」今も現場をとり囲んでいる報道車両を肩越しに振りかえった。「母さんは早起きだから、もしもテレビでこのニュースを知るはめにでもなったら――」

「ひどくとり乱すに決まってる」ロバートがぼそりと続けた。

「みんな、気をつけるんだ」シェイがそう言ったとき、猫が茂みから出てきて通りを横切っていった。「これからも犯行は続くだろうからな」

胃がきりきりして、鳥肌が立った。犯人はいったいどこの誰なの? その目的は? ダニー・セトラーを無事に連れもどして、事件を終わらせることはできるの? 「アーロン兄さんには知らせた？」

「わざわざ叩き起こすこともないだろう」シェイが肩をすくめた。「どうせ、じきに耳に入るさ。俺のところへは警察の通信指令係から連絡があった。ロバートにはケイ・カダヘイが知らせてきたんだっけ？」

「ああ、署に一報が入ったあとすぐ、ケイが電話をくれた。アーロンには明日話すよ。けど今は……とにかく家に帰りたい。子供たちのところへな」

「俺もそろそろ帰るよ」シェイは真面目な顔つきで言った。「ここにいても、できることはなさそうだ。シャノン、ついでだから乗せていってやろうか？」

「ぼくが送っていく」トラヴィスが会話に割って入った。

兄たちは何も言わなかった。だがシャノンは、通りにとめてある車へと歩いていくあいだ、兄たちの視線を背中に感じていた。リポーターが声をかけてきたが、かまわずに歩きつづける。くだらない質問に答えたり、いずれニュース番組で嫌というほど蒸しかえされる過去の話をしたりする気分ではなかった。

骨の髄まで疲れきっていた。とにかく家に帰りたかった。

トラヴィスといっしょに。

たくましくて冷静な彼がそばにいてくれてよかった。馬鹿げた妄想だとわかってはいるけれど、トラヴィスとは運命の絆で結ばれているような気がする。

シャノンは車に乗り、ばたんとドアを閉めると、ヘッドレストに頭をもたせて目を閉じた。

長い一日だった。今は、ただただぐっすり眠りたい。そうすれば頭のなかの悪魔を追い払い、目に焼きついてしまった恐ろしい光景を忘れ去って、一からやりなおせるかもしれない。はかない望みかもしれないが。

ふたりは無言のまま家路を急いだ。夜のこの時間には道もすいていて、二〇分とかからずにシャノンの家にたどりついた。

またしても、ネイトの車は見あたらなかった。

恋人でもできたのかしら。毎晩遅くまで帰ってこないのはそのせい？ もしかしたらネイトがこの一連の事件にかかわっているのではないかという考えが頭をよぎったこともあったけれど、彼には動機がなかった。でも、今度顔を合わせたら、なぜしょっちゅう留守にしているのか訊いてみなければ。彼のトラックの調子が悪いのはなぜなのか。留守電のメッセージがいつもいっぱいで、伝言を残せないのはなぜなのか。

〝見た目だけではわからない〟という答えでは不充分だ。

ネイトは何を隠しているのだろう？ いっしょに仕事をするようになって以来、彼はほとんど休暇らしい休暇をとらなかった。最初の襲撃事件が起きたのは、彼が初めて、少し休みたいのでしばらく家を空けると言ってきた直後だった。シャノンは快く承諾し、そのあいだは代わりに動物たちの世話をする約束をした。

なのにあの晩、ネイトは予定よりも早く戻ってきて、襲われかけた彼女を介抱してくれた。そしてあれ以来、昼も夜も家をあけることが多くなった。

いったい何をしているのだろう？

トラヴィスがエンジンを切り、シャノンはドアをあけた。「わたし、馬の様子を見てこなきゃ」肩越しに振りかえって言う。

彼女は車から滑りおりた。夏の気配の残るあたたかい夜だった。そよ風が心地よく、木々の天蓋《てんがい》の上には欠けた月がのぼっていた。あたりは暗く、しんと静まりかえっている。黒焦げになった建物の柱や梁を見ると、家族の命を奪った火事が思い出された。

馬たちが眠っている小屋へ歩いていってなかを確かめ、犬小屋もチェックした。とくにおかしなところはなさそうだ。

母屋に向かって歩きはじめたとき、トラヴィスが訊いてきた。「サンタナはどこだ？」

彼女はガレージの上の暗い窓を見あげた。「部屋じゃない？　トラックの調子が悪いとか言ってたから。でもこのところ、様子がおかしいのよね。家を空けていることが多いし」

「具体的に言うと？」

「よそよそしいの。隠し事でもあるみたいに」母屋の前まで来て立ちどまり、眉をひそめた。「ネイトとわたしはこれまでずっと、お互いの私生活にはあまり立ち入らないようにしてきたの。たぶんふたりとも、マスコミや警察にあれこれ詮索されて、うんざりしていたからでしょうね。それに彼は、動物たちの世話を何より優先してるわ。だけど……なんとなく様子が変なの」シャノンは険しい目つきでトラヴィスを見た。「ここ数日、何もかもがおかしくなってしまったみたい」

「そうだね」ふたりはしばし、暗いポーチで見つめあった。シャノンは、月明かりを受けて銀色に輝く彼の青い瞳をじっと見あげた。

トラヴィスの視線が彼女の口もとへとおりていった。

するといきなり彼が頭をさげてきて、唇がシャノンの頬をさっとかすめた。あまりに優しいそのしぐさに、彼女の心は千々に乱れた。

「きみは少し眠ったほうがいい」頬にあたたかい吐息がかかる。

「あなたは?」

「ぼくはリビングで横にならせてもらうよ。そこのカウチで」

「わたしにはベビーシッターなんて必要ないわよ」

暗闇のなかで彼の白い歯が光った。「ぼくに必要なんだよ」

シャノンは思わず笑ってしまった。「さあ、それはどうかしらね、カウボーイさん」そう言ったとたん、驚いたことにトラヴィスの腕のなかへ引きこまれ、きつく抱きしめられた。

「ああ、ダーリン」トラヴィスが頭のてっぺんに顎をのせ、くぐもった声でささやいた。

彼の心臓の鼓動がじかに伝わってきて、シャノンの鼓動と共鳴した。彼女が身じろぎして離れようとすると、トラヴィスの腕にぐっと力がこめられた。

「もう我慢できない」唸るように言うと、彼はシャノンの唇を奪った。大胆に手を動かして彼女の髪をまさぐり、息もできないほど力強く抱きしめる。

ふたりの唇が溶けあい、シャノンも熱烈なキスを返した。すべてを忘れ、唇に押しつけられた彼の口の感触だけを意識する。それと、たくましくて、がっしりした、男らしい体を。先のことなど考えず、今この瞬間の熱い思いに身をゆだねてしまおう。彼女はそう思った。

シャツにしがみつきながら、口を開いて彼の舌を迎え入れる。みだらな妄想が現実となったことに、めまいすら覚えた。だがそのとき、ドアの向こうから鋭く吠える犬の声が聞こえてきた。

シャノンは不満げな声をもらしつつ、顔を離した。「カーンったら」

トラヴィスが目尻に皺を寄せて、さも愉快そうに笑った。「犬に負けるなんて、初めての経験だな」

「でも、わたしといっしょにいるんだったら、慣れてもらわないと」

彼が両手をおろすと、シャノンはこの状況の滑稽《こっけい》さに頭を振りつつ、ドアのほうを向いて鍵をあけた。そのとたんカーンが飛びだしてきて、うれしそうに吠えながら足もとにまつわりついた。

「はいはい、あなたはとってもお利口よ」シャノンは言った。

犬はトラヴィスの注意も引きたがった。頭を撫でられ、体じゅうをかいてもらうとようやく満足したらしく、ポーチから飛びおり、おしっこをしに茂みのほうへ走っていった。

「ほらね、ほんとにいい子でしょ？」彼女は冗談めかして言った。

「ああ、最高だ」

こんな状況に置かれていても、彼はユーモアのセンスを忘れていなかった。たとえブラックユーモアだろうと、まったく笑いがないよりはずっとましだ。シャノンはなかに入って明かりをつけ、オリヴァーのむごたらしい姿の残像や、まだ見ぬわが子が救いを求める声を頭の片隅へと押しやった。今は何も考えたくない。

家の奥のほうから子犬がきゃんきゃん吠える声が聞こえた。

「マリリン、いい子にしてた？」そう言いながらケージに近づき、やわらかい子犬を抱きあげる。するとたちまち顔じゅうを舐めまわされた。「ええ、ええ、わたしもあなたに会いたかったわ。ほんとよ」シャノンが子犬の世話をしているあいだ、トラヴィスは戸棚から酒を選び、ふたり分の飲みものを用意した。

子犬は完全に目が覚めてしまったようだ。「すっかり興奮させちゃったみたい」シャノンはマリリンの小さな頭にキスしながら言った。戻ってきたカーンやマリリンと遊んでやり、しばらくして二匹が落ち着くと、彼女はようやく立ちあがって飲みものを受けとった。背の低いグラスに琥珀《こはく》色の液体と氷が入っている。

「スコッチだ」トラヴィスがそう言って、グラスの縁をかちんと合わせて乾杯した。「ぼくらの娘が見つかりますように」

「ええ。ダニーが見つかりますように」突然涙がこみあげてきて、喉が詰まった。グラスの縁越しにトラヴィスを見つめ、ほんのひと口だけ飲む。

焼けるような液体が喉を流れ落ちていき、ここ数日ずっと緊張していた神経をほぐしてくれた。トラヴィスとこんなことをしているのだから居心地の悪い思いをしても不思議ではないのだが、なぜかそうは感じなかった。酒を飲み終えた彼女はグラスをシンクに置き、トラヴィスに近づいていって彼の唇にそっと唇を触れあわせた。「ありがとう」

「何が？」

「ここにいてくれて。普段はわたし、ひとりでいるのは苦じゃないというか、むしろそのほうが好きなんだけど、今夜は……あなたがそばにいてくれてよかった」

「わかるよ、ぼくも同じ気分だから」トラヴィスはそう告白すると、急に恥ずかしくなったかのように目をそらした。「ほんとなら、きみの兄さんたちか友達の誰かをここに呼んで泊まってもらうのがいいんだろうけどね。ぼくはモーテルに戻ればいいんだから」自分を納得させようとするかのようにうなずき、再び彼女を見つめる。「でも、そうはしたくなかったんだ」

「わたしも」

シャノンはごくりと唾を呑みこんだ。なぜか自分が無防備になった気がして唇を噛みしめていると、トラヴィスが吐息まじりにつぶやくのが聞こえた。「ああ、きみって人は」いきなりたくましい腕がウエストにまわされ、ぎゅっと抱き寄せられる。荒々しく唇を奪われ、彼女は身を震わせた。膝から力が抜け、まともに呼吸すらできなくなる。

こんなふうに男性と触れあうのは久しぶりだった。最悪の選択だとわかっていながら、トラヴィスが欲しいと思う気持ちをどうしても抑えられない。

目を閉じると、こめかみにそっとキスをされ、耳もとに優しい吐息がかかった。「きみって、どうしてこんなに魅力的なんだ？」トラヴィスがささやき、彼女のまぶたに唇を寄せた。シャノンのなかで何かがはじけた。心の奥から、それまで押し殺していた感情がほとばしりでてくる。

彼が欲しい。彼のなかで溺《おぼ》れたい。身も心もひとつに結ばれたい。

再び唇をとらえられ、片手で背筋を撫であげられた。トラヴィスの息づかいも乱れ、浅くなっている。ジーンズ越しに、熱い高まりが感じられた。

「ああ、シャノン」彼の胸に強く抱かれると、シャノンは怖くなった。これは間違いだ、ふたりともこんなことをしている場合じゃない――今にも彼がそう言いだすのではないだろうか。だが、シャノンが口を開こうとした瞬間、トラヴィスはさっと彼女を両腕ですくいあげ、肩越しに振りかえって犬に命じた。「じっとしてるんだぞ！」

カーンはぴくりとも動かなかった。

「嘘みたい」彼女はささやいた。「あの子、わたしの言うことしか聞かないのに」

「動物を手なずけるのは得意なんだ」トラヴィスは真っ白い歯をのぞかせて笑った。片手で明かりのスイッチを切り、キッチンのドアを足で蹴って閉める。シャノンのブーツは片方ずつ脱げ落ち、音を立てて床に転がった。彼は階段をのぼり、二階へと彼女を運んだ。ライアンの死後リフォームして以来、今の今まで男性にはまだひとりも足を踏み入れさせたことのない、シャノンのプライベートな聖域へ。

ふたりはベッドに倒れこみ、熱いキスを交わした。シャノンは彼の肌の塩気を味わいながら、アフターシェイブローションのムスクの香りと煙の匂いを吸いこんだ。トラヴィスが唇を割って舌をさし入れてくると、彼女は自ら口を開き、舌を絡ませた。

彼の手がシャツのなかへもぐりこんできて、ジーンズのベルトに指がかけられた。シャノンは一刻も早く肌を触れあわせたくなって、彼のシャツを頭から脱がすと、汗ばんだたくましい肩や腕をてのひらで撫でまわした。

なんて男らしいのだろう。

彼が欲しくてたまらない。

トラヴィスは青い瞳でシャノンを見おろして、再びキスをし、彼女のジーンズのファスナーを一気におろした。欲望の炎が燃えあがり、彼女の呼吸も速くなった。

「ああ……」熱い思いが全身に広がっていく。「ああ……トラヴィス」彼女は思わず声をもらした。

彼はキスを続けながら、片手をシャノンの大切な部分へと滑りこませた。もう一方の手で彼女のヒップをがっしりと押さえつけ、自分のほうへと引き寄せる。いちばん敏感な部分に触れられた瞬間、シャノンは彼の肩に指を食いこませて叫んだ。「ああ、そんな……」触れられれば触れられるほど、もっと欲しくなって身をくねらせてしまう。熱い興奮が血管を駆けめぐり、脈が跳ねあがって、体が今にも爆発してしまいそうだった。そしてついにめくるめく一瞬が訪れると、彼女は叫びながら小刻みに身を震わせ、彼にしがみついた。

やがてシャノンはゆっくりと息を吐きだし、トラヴィスの目をまっすぐ見つめながらベッドに仰向《あおむ》けに倒れた。いつしか呼吸が落ち着いてくると、額に片腕をのせてにっこり微笑んだ。「こういうこと、あなたは前にもしたことあるんでしょう?」

トラヴィスも乱れた息をつきながら笑った。「まあ、一度や二度はね」

「やっぱりね……だと思ったわ」シャノンはため息をついた。

そのかたわらに寝そべって、トラヴィスが片肘を突く。シャノンは彼の首に片腕を巻きつけてささやいた。「さあ、今度はあなたの番よ」

筋肉質の胸に指を這わせ、割れた腹筋からジーンズのほうへと手をおろしていく。前立てに並んだボタンを彼女が外していくと、トラヴィスが低い声で警告した。「気をつけたほうがいいぞ。へたにさわると、熱くてやけどするかもしれない」

「それはこっちのセリフよ……」シャノンはジーンズのなかに手をさし入れ、たくましくそそりたった彼の股間にそっと触れた。トラヴィスがたまらず声をもらす。彼女がジーンズを脱がせようとすると、彼はもどかしげに呻いていったん体を離し、自分で蹴り捨てた。裸になって再びベッドに横たわったトラヴィスのたくましい肉体は、うっすらと汗で光っていた。

その男らしさをまのあたりにして、シャノンは息さえできなくなった。

トラヴィスが頭をさげて胸もとに顔を近づけ、乳房にキスをした。そうしてその頂をむさぼるように口に含み、舌と歯で熱い愛撫を加えてきた。シャノンは動物的な本能にとらわれた。ほかのことなど何も考えられない。

〝わたしを愛して〟――だがその思いは言葉にならなかった。

やがてトラヴィスがキスをしながら上になり、彼女の膝を割って脚を開かせ、なかへと押し入ってきた。シャノンは彼の目を見つめ、彼の速い腰の動きに合わせてリズムを刻んだ。たくましい彼に何度も貫かれる歓《よろこ》びを心ゆくまで味わいつつ、いつしかその波に呑まれて、再び頂点に達した。全身の筋肉が打ち震え、頭のなかが渦を巻くのを感じながら目を閉じる。そしてついにトラヴィスも体をこわばらせ、荒くかすれた声で彼女の名を叫びながら、どさりと倒れこんできた。

その瞬間、脇腹に鋭い痛みが走った。シャノンはぐっと唇を嚙んで痛みをこらえようとしたが、すぐに気づいたトラヴィスがあわてて体をずらした。「ごめんよ」彼女を優しく抱きしめながら言う。「だいじょうぶだったかい？」

「ええ」脇腹の痛みは徐々に引いていった。たとえそうでなくても、かまわなかった。

「ほんとうに？」彼が心配そうにたずねた。

「ええ、カウボーイさん……ほんとに平気よ」目を閉じると、彼の吐息が髪にかかるのが感じられた。シャノンは彼に体をすり寄せ、セックスとムスクの香りに包まれながら思った。この人といっしょにベッドにいたら、興奮しすぎていつまでも眠れないにちがいない。

でもそれは間違っていた。

心地よい疲労が押し寄せてくる。

トラヴィス・セトラーのたくましい腕に抱かれながら、彼女はいつのまにか眠りに落ちていった。

27

逃げられた！

信じられない。男は狭い家のなかをくまなく捜しまわった。クローゼット、食器棚、人が身を隠せそうなありとあらゆる場所を。だが、どこにもいない！

男は自棄《やけ》になってわめいた。嘘だ！ ありえない。ここまで来て！

家のなかは空っぽで、部屋のドアは大きくあいていた。

俺が閉め忘れたのか？ いや、鍵はしっかりかけておいたはずだ。にもかかわらず、あのガキはどこかから逃げだしやがった。

「くそっ！」あれだけ苦労して閉じこめておいたのに！ 彼女の部屋へ踏みこんでいって、懐中電灯で床や汚れた毛布を照らし、腹いせに枕を蹴りとばした。白い羽根が吹雪のように舞い散る。「ちくしょう！」男は懐中電灯を投げ捨て、髪をかきむしった。激しい怒りがわき起こってくる。あの小娘を逃がすわけにはいかない。あいつこそがすべての計画を支える鍵なのだから。

オリヴァーの死をろくに祝えなかったのも、そのせいだ。できるものなら、ひざまずいて祈りを捧げていたやつの首に荒縄をかけたときのすばらしい感触を、何度も思いかえして楽しみたかった。あのときオリヴァーはとっさに後ろを振りかえり、目を合わせてきた。そして、こちらの正体に気づくと、すべてを理解し、観念した。

聖職者の卵らしく、潔く死を受け入れたわけだ。あたかもそれを望んでいたかのように。だが、死の直前になって急に命が惜しくなったのか、必死にもがきはじめた。男はオリヴァーを殴って気絶させ、そのまま地下へと引きずっていった。そして、剝きだしの梁にロープをかけ、折りたたみ椅子をその下に置き、だらりとのびた体をかつぎあげてその上にのせた。オリヴァーが目を覚ますころには、角がいくつか欠けた星形の炎がまわりをとり囲み、床には彼自身の血がしたたって血だまりができているはずだ。やつはパニックに襲われ、再び目を合わせてくるだろう。その瞬間を見はからって足もとの椅子を蹴り倒し、地獄へ送ってやる。そういう計画だった。

だが、オリヴァーは予想外の反応を示した。彼はもがくでも暴れるでもなく、首に巻きついたロープを外そうともしなかった。意識をとりもどしたほんの一瞬のあいだに、すべてを悟り、あまつさえ、神の赦《ゆる》しを得たかのような表情を浮かべた。

炎に囲まれ、手首から血を流しつつ、オリヴァーは男の目を見つめて微笑んだ。そうして、おもむろに椅子を後ろへ蹴り倒した。金属製の椅子がセメントの床に転がって派手な音を立てると同時に、オリヴァーは首を吊った。死ぬ覚悟ができていたかのように。まるで、喜んで死を受け入れるかのように。

わけがわからなかった。

運命を受け入れるなんて。甘んじて死を選ぶなんて。そんな馬鹿な話があるだろうか。やつがもがき苦しむさまを見たかったのに。腸がよじれ、血も凍るような恐怖に怯え、激しいパニックに陥るさまを。

そうでなければ、復讐の意味がない。

相手が命乞《いのちご》いをし、必死の抵抗を示してこそ、燃えさかる炎からパワーを得て勝者の快感に酔いしれることができるのに。

オリヴァーが進んで犠牲となったせいで、苦い思いしか残らなかった。

そして今度はこれか！　もちろん、オリヴァーは昔から変人だった。だがあのガキは……。怯えたふりをしながら逃げだす機会をじっとうかがっていたとは。さすがはシャノンの娘だ。あのガキを追いつめてとり押さえる場面を想像すると、力がわいてきた。

絶対につかまえてやる。

新たな挑戦を前にして、はやる心を抑え、狩りの用意を整えた。だがリビングへ戻り、ちらりと鏡を見やったとき、男は何やら違和感を覚えた。写真が一枚なくなっている。隠し撮りしたシャノンの写真だ。

こらえていた激しい怒りがとうとう爆発した。あの小生意気なクソガキが盗んでいきやがったんだ！

覚えてろよ……。絶対に後悔させてやる……。

つかまえたら、ただじゃおかないからな。越えてはならない一線を越えたことを、とことん思い知らせてやる。二度とこんな真似をしないように。

あんな目ざわりなガキなどさっさと殺してしまいたかったが、それでは計画が狂ってしまう。何年もかけて準備してきた計画が。

まったく、あの小娘のせいですべてがめちゃくちゃだ。

だが、哀れな嘘つきのティーンエイジャーごときに俺の計画はとめられない。

男は壁に拳を打ちつけた。どこに行ったかくらいすぐにわかるはずだ。ここを監禁場所に選んだのは、逃げだすのがほぼ不可能だからじゃないか。まだ遠くへは行っていない。裏をかき、出し抜いてやればいいんだ。

頭を高速で回転させながらも、深呼吸して気持ちを落ち着かせた。留守にしていた時間はそれほど長くなかったのだから、そんなに遠くまで逃げてはいないだろう。深い森は格好の隠れ蓑《みの》だが、やみくもに動きまわれば迷ってしまうだけだ。となると、人や動物が踏みならした細い小道か古い道路に沿って逃げているにちがいない。

男は懐中電灯を入れておいた箱を確かめた。懐中電灯はなくなっていた。

次に、家のなかを見てまわった。ナイフとライターが消えていたが、予備の電池は持ちだされていない。懐中電灯は夜明け前に切れてしまうだろう。ライターも役には立たないはずだ。火をおこして人目を引き、助けを呼ぶことも可能だろうが、わざわざそんな真似をするとは思えない。居場所を教えるようなものだし、乾燥した木々に火が燃え移りでもしたら自分が山火事に呑まれる可能性もある。

森を通ってこの場所へとつながる車道は一本しかないが、ハイキング・ロードやけものみちはいくつか走っている。しかしそのいずれもが、ひとつの地点へと向かっていた。

橋だ。

鉄道用の橋と、丸太を運ぶトラックが通る橋がかかっている場所。

そこは渓谷がいちばん細くなる部分で、ふたつの橋はほんの四〇〇メートルほどしか離れていなかった。

山の反対側へ出られる道もないではないが、いったん上までのぼって険しい崖をおりるしかない。あの娘はまず間違いなく、上よりも下へ向かう道を選ぶだろう。

そうと決まれば、あとは捜しだすだけだ。

男は外へ出た。

必要なものはすでにトラックに積んである。ライフル、弾薬、ハンティング・ナイフ、ブーツ、手袋、暗視ゴーグル、ロープ。

朝が来るまでにつかまえてやる。

何にも、誰にも、俺の計画は邪魔させない。

どうせもう、引き返すことなどできないのだから。

懐中電灯はとうとう役に立たなくなった。ダニーはくたくたに疲れはて、木の陰に身を隠すようにして腰をおろした。夜が明けるまで、ここで何時間か眠ろうか。闇のなかを動きまわるなんて、もう無理だ。

でも、それじゃ、つかまってしまう。あいつが追ってくるのは間違いなかった。だったら、進みつづけるしかない。少しでも遠くへ。

できるものならこの場に泣き崩れ、父親が助けに来てくれることをひたすら祈っていたかった。でも、それはできない。ひとりで切りぬけるしかない。あふれた涙が汚れた頬を伝いはじめたが、ダニーは自分を励ました。めそめそしてる場合じゃないでしょ。少しずつでもいいから、前へ進まなきゃ。この細い道をたどって——。

そのとき、大地が揺れるのを感じた。

もしかして、地震？　ただでさえ恐ろしい状況なのに、地震まで起こるなんて。

ダニーはぴょんと立ちあがった。これからどうすればいい？どっちのほうへ走ればいいの？　そのとき、夜のしじまを打ち破るように、列車の音が聞こえてきた。

どこ？　ダニーは必死の思いであたりをきょろきょろ見まわした。どこなの？

レールの上を走る車輪の音はしだいに大きくなってきて、やがて耳をつんざくような轟音に変わった。森の向こうから近づいてくる列車の明かりが見えた。ダニーは筋肉の痛みも忘れて木々のあいだを駆けぬけ、土手を走る線路へと出た。機関車に長い貨物車を連ねた列車が、爆音を轟かせて猛スピードで目の前を通りすぎていく。

できることなら巨大な金属製のコンテナにもぐりこんで、このいまいましい森をあとにしたかった。次の駅にたどりついたら、保安官のところか警察に駆けこんで、今まで変態男につかまっていたと訴えればいい。

だがもちろん、それは夢の夢でしかなかった。

列車は飛ぶように走り去り、夜のなかへと消えていった。ダニーはがっくりと肩を落とし、絶望と悲しみに包まれた。やっぱりダメなのかも。いくら逃げたって無駄なのかも。

〝あきらめちゃダメ！　あなたならきっとやれるから！〟心のなかで声がした。

ダニーは顔をあげ、ぐっと顎を引くと、低い土手をのぼって線路の上を歩きはじめた。足もとは暗くてよく見えなかったが、歩幅を一定に保ってなんとか転ばずに進んでいく。こうして線路をたどっていけば、いつか、どこかの町に着くはずだ。

とりあえず列車が来たほうへ向かうことにした。あの家から逃げるように。

でも急がなくちゃ。ケダモノが闇にまぎれてあとを追ってきているのは間違いない。恐怖に負けて弱音なんか吐いてる場合じゃないわ。足を動かして。とにかく前に進むの。

何キロも歩いたと思えるころ、空が白んできて、鳥のさえずりが聞こえはじめた。背後からゆっくりと太陽がのぼってくる。

でも、安心してもいられなかった。あたりが明るくなって早く歩けるようになったのはいいけれど、それだけ敵に見つかりやすくなったということだ。方角の見当はついたけれど、かといって、いちばん近い町がどこにあるのかはちっともわからない。

口のなかは砂の味がして、全身の筋肉が悲鳴をあげていた。ああ、ドクター・ペッパーがひと口飲みたい。チーズ・ピザか、パパ特製のタコスが欲しい。家に帰ったら、まずは冷蔵庫のなかをあさろう。チキンナゲットやフレンチフライや自家製タコスをいくら食べても、飽きることなんてないはずだ。

もしも、家に帰れたら。

ううん、そんなふうに考えちゃダメ。あいつにはまだつかまっていないでしょ？　わたしが逃げたと知ったときのあいつの顔を見てみたかった。きっと怒り狂ったにちがいない。残念でした。好きなだけわめいて、炎におしっこでもぶちまけてればいいのよ。ダニーはポケットに手を突っこみ、母親の写真に触れた——たぶん、わたしのママに間違いないと思うけど、それにしても、この人は事件にどうかかわっているの？　そして、わたし自身は？　そんなこと、誰にもわからないのかもしれない。あの変態男にさえも。頭のねじが完全にゆるんでいて、自分でも何がしたいんだかわからなくなっているのかも。

そうやって自分をだましても無駄よ。あいつのなかには明確な目的があるはずなんだから。とにかく、歩きつづけなきゃ。前に進みつづけなきゃ。

足の痛みが増してきた。今日も暑い一日になりそうだ。早朝なのに、もう日ざしがきつく感じられる。姿を隠せるくらいの霧が出るとか、雲が空を覆って太陽をさえぎってくれそうな気配はなかった。そういえば、パパがよく言っていた。〝今日は猛暑になりそうだな〟

パパ。

どこにいるの？　どうして助けに来てくれないの？

再び悲しみがこみあげてきて、ダニーは怒ったように涙をぬぐった。疲れたし、おなかもすいたし、何より怖かった。父親といっしょに四日ほどかけて山歩きしたときのことを思い出した。もちろん、今とはまったく状況が違う。山歩きに出かけるときはいつも食料や水が用意してあって、寝袋だってあったし……。

カーブを曲がると、ダニーの姿を見つけてびっくりした二頭の鹿が、飛び跳ねながら藪のなかへ消えていった。彼女も同じくらい驚いた。どきどきする心臓の鼓動を静めようとしつつ、立ちどまって行く手を見渡す。橋だ！

思わず心臓がとまりそうになった。木製の細い鉄道橋が切りたった崖から崖へ、深い峡谷をまたぐようにかかっていた。そこから三〇メートルほど下に干あがった川床が見える。

恐怖が心臓を包みこみ、不安が全身に広がった。

だいじょうぶ、ほかにも道はあるはずよ……。だが周囲を見渡しても、道らしいものは見つからなかった。引き返すか、あれを渡るしかないようだ。

行けるだろうか？　ここまでずっと線路の上を歩いてきたけれど、一度も転んだりはしなかった。度胸さえあったら問題はないはずだ。下を見ないで。一歩ずつ足を前に出して。

だけど、橋はあんなに高いのよ！

もしかしたら、どこからか下へおりて、乾いた川床をたどっていけるかも。すがるような思いで、ダニーは峡谷の両側を見渡した。ごつごつした岩肌が剝きだしになった急な崖の上に、低木や高木が生えている。

南へ目を向けると、そう遠くないところにもうひとつ橋がかかっていた。丸太を運ぶトラックや車のための橋のようだ。ダニーは来た道を一〇〇メートルほど戻り、車道へ抜ける小道がないかどうか探すことにした。鹿と鉢合わせしたあたりまで戻ってみたが、森を抜けられそうな道はなかったし、あったとしても車道に通じているとはかぎらない。

それに、あのケダモノがあの道路を使うかもしれないでしょ？

きっとそっちで待ち伏せしてるに決まってる。やっぱり鉄道橋を渡るしかないんだ。

ダニーは歯を食いしばり、構脚橋の端まで行ってしゃがむと、線路に手を置いてみた。列車が近づいてるんだったら、振動が伝わってくるはずだ。だが何も感じない。機関車の音も車輪のきしみも聞こえなかった。あたりで鳥がさえずり、リスが茂みをがさごそ走りまわっているだけだった。

行くのよ。臆病風を吹かしてる場合じゃないでしょ？

これが最後のチャンスなんだから。

おそるおそる足を踏みだした。隙間から落ちたりしないよう、一歩ずつ慎重に木の橋板をとらえながら前へ進んでいく。

心臓が狂ったように打ち、呼吸が浅くなった。張りつめた神経が今にもぷつんと切れてしまいそうだ。自分の動きだけに集中し、ゆっくりと、でもしっかりと、一歩、また一歩と、板の隙間を越えていく。

開けた場所に出ると頭のてっぺんに強烈な日ざしが降りそそぎ、汗がだらだらと流れはじめた。だが、目もとをぬぐうこともままならない。集中力がとぎれ、バランスを失ってしまうのが怖かったからだ。

ママはよくこんなふうに言ってたじゃない？「どんなことでも気の持ちようで、易しくもなれば難しくもなるの」――そのとおりだ。「簡単だと思えば簡単なのよ、ハニー」

それにパパは「おまえは恐れを知らない子供だ」って、困ったような顔をしながらどこか誇らしげに言ってたっけ。

違うわ、パパ。わたしは恐れを知らない子なんかじゃない。内心は、風に揺れる木の葉みたいに震えてるんだから。

やっと半分くらいまで来た。

ひと息ついてから、再び足を前へ踏みだす。このまま行けば渡りきれるかもしれない。向こう側に着いても休まないで、線路の上をまっすぐに歩きつづけるのよ。そうすればどこかの町に出られる。最低でも、どこか遠くに農家の一軒くらいは見つかるはずだから。

一歩。また一歩。

もう少しだ。

そのとき、橋の横の茂みのなかで何かが動いた気がした。何か光ったみたい……ガラスが光を反射したような……？

ダニーは、橋を渡りきるまであとほんの五、六メートルのところで立ちどまった。もう一度目を凝らしてみたが、動くものはない。なのになぜか、うなじの毛が逆立った。

鳥肌が立ち、背筋に恐怖が走る。

もしかして、あいつに見つかったの？　車道を通らず、ここで待ち伏せしていたとか？

いいえ……それは相手を買いかぶりすぎよ。

でも、ほんとにそう？

ダニーはたじろぎ、唇を嚙みしめた。前方に広がる山の斜面をじっと見つめる。ためらいがちに一歩前へ進んでから、また立ちどまった。なんだか嫌な予感がする。あの木の下の陰のなかで、何か動いたんじゃない？

彼女は一歩後ろへさがった。もう一歩。

あいつだ！

ケダモノがあそこにいる！

ダニーは恐怖に目を見開いた。

迷彩服を着てサングラスをかけた筋肉質の大柄な男が茂みの陰から躍りでて、まっすぐこちらへ向かってくる。男がどすどす歩いてくるせいで、橋が揺れた。

いや！

くるりと背を向けて走りだそうとしたとき、ダニーは足をくじいた。それでも必死に来たほうへ駆けもどろうとしたが、橋板の隙間が大きく空いているせいで思わず目がくらんでしまった。男のブーツが構脚橋を踏み鳴らす音が、雷のように轟く。ダニーの心臓はまたたくまに暴走しはじめた。絶対にこんなところでつかまりたくない。彼女は全速力で走りはじめた。男が迫ってくるのをひしひしと感じながら。

「とまれ！　バカ野郎！　とまるんだ！」

スニーカーの爪先が引っかかった。ダニーは前につんのめり、板の隙間から深い谷底を見て悲鳴をあげた。はるか下のほうで、日を浴びた岩がぎらぎら輝いていた。

その瞬間、力強い手に腕をつかまれ、ぐいと引きもどされた。

「ちょっと、何するの！」

男は彼女を肩に担ぎあげた。「おとなしくしてろ。さもないと、ふたりとも転げ落ちて死んじまうぞ！」両脚を押さえられ、上半身逆さまに担がれたダニーの目から涙がこぼれた。彼女は怒りの拳を男の背中に叩きつけた。

「やめろ、このクソガキめ！　ここから放り投げてやってもいいんだぞ！」男に怒鳴られ、ダニーは腕をだらりとおろした。もう終わりだ。今すぐ殺されるわけじゃないとしても、時間の問題だろう。わたしにもう少し勇気があったら、思いっきり暴れて、男もろとも橋から落ちるのに。そうすれば、こいつを道連れにしてやれるのに。

だがダニーは結局、あきらめてしまった。

担がれたまま橋を渡り、森のなかを一キロほど運ばれていくと、男のトラックが道の脇にとまっていた。

例の家まで連れもどされるあいだ、ダニーはずっと押し黙っていた。再び逃げだすための勇気を振りしぼる元気もなく、ただ涙を流しつづけた。

男の運転は荒っぽく、トラックはでこぼこ道を跳ねるようにして、小石や砂を巻きあげながら走った。

男はいつもの場所にトラックをとめると、煙草に火をつけ、ライフルでダニーを脅しながらぼろ家のなかまで歩かせた。そして吸い殻を暖炉に投げ捨て、銃の先で彼女をこづいて、奥の部屋、つまり監獄へと追い立てた。「服を脱げ」男が命じた。

「えっ？」ダニーは振りかえった。

「部屋に入って服を脱ぐんだよ。靴もだぞ」

「嫌よ、お願い、やめて！」

「さっさとしろ！」男の顔には有無を言わせぬ表情が浮かんでいた。ダニーの胸の谷間に銃口を突きつける。「ほんとなら今すぐ殺してやりたいところだが、もう少し生かしておいてやる。いい子にして、あの部屋で服を脱いで、こっちによこせ。ポケットの中身も全部だ。おまえが俺のものをちょろまかしたことはわかってるんだからな」ダニーが反抗的な目で睨みかえすと、男はライフルで彼女を押した。「早くするんだ！」

ダニーは言われたとおりに下着姿になり、脱いだ服を丸めた。何か硬いものが指先にあたる。釘だ。それをぎゅっとてのひらに握りしめ、心臓の鼓動を数えながら、力をかき集める。彼女はドアを少しだけあけて、服を投げた。

「靴もだよ」男が言う。

お気に入りのスニーカーをあいたドアから部屋の外へ放り投げると、玄関付近の壁にぶつかった。

「下着も」

「そんな……待ってよ」

「下着！」

「でもわたし――」

男がライフルの撃鉄を起こす音が聞こえた。

「着ているものは全部脱げ。俺が身ぐるみはがしてやってもいいんだぞ！」

この、変態。

チャンスがあったら、絶対に殺してやるわ。ダニーは屈辱にまみれながらも、胸のなかで誓い、ブラとショーツをとってドアの向こうへ放り捨てた。

そしてすぐに、汚れた毛布を体に巻きつけた。

ドアがばたんと閉まり、かんぬきがかけられた。

また閉じこめられてしまった。釘だけはてのひらに隠しておいたけれど。

向こうの部屋で男が動きまわっているのが聞こえた。たぶん例の気味悪い儀式の準備でもしているのだろうが、今はさすがにドアの隙間から外をうかがう気になれなかった。万が一のぞいているのがばれたら困るし、裸を見られるのも嫌だ。ダニーは疲れはてて、ベッドに横たわった。そしていつしか、うとうとしはじめた。

バン！　バン！　バン！

建物全体が揺れた。

一瞬、何が起きているのかわからなかった。だがすぐに気づいた。男が部屋のドアに板を打ちつけている。

暑くて息がつまるようなこの監獄から、決してわたしを逃がさないように。

28

トラヴィスは目を覚ました。

陽光が部屋のなかまでさしこんでいる。

シャノンは裸のまま彼の腕に抱かれ、なまめかしい体をぴったりとすり寄せていた。彼女と激しく愛しあい、ひとつに結ばれた瞬間の歓喜を、トラヴィスは思い出した。セックスはお互いにとって必要なことだったのだろう。彼はシャノンの体に腕をまわし、うなじにキスをした。彼女は微笑み、満足そうにやわらかい吐息をもらした。

さっさと起きるべきだとわかってはいても、このままずっと横たわっていたかった。彼女の香りに包まれながら、日ざしを浴びて炎のように輝く髪や何にも束縛されていない豊かな胸を見ていると、どうしても我慢できなくなってしまう。トラヴィスは彼女に覆いかぶさり、一〇代の若者に戻ったかのように熱烈なキスをした。

ゆっくりとシャノンのまぶたが開き、知的で生き生きとした瞳が彼を見かえす。「その気になっちゃった？」

「ああ、とってもね」

シャノンは笑い、トラヴィスの首に腕を巻きつけて、彼がこの地球上にただひとり生き残った男性であるかのようにキスをした。ふたりはシーツをくしゃくしゃに乱しながら手足を絡ませ、息を弾ませて互いの唇をむさぼりあった。そしてついに我慢が限界に達したとき、トラヴィスは彼女のなかへと一気に押し入った。

シャノンの体は熱く潤っていて、彼自身にまつわりついてきた。トラヴィスが動くと、彼女もそのリズムに合わせて動いた。彼の腕に爪を食いこませ、その目を見つめながら。

やがてシャノンの体が震えだしたかと思うと、はっと息を吞むのがわかった。その直後、トラヴィスも彼女のなかで果てた。だが、そのままどさりと倒れこむのではなく、脇腹を痛めているシャノンを気づかってとっさに体を入れ替え、彼女を自分の上に引きあげた。シャノンは彼の肩に頭をすり寄せて、ふたりの息が溶けあい、心臓の鼓動がゆっくりとおさまっていくのを待っていた。そして最後に長いため息をついてから、ごろりと横になった。

瞳をきらきら輝かせ、口の片端をわずかに持ちあげる。「シャワーはわたしが先よ」そう言うなり、彼のおでこに軽くキスをし、裸のままバスルームへ駆けこんでいった。

ぼくはいったい何をやってるんだろう。ひとりベッドに残されたトラヴィスは、そう自問した。シャワーの音が聞こえてくる。もしかしたら彼女に恋してしまったのかもしれない。だがすぐに、そんな馬鹿げた考えを否定した。ジェンナ・ヒューズにふられて以来、女性とは深くかかわるまいと誓ったはずじゃないか。しかもシャノン・フラナリーは……娘の産みの親なんだぞ。

なのに、シャワーのなかから調子っぱずれの鼻歌が聞こえてくると、トラヴィスはどうにもたまらなくなった。今すぐバスルームへ滑りこんで、狭いシャワー室で熱い湯に打たれながら彼女と愛しあいたい。

頭のなかがそんなイメージでいっぱいになってしまい、ベッドから立ちあがりかけたときだった。突然、ダニーの写真が目に飛びこんできた。〈エル・ランチート〉でシャノンにあげたポスターの写真だ。

たちまち、胸の痛みが戻ってきた。自分の行動の浅はかさを思い知らされた感じだった。激しい不安や苦痛から逃れようとするあまり、大切な使命を見失ってしまうなんて。

彼はジーンズをつかんだ。シャワーの湯もとまったようだ。シャノンが濡れた髪から水滴をしたたらせながら、体にタオルを巻きつけてバスルームから出てきた。

なんてきれいなんだろう。

すっぴんの顔にはまだうっすらと青あざが残っているのに、信じられないほど美しい。

「あなたもどうぞ」

「ほんとうはいっしょに浴びようかと思ったんだ。でも、それだけで一日が終わってしまいそうだったからね」

「そうね。きっとふたりとも、いつまでもお湯の下から出てこなかったにちがいないわ。だから、このほうがよかったのよ。どうせわたし、あなたがシャワーを浴びているあいだに、動物の世話をしなきゃならないんだもの。カーンは早く外に出たくてうずうずしてるし、マリリンにも餌をやらないと。馬や犬もわたしを待ってるはずだし」

「そっちはサンタナが面倒見てるんじゃないのかい？」

「ええ、でも最近は……」

「そうか、様子がおかしいんだったな」

明るかったシャノンの表情が曇った。「さあ、シャワーを浴びてきて。運がよければ、あなたもコーヒーと朝ご飯にありつけるかもしれないわよ」

「幸運にならもうとっくに恵まれたと思うんだけどな」

彼女の口もとに笑みが浮かんだ。「わたしもそう思う」


シャノンは階下へおり、コーヒーをいれながら家のなかにいる二匹の世話をすませ、犬小屋へと向かった。先に駆けだしていったカーンが木の上のリスに吠えたてている。ネイトのトラックは見あたらなかったが、馬たちはすでにパドックに出ていた。

餌をやってから、犬を外に出してやった。するとなかの一匹がシャノンの足もとにまつわりついてきた。「あら、寂しかったの？」彼女はアトラスにたずねた。耳の後ろをかいてやると、気持ちよさそうな声を出した。「こうしてもらうのが好きなのよね。だいじょうぶよ、今夜はきっとかまってもらえるから。……あなたもね」いつものように乾いた芝生に座りこんで待っているシシーにも声をかけてやる。シシーは自分よりも大きなジャーマン・シェパードの動きを目で追っていた。ちょっかいを出してきたらいつでも噛みついてやる、とでもいうように。

「いらっしゃい」シャノンは犬用のおもちゃを出してくると、それを投げて遊んでやった。こうしていると少しは気がまぎれる。もう何年ものあいだ、子供なんていらないと思ってきた。犬や馬の世話をすることで心の隙間は埋められるはずだ、と。

だが、ダニーがすべてを変えてしまった。動物に対する愛情は今も変わらないけれど、彼らは決して我が子の代わりにはならない。

怪我をしていないほうの腕で犬にさんざんボールを投げてやったあと、シャノンはついに決意した。避けられないことを永遠に先延ばしにするわけにはいかない。母親に電話をかけ、家へ行って慰めてやり、ネイトからもちゃんと話を聞こう。

トラヴィスに関しては……彼女は肩越しに母屋を振りかえってため息をついた。ゆうべ、ふたりは恋人のように愛しあった。でもそれは、恐ろしい悲劇に巻きこまれた寂しい人間がお互いを慰めあっただけのことだ。

奇妙だったけれど、すばらしいひとときだった。出会って間もないの男性とベッドをともにするなんて、初めての経験だ。実際、ブレンダン・ジャイルズに裏切られて以来、シャノンは長いこと男性不信に陥っていた。そしてようやく心の傷が癒《い》えたと思ったら、不幸なことに、またしても間違った男を選んでしまった。ライアン・カーライルという男を。

その後つきあったふたりも最悪だった。とくにレジー・マックスウェルのほうは、妻子がいることを黙っていたのだから。男なんてもうこりごりだと思っても当然だ。

ゆうべまでは……。ゆうべわたしは、自分で決めたルールを破ってしまった。それは相手がトラヴィスだったから？　それとも、これまで信じてきたあらゆることが音を立てて崩れてしまったから？

パドックにいる馬を眺めながら、昨日兄たちが〝生まれ順〟とか〝親父のせい〟とか、こそこそ話していたことを思い出した。オリヴァーがわたしに伝えたかったのも、それに関することだったのではないだろうか。シャノンは、兄弟がこの世に生まれてきた順番について、あらためて考えてみた。アーロン、ロバート、シェイ、オリヴァー、ネヴィル。年の差や、母親が流産してしまった子供のことも考えに入れてみたけれど、とくになんらかの法則があるようには思えない。

兄の誰かと話してみなければ。できれば、アーロンと。そういえば、アーロンはオリヴァーの死をどう受けとめたのだろう？

なんの答えも出ないまま、シャノンは馬小屋へ入っていった。馬房はきれいに掃除され、新しい藁が床にまかれていた。ネイトがここに来たのは間違いない。彼は一連の事件にどうかかわっているのだろう？　互いのプライバシーには干渉しないという取り決めは、あまりいい考えではなかったのかもしれない。

そのとき突然、建物の奥の扉が開き、シャノンは跳びあがるほど驚いた。トラヴィスかと思ったが、現れたのは意外にもネイトだった。黒いシルエットが逆光に浮かびあがっている。考えに没頭していたせいで、トラックが近づいてくる音が聞こえなかったようだ。

「驚かせてしまったかい？」ネイトが訊いた。かつては赤い色をしていた袖の短いTシャツと、ポケットが破れたリーヴァイスのジーンズ。ほぼ最先端のファッションだけれど、彼自身はそんなことなど気にもしていないのだろう。ネイトは真剣な面持ちで近づいてきた。「残念だったね。オリヴァーのこと、ついさっき聞いたよ」徹夜したかのように、目が充血している。「オリヴァーのこと、なんとお悔やみを言えばいいか」

梁から吊られていたオリヴァーの姿が脳裏によみがえり、シャノンは喉を詰まらせた。「その話、今はしたくないの。どうせまた警察に事情聴取されるんだし、いくら断ってもマスコミはしつこく追いまわしてくるでしょうしね」心のなかに、決して埋められない大きな空洞ができてしまった感じだった。

「そうだな」

「それから、防犯システムの話もやめて。警備会社には今日じゅうに連絡するつもりだから」シャノンはそう言うと、憂鬱そうに顔をゆがめた。「母に電話をかけたあと、ね」

「お母さん、さぞ力を落としてるだろうね」

「たぶんね」シャノンは罪悪感に襲われた。「ゆうべのうちにシェイ兄さんが知らせに行ったわ。きっととり乱してると思う」

「きみだってそうじゃないのかい？」

優しい言葉をかけられて思わず泣いてしまいそうになったが、シャノンは涙をこらえ、ずっと心に引っかかっていたことをたずねた。「それより、最近どうしてたの、ネイト？ ちゃんと動物の世話をしてるのはわかってたけど、ゆうべわたしが夜中の三時ごろに帰ってきたときも、まだ戻ってなかったでしょう？」

「互いのプライバシーには干渉しないきまりだったじゃないか」

「それは次々と事件が起こる前の話よ！　わたしが襲われる前の話！」シャノンは馬小屋の扉の向こうのパドックにいるモリーを指さした。

「俺を疑ってるのか？」

「自分でもわからない！　だから困ってるんじゃないの！」

「俺は人殺しなんかしない」ネイトが平坦《へいたん》な声で言う。

「そう、ならよかった」声に皮肉がまじるのを抑えられなかった。「でも、わたしに何か隠してることがあるでしょ、ネイト」シャノンは彼の胸に指を突きつけた。

「もう一度言うけど、俺は殺人犯じゃない」

「だったら、何をしてるのか、どこへ行ってるのか、話してくれてもいいはずよ」

ネイトがさっと目を伏せた。

「どこかの女の人といい仲になったことを、わたしに知られたくなかったとか？」

彼は唇を引き結び、じっと床を見つめていた。

「そうなんでしょ、違う？」シャノンはたたみかけた。「でも、だとしたら、そんなにこそこそする必要なんかないはずよ」

ネイトがいきなり腕を伸ばしてきて、シャノンの手首をつかんだ。「物事は見かけどおりとはかぎらないって、前にも言っただろう」自分が何をしているかに気づいて、ぱっと手を離す。「今回がまさにそうなんだ。確かに女性がひとり絡んではいるが、きみの考えているようなことじゃない。まあ、そろそろ打ち明けておくべきなのかもしれないけどね」

「遅すぎるくらいよ。わたしはあなたのことを、この世で唯一信頼できる男性だと思っていたのに。兄たちよりも信頼できる人だ、って」

ネイトの片方の目の下がひくひく痙攣しはじめた。

「なかへ入ろう」彼の視線がちらりと彼女をかすめ、日のあたる場所で草を食んでいる馬たちのほうへ向けられた。

何事もなさそうな静かな朝だ。だがシャノンは不吉な予感に襲われた。

「セトラーにも話を聞いてもらいたいんだ」


パターノはデスクに座っていた。教会での捜査に立ち会った彼は、オリヴァーは聖堂内で何者かに襲われて地下まで引きずられていったのだろうという結論に達していた。遺体の指先には首のロープをかきむしったような跡があり、手首にも自分でつけるのは不可能な角度の切り傷があった。何者かがオリヴァーを殺害し、自殺を偽装したのは明らかだ。だが、犯人はそれほどバカな人間ではない。あの程度の小細工では誰の目もあざむけないことくらい、重々承知しているはずだ。やつはきっと、被害者がかつて手首を切って死のうとしたことを、みんなに思い出させようとしたのだろう。

「常軌を逸してるな」パターノはつぶやき、散らかったデスクに目を戻した。警察は今、最近の殺人だけでなく、ライアン・カーライルの事件も洗いなおしている。パターノは鑑識からの報告を待ち、マスコミの取材攻勢を回避しつつ、思いついたこと、気になる点、星形のシンボルなどについて、次々とメモに書き連ねていった。

ロッシがコーヒーの紙コップをふたつ持って部屋に入ってきた。ゆうべ三時間しか寝ていないパターノには、ジャワ・コーヒーとは名ばかりの泥水でさえ、いい香りに思えた。すでに家で二杯、署に来てから一杯、計三杯のコーヒーを胃袋に流しこんでいる。「ホシは俺たちにヒントをくれようとしてるみたいだぞ」パターノは各現場に残されていた星形のシンボルを見比べながらつぶやいた。いちばん新しいものは、星の角がまたひとつ消え、代わりに数字の4が記されている。

ロッシがうなずき、紙コップをひとつさしだす。「だが、何を言おうとしてるんだ?」

「さあな」パターノはコーヒーをすすりつつ、シンボルを凝視した。「シャノン・フラナリーによれば、兄弟の生まれ順を意味してるんじゃないかってことだが」

「それぞれの角が中央の五角形を守っているようにも見えるな。生まれ順か……」ロッシはつるつるの頭を振った。「俺たちをからかってるだけじゃないか? 犯人はどうせ頭のいかれたやつなんだろうし、ずいぶんと暇なんだろう」

パターノは顔をあげた。「そうだな。オリヴァーを殺したときも、しばらく待ち伏せしたりして、かなり手間暇をかけたようだ」ごくりとコーヒーを飲みくだし、眉をひそめる。

「それにしても、トラヴィス・セトラーの娘はいったいどこにいるんだ？」

「こっちが訊きたいよ」ロッシが言う。

パターノは壁に貼ってある地図を見た。フラナリー家とカーライル家のそれぞれの住居は青いピン、火事のあった地点は赤いピン、殺人現場は黒いピンで示してある。シャノン・フラナリーの場合、赤と青のピンが二本ずつ刺さっていた――過去に二件の火災があり、フラナリー家とカーライル家、双方の身内という意味だ。ロバートとメアリー・ベスの家は、赤いピンが一本、青いピンが二本、黒いピンが一本だった。

今のところ、このシステムによる収穫はほとんどない。コンピュータでも似たような作業をやってみたが、ダニーや犯人の居場所は特定できなかった。

「ホシは子供をそばに置いていると思っていたが、違うのかもな。ダニー・セトラーはとっくに消されている可能性もある。例のテープが誘拐直後に吹きこまれたものだとしたら、生存の証拠にはならないんだしな。アイダホに置き去りにはしなかったようだから、当然カリフォルニアへ連れてきたものと思ってたんだが、それだって仮定にすぎない」

「だが、犯人はこの近くに住んでるはずだ」ロッシが食らいついてくる。「被害者のことをよく知っているやつだよ。彼らの予定や、自宅の住所、交友関係も頭に入ってる」

「それに、どの事件にも炎がつきものだしな。誰かさんは火遊びが大好きなようだ」

「放火の前科持ちを照合させているんだが、それらしい人物はまだあがってきていない」

「個人的な怨恨《えんこん》のほうが、脈がありそうだな。火遊び好きと言えば、フラナリー家はみんなそうだ」パターノは言った。「祖父のシェイマスは消防署が自警団のころから隊員だったし、息子のパトリックも、そのまた息子たちも、全員が消防の仕事についてる」

「でも、次々に辞めちまっただろ？」

パターノはうなずいた。「残っているのはロバートだけだ」片眉をあげ、椅子の背にふんぞりかえる。「フラナリー家の連中はみんな、惜しまれつつ辞めていったわけじゃない。父親のパトリックも円満に退職したんじゃなく、ほとんどクビになったようなもんだ」

「というと？」

「勝手に規則をねじ曲げるようなことが多かったらしい。酒でしくじったこともあったようだ。妙な話だが、そのころちょうど消防署全体が組織的にがたがたしだして、父親が事実上クビになったあと、息子たちも沈む船から逃げだすネズミみたいに次々と辞めていったわけさ」パターノは指を一本ずつ立てて数えながら言った。「シェイはその後、警察に入った。ネヴィルはアーロンは〝反体制〟を気どったのか、組織には属さず、私立探偵をやってる。ライアン・カーライルが死んだ直後に行方をくらまし、オリヴァーは信仰の道に入っちまった」地図を睨みながら、ゆっくりとコーヒーをすする。「おかしいのはフラナリー家だけじゃない、カーライル家もだ。ライアンが焼死体で発見されたあと、リアムはサンタ・ルシア消防署を辞めて保険の仕事を始めた。福利厚生も何もなく、給料だってずっと安い仕事をな。定時に家へ帰れる仕事だが、彼には子供もいないし、当時、二番目の妻とも離婚したばかりだった。例の山火事のあと、三番目の妻と再婚したんだが、その女ともすでに別居してるそうだ」彼はメモを確認しながら言った。「やつの兄弟のケヴィンは高い知能指数を誇りながら、政府の小役人で満足していて、いまだに独身を貫いてる。たぶんゲイなんだろうよ。妹のマーガレットは毎日教会に通うほど宗教に入れこんでいて、メアリー・ベスは……あのとおり、殺されちまった」

「リアムは危険な仕事が嫌になったんじゃないか？　いとこが火のなかで死んだわけだろう？」

「だが、炎と格闘するのは嫌いじゃないはずだ。俺の知り合いの消防士のほとんどは、あの仕事に身も心も捧げてる。消防士ってのは、簡単に辞めたりしないもんさ」

何もかも、パターノの気に食わないことばかりだった。彼は立ちあがってのびをすると、地図の前まで歩いていって顔をしかめた。「なあ、ロッシ、検察はなぜシャノン・フラナリーを起訴したんだ？　俺は当時ここにいなかったからわからないんだが、資料を読むかぎり、公判を維持できるだけの証拠はなかったんだろう？」

ロッシは首を振った。「俺も当時、サンノゼから移ってきたばかりだったからな。主任検事のベリンジャーは勝算があったんだろうし、〝物言わぬ放火魔〟騒ぎで世間がぴりぴりしてたから、それなりに体面もあったんだろう。もちろんマスコミだって黙っちゃいなかった。だから早く事件を解決して、世間を安心させたかったのさ。ベリンジャーは、シャノン・フラナリーがやったと本気で信じていたらしい。かなりしつこく取り調べたようだよ。彼女にはアリバイがなかったし、大きな動機があった。カーライルに暴力をふるわれて、流産までしたんだからな。ベリンジャーが躍起になったのも、無理のない話さ」

「だが、立件できるだけの証拠はなかったんじゃないか？」

「匿名のタレコミがあってな。あの晩シャノンの車がライアンの死んだ現場からそう遠くない場所に路駐されてたのを目撃した、っていう情報だったらしい。それに、シャノンが誰かを雇ったか、もしくは兄たちにやらせたんじゃないか、という意見もあった。彼らのアリバイはお互いが証明しているだけだったからな。ベリンジャーは、いずれシャノンが自白して刑の軽減を求めてくると踏んでいたようだが、結局そうはならなかったし、匿名の電話も二度とかかってこなかった。今考えて見ると、やっぱり、起訴して裁判に持ちこむのは無理があったんだろうよ。そのせいでベリンジャーは職を失ったわけだからな」

もちろんパターノも噂程度には聞いていた。だがロッシにあらためて説明してもらったおかげで、はっきりわかったことがあった。ベリンジャーが大馬鹿野郎だったということだ。

またしても電話が鳴って、パターノはうんざりした。広報を通してくれといくら言っても、記者連中はしつこくかけてくる。だがもしかすると鑑識か、事件の新たな情報を得た同僚からの電話かもしれない。パターノはコーヒーを胃に流しこみ、紙コップを握りつぶしてからゴミ箱に投げ捨てると受話器をつかんだ。「パターノだ」

「シェーン・カーターだよ」男が言った。

この声は確か、オレゴン州の保安官だ。「やあ、元気か？」

「まあね。それより、ちょっと耳に入れておきたいことがあるんだ。どうやらＦＢＩが本腰を入れはじめたらしい」

「すばらしいじゃないか」パターノは皮肉を言った。FBIの大半は優秀な捜査官なのだろうが、ここにいる担当者はただの役立たずだ。「ほかには？」

「ブランチ・ジョンソンには別れた夫がふたりいて、うちひとりは死亡、もうひとりの所在はまだわからない。ほかにもボーイフレンドが何人かいたみたいだが、北西部のあちこちに散らばってる。全員の足どりはまだつかめていない状態でね。息子はふたり。上の子は一〇代のときに家出してしまって、下の子は、おそらくまだ赤ん坊だったころに、アイダホで養子に出されてる。当時の養子縁組の記録が閲覧禁止になっているせいで、調査に時間がかかってるところだ。生きてるなら、三〇代なかばになってるはずなんだがな」

「そうか。また何かわかったら知らせてくれ」パターノはそう言って電話を切った。ブランチ・ジョンソンに息子がふたりいたという事実が事件にどうかかわっているかはわからないが、一応その情報もファイルしておくことにした。

「パターノは再び地図を見あげた。「おまえさんの言うとおりだな、ロッシ。犯人はこのあたりに住んでるやつにちがいない。そして、ダニーがまだ生きてるなら、彼女も近くにいるはずだ」

　壁から少し離れて地図全体を眺めてみた。だが、赤いピンを線で結んでも星の形は現れてこなかったし、中央に誰かの家があるなどということはなかった。

　パターノはメモに目を落とし、自分で描いたいくつもの小さな星を眺めた。「なあ、ロッシ、星を描いてみてくれないか?」
「えっ?」ロッシがとまどったようにこちらを見かえす。

「星を描いてほしいんだよ」パターノは犯人が残していったシンボルを見つめながら言った。

「……できれば、ふたつ、な」


トラヴィスはコーヒーをいれ、パターノが残していった二枚の紙が置いてあるテーブルに座った。五角形や星のマークは何を意味しているのだろう?

携帯が鳴ったので出てみると、カーターだった。保安官は、ブランチ・ジョンソンには別れた夫がふたりとボーイフレンドが数人いて、息子もふたりいたことを教えてくれた。

電話を切ってから考えこんでいると、ネイト・サンタナとシャノンが家に向かって歩いてくるのが見えた。いかにも親密そうな雰囲気だ。たちまち、嫉妬で腸がよじれそうになる。恋人ではないと、彼女はきっぱり否定していたのに。

キッチンに入ってきたシャノンが、深刻そうな表情でちらりと目を合わせてきた。きっと悪い知らせだ。「何かあったのか?」トラヴィスはたずねた。

「ネイトが、話しておきたいことがあるんですって」シャノンが答える。

サンタナは小さくうなずいた。「あんたにも関係のありそうな話だからな」

「さあ、話して」シャノンが促す。「いったいどうなっているの?」

「このところ俺が忙しかったのは、ある女性のことを調べてたからなんだ。その点は、シャノンの想像どおりだったわけさ」トラヴィスは空気がぴんと張りつめるのを感じた。「ただし、その女性はとっくに死んでる」

「どういう意味？」シャノンがたずねる。「死んでるって、メアリー・ベスのこと？」

「違う」サンタナは拳を握り、窓辺へ行って外を見つめた。「ドロレス・ガルベスだ」

「誰だって？」トラヴィスは訊きかえした。かすかに聞き覚えのある名前だった。

「ドロレスは三年半ほど前の火事で死んだんだ」サンタナは、感情をぎりぎりまで引きしぼったような、抑揚のない口調で言った。「例の〝物言わぬ放火魔〟の事件で、ただひとりの犠牲者になった女性だよ」

シャノンの顔がみるみる青ざめていった。「そんな、まさか……」椅子の背をつかんで体を支え、サンタナをじっと見てささやく。「ライアンがその人を殺したの？」

サンタナは首を振って向きなおり、怒りに燃える目でふたりを見た。「いや、違うと思う。ライアン・カーライルは彼女の命を奪った犯人じゃないよ、シャノン。〝物言わぬ放火魔〟は彼じゃない」

29

「どういうこと？　どうしてあなたは〝物言わぬ放火魔〟の正体がライアンじゃないと思うの？」シャノンは驚きに目をみはった。家のなかが急に息苦しく感じられる。カーンが足もとにじゃれついてきたが、彼女はそれを無視して窓辺に近づき、少しだけ窓をあけた。馬小屋の屋根でカラスがカーカー鳴いている声が聞こえてきた。「なぜそんなことがわかるの？」

ネイトはカウンターに寄りかかった。「一〇〇パーセント確実なわけじゃない。だから今、それを調べてるところでね」

「調べてる？」シャノンはおうむがえしに言った。頭のなかで、様々なピースがぴたりとはまっていく。ネイトと出会ったのは馬の競売会だったこと。話をしてみたら、共通点がいろいろあったことと。その後何度か顔を合わせるうちに、彼が住む場所と仕事のパートナーを探していると言いだしたこと。彼女もたまたま馬の世話をしてくれる人を探していたこと。つまり、すべては彼の思惑どおりに運んだわけだ。裏切られた、という思いがこみあげてきて、気分が悪くなった。「あなた、わたしを罠にかけたのね」これまでずっと仲間だと思ってきた男が、突然、見知らぬ人間に変わってしまったみたいだった。

トラヴィスが椅子を後ろへさげた。「どういうことなんだ？」

ネイトは制するように片手を突きだした。「説明させてくれ」

「ああ、ぜひともそうしてもらいたいね」トラヴィスが立ちあがると、キッチンが急に狭くなったように感じられた。

「ねえ、外に出ない？　なんだか息苦しくて」シャノンは言った。裏口のドアをあけたとたん、カーンが勢いよく飛びだしていく。彼女がブーツをはいてポーチに立つと、トラヴィスとネイトがつかみあいでも始めそうな顔つきで外へ出てきた。

ネイトは手すりにお尻をのせた。「ドロレスとは、彼女がウェイトレスをしてたレストランで出会ったんだ。そのうちデートするようになって、じきに真剣な交際になったんだが、彼女はそのことを内緒にしておきたがった。家族にもね。離婚歴があって、婚約破棄も二度していたから、家族にはまるで信用されていなかったらしい。ドロレスには男を見る目がない、ってね。今にして思えば彼女の気持ちもわからなくもないが、当時の俺は、それがいやでたまらなかった」ネイトは苦々しげに笑った。「皮肉なもんだよ。気ままな生活を楽しんできたこの俺が、ドロレスに会った瞬間、これぞ〝運命の人だ〟と思っちまったんだから」

シャノンは我が耳を疑ったが、ネイトの表情を見て、彼が真実を語っていることを悟った。

「あの晩俺たちは、廃業したレストランで会う約束をしていた。なぜ彼女がその場所を指定してきたのかはわからない。でも俺は仕事で遅くなったあげく、渋滞に巻きこまれてね。しかも彼女は携帯を持ってなかった」そのときの光景が頭に浮かんだのか、ネイトは手すりをつかんでいる手に力をこめ、ぎゅっと目をつぶった。「三〇分ほど遅れて店にたどりついたときには、あたりは火の海だった。彼女はもう死んでいたんだよ」

「あなたはそんな大切なことを、これまでずっと黙っていたわけ？」シャノンは信じられない面持ちでたずねた。

「警察なんて信用できない。俺たちが恋人同士だったことを教えたところで彼女が戻ってくるわけじゃないし、むしろ余計なトラブルになるだけだ。彼女の家族にも会って、どうしてあんなところで待ちあわせをしていたのか説明しなくちゃならないしね。たぶん理由は、彼女が何年も前にその店で働いていたからなんだろうが、それしても……」

シャノンはネイトが暮らすガレージを見あげた。「あなたを信頼してたのに。すぐ近くに住んで、ずっといっしょに働いてきたのに。どうして話してくれなかったの？」

トラヴィスが鋭い声で問いただす。「で、いったい何があったんだ？」

「俺が到着したときには、レストランは炎に包まれてた。消防士が放水してる最中だったよ。そのとき、ちょうど野次馬にインタビューしてたリポーターが〝物言わぬ放火魔〟のしわざだろう、って言ったのが聞こえたんだ。遺体が運びだされてきたとき、それがドロレスだってことはすぐにわかったよ。だから、彼女の兄さんには匿名で電話をかけておいた」

「名乗りでる勇気がなかったわけだ」トラヴィスが抑揚のない声で言った。

「俺は刑務所に入ってたことがあるからね。あとになって無罪が確定したんだが、警察のコンピュータにはまだ記録が残っているはずだ。だから、この手で犯人を捜しだして〝物言わぬ放火魔〟の正体を暴いてやろうと思ったんだよ」

「あなたひとりで？」シャノンの心は裏切られた思いでさらにいっぱいになった。

トラヴィスが追い打ちをかけた。「素人にそんなことがやれると思ったのか？」

「とにかくやってみるつもりだったんだ。子供のころから山歩きが好きで、マウンテン・ガイドもやったことがあるし、ボランティアで自警団に所属したりしてたからな」

「殺人罪に問われたことは、嘘じゃなかったの？」シャノンはたずねた。

ネイトが刺すような目で見かえしてくる。「ああ、嘘じゃない」

「でもあなたは、わざとわたしに近づいてきたんでしょ？　理由は、ライアンが〝物言わぬ放火魔〟だったっていう噂が立ったからね？」シャノンは憤然と言った。たしなめようとトラヴィスがかけてきた手を、さっと払いのける。

「真相に近づけると思ったんだよ」ネイトは顔を真っ赤にして認めた。「でも、きみといっしょに過ごすようになってわかったのは、ドロレスだけが運命の人じゃない、ということだった。きみのことが好きになってしまったからね」

「信じないわ！」

「ほんとうなんだ」

「それなら、どうして何も言ってくれなかったの？」

「正体を明かしてしまったら、欲しい情報が手に入らなくなるからだろう？」トラヴィスが言った。口もとをぐっと引きしめながらまぶしい陽光に目を細めている。

「ご明察だ」ネイトはトラヴィスを睨みかえした。「もっとも、俺の気持ちはわかって当然だよな。あんたもシャノンを利用しようとしてるわけだから」

「それは違う」

その言葉に偽りの響きを感じ、シャノンは一歩あとずさりした。「あなたもなの？」ふたりがゆうべ愛しあったことや、今朝も彼と戯れたことが頭に浮かんだ。トラヴィスがここへやってきたのは、〝ふたりの〟娘を捜すためだ。でも、よくよく考えてみるとそれは、わたしに信用させるための策略だった気もしてくる。

「そんなわけないだろう」トラヴィスが言った。

「いいや、そうに決まってるさ、セトラー」ネイトがさえぎった。「あんたは娘を捜すためにここへ来て、何を知っているか探るためにシャノンに近づこうとしたんだよ」

ネイトの言うとおりだ、とシャノンは思った。最初の火事の晩、トラヴィスがうちの敷地内に忍びこんだことがわかったとき、絶対にこんな人を信じちゃいけないと自分に言いきかせたはずだった。なのにわたしはそんな気持ちにふたをしてしまった。そして、ふたりは惹かれあっている、この人となら愛しあえる、と思いこんでしまった。わたし、なんて馬鹿だったの！　みぞおちのあたりをがつんと蹴られた気がした。「続けて、ネイト。ほかにもまだ知ってることがあるんでしょう？」

ネイトは彼女のまなざしを真正面から受けとめた。「きみの兄さんの誰かが、放火事件にかかわっていると思うんだ」

「なんですって?」シャノンは不信の声をあげた。

「ライアンは〝物言わぬ放火魔〟じゃない。彼はただ、どうしようもない男だっただけだ」

「何が言いたいんだ、サンタナ?」トラヴィスが唸るように言う。

「ばかばかしい!」シャノンは自分の耳が信じられなかった。「つまりあなたは、アーロンかシェイかロバートが……〝物言わぬ放火魔〟だって言いたいの? 兄の誰かが火をつけてまわって、家族を殺してるってこと? わたしを襲って、メアリー・ベスとオリヴァーを殺したって言いたいの?」怒りのあまり、声がうわずった。

「頭がどうかしてるんじゃないか、サンタナ?」トラヴィスもきびしい口調で続けた。

「そんなつもりはないがね」

「それじゃあ、ぼくの娘が誘拐され、ブランチ・ジョンソンが殺されたことは、どう説明する? シャノンのお兄さんの誰かが娘をさらって、テープに声を吹きこませたのか?」

「まだすべてがわかったわけじゃない。だから黙ってたんだ」

シャノンは噛みしめた歯の隙間から言葉を押しだすようにして言った。「妙な時間に家をあけていたのはそのせい? いったいどこへ行ってたの、ネイト? 図書館で調べもの? それとも、わたしの家族を探ってたとか?」

「図書館なんかに通ってたわけじゃないさ」ネイトが噛みつくように言いかえす。「実を言うと、セトラーの娘が誘拐されたと知ってから、俺はずっとその子を捜してたんだ」

「わたしにも内緒で?」

「邪魔してほしくなかったからね」ネイトはパドックでいなないている馬のほうを見つめた。「謎を解く鍵はダニーだって思ったんだよ。最初の手がかりは、彼女の出生証明書がここに残されていたことだった。産みの母親の家のポーチにね」

「それだけで、兄の誰かが彼女をさらったと思ったわけ?」

「なんらかのかかわりはあるはずだ」

「うちの家族に、子供を傷つけるような人はいません」

「彼らがどういう人間なのか、きみは知らないんだよ」ネイトの声の大きさに驚いて、馬小屋の屋根にとまっていたカラスがばさばさと飛びたった。

「つまりきみは、ぼくの娘はまだ生きていると信じてるんだな?」トラヴィスが言った。

「ああ」

シャノンは少しほっとした。「テープに声が録音されてたから?」

「そうじゃない」ネイトが首を振る。「ダニーを殺してしまったら、犯人はきみをおびきだせなくなるからだ。ブランチ・ジョンソンの殺害現場に残されていた血のメッセージにどういう意味があるのか、星と数字が何を示しているのかは、まだわからない。でも、きみの家族に関係していることは間違いないよ」

シャノンはポーチの端まで歩いていき、焼け焦げた小屋の付近を嗅ぎまわっているカーンを見つめた。「兄たちのうちの誰かが、まわりの人間に気づかれずに、オレゴンやアイダホまで行けると思う?」

「オレゴンまでは車で一二時間、往復でも二四時間だ。自家用飛行機があれば、ほんの数時間で行って帰ってこられる」

「兄たちは誰ひとり、飛行免許なんか持ってないわよ」

「でも、免許を持ってる友達ならいるだろう」

シャノンは振り向き、腕組みをした。「無理やりつじつまを合わせようとしてるんじゃない？　いったい誰がそんな手のこんだことをするっていうの？」

「さあ、誰だろうな」ネイトが訊きかえす。

「わたしの兄じゃないのは確かよ！」シャノンは声を荒らげた。こんな会話はもう終わりにしたかった。「家族の誰かがそこまでわたしを憎んでるなんて、信じられない」

「ネヴィルはどうだ？」トラヴィスがたずねた。

シャノンは凍りついた。「ネヴィル？」うなじに冷たいものが走る。「だって……もうここにはいないのよ」

「それはどうしてなんだろうね」ネイトが訊いた。

トラヴィスはネイトの言葉など信じたくなかった。だが何かが心に引っかかっているのも事実だった。

「きみはどう思うんだ、シャノン？」ネイトが彼女の目を見すえながらたたみかける。

太陽に小さな雲がかかり、みるみるあたりが暗くなった。「妙なことを言いだすのはやめてちょうだい。ネヴィル兄さんがどうなったかは知らないけど、どこかに身を隠して次々と家族に襲いかかるような人じゃないわ」

「じゃあ、彼はどうしていなくなったんだい?」今度はトラヴィスが訊く。

「そのことなら、何度も考えてみたけど……」シャノンはもどかしそうにつぶやいた。「たぶん……もう死んでいるとしか考えられないわ」男たちはどちらも無言のままだった。「もし生きていたとしても、ネヴィル兄さんがオリヴァー兄さんを殺すなんてありえない。こんな話、もうたくさんよ! それよりあなた――」ネイトに指を突きつけながら続ける。「わたしの家族を疑う暇があったら、さっさと警察へ行って、知ってることを全部しゃべってきたら?」

言うだけ言って家へ戻ろうとしたシャノンを、ネイトが引きとめた。

「最近ブレンダン・ジャイルズを見かけたって話、オリヴァーから聞いてないか?」

「聞いたけど、それがどうかした?」

「ブレンダンはニカラグアにいる」ネイトがそう言ったとき、カーンがポーチに戻ってきた。

「どうしてそんなことを知ってるの?」シャノンはネイトの正気を疑いはじめていた。

「彼の両親から聞いたんだよ」

「あのふたりと話をしたの?」ブレンダンの両親は電話に出てくれなかったし、メッセージを残しても、なしのつぶてだった。「わたしとは口もきこうとしないのに」

「直接会いに行ってきたんだよ。私立探偵だと名乗ってね。話をしてくれないなら、警察へ行って事情を話し、代わりに刑事に来てもらう、と言ったんだ。そうしたらふたりともかたい口を開いてくれた。写真やメールも見せてくれたよ」

「そんなもの、いつでも偽造できるじゃないか」トラヴィスが玄関のドアに寄りかかりながら指摘した。「ちょっとコンピュータに詳しい人間なら、写真を加工したり、メールのアドレスをでっちあげることなんか簡単だ」

ネイトはうなずいた。「それはそうだが、俺はあのふたりを信じるよ。彼らは息子をかくまったりしていないと思う。一〇年以上、顔は見てない、とも言ってたし」

「なのに突然、中米にいる、って向こうから連絡してきたのか？　とんでもない偶然だな」

「連絡だけは四年ほど前からとりあってたそうだ」ネイトが言った。「ライアンが殺される前だよ。最近の連続放火事件が起こるずっと前さ。ただ、それを内緒にしてただけでね」

「どうして内緒にしてたの？」シャノンは訊いた。

「はっきりとは言ってくれなかったが、息子が何か悪いことに手を染めているんじゃないかと心配してるみたいだった。麻薬か何かにね」

「やめてよ、もう」シャノンはあきれたように手をあげた。「どこまで話が広がるの？」

「問題は、なぜオリヴァーはブレンダンを見たと嘘をついたのか、ってことだ」

「確実に見たとは言ってないわ。教会で見かけたような気がする、と言っただけよ」

「ジャイルズ家はカトリックじゃない」ネイトは指摘した。「なんだか匂うだろ、シャノン。オリヴァーは何かを隠していたんだ」

シャノンはどうしても兄をかばいたくなった。「だけどオリヴァー兄さんは……〝物言わぬ放火魔〟なんかじゃないわ！」

「当然だよ。もしそうだったら、まだ生きているはずだからね。でも俺が思うに、オリヴァーは犯人の正体を知ってたはずだ。ほかの兄さんたちも知っている可能性は高い」ネイトは射るような目でシャノンを見かえしながら、ポケットから携帯電話をとりだした。「アーロンに確かめてみようじゃないか」

「どうしてアーロン兄さんなの？」シャノンが問いただした。

「長男だからだよ。何があったか、いちばん年上なら知ってるかもしれないだろう？」

ネイトが耳もとに押しあててきた携帯の呼び出し音を聞きながら、シャノンの頭は高速回転していた。長男、いちばん年上、生まれ順……。冷たい汗が噴きだしてきて、ぞっとするような感覚に包まれる。やがて「もう一度おかけなおしください」という音声メッセージが流れてきたが、彼女は聞いてなどいなかった。聞こえてきたのは、幼いころに立ち聞きした内緒話や、とぎれとぎれのささやきだった。頭の片隅にずっとふわふわ浮かんでいたいくつもの断片が急にひとつにまとまって、鋭い痛みに変わった。

「切って、今すぐ！」ネイトに向かってそう怒鳴ると、シャノンは震えながら家のなかへ駆けこんだ。カウンターに置いてあったメモ帳を一枚破り、座って、兄たちの名前を順番に書き連ねていく。ネイトとトラヴィスも足音を響かせてあとを追ってきた。

「どうしたんだ？」トラヴィスが心配そうな声でたずねてくる。

「これを見て」シャノンは書いたものを見せた。

アーロン
ロバート
シェイ
オリヴァー
ネヴィル
シャノン

「そんな……まさか……嘘よね」縦一列に並べた名前を見つめ、シャノンはささやいた。喉が詰まって息ができない。高校のころ、妙な噂を耳にしたことがあったのを思い出した。彼女の父親は、自分で火をつけては消火して手柄を立て、褒賞を荒稼ぎしている、という噂だ。父親はいつも、そんなのは一部の同僚の負け惜しみだ、と笑いとばしていたけれど。でも、ほんとうはどうなんだろう?

体育館のロッカールームにいたメアリー・ベスの姿が、脳裏にありありとよみがえる。シャノンはそのとき更衣用のブースで着替えをしていた。カーテンと壁の隙間からは、洗面台と鏡の列が見えた。メアリー・ベスは鼻がくっつくほど鏡に顔を近づけ、もともと濃いまつげにさらにマスカラを塗りながらジーナ・プラットに話しかけていた。「うちのパパはサンタ・ルシア消防署で働いてるんだけど、パトリック・フラナリーは〝放火魔〟だって言ってたわ。署の人はみんな知ってるんだって」だが、シャノンが急いでメアリー・ベスのあとを追って真相をたずねても、彼女は「ただの冗談よ」と言うばかりだった。

でもあれは……。シャノンはごくりと唾を呑みこんだ。

「どうしたんだい？」トラヴィスが彼女の肩に手を置いて言った。優しいしぐさにだまされてはだめよ。どうせ演技なんだから。彼がわたしに近づいてきたのは、ネイトと同じく、それなりの理由があってのことなんだもの。シャノンはその手を払いのけると、テーブルの上のメモに書いた名前の頭文字をゆっくり指でたどった。A－R－S－O－N－S。ただの偶然？　父はくだらないジョークの好きな人だったけれど、これでは冗談になっていない。ただ忌まわしいだけだ。

トラヴィスの表情が暗くなる。「アーソンズ、つまり、放火って読めるわ」

「何が言いたいんだ？」

「〝生まれ順〟とか〝親父のせい〟とか、兄たちがこそこそ話しているのを聞いたことがあるの。もしもネイトの言ってることがほんとうなら……」考えたくもない話だった。吐き気がこみあげてくる。「父こそが〝物言わぬ放火魔〟だったってこと？」

「かもしれないな」ネイトが言う。

トラヴィスが口を挟んだ。「だが、彼はとっくに死んでる。最近の連続放火事件は、同一犯のしわざじゃないのか？」

「そうだ」ネイトはシャノンをじっと見つめた。「兄弟のなかでいちばん父親の真似をしそうなのは誰だと思う？」

「そんな人、いません」シャノンはそう主張したが、心のなかでは疑惑が頭をもたげていた。

そのとき、トラヴィスの携帯が鳴った。オレゴン州ルイス郡の保安官事務所からだった。

シャノンは息を呑んだ。

トラヴィスが携帯を耳に近づける。「セトラーだ」彼はシャノンの目を見つめながら、相手の話を聞いていた。そしてしばらくすると「ありがとう」と言って電話を切り、携帯をポケットにしまった。「パズルのピースがまたひとつはまったぞ。カーターが判事にかけあって、ブランチ・ジョンソンの下の息子の養子縁組に関する書類をとり寄せてくれた。それによると、その息子はカーライルという夫婦に引きとられ、ライアンと名づけられたそうだ」

30

「で、どうだった?」オフィスに戻ると、ロッシがたずねてきた。パターノは同僚の刑事や事務職のスタッフ、はては車泥棒で引っぱられてきた男にいたるまで、いろんな人にひと筆描きで星を描いてもらい、サンプルを集めてきたところだった。

「ほら、見てくれ」パターノはネクタイをゆるめながら言った。部屋のなかはとんでもなく暑い。「一三人のうち一一人までが、俺やおまえと同じように、左下の頂点からてっぺんに向かって線を引きはじめ、そのあと右下に向かって線をおろし、それから左上の角へ行って、次にまっすぐ右へ、そして最後にまた左下に戻る、っていう描きかただ」

ロッシはあまり興味がなさそうな顔をしている。「ほう、それで?」

「この描きかただと、最初にできるのはてっぺんの角で――」パターノは実際に描いてみせながら説明した。「そのまま線をおろしていって、今度は右下の角ができる。ほらな」

「右下が2か。なるほど」

パターノはペン先を紙から離さず、線を引きつづけた。「そしてこうやって左上の頂点まで行くと……」

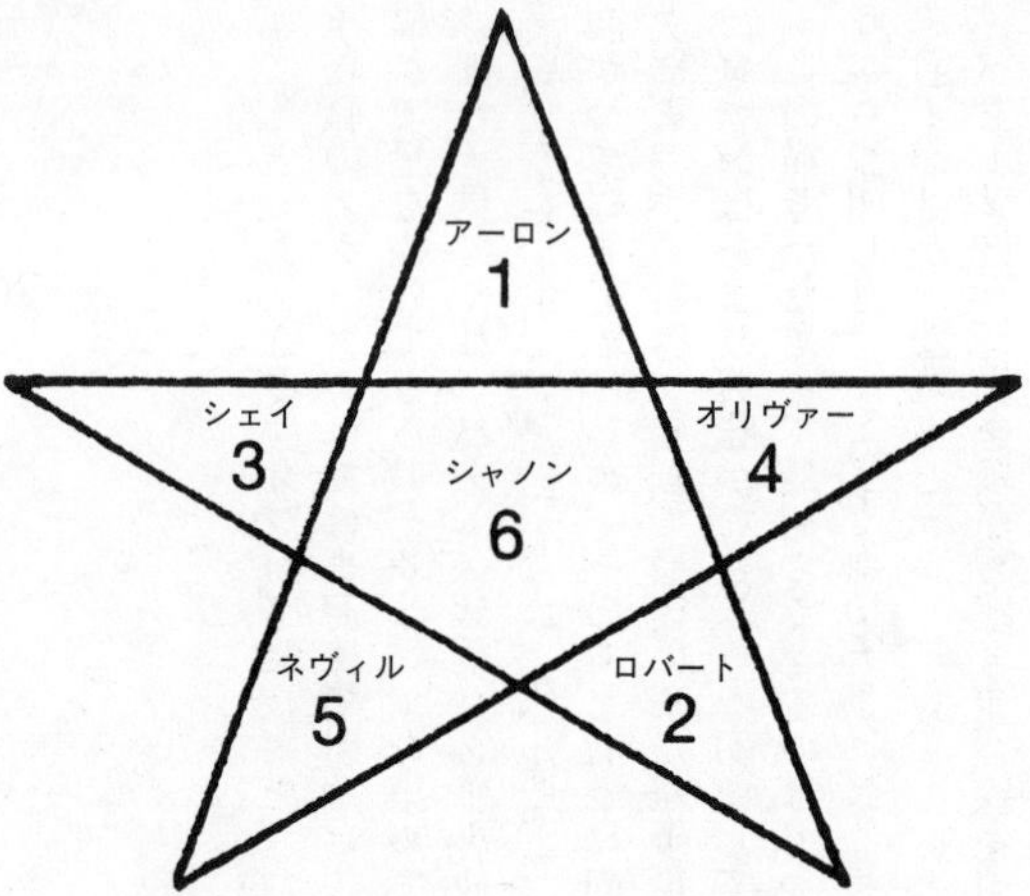

「3だな」ロッシがメモをのぞきこみながら言う。

「ああ。そこから真横に線を引いていき、右の頂点から下へ向かうと、この角が4で——」パターノは描きはじめの点までペン先を戻し、星を完成させた。「最後にできる左下のこの角が5。まんなかにできた五角形が6だ」数字を再確認するようにうなずきながら、そこに名前を書き入れていく。「これらの数字をフラナリー兄弟の生まれ順にあてはめてみると、こんなふうになる」

「殺された、もしくは行方不明になった人物は、4と5のオリヴァーとネヴィルだ。だから、その部分は角が欠けていたってわけだ。ふたりとも、もういないんだからな」

「つまり、ネヴィルももう死んでいるってことか？」

「おそらく」

「じゃあ、2が点線で囲まれてたのはどうしてなんだ？」ロッシが指摘した。

「ロバートではなく、妻のメアリー・ベスを殺したからだろう。最初から彼女を狙ったのか、たまたまそうなったのかはわからないがな」パターノは考えこむように顔をしかめた。「もしかすると、彼女と夫との結びつきが弱くなっていたことを示しているのかもしれん。だとしたら犯人は、家族同士の人間関係をよく知っている人物ってことになるな。ロバート本人が殺されたら、この部分の線も消えるのかもしれない。とにかく、犯人は俺たちに何かを伝えたがってるんだ」彼は確かな手応えを感じていた。事件解決の糸口がつかめそうなときは、いつもこんなふうに興奮してくる。

「でも、これだけじゃな」ロッシは顎に生やした短い髭をぽりぽりかいた。

「ほかに何か手かがりはあるか？」

「いや」

「だろう？　まあ、筋が通らなくても無理はない。犯人が正気とはかぎらないんだ」パターノは背筋を伸ばし、名前を書きこんだ星をじっくりと眺めた。「ああ、それから、オレゴンの保安官から報告があったんだが、ダニー・セトラーが誘拐された日に殺された女性は、ライアン・カーライルの産みの母親だったそうだ」

「そいつはまた思いもよらない情報だな」ロッシは太い指で星をなぞりながら言った「だが、セトラーの娘がさらわれたこととはどう結びつく？」

「それをこれから突きとめるんじゃないか」パターノは星をじっと見つめた。犯人は何を伝えようとしているのだろう。今のところはっきりしているのは、シャノン・フラナリーがすべての中心にいるということだけだ。

電話のベルが鳴り、パターノは受話器を耳に押しあてた。「パターノだ」

鑑識の技術専門家ジャック・キムだった。「ちょっと興味深い事実が判明したので、お知らせしておこうと思いまして」

「なんだ？」

「女の子の声が録音されていた例のテープです。こっちへ来てもらえませんか？」

パターノは一瞬も無駄にしなかった。電話を切るやいなやドアをめざしながら、ロッシを振りかえって言う。「鑑識がセトラーの娘のテープから何か見つけたらしい」

「待ってくれ」

ふたりはエレベーターを待つ時間も惜しんで、三階分の階段を駆けおり、地下の鑑識課へ駆けこんだ。少なくともここは、古いエアコンが唸りをあげている上の階よりも涼しい。

窓のない防音のオーディオルームへ入っていくと、ジャック・キムが待っていた。

「で、何がわかった？」

「これを聞いてください」キムは、ダニー・セトラーの声が入ったテープをかけた。一度聞かせてからテープをとめ、また巻きもどす。「じゃ、次はこれを。彼女の声と火がはぜる音をとりのぞいてみたんですよ」キムはレバーやダイヤルを操作し、再びテープを再生した。

パターノはてっきり、誘拐犯のささやき声が聞こえるものと思って身がまえていた。しかし、代わりに聞こえてきたのは、かすかな物音だった。

「なんなんだ、これは？」どことなく聞き覚えのある音だが、思い出せない。

「列車の音じゃないか？」ロッシが言った。「犯人の隠れ家は駅か線路のそばなんだよ」

「そうか、よくわかったな。もう一度、頼む」再びテープに耳を傾けてから、パターノは言った。「この件は内密にしておこう。誰にもしゃべらないでくれ。セトラーにもだ。われわれの動きを犯人に悟られるとまずいからな。いやいや、ありがとうよ」彼はキムの背中をばしんと叩いた。「おまえさんにはビール一本分の借りができたな」

「あなたにはもう、ケース半分くらいは貸しがあるはずですよ。数えてはいませんけどね」

キムがにやりと笑ってみせた。

「このこと、ＦＢＩは知ってるのか？」

「連絡は入れておきました。向こうもテープのコピーは持っていますから、とっくに解析を進めてるでしょう」

ロッシとパターノは地下の鑑識課をあとにし、オフィスへ戻った。パターノはコンピュータの前に陣どり、管轄区域の地図を画面に呼びだした。「おかげでかなり範囲が狭まったぞ。鉄道は谷間の町を結ぶように走って、山のほうへ続いている」

「そうはいっても、ある程度人里離れた場所のはずだ。列車の音は聞こえても、車が行きかう音は聞こえなかったからな」ロッシが指摘する。「隣の家の犬の鳴き声も」

「録音されたとき、たまたま静かだっただけかもしれないぞ」

「だが少なくとも、そのときダニーは防音設備のある部屋とか地下室には閉じこめられてなかったってことだ」

「そうだな」パターノはコンピュータの画面に映しだされた地図を眺めながら言った。路線上の町の数は多くないものの、距離は長い。「とりあえず、捜査の足がかりにはなるだろう」

彼は受話器に手を伸ばした。そろそろＦＢＩと話をしておいたほうがよさそうだ。


シャノンはバッグと鍵束をつかみ、動物たちの様子を確かめに行った。ネイトのことが信用できなくなってしまったからだが、もちろん、彼が動物をほったらかしにしたことなんて、ただの一度もなかった。

でも、彼は嘘をつき、わたしを利用していた。ほかにもまだ何か隠していることがあるかもしれない。

アレクシに連絡して、週末までにこの家と新しい家の両方に防犯システムをとりつけてくれと頼み、それから兄たちに電話をかけた。アーロンとロバートは留守だったのでメッセージを残しただけだったが、最後にシェイをつかまえることができた。ちょうど実家に戻っているという。シャノンは「あとでそっちへ顔を出すから待っていて」と言って電話を切った。

トラックは警察に持っていかれたままだったので、トラヴィスに頼んで町のレンタカー屋まで乗せていってもらうことにした。

「わざわざ車なんか借りることないじゃないか」町へと向かいながら、トラヴィスが言った。

「運転手役ならいつだってぼくが引き受けるのに」

「自分の車がないと不便だもの」シャノンはネイトの告白を聞いて以来、トラヴィスも含めて、誰も信用するまいと心に決めていた。だいいち、どこへ行くにも彼についてこられるのは困る。わたしは、男性がそばにいてくれないと何もできない女なんかじゃない。

「サンタナのせいで、いらいらしているみたいだね」町の郊外にさしかかったあたりで、トラヴィスがブレーキを踏んで角を曲がりながら言った。

「余計なお世話よ」

彼は片手をハンドルから離した。「おいおい、ぼくまで邪険にするのはやめてくれよ」

「どうして？ ベッドをともにした仲だから？」自分でも嫌になるくらい、棘のある言いかただった。

「違うさ。同じ娘を分かちあう仲だからだ」

「そうかしら？」シャノンは言いかえした。「わたしたち、何も分かちあってなんかいないんじゃない？ だってわたし、とっくの昔に親権を放棄したんだもの」自分を守るかのように、憤然と胸の前で腕を組む。ダニーはトラヴィスの娘でしかないのに、〝ぼくらの娘〟なんていう言葉にまんまとだまされてしまった。おまけにさっきまでは、自分が産んだ赤ん坊に会ってみたいという強烈な思いのほかに、ひそかな夢まで描いていた。いつか三人で、家族になる夢――トラヴィスが父親で、わたしが母親で、ダニーがふたりの愛する娘。だがそれは決してかなわぬ夢だ。うまくいくはずがない。たとえ、みんながそれを望んだとしても。

「あそこよ」シャノンは小さな商店街とドーナツ屋のあいだにある、みすぼらしい店を指さした。いかにもぱっとしない中古車専門のレンタカー屋だ。その前のでこぼこの駐車場に、トラヴィスがトラックをとめた。

「いろいろとありがとう」彼女は無愛想に礼を言った。だがそのとき自分の口調を耳にして、あらためて気づかされた。やっぱりわたしは、この人のことが好きなんだ。好きになってはいけない人を好きになってしまったんだ。「ほんとうよ。感謝してるわ」

「ぼくでよければ――」

シャノンは片手を突きだした。「もう充分。あとで電話します……あなたもダニーのことで何かわかったら、連絡してね」

「シャノン――」

「今はやめて。お願い。お互い、そんな暇はないはずでしょう？　まず、ダニーを見つけなきゃ。話はそれからよ」彼の顔を見つめながら言う。ああ、なんてハンサムなんだろう。でも彼は、これまで出会ったほかの男と同じ――信頼できない男だ。

シャノンは埃っぽい駐車場におりたち、車のドアをばたんと閉めた。遅い午後の日ざしが道路に照りつけ、そこから立ちのぼる熱気が行きかう車やショーウインドウをゆがませていた。彼女は日の光をさえぎるように手をかざし、走り去るトラヴィスのトラックを見送った。

どうしたわけか、胸が締めつけられる思いがした。「あなたって、馬鹿なんだから」シャノンは自分に向かってつぶやき、腹いせに足もとの小石を蹴った。正面がガラス張りになった建物へ近づいていくと、金網の奥に車がずらりと並んでいるのが見えた。なかには車体がへこんでいたり塗装が剝げているものもあったが、それ以外はけっこうまともそうだ。

三〇分とたたないうちに、シャノンはとりわけ状態のいい五年落ちのマツダに乗って母親の家へと向かっていた。


男はいらついていた。ダニーにも腹が立ったが、それ以上に、自分自身に対して腹が立った。余計な時間をとられたせいで、計画の一部を見送らざるをえなくなったからだ。借りを返してもらわねばならない連中はほかにもいるが、そっちはあとまわしにするしかない。

今はとにかく、あのガキのせいで狂ってしまったスケジュールをもとに戻さなければ。

気温はゆうに三〇度を超えているというのに、男は暖炉に火をおこし、全裸になって熱い炎に肌を焼かれる感覚に身をゆだねた。すると、あのときの恐怖がよみがえってきて、復讐の念がさらに強くなった。

炎……燃えさかる炎が獲物を呑みこんでいく光景は、今でもはっきりと覚えていた……業火は這うようにして広がり、意識を失って倒れていた獲物をとり囲んだ。黒い煙が天に向かって噴きあがった。炎は同時に、男の逃げ道もふさごうとしていた。男は火の粉を浴びながら炎の壁を飛び越え、必死にその場から逃げだそうとしたのだが、そのとき、髪や服に火が燃え移った。背中に激しい痛みを感じながら、彼は地面に転がって火を消そうとした。

馬鹿だった。

もっと早く逃げていれば。

もう少しで、獲物といっしょに死んでしまうところだった。ライアン・カーライルの遺体の隣で、謎の焼死体が発見されていたかもしれない……もっとも、身元ならすぐに判明しただろうが。

あのときはどうにか立ちあがり、気力を振りしぼって足を前へと踏みだしたが、シャツはすっかり焦げてなくなり、皮膚は赤く焼けただれていた。それでも一歩ずつ交互に足を運んで山道をのぼり、車をとめておいた場所までたどりついた。

火傷を負った背中が激しくうずいたが、とにかくこれで逃げられる、と思った。

そして、男は今日まで生きのびてきた。

復讐をとげるために。

彼は口もとに冷ややかな笑みを浮かべた。姿勢を正し、暖炉の火に向かっておもむろに放尿を始める。火を支配し、力でねじ伏せていくような感覚がたまらない。燃えさかっていた炎がしゅうしゅうと音を立てて消えていくだけで、エネルギーがみなぎってくる。

機は熟した。

男は火を消し終えると、裸のまま、娘を閉じこめている部屋の前まで行って拳でドアを叩きながら怒鳴った。「さあ、ショウの始まりだぞ」釘抜きを使って、打ちつけておいた板を引きはがしていく。ぎーっ、という音とともに長い釘が抜け、板が床に転がり落ちた。

ダニーの服と靴を持ってきて、暗い部屋のなかへ放りこんだ。彼女がどこにいるかは、確かめもしなかった。この状況では逃げだせるはずがない。「急げよ」男は言った。

日暮れまでにはまだ時間があったが、それまでにすませておかなければならないことがたくさんあった。

•

シャノンはエアコンのないレンタカーの窓を全開にして、通い慣れた道を走っていた。ネイトに言われた言葉が、頭のなかでぐるぐる渦を巻いている。〝物言わぬ放火魔〟の正体はわたしの父親で、兄の誰かがその遺志を受け継いで新たな事件を起こしている――そんなこと、ありえるだろうか。

ダニーが誘拐されたときのアリバイは、すべて不確かなものばかりだ。シェイは二日間の休暇をとって、ひとりで釣りに出かけていたという。ロバートはその日、ちょうど非番だった。アーロンはもともと、いつも単独行動だ。つまり、誰にでも犯行は可能だったことになる。

そして、オリヴァーは死んでしまった。

窓から吹きこんでくる熱風に髪を乱しているうちに、ショックと胸の痛みの一部が薄らいでいった。しかし、激しい怒りがそれにとって代わった。ネイトがほのめかしたような大それたことが兄たちにやれるなんて、とうてい思えない。そんな馬鹿げた考えを抱いているネイトに腹が立ってしかたがなかった。だいいち、彼はわたしを利用していた。その意味で言えばトラヴィスだって同類だ。彼がわたしに近づいてきたのは、純粋に娘を捜すためだったときのトラヴィスの顔には、後ろめたそうな表情が浮かんでいた。隠し事をしていたという点では、誰も彼も同罪だ。

何よりシャノンは、自分に怒っていた。いともたやすく他人を信頼してしまう自分に。角を曲がろうとしたとき、対向車線の車にぶつかりそうになって派手にクラクションを鳴らされたが、その音にさえほとんど気づかなかった。父のことで頭がいっぱいだったからだ。サンタ・クロースのような白髪頭に、赤ら顔。アイリッシュ・ウイスキーと葉巻の香り。感情がすぐ顔に出る人で、兄たちがいけないことをしたとたん、ポーチに引っぱっていって細いベルトでお尻を叩いた。

パトリック・フラナリーは厳格な父親だった。そんな人が放火魔？　まさか……。でもそれなら、頭文字のことはどう説明すればいいのだろう。わざわざ秘密のアナグラムを用いて子供たちの名前をつけたのは、ただの悪趣味なジョークだったのだろうか。

いったん赤信号でとまると、シャノンはいらだちをまぎらすようにハンドルに指を打ちつけた。ただ無性に腹が立った。ブレンダン・ジャイルズはわたしが子供を身ごもったと知ったとたん、臆病風を吹かして逃げていった。ライアンは拳を振りまわすことでしかコミュニケーションのとれない人だった。「みんな地獄に堕《お》ちてしまえばいいのよ」彼女は唸るように言って、信号が変わると同時にアクセルを踏みこんだ。

それからほどなくして、シャノンは母親の家の前に車をとめた。生まれ育ったこの家は以前と何も変わらないように見える。だが、車のキーを引きぬいてバッグにしまいながら、彼女は思った。これもまた偽りなのだろうか。これまで信頼していたもの、信じてきたものすべてが、見かけとは違うのだろうか。

くだらない言い訳やおざなりな謝罪の言葉は、もう聞きたくない。欲しいのは真実だ。シャノンは大股で玄関に向かい、一段抜かしでポーチの階段を駆けあがった。深呼吸してからオーク材の分厚いドアを二度ノックし、鍵のかかっていないドアをあけてなかに入った。

幼いころから慣れ親しんだ匂いが彼女を包んだ。キャンドルや煙草の燃えさしの匂い、魚を焼いたあとのような匂い。そうか、今日は金曜日だ。金曜日には肉を食べないというカトリックの習慣を今でも守っているのは、母くらいかもしれない。

リビングのマントルピースに飾られた家族写真が目に入っても、なつかしい気持ちやいとおしい気持ちはこみあげてこなかった。七歳ぐらいのときに撮った写真だ。シャノンは父と母に挟まれてベンチに座り、五人の兄はおそろいのブレザーを着て、ちょっと恥ずかしそうに歯を見せて笑いながらまわりを囲むように立っていた。兄たちはそれぞれ髭を生やしたり、にきびができたりしていたけれど、青い瞳と、黒い髪と、アイルランド系らしい力強い顎の線はみな父親にそっくりだった。とくに双子は、右端と左端に分かれて立っていてもほとんど見分けがつかない。確か、アーロンの左側に写っているのがオリヴァーだ。そのことを覚えていたのは感謝祭の日に家族が集まるたび、どっちがどっちだったっけ、という話が出たからだった。フラナリー家の人数は年々増えていき、七面鳥を囲むテーブルもダイニングルームだけでは間に合わなくなり、いつしかリビングのほうまで延びていった。けれど、それももう昔の話だ。ネヴィルは行方不明になり、オリヴァーとメアリー・ベスは死んでしまった。

頭のいかれた犯人のせいで。

「シャノンか？」シェイが玄関ホールの階段の上に姿を現した。目の下に隈をつくり、張りつめた表情をしている。「遅かったな」彼は皮肉まじりの声で言った。

シャノンは兄のあてこすりを聞き流し、カーペットのすりきれた階段を駆けあがった。

「ママの様子はどう？」

「まあ、元気ではないな」

「落ちこんでるんでしょうね。ママとオリヴァー兄さん……仲がよかったから」

シェイは両手を後ろのポケットに突っこみ、寝室のドアの前のカーペットに目を落とした。玄関ホールの古い置き時計の音だけが、しんとした家のなかに響いている。「今朝、母さんのかかりつけの医者に電話して、薬局で鎮静剤をもらってきたよ。だから今は少し落ち着いてる」

「ほかのみんなは？」シャノンは、当然ほかの兄たちやその家族も集まっていると思っていた。シェイの奥さんや、ロバートの子供たち、もしかしたらシンシアも。だが、ここはまるで墓場のように暗くひっそりと静まりかえったままだ。

シェイは肩をすくめた。「アーロンは、あとでこっちに寄るって連絡してきたんだが、まだみたいだ。ロバートは……よくわからない。近ごろちょっとおかしいからな」

「みんなそうじゃない?」

同意する代わりに、シェイは鼻をふんと鳴らした。「ポーチで一服してくるよ」マールボロ・ライトの箱をポケットからとりだし、煙草を口の端にくわえながら言う。「母さんはそろそろ眠るんじゃないかな。同じ教会に通ってるミセス・シンクレアって老婦人が、二、三日泊まりに来てくれるらしい。元看護師なんだそうだ」彼は腕時計を見おろした。「そろそろ現れてもいい時間なんだが」

「まだ帰らないでよ」シャノンは言った。「話があるんだから」シェイは階段をおりはじめた。

暗い寝室へと入っていった。部屋はうだるような暑さだというのに、母は分厚い羽毛布団をかぶっていた。窓のカーテンも閉めきられたままで、明かりはベッドのそばのテーブルランプだけだ。

四〇年間、夫婦で分かちあってきた四柱式の大きなベッドのなかで、母親は小さく青ざめて見えた。ナイトテーブルの上には、水の入ったグラス、空になったティーカップ、数種類の薬のボトル、ティッシュの箱、聖書とロザリオが置かれている。そして、吸い殻が数本入った灰皿と半分ほど減ったセーラムの箱。ずっと以前に煙草をやめるまで吸っていた銘柄だ。

シャノンの心は一気に沈んだ。こんなに絶望しきった母を見るのは初めてだ。父の葬儀のときでさえ、ここまでじゃなかったのに。まぶたは半開きで、自慢の赤毛もくしゃくしゃに乱れている。

「来たわよ、ママ」シャノンは丸めたティッシュがあふれそうになっているゴミ箱をよけてベッドに近づき、マットレスの縁に腰かけて母の手を握った。「気分はどう?」

母はなんの反応も示さない。シャノンの心は千々に乱れた。

「つらいわよね」

またしても返事はなかった。

「ママ?」

ようやくモーリーンが赤く泣きはらした目でぼんやりとこちらを見あげ、血の気の失《う》せた唇の端をかすかに持ちあげて微笑んだ。「シャノン」母はそうささやくと、華奢《きゃしゃ》な手でぎゅっとシャノンの手を握りかえした。「オリヴァーが……わたしの大切なオリヴァーが……」

「そうね、ママ」

「どうしてこんなことになったの?」

「まだわからない。でも、ひどい話」

モーリーンの目から涙がこぼれ落ちた。「あの子は神様のもとへ召されたのよね」空いているほうの手を無意識に煙草の箱へ伸ばそうとする。

「ママ、煙草なんて吸っちゃだめよ。なんの気休めにもならないでしょ」

母の手は力なく、花柄の羽毛布団の上に落ちた。「なんだかもう、疲れたわ」

「しばらくやすんだほうがいいわね」母親は悲しみに打ちひしがれ、薬でどうにか安静を保っている状態だ。それでもシャノンには、訊きたいことがあった。「だけどその前に……パパのことを教えてくれない？」

「パトリックのこと？」少しだけ目があき、その分、瞳孔が小さくなったように見えた。

シャノンは大きく息を吸いこんだ。「パパは……〝物言わぬ放火魔〟だったの？」

「え……なあに……？」母親は再びまどろみはじめた。また、まぶたが閉じかけている。

「放火魔よ」シャノンが返事を待っているうちに、モーリーンは眠りに落ちてしまったようだった。「ママ？　どうしてわたしたち、こんな名前をもらったの？　いったいなぜ――」

「なんの話だ、シャノン？」シェイの低い声が部屋のなかまで響いてきた。

シャノンは母の手をおろし、素早くこめかみにキスをしてから、兄がたたずんでいる廊下へ出た。「盗み聞きしてたのね」

「母さんに妙なことを訊いてたじゃないか」表情の読めない顔でシェイが問いつめた。

彼女は寝室のドアを閉めた。「だから話がある、って言ったでしょ？　今、話しましょう」

先に立って階段をおり、キッチンの裏口からポーチへ出る。兄たちがここに集まって内緒話をしていたのは昨日なのに、はるか昔のことのようだ。

「はっきり訊くから、正直に答えて」たわいのないおしゃべりを楽しむ気分ではない。

「なんのことだ？」シェイは新たな煙草をくわえ、両手で覆うようにして火をつけた。

「〝物言わぬ放火魔〟のこと……わたしたち家族のことよ」シャノンは、ポーチの陰で煙草をくゆらすシェイに向かって、今朝ネイトから聞いた話を洗いざらいしゃべった。シェイは質問をさし挟むこともなく、黙って話を聞いていた。スズメバチが裏庭のリンゴの木のまわりをぶんぶん飛びまわり、アオカケスが小鳥用の水鉢でしぶきをあげながら水浴びをしている。話し終えると、彼女は訊いた。「で、どこまでがほんとうなの？」

シェイは大きく煙を吸いこんで、口の端からふうっと吐きだした。「今さら父さんの評判を落とすようなことをして、なんになる？」

「それじゃ、やっぱりパパが放火魔だったわけ？」何を聞かされても平気だと思っていたが、いざ真実を突きつけられると、手すりにつかまらなければ立っていられなくなった。

「ほんとうのことはわからない。ただ、俺としては、そうだったんじゃないかと思ってるよ」シェイはピンクのペチュニアの鉢に煙草を突っこみ、湿った土で火を消した。

「じゃあ、名前の件は？」

「あれはただのジョークさ」

「パパのこと、前から知ってたの？」

「俺なりにいろいろ考えてみたからね」シェイは頭のそばを飛んでいた蚊を叩きつぶした。

「あれはライアンじゃなかったの？　彼が死んだら、放火事件もおさまったでしょう？」

「父さんはきっと、怖くなったのさ」シェイは言った。「だが、はっきりわかっていることなんて、ひとつもないんだ」彼はフェンス越しに隣家の裏庭を見た。誰もいないプールに、ビニール製のマットがぷかぷか浮かんでいる。

「ライアンを殺したのは誰？　それもパパ？　それで、わたしに罪を着せようとしたの？」

シェイは目をぎゅっとつぶった。「違う」

「兄さんにはわかってるんじゃない?」シャノンは詰め寄った。「どうして家族がひとりずつ殺されなければならないのか。ネヴィル兄さんは行方知れずだし、双子のオリヴァー兄さんも、ロバート兄さんの奥さんも今はすでにいない。次は誰なの? 兄さんは警察官なんだから、黙って見てないでなんとかしてよ!」

「俺には何もできないんだよ!」シェイが怒鳴った。「わからないのか、シャノン。俺の口からは何も言えないんだ」

「どうして?」シャノンは問いただした。「人が殺されているっていうのに……」そのとき、衝撃的な真実に気づいた。トレーラーに跳ねとばされたような衝撃だった。ネイトの言ったことは正しかった。

シェイは事件にかかわっている。

31

もう逃げ道はなかった。

シェイは実家のポーチに立って妹を見おろしながら、このまま死んでしまいたいと思った。いや、俺はもう死んでいるのかもしれない。「わかったよ、シャノン」彼は言った。敗北感が肩に重くのしかかってくる。「おまえの勝ちだ。もう秘密にしておくことはできない。だがすべてを告白する前に、弁護士と話をさせてくれないか」

「ほんとうのことを言ってくれるなら、かまわないわ」シャノンは言葉にならない思いを緑の瞳にあふれさせながら、じっとシェイを見つめた。

「だが、ここじゃダメだ」彼は自分の育った家を眺めながら言った。高校のフットボールの試合でタッチダウンを決めて勝った夜、父はここで、肩を叩いてねぎらってくれた。父が夜遅く、ビールの匂いをぷんぷんさせながら戻ってくると、母はいつも憤懣《ふんまん》やるかたないといった表情を浮かべていた。いたずらをして見つかったときは、父にベルトでお尻を叩かれたこともあった。少年時代、俺はこの家で、どんな未来が待っているんだろうと胸をふくらませながら暮らしていた。

だが、待っていたのはこんな未来だったわけだ。

「じゃあ、どこで？」シャノンがたずねた。

「アーロンのところへ行こう」

「アーロン兄さんもかかわってるのね？」

「どっぷりとな」

「ロバート兄さんも？」

「もちろんだ」

シャノンは心から驚いたが、それでも顎をぐいと引いて言った。「じゃあ、行きましょう。もし兄さんたちがダニーの居場所を知ってたりしたら、わたし――」

「脅しをかける必要はないよ、シャノン」シェイは再び怒りがわきあがってくるのを感じた。「俺たち、あの子がどこにいるのか、見当もつかないんだからな」

シャノンは明らかにその言葉を信じていなかったが、それはシェイにとって、どうでもいいことだった。母の付き添い役の彼は兄たちと弁護士に連絡を入れてアーロンの家で落ちあうことにし、妹といっしょに、ミセス・シンクレアが来るまで待った。そのあいだ、言葉はひと言も交わさなかった。

ふたりが別々の車でアーロンの家に到着すると、カーライル家の弁護士であるピーター・グリーンが黒いベンツからおりてくるところだった。片手にはブリーフケースを持ち、禿げあがった額に深い皺を刻んでいる。彼は玄関のところでシェイに近づくと、「こんなことをするなんて、大きな間違いだぞ」と言った。

「責任はとるよ、ピート」シェイは言った。「なかに入ろう」

アーロンとロバートはすでに到着していたので、全員でパティオのテーブルを囲んだ。

シャノンはシェイが語りはじめたホラー・ストーリーに耳を傾けた。

「〝物言わぬ放火魔〟は親父だったんだ。署にいたころ、俺は、〝物言わぬ放火魔〟の事件が起きるたびに、親父がしばらく行方をくらますことに気づいた。そうして、うちの物置で、放火魔がいつも使っていた反応促進剤と時限発火装置を見つけたんだよ。俺は親父に詰め寄った。そうしたら親父は、ヒーローになりたかった、と言ったんだ。仕事を失わないためには、ヒーローにならなきゃいけないんだ、ってな。たっぷり退職金をもらって円満に引退するためには、こうしなきゃいけないんだ、って」

ロバートが目を閉じてうなだれた。アーロンは顔をそむけていた。

「でも、死人が出てしまったのね？」シャノンは小声で言った。

「そうだ。ドロレス・ガルベスっていう被害者がね」

「そのときも、火をつけたのはパパだったの？」

シェイがうなずいた。「ああ」

「ほんとなの、アーロン兄さん？」長兄の顔はチョークのように真っ白だった。

「親父はなかに人がいるなんて知らなかったんだ」

「兄さんたちは当時からこのことを知ってたのね？」怒りのせいで声のトーンがあがった。

ピーター・グリーンが両手をあげた。「聞いてくれ。この話は内密にしておいたほうがいい。外部の人間はわたしだけにしておくんだ」

シャノンは拳をテーブルに叩きつけた。

ピーターが跳びあがり、兄たちがいっせいに振り向く。

「わたしの娘が誘拐されたのよ！ そしてその事件は、〝物言わぬ放火魔〟の事件とどこかでつながってる。そうでしょ？ パパが放火魔だったとしたら、その真似をしてるのはどこの誰？ 兄さんたちのひとり？」

「なんだと？」ロバートがまばたきをしながら訊いた。「俺がメアリー・ベスやオリヴァーを殺したっていうのか？」彼は勢いよく立ちあがってテーブルをまわると、シャノンの目の前に顔を突きだしながら言った。「違うぞ、シャノン。俺じゃない！」

「じゃあ、ライアンを殺したのは？」彼女がそうたずねると、ロバートがあとずさった。

「彼を殺したのは誰？ パパなの？」

「ロバート、やめるんだ」弁護士が警告した。

「俺は――何も知らない」ロバートの瞳は大きく見開かれていた。

「ライアンがブランチ・ジョンソンの息子だってことは知ってたの？」

「もちろん知らなかったさ。確かにライアンは養子だったが、どこからもらわれてきたかなんて――」ロバートはとまどったような目でシェイを見た。シャノンは、あたりの空気が変わったことに気づいた。三人の兄たちがちらちらと目配せをしている。

「ビールを持ってくるよ」アーロンが言った。

シャノンは正面からシェイを見すえた。「何を隠してるの？」

彼女のかたわらにいたピーターが、ゆっくり頭を左右に振りながら、これ以上何も言うなと兄たちを制していた。だが、もう遅かった。

「俺たち兄弟五人で話をして、親父と同じことをしようと決めたんだ。でも今度は、自己満足のためじゃなく、正義のためにね」

「警察の代わりに誰かを裁こうとしたってこと？　それこそ自己満足だわ！」

シェイが口もとを引き結んだ。アーロンはビールの缶を持って戻ってくると、ひとつずつみんなの前に置いた。だがビールをあけたのは、持ってきた本人だけだった。

シェイが先を続けた。「俺たち、グループをつくったんだよ。ある意味、結社みたいなやつをね。そうして、ひとつの計画を立てた」

「違法な計画ね？」シャノンの心臓は狂ったように鼓動していた。

「シェイ」ピーターが割って入った。「弁護士として忠告しておく。これ以上しゃべっちゃいけない」

「シャノンには知る権利がある」シェイの口調には力がこもっていた。「子供の命がかかってるんだ」そうして妹の瞳を見つめる。「計画ってのは、ライアン・カーライルを消すことだったんだ」

「なんですって？」思わず大声になった。

「あいつは、おなかのなかにいたおまえの赤ん坊を殺した」アーロンが弁護するように言った。「おまえに暴力をふるってね」

「だから殺したの？」

「発案したのは――」シェイが言った。「ネヴィルだったよ」

「ネヴィル兄さんが？」彼女はいちばん下の兄を思い出した。双子のオリヴァーと比べて、ずっと気の強かった兄。しかし、殺人を計画するような人ではなかったはずだ。「兄さんたち五人で、殺人クラブを結成したってわけ？」シャノンは今や、体を震わせていた。耳のなかで大きな音が鳴り響いている。「兄さんたちがライアンを殺して、わたしに罪をなすりつけるなんて……」

「違う」ロバートが猛烈な勢いで首を振る。「そんなつもりはなかったんだ」

「あの夜、俺たちは森で落ちあった」シェイがロバートをさえぎるようにして、抑揚のない声で言った。「ライアンを殺すためにね。手をくだしたのはネヴィルだったよ。だがあいつはそのあと、罪の意識に苛まれるようになったんだ」

「ネヴィル兄さんがどこに行ったのかは知ってるの？」シャノンは嫌悪感をあらわにしながらたずねた。

兄たちは首を振り、ただ目の前のビール缶を見つめているだけだった。

「ネヴィル兄さんがライアンを殺しただなんて……そして、兄さんたちがみんなそのことを知ってたなんて……神様か裁判官にでもなったつもりだったの？」あまりに勢いよく立ちあがったせいでビールの缶が倒れ、テーブルの上を転がった。「オリヴァー兄さんもきっとそのことに耐えられなくなったのね。だからおかしくなって、入院するはめになったんだわ」

「オリヴァーは昔から気の弱いやつだった」シェイが言った。

「気が弱いんじゃなくて、繊細だっただけよ！」兄たちが殺人者だったなんて、信じられなかった。「わたし、兄さんたちのせいで逮捕されたのね」

「違うんだ」シェイが強い口調で言った。「俺たちにそんなつもりはなかった。あれだけの証拠でおまえが逮捕されるなんて思ってなかったんだ」

アーロンが先を続けた。「みんなで約束したんだよ。おまえが有罪になったら、ほんとうのことを言おう、ってな」

「シャノン――」ロバートが引き継いだが、彼女は聞いてなどいなかった。

「ひどいわ。人殺しなんて。で、今また同じことをやりはじめたってわけ？」

「それも違う！」ロバートが憤然と言った。

「じゃあ、誰が犯人なの？　火をつけてまわってるのは、誰？」激しい怒りがシャノンの体を駆けめぐっていた。

「俺たちにもわからない」シェイが答えた。「とにかく、話はこれで全部だ。あとは、パターノに会いに行くだけだな」

「ちょっと待ってくれ」ピーターが口を挟んだ。「その前に、どんな内容のことを話すのか相談しておこうじゃないか」

シャノンはふらつく足でパティオを出た。もう充分だった。頭がずきずきする。

レンタカーに乗りこみ、車をUターンさせた。あたりの家のなかでは人々が夕食を楽しんだりテレビを見たりして、普通の生活を送っているのだろう。

普通の生活。

そんな生活には、二度と戻れないかもしれない。


自宅のデスクについたパターノは、溶けかかった氷の入ったグラスを前に、ライアン・カーライルの解剖所見を睨みつけていた。ブランチ・ジョンソンやメアリー・ベス・フラナリー、オリヴァー・フラナリーの報告書と比べてみるためだ。電子レンジであたためた食事には手もつけていなかったし、シンクには汚れた皿が山積みだった。だが、そんなことはどうでもいい。今夜はほかにやるべきことがある。

殺されたのは、女がふたりと男がふたり。

ウィスキーを流しこむと、腹のなかがかっと熱くなる。彼は老眼鏡を鼻の上にのせた。

ブランチ・ジョンソンは何度も刺され、失血死していた。凶器はまだ見つかっていないが、おそらくナイフだろう。メアリー・ベス・フラナリーの死因は頸部《けいぶ》圧迫だった。犯人は彼女が風呂に入っているところを襲い、首を絞めながら風呂のなかに沈め、そのあとで火をつけたらしい。オリヴァー・フラナリーの死因も頸部圧迫だったが、こちらはまるっきり状況が違った。ロープで吊られ、一見すると自殺のような状態だったからだ。両手首を何者かによって切られていたが、生命を脅かすほどの出血ではなかった。そして、三年前のライアン・カーライル。彼の死因は、煙を吸いこんだことによる窒息死だ。遺体はすっかり焼け焦げていた。

ほんとうに同一犯のしわざなのだろうか。手口はばらばらだった。

しかし、ひとつだけ共通点がある。犯人が、事故ではなく殺人であることを警察に教えたがっている、ということだ。

それにしてもどうしてライアン・カーライルの事件のあと、三年間の空白があるのだろう。どうして犯人は今また動きはじめたのだろう。

行方がわからなくなっている人間も、ふたりいた。ブレンダン・ジャイルズとネヴィル・フラナリーだ。

家族に話を聞いたところ、ブレンダン・ジャイルズはどうやらほんとうに中米にいるらしい。だとすると、残るはネヴィル・フラナリー。双子の片割れだ。

ネヴィルが戻ってきて、兄弟に復讐を始めたのか？　しかし、なんのために？　シャノンの娘まで巻き添えにした理由は？　娘を見つけだすのに三年という時間がかかってしまったということなのか？

心のなかに何かが引っかかっている。だが、それがなんなのかはわからなかった。

パターノはファイルに入っていたフラナリー一家の写真を眺めた。父親と息子たちは、アイルランド系の血を引くハンサムな男ばかりだ。みんなよく似ていて、双子のふたりなど、まったく見分けがつかない。

氷を噛んでいた顎の動きがとまった。

オリヴァーとネヴィルがどこかで入れ替わった可能性はないだろうか？　心に引っかかっていたのは、そのことなのだろうか？

パターノはぐびりと酒を飲み、さらに氷を噛みながら考えをめぐらせた。しかしいくら眉をひそめてみても、事件を解決するような鍵は見えてこなかった。

ライアン・カーライルの解剖所見を手にとり、もう一度ゆっくりと読んでみた。すると最後の一行が目にとまった。身元確認の大きな手がかりになったのは、奇跡的に燃え残っていた財布だった。しかし、その財布がライアン・カーライルのものであると証言したのは妻のシャノンではなく、パトリック・フラナリーとシェイ・フラナリーだった。妙じゃないか？

確かにシャノンは当時ライアンと離婚係争中だったが、最も近しい家族であることに変わりはない。なのになぜ、身元確認に立ち会ったのがパトリックとシェイだったのか。

どうやら、シェイに話を聞いてみる必要がありそうだ。

ダニーは助手席で目隠しをされていた。運転しているのはケダモノだ。とんでもないことを計画しているらしく、すっかり興奮している。

さっき服を着るように命じられたとき、ダニーは手に持っていた釘をこっそりポケットのなかに忍びこませた。ケダモノはたいしたチェックもせずに、彼女の手足を縛り、目隠しと猿ぐつわをした。武器は釘一本だけ。おまけに手足の自由を拘束されているのでは、ほとんど抵抗などできない。

ケダモノは激怒していた。ダニーが逃げだしたせいで、計画に大幅な変更を加えなければならなかったからだ。それでも彼は暴力を振るったりせず、ただダニーを拘束して部屋から連れだしただけだった。ケダモノは彼女をしばらくポーチへ置き去りにして家のなかに戻ると、何かごそごそやっていた。音からすると、どうも家具を動かしていたらしい。

そして今、ふたりは車に乗ってどこかへ向かっていた。車内には、猿ぐつわの上からでも鼻を突くほど、ガソリンの匂いが充満していた。まるで男の体から染みだしてくるみたいだ。いったい何をしようとしているのだろう。そう思っただけで、凍りつくほどの寒気が全身に広がっていく。

目隠しをされていても、光の加減から、もう夕方近い時間であることがわかった。

ケダモノはどうやら、最後の仕上げにかかろうとしているらしい。

ダニーは死ぬほど怯えていた。

トラヴィスが待っていてくれたことがわかると、シャノンの心は躍った。「バカね」そう自分に言いきかせ、レンタカーをガレージのそばの駐車スペースへ入れる。どうしてあの人の顔を見ると、こんなに胸がどきどきしてしまうのかしら。

彼女はキーを抜いてカバンに入れた。

トラヴィスは長い脚を投げだすようにしてポーチの階段のいちばん上に座り、カーンの耳の後ろをかいてやりながら彼女の動きを目で追っていた。ああ、なんてハンサムなんだろう。彼の細身の体とあたたかい微笑みには、シャノンを惹きつけてやまない何かがあった。肩の緊張がほぐれていくのを感じながら階段をのぼっていくと、彼が立ちあがった。

「この裏切り者」シャノンは犬に向かって言った。「どうやって出たの？」

「サンタナが鍵を持ってたからね」

「それでなかに入れてもらったわけ？」

「サンタナは犬を出そうとしたんだよ」トラヴィスが弁解まじりに言った。「だが、どうやらぼくのことも信用してくれてるらしい」

彼女は片方の眉をあげた。「ほんと？　ネイトって、誰も信用しない人なのに」

「あいつ、きみを愛してるからね」彼の青い瞳がレーザーのように強烈な光を放った。

シャノンはため息をつき、トラヴィスのいるところまであがっていった。「わたしとしては、愛してもいない人を愛することはできないの。それに、ほかに気になる人がいるから」

彼が驚いたような笑みを浮かべた。影がシャノンのほうへ長く伸びている。「ほう？」

「でもその人、わたしを怒らせたりもするのよね。嘘をついたり」

微笑みが消えた。「ぼくはきみに嘘なんかついてない」

「わざとわたしの興味を惹いておいて、ダニーに関する情報を訊きだそうとしたでしょ？」

「それは半分正しくて、半分間違ってるよ。確かにぼくはダニーのことを訊きだそうとした。でも、わざときみの興味を惹いたりはしてない。だって、出会ったときから、ぼくのほうがきみに惹かれてたんだからね」トラヴィスが彼女に腕をまわして抱き寄せ、額と額をくっつけた。ふたりの瞳は、まつげが触れそうな距離にあった。シャノンは、青い炎が燃えているかのような彼のまなざしに吸いこまれいった。「きみに心を惹かれるなんて、予想もしてなかった。でも、ここに忍びこんで窓辺にたたずんでるきみを見たときから、困ったことになったのがわかったんだ」

彼女はため息をついた。「あなたのことは、絶対に好きになっちゃいけないんだって思ってたのに」そう言ってトラヴィスを見あげる。「でも、無駄な努力だったみたい」

シャノンが指先で頬に触れると、彼は呻くような声をあげ、腕に力をこめて唇を寄せた。キスの感触が体のなかで乱反射しながら広がっていく。昨日の晩のことを思い出すと、体の奥から熱いものがこみあげてきた。

何もかも打ち明けてしまいたい。瞳を涙にうるませながら、シャノンはそう思った。

「どうしたんだ？」トラヴィスがたずねたが、彼女は黙って首を振った。

じっとこちらを見おろしていたと思ったら、彼はシャノンの手をとり、家のなかへと導いた。どうやらカーンは外に出しておくつもりらしい。彼女は心をときめかせながら、二階へとあがっていくトラヴィスのあとをついていった。

彼とベッドをともにするなんて、まちがってる。それはわかっていた。なのに彼が欲しくてたまらなかった。彼の指先や肌の感触は、非現実的なほどの恐怖を心のなかから吹きはらってくれた。

愛を交わしたあと、ふたりはキッチンにおりた。トラヴィスがステーキ用の肉とシャンパンを買ってきていた。ポテトはパントリーにひとつしか残っていなかったが、トマトなら裏のポーチの鉢にいくつも生っている。彼が肉を焼き、シャノンはシャンパンを注いだ。

「今日耳にした話は、絶対外には洩《も》らせないことなの」彼女はオニオンを刻みながら言った。ケージから出してもらったマリリンが、あたりを嗅ぎまわっている。

「ぼくが誰かに言うと思ってるのかい？」

シャノンはトラヴィスを見た。この人こそ、ほんとうにわたしのことを心配してくれている人だ。おまけに、娘のことで心を痛めている。兄たちなんて、どうでもいい。

彼女は父と兄弟、そして〝物言わぬ放火魔〟のことをすべて話した。トラヴィスはまんじりともせずに彼女の話に耳を傾け、そして首を振った。「つまり、お父さんは間違ってドロレス・ガルベスを殺してしまい、そのせいで放火をやめたってことなんだな。そうして兄さんたちは、悪いことだとわかっていながら父親の真似をして火をつけ、きみの夫を殺した」

「そんなとこかしら」

「で、きみはその話を信じたのかい？」彼はさらにシャンパンをグラスに注ぎ、シャノンに渡した。

「だいたいのところはね。でも、まだわからないことがあるの。何もかも正直に話してくれたとは思わない」彼女はグラスを合わせ、冷たいシャンパンを口に含んだ。「たとえば、どうしてまた同じような事件が起きはじめたのか」

「確かに、兄さんたちの話では説明がつかないな」トラヴィスは窓の外に目をやった。夕闇が迫りつつあった。「いろんな情報をつなぎあわせても、まだ、ジグソーパズルは完成していない気がする」

「パターノがほんとうのことを訊きだしてくれるかもしれない」

「だが、兄さんたちには弁護士がついてるんだろう？」

「そうね」シャノンはもうひと口シャンパンを飲み、ボウルのなかでオニオンとトマトをまぜあわせた。

「兄さんたちはお互いのことをかばってるのさ」

反論はしなかった。シャノンもそう思っていたからだ。

サラダができあがり、肉が焼きあがった。シャノンは自分でも驚くほどの勢いでステーキをたいらげた。無意識のうちに、心の隙間を埋めようとしていたのかもしれない。心理学者だったら、代償行為とでも呼んだことだろう。

食事のあとはベッドに入り、体を寄せあった。ふたりを包んでいるのは一枚のシーツだけだった。シャノンはナイトテーブルの上のダニーの写真を見ながら思った。わたしたちの娘は、いったいどこにいるの？

32

何かがおかしかった……とんでもなく……彼女は実家を歩きまわって、探しものをしているところだった。

「ネヴィル兄さん？」彼女は呼びかけた。「オリヴァー兄さん？」

ふたりはどこへ行ってしまったんだろう。

ベーコンの焼ける匂いがした。しかしキッチンには誰もいないし、コンロにも火はついていない。母の姿もどこにもなかった。なのに「あなたはルールにしたがわなかったのね」という声がどこからか聞こえてくる。

「ママ？」シャノンは叫んだ。父親がいつもくつろいでいた部屋に行くと、あたかも彼がさっきまでそこにいたかのように葉巻の煙が漂っていた。デスクの上のガラス製のケースのなかには葉巻が何本かあり、その隣にはダニーの写真が飾られていた。

心臓が凍りついた。

あの子はどこなの？

赤ん坊の泣き声が聞こえ、あわてて階段を駆けあがった。後ろから母の声が追いかけてくた。

ている。

る。「罪の代償は死よ……」赤ん坊は泣きつづけ、あたりには煙が漂っていた。

「ダニー！」シャノンは大声で言った。足が鉛のように重い。ふと見ると、手が真っ赤に染まっていた。大量の血が階段の手すりを伝って流れ落ちている。

二階を見あげ、思わず息がとまりそうになった。階段のてっぺんでオリヴァーが首を吊っていた。まわりには、煙と炎。そして、兄の腕のなかにはひとりの赤ん坊がいた。

「いや！」シャノンは叫んだ。「ダメよ、オリヴァー兄さん！」

兄がかっと目を開いた。こちらを見おろしたその顔が、みるみるうちに溶けていった。

そのとき彼女は気づいた。これはネヴィルだ。オリヴァーじゃない。

彼は子供を放り投げた。赤ん坊の体が高く舞いあがった。「いやあああ！」

そのとき、目が覚めた。

夜だ。あたりは暗い。

「ああ、ひどい夢だった」シャノンはそうつぶやき、身震いしてトラヴィスの腕のなかにもぐりこんだ。

「しーっ」彼はきつく抱きしめ、頭のてっぺんにキスしてくれた。男らしい彼の匂いが、まだかすかに残っていた夢のなかの煙の匂いとまじりあった。

まさに、血も凍るような夢だった。

トラヴィスの腕に力がこめられたのがわかった。目をあけると、彼も瞳を輝かせながらじっとこちらを見ていた。それにしても、どうしてまだ煙の匂いがするんだろう。

思わず心臓が胸を突き破って飛びだしそうになった。

夢じゃない。本物だ。

火災報知機の甲高い音が静寂を引き裂いた。

「そんな!」

トラヴィスはすでにジーンズをはいているところだった。シャノンも転げ落ちるようにしてベッドを離れ、急いで服を着ると下におりた。「消防車を呼んで!」肩越しにそう叫びつつ、キッチンに駆けこむ。

カーンが哀れな鳴き声をあげ、マリリンもすっかり怯えていた。どうしてカーンの声が聞こえなかったのかしら。それだけ疲れていたってこと? 愛を交わしたから? シャノンはあわててブーツをはきながら、裏口のドアをあけた。カーンが勢いよく外へ飛びだしていった。

「あなたはここにいるのよ」子犬に声をかけてから、トラヴィスのほうを見やった。彼は耳に携帯をあて、大声で助けを求めていた。「そう、シャノン・フラナリーの家だ!」

「犬たちを外に出してくる!」シャノンはそう言って、壁から消火器をもぎとるとトラヴィスの手に押しつけた。「あなたは馬小屋へ行って!」

彼女はパニックに襲われながら外に出た。一度ならず二度までも火事になるなんて!

「ネイト! 起きて!」ありったけの声で呼んだ。動物を入れた小屋からはすでに煙があがっている。ガレージの上まで行ってドアを叩いている余裕はなかった。彼女はトラヴィスが馬小屋へ向かうのを確かめてから、犬小屋の扉をあけた。

犬たちは狂ったように吠えていた。だが火の手があがっているのは、小屋の隅のほうだけだ。彼女は壁から外した消火器を炎に向かって噴射しながら、次々と犬を外に出していく。「だいじょうぶよ」そう言ってなだめてみたものの、内心では嘘だとわかっていた。ケージの入口をあけてやると、アトラスが弾丸のように駆けだしていった。隣のシシーはじっと待っていたが、ラッチを外すやいなや、やはり一目散に外をめざした。そのときだった。建物を揺るがすほどの爆発が起き、彼女はバランスを崩して倒れ、コンクリートの床に嫌というほど頭を打ちつけた。

トラヴィス！　馬たちを助けて！

窓の外で、馬小屋の屋根を突きぬけて炎が噴きあがるのが見えた。

馬小屋のドアをあけたとたん、炎と煙と熱気がトラヴィスを襲ってきた。燃えているのはパドック側だ。馬房に閉じこめられた馬たちは、パニックを起こしていないなないていた。たちこめた黒い煙が目を刺す。彼は咳きこみながら消火器を噴射し、いちばん近くにある馬房の横木を外した。鹿毛の馬が蹄の音を響かせながら、駐車場に面したドアへ全速力で駆けていった。

次に左側の馬房に行って横木をあげると、巨大な動物が猛烈な勢いで脇をかすめていったせいで、あやうく転びそうになった。

煙が充満していてよく見えないが、どうやら火の手はさほど激しくないようだ。彼はゆっくりと前へ進みながら馬を逃がしていった。

反対側まで行くと、煙がとぎれた。そのとき、トラヴィスは見た。

娘の姿を。

ダニーは手足を縛られ、猿ぐつわを噛まされて、パドック側のドアの外に立っていた。信じられなかった。こんな身近に娘がいるなんて。ダニーは恐怖に目を見開きながら、狂ったように首を振っている。トラヴィスは思わず足を踏みだした。そして、大きな間違いを犯したことに気づいた。

足首の高さに張られていた細い糸を切ってしまったのだ。

彼が前方へ身を投げだすのと同時に、爆発が小屋全体を揺さぶった。

爆風に吹きとばされ、馬小屋のドアに体を打ちつけながら、トラヴィスは思った。

ダニーは？　娘はだいじょうぶなのか？

「いやあ！」シャノンは金切り声をあげた。トラヴィスが！　走って犬小屋を出た。炎に包まれた小屋から、馬が次々と飛びだしてきた。「トラヴィス！」彼女は煙を吸いこんで咳きこみながらも大声で呼びかけた。「トラヴィス！」

遠くからサイレンの音が聞こえてくる。

あわててなかに入ったが、真っ黒な煙がもうもうと噴きあがっているせいで何も見えなかった。息をすることさえ困難だ。炎が壁を舐め、とり残された一頭の馬が怯えた声をあげながら、後ろ脚で立ちあがったり馬房のなかをぐるぐる回ったりしていた。「待ってて」彼女はそう語りかけ、消火剤を振りまきながら前に進んだ。そのとき窓がはじけるように割れ、ガラスがあたりに散らばった。「トラヴィス！」どこにいるの？　お願いだから無事でいて。雄馬は白目を剝かんばかりに大きく瞳を見開いていた。飛び散ったガラスのせいであちこちから血を流している。「だいじょうぶだからね」シャノンはトラヴィスを捜しながらも、必死で馬をなだめようとした。

肺が焼けるようだった。なんとか指先でラッチを探しだす。ようやく横木をあげると、馬は一目散に通路を走っていった。「トラヴィス！」彼女は炎に向かって消火器を噴射しながら、もう一度叫んだ。

ドカン！

再び起きた爆発のせいで、シャノンは吹きとばされてしまった。炎が屋根へと燃え広がっていく。

「ああ、そんな！」彼女は這うようにして、馬小屋を逃げだそうとした。てのひらにガラスの破片が刺さったが、そんなことを気にかけている余裕はなかった。「トラヴィス！」彼を失うなんて絶対に嫌だった。小屋を支えていた梁が、めりめりと音を立てはじめた。立ちあがって馬のあとを追った。サイレンの音が近づいてくる。ああ、早く！　もっと急いで！

涙を流しながら、新鮮な空気を求めてドアの外に飛びだした。犬や馬があたりを走りまわり、猛スピードで地獄絵図へと近づいてくる消防車にひかれそうになっていた。

何が起きたの？

すると、林の近くにひとりの女の子が立っているのが見えた。猿ぐつわをされ、手足を縛られている。その姿を、天高くのぼっていくオレンジ色の炎が照らしていた。

シャノンにはすぐにわかった。

ダニー！　わたしの娘だ！

生きていてくれたんだ！

彼女は何も考えずに駆けだしていた。「今行くわ！」咳きこみながら叫ぶ。サイレンが悲鳴をあげ、煙が夜の空へとあがっていた。

ダニーは泣きながら首を振っていた。何かにつなぎとめられていて、身動きがとれないらしい。「待ってて！」シャノンは恐怖に満ちた娘の瞳を見つめた。

だが、三メートルほどの距離まで近づいたとき、ようやく気づいた。娘は恐怖に首を振っていたのではなかった。彼女に何かを伝えようとしていた。彼女に警告しようとしていた。

罠？

一歩足を踏みだしたときだった。しゅうという嫌な音がしたと思ったら、シャノンはあっという間に炎の輪に囲まれていた。振り向くと、そこに男がいた。

心臓が早鐘のように鼓動した。

黒装束に身を包んでフードをかぶった男が、まるで悪魔のごとく接近してきた。シャノンはあとずさりしながら言った。「誰なの？　目的は何？」だが男は何も答えなかった。

逃げようとしても、まわりでは炎が燃えさかっていた。

すると、男が襲いかかってきた。シャノンは身をよじり、手足を振りまわして必死に抵抗した。犯人の思うままになるわけにはいけない。ダニーをとりかえさなきゃ。だが男の力は強く、体格も違いすぎた。彼女は地面に押しつけられた。肩が痛みに悲鳴をあげる。男はシャノンの髪の毛をわしづかみにして、顔をあげさせた。ふさがりかけていた後頭部の傷口が開いたのがわかった。必死にもがこうとしたとき、彼女はガソリンの匂いを嗅いだ。

ガソリン？　こんな炎のなかで？

シャノンは恐怖に目を見開いた。男はのしかかるようにして彼女の胸とおなかを地面に押さえつけていたと思ったら、空いているほうの手をポケットに突っこみ、ガソリンに浸した布でシャノンの鼻と口を覆った。「じたばたすると、このまま引火させるぞ。そうすればおまえは火だるまだ」

本気であることは、すぐにわかった。

彼女は大声を出そうとしたが、ガソリンの匂いが鼻のなかや喉の奥に充満した。「そうだよ、シャノン」聞き覚えのある声だった。背筋が寒くなるほど、記憶に残っている声。「妙な真似をすると、肺のなかまで燃えちまうぜ」

今にも気を失ってしまいそうだったが、シャノンは自らを鼓舞しつづけた。

あと少し頑張るのよ！　そうすれば助けが来るんだから！

頭のなかに暗闇が忍び寄ってきた。ダメよ。こんなやつに負けちゃダメ。

しかし遅かった。息を吸うごとに、ガソリンの匂いが肺にしみこんでいく。頭がくらくらし、気分が悪くなった。

シャノンは意識を失った。


ダニーは猿ぐつわをされたまま、肺が破れそうになっても叫びつづけた。ケダモノがあの人を――わたしのママを引きずっていこうとしている。おまけにまわりは火の海だった。

彼女は馬をつないでおくための杭《くい》につながれていた。ほとんど動くことさえできない。だがこれまで、ケダモノの言いなりになっていたわけではなかった。車からおろされ、ここへ連れてこられるあいだに隙を見てポケットの釘をとりだし、目のあたりに突き刺してやった。釘の先が肉に突き刺さる確かな感触があった。しかしケダモノは悲鳴をあげ、怒りにゆがんだ顔に血をしたたらせながらも、決してダニーをつかむ手をゆるめようとはしなかった。

その場で殺されてしまうかと思った。だがケダモノは、黙って作業を進めた。ダニーは逃げようともがきながら、計画が実行に移されるのを見ているしかなかった。ケダモノはトラックから持ってきたガソリンをあたりにまきはじめた。

誰かに知らせなきゃ、と思った。だから、ありったけの声で叫んだ。

しかし、いまいましい猿ぐつわのせいで、声は誰にも届かなかった。

男はガソリンに火をつけると、ダニーのほうへ戻ってきた。わたしはおとりに使われるんだ、と彼女は思った。

パパと女の人が駐車スペースを走ってきた。だが小屋にはケダモノが罠をしかけている。「だめ、だめ、だめ！」馬小屋のほうへと連れていかれながら、ダニーは叫んだ。しかし、いくら足をばたばたさせても、ケダモノは彼女をしっかりと抱きかかえていた。すると、燃えあがる馬小屋のなかにいたパパがこちらを見て、駆け寄ってきた。

恐怖が全身を押し包んだ。パパはケダモノに殺されちゃったんだ、と思った。あんな爆発があったのに、生きていられるわけがない。

しかしケダモノの計画には続きがあった。彼はダニーを駐車スペースからよく見える場所に連れてくると、杭につないだ。するとあの女の人がやってきて、炎に包囲されてしまった。

ダニーは逃げようとした拍子にバランスを崩し、顔から倒れこんだ。炎が地面を這うようにして近づいてくるのがわかった。埃と煤が鼻のなかに充満し、全身の筋肉が痛んだ。

ケダモノはママをつかまえてしまった。きっと殺す気なのだろう。

どうすればいいの？

サイレンが聞こえた。立とうとしたが、立てなかった。

そのとき、視界の片隅で人影が動いた。ケダモノが戻ってきたんだ、と思った。

「じっとしてるんだぞ」男の人の力強い声がした。その人はポケットからナイフを出し、ダニーを杭につないでいたロープを切った。そうして彼女を抱きかかえ、炎から遠ざかった。

そのとき、サイレンの音を響かせながら最初の消防車がやってきた。

何人もの消防隊員が飛びだしてきて、救急車も到着した。

「だいじょうぶか？」男がダニーの猿ぐつわをはずしながらたずねた。

彼女はうなずいた。「あなた、誰？」

「ネイト・サンタナだ。きみのお父さんの知り合いだよ……きみを産んだお母さんともね」

「パパは？」彼女は涙をにじませながら言った。

「だいじょうぶだ」彼はダニーを寝かせ、手首と足首の縛めを切ってくれた。「俺が助けておいたからね」男はぎごちない笑みを浮かべた。「きみの顔を見ると喜ぶはずだ。さあ」

彼が顎で母屋のほうをさし示した。見ると、父親はポーチの柱にもたれかかる体勢で座り、苦しそうにあえいでいた。ダニーは思わず走りだした。「パパ！」そう叫ぶと、父親が立ちあがる前にその胸へ飛びこんで、泣きじゃくりはじめた。


「ダニー」トラヴィスは二度と離すまいとするかのように娘を抱きしめ、耳もとでささやいた。「ダニー」煤まみれの顔を涙が伝った。「だいじょうぶかい？」

「うん」

「ひどいことはされなかったか？」

「ううん……わたし……だいじょうぶ」ダニーが緑の瞳を大きく見開いて父親を見あげた。

「ほんとよ」

「よかった。ほんとうによかった。もう二度とこんな怖い目にはあわせないからね」

ダニーも泣いていた。ふたりは抱きあいながら立ちあがった。まわりでは放水が始まっていた。あちこちで指示が飛びかっている。馬小屋の火は今やガレージに燃え広がりつつあった。大量の水が宙で弧を描き、母屋やガレージや犬小屋の屋根を濡らしていく。

「そこの人！」女性隊員が大声で呼びかけてきた。「早く逃げて！　誰かなかにいるの？」

「シャノンが――」トラヴィスはまわりを見まわしながら答えた。だが彼女の姿はどこにもなかった。

「あいつが連れてっちゃったの！」ダニーがあわてて言った。

「なんだって？　どういうことだ？」しかし、娘の言葉の意味はすでにわかっていた。恐怖が彼の心に爪を立てた。

ダニーが、年齢に似合わぬ知性をその瞳に浮かべながらたずねた。「カールした赤い髪をした緑の瞳の女の人――あの人、わたしのママなんでしょ？」彼女は顎を突きだし、射抜くような視線で父親を見た。絶対に嘘はつかないでね、という表情だ。そんなところまでシャノンにそっくりだった。

「そうだよ」彼は認めた。ダニーは昔から会いたいと願っていた母親にようやく会えた。だがその母親は頭のおかしな男に連れ去られてしまった。トラヴィスは一瞬、世界が崩れ去ってしまったかのような思いにとらわれた。ここまで頑張ってきて、ようやくダニーをとりもどすことができたというのに、今度はシャノンを失ってしまうなんて。彼はダニーをきつく抱きしめた。そうでもしないと、娘が宙に消えていってしまいそうだった。

「ケダモノが連れてったのよ！　早く助けないと！」

「ああ、助けよう、ハニー。絶対にね」トラヴィスはそう誓った。

サンタナが険しい目でダニーを睨みながら言った。「ケダモノってのは？」

「あの変態のことよ！」ダニーは、そんなこともわからないの、と言いたげな調子で答えた。

「わたしをさらった、あの男のこと！」

「くそっ」サンタナが言った。どこかで犬が狂ったように吠え、馬がいななき、消防車の明かりが夜を照らした。

トラヴィスの心は今にも裂けてしまいそうだった。彼は娘をさらにきつく抱きしめた。

「おまえはもうだいじょうぶだよ」そうささやきながらも、シャノンのことを考えると息が詰まりそうだった。あいつは彼女をどこへ連れていったんだろう。彼女はまだ生きてるんだろうか。オリヴァーやメアリー・ベス、そしてブランチのことが思い出された。ああ、早く見つけないと！「消防隊員に事情を説明して、パターノに知らせてもらおう。彼が到着するのを待ってる余裕はない」トラヴィスはサンタナに言った。

「誰がきみをさらったんだい？」サンタナがダニーにたずねた。

「名前はわからない。でもあの人、ママの写真を持ってたわ。ずっと前から計画を立ててたみたいだった」ダニーは父親を見あげた。「あの人、わたしをおとりに使ったのよ。ほんとうにつかまえたいのは、わたしじゃなくてママだったんだわ。きっと、あの家に連れてったんだと思う。わたしが閉じこめられてたところ。でも……場所はわからないの」

トラヴィスはこみあげてくるパニック感を抑えつけながら、できるだけ優しい口調でたずねた。「おまえの知ってることを教えてくれないかな」

「……ここからだいぶ離れた山のなかだった。わたし、窓に板を打ちつけた部屋のなかに閉じこめられてたの。すごくおんぼろの古い家。電気も通ってなかったし、たぶん、水道も来てなかったんじゃないかな。ときどき列車の音が聞こえてきたわ」彼女は父親を見あげ、思いつめたような表情を浮かべた。「一度、その家から逃げだしたことがあったの。パパに教えられたとおり、けものみちをたどって、必ず下のほうをめざしてね。そうしたら線路が見つかったんで、町か駅が見つかると思って、それをたどっていったの。でも、橋にさしかかって、これで逃げられたと思ったとき、あいつにつかまえられちゃった」

ネイトが体をこわばらせた。「どんな橋だったか、もっと詳しく教えてくれ」

「線路が通ってて、下は深い谷だった。そばにはもう一本、車の通れる橋があったわ」

「その場所なら知ってる」サンタナはトラヴィスに向かって言った。「ここから一五キロちょっと北へ行ったところだ」

そのときすでにトラヴィスは車のほうへ走りだしていた。「行こう」

「犬が必要だな」サンタナは口笛で犬を呼んでから、近くにいた消防隊員に声をかけた。「パターノに連絡して、捜してた女の子が見つかったと伝えてくれ。それから、犯人の根城を突きとめたことも。場所はホルコムの近く。橋が二本かかってるあたりにある古いキャビンだ。線路と平行に走ってる道路があるんだが……なんだっけな……ちくしょう」

「ジョンソン・クリーク・ロードですか？」隊員が助け舟を出した。

「そうだ！」ネイトがうなずくと同時に、アトラスが物陰から飛びだしてきた。ジャーマン・シェパードはこんな騒ぎがあったというのに、少しも怯えていなかった。

隊員はすでに携帯を耳にあてていた。

火の勢いはおさまりつつあったが、あたりには煙が充満し、湿った灰が舞っている。

「わたし、あいつをやっつけてやったのよ」突然ダニーが言った。

「やっつけた？」トラヴィスは表情を引きしめながらたずねた。

「釘で顔を刺したの。ほんとうは、目を狙ったんだけど……。殺してやりたかったんだけど……」ダニーの瞳にあふれてきた涙が、消えつつある炎の光を受けて、金色に輝いた。

「いいんだよ」トラヴィスは言った。「おまえが無事だっただけで、いいんだ」

「でもママは連れていかれちゃったわ。きっと殺されちゃう」明らかにダニーは罪の意識に苛まれている。

トラヴィスは片手で娘を抱き寄せた。「おまえのせいじゃないんだよ、ダニー。おまえのせいじゃないんだ」

「でもわたしがママを捜したりしなかったら、こんなことにはならなかったんでしょう？」

「そんなふうに考えちゃいけない。いいね？　それより、犯人を見つけないと」

彼女は急いでうなずいた。

「よし。じゃあ、まず、犯人がどこに車をとめてたか、教えてくれないか？」

「あっちよ」ダニーは迷うことなく、シャノンの家の裏手のフェンスの向こうを指さした。

「路地の奥」

「そこまで連れていってくれ」

三人がサンタナのピックアップ・トラックのほうへ向かったとき、パターノとの連絡を終えた隊員があわてて声をかけてきた。「みんな、警察が来るまでここにいてください！」

だがトラヴィスは聞いていなかった。もう時間がない。ネイトが運転席に乗りこみ、エンジンをかけた。トラヴィスとダニーも急いであとに続く。ネイトがアクセルを踏みこむと、車は集まりはじめていたマスコミを蹴散らすように猛スピードで発進した。

トラヴィスの心のなかでは、どす黒い不安が渦巻いていた。せっかく娘をとりもどしたというのに、今度はシャノンを連れていかれてしまった。

連れもどさなければ。手遅れになる前に。

33

シャノンはまぶたを震わせながら目を開いた。鼻の穴の奥が燃えるようだ。

ここはどこ？

動こうとしたが、手足を椅子に縛りつけられていた。しだいに頭と視界がはっきりしてくると、キャビンのようなところに座らされていることがわかった。あたりは暗く、ただ暖炉の薪だけが血のように赤黒い光を放っていた。

咳きこむと、口のなかに嫌な匂いが広がった。ガソリンだ！

そのとき、すべてを思い出した。いくつものイメージが頭をかすめていく。馬小屋の火事。杭にくくりつけられていた我が子。炎の輪。襲いかかってきた黒装束の男。

恐ろしさのあまり、胸がつぶれてしまいそうだった。

「目が覚めたか？」野太い男の声がして、シャノンは凍りついた。聞き慣れた声だった。

嫌悪感と恐怖が肌の上を広がっていく。何かの間違いだ。そんなはずはない。

「ライアンなの？」彼女は血も凍るような思いにとらわれながらたずねた。

「覚えていてくれたようだな」

ああ！　こんなことって？

彼は幽霊のごとく物陰から姿を現した。素裸だった。肌が奇妙な色に光っている。まるで全身に油を塗ったかのように。

自分の目が信じられなかった。ライアンは顔の片側から血を流していた。目の脇が紫色に腫れあがっている。夢だ、と彼女は思った。悪い夢でも見ているにちがいない。

彼は薄い唇を開き、ちらりと歯を見せて微笑んだ。それは悪の笑みだった。「忘れたかと思ってたんだが」

「でもあなたは……あなたは……」

「死んだと思ってたんだろう？」ライアンが近づいてきた。剝きだしになった肌の下で筋肉が張りつめているのがわかった。最後に会ってから、毎日鍛えてきたのだろうか。考えるのよ、シャノン。負けちゃダメ。戦うの。だが、目をつぶって意識を集中してみても、どうやったら逃げだせるのかはわからなかった。

「びっくりしただろう？」ライアンの声は絹のようになめらかだった。

「でもどうして？」彼女は目を開き、一度は愛したことのある男の顔をまじまじと眺めた。

この人はすでに正気を失っている。なんとかして脱出しなきゃ。

窓の外は漆黒の闇だった。まわりには人家などないのだろう。助けを呼んでも無駄だ。

あきらめちゃいけない！　この人の思うままにさせちゃだめ！

「もちろんおまえにゃ、なんにもわかっていないんだろうな」彼は一定の距離を置いたまま、円を描くようにシャノンのまわりをまわっていた。彼女はライアンの背中に大きな火傷の跡があることに気づいて身震いした。「でもおまえは、昔から俺のことなんてなんにもわかっちゃいなかった！」

どうしてこんなにガソリンの匂いが充満しているのだろう。床には黒い筋が走っている。ひょっとしてライアンは、あたりにガソリンをまいたのだろうか。それとも……。彼女は自分の服を見おろした。もしかしてわたしの服も、彼の体も……。

「おまえはな、自分で思ってるほど賢い女じゃないんだぜ。うまく逃げおおせたと思ったんだろう？　完全犯罪が成立した、って」

「何を言ってるの？」話を続けさせる必要があった。そうすれば、いつか隙が見つかるかもしれない。でも、この服！　もしかしてライアンはわたしにガソリンをかけたの？

「完全犯罪ってどういうこと？　わたし、あなたを殺そうなんてしなかったのよ。わかってるでしょう？　どうして死んだふりをしたの？　行方をくらましたかったから？」考えがまとまらなかった。恐怖が疫病のごとく全身に広がっていき、汗が背筋を伝っていく。

「俺は姿を消さなきゃいけなかったんだよ。わかってるはずじゃないか。すべて、おまえが仕組んだことなんだからな」

「何を言ってるのか、さっぱりわからない」

「しらばっくれるんじゃない！」彼は激しい口調で言った。「おまえの兄貴たちが俺を消そうとしたんだぞ。おまえの兄貴たちが、だ。秘密結社気どりでな」

「どういうこと?」

「まだシラを切るつもりか? ARSONSだよ。アーロン、ロバート、シェイ、オリヴァー、ネヴィル、そしてシャノン、おまえだ」

ライアンは今や腕を振りまわしていた。興奮しきっているようだ。シャノンはじっと彼の顔を見つめ、次の行動を読みとろうとした。

しかしほんとうはわかっていた。ガソリンの匂いが、苦痛に満ちた死を予言していた。

「もっとスピードが出ないのか?」トラヴィスは言った。ピックアップ・トラックは、つづら折りになった細い山道を猛スピードでのぼっているところだった。ヘッドライトが闇を切り裂いていく。

「生きていたいんだろ?」サンタナはそう言いながらもさらにアクセルを踏みこんだ。タイヤが土を噛みながら高速で回転する。

「あれよ!」細い橋が視界に入ってきたとたん、ダニーが叫んだ。「あいつ、ここに車をとめてたの」

娘をさらった男が、今やシャノンをつかまえている。そう思うと、トラヴィスの心は重く沈んだ。車は山深い場所を進んでいく。一分、また一分と時間が進んでいくごとに、いらだちが募った。絶対に見つけてやる。頼むから、それまで無事でいてくれ。

恐怖が血液のなかで凝固していくかのようだった。トラヴィスはぎゅっと娘を抱きしめた。

シャノンは手首がちぎれそうになるのもかまわず、縛めを引きちぎろうとした。

ライアンはうろうろと動きまわっている。言いたいことが言える機会がようやくめぐってきて、喜んでいるらしい。

「おまえの兄貴たちは儀式を行ったんだ。森のなかに星の絵を描いて、ひとりひとり、その頂点に立ってな。まさに秘密結社さ。そうして俺を殺す誓いを立てやがった。想像できるか？」ライアンはぐいと顔を近づけた。彼の鼻が、シャノンの鼻のすぐ先にあった。「それもこれも、おまえのためだったんだよ。おまえを俺から守るためだったんだ。俺はおまえの夫だったってのに！　おまえは俺を敬って、俺にしたがわなきゃいけない立場だったのに！　結婚の誓いを覚えてないのか？」彼は今にも殴りかかってきそうな勢いでまくしたてた。

彼女は挑むようなまなざしでライアンを睨みつけた。心臓が激しく鼓動し、神経の末端がぴりぴりした。だが、結婚していたときと同じく、今も引きさがるつもりなどなかった。彼は怒りに顔をゆがめ、目を剝いていた。

「オリヴァーに良心ってものがなかったら、俺はとっくに死んじまってただろうな。だがあいつは、計画をこっそり教えてくれたんだよ。そうして、お願いだから町を出ていってくれ、と言ったんだ」

「だけどあなたは、その忠告にしたがわなかった」

「俺のことはよく知ってるはずだろ、シャノン。俺は絶対に逃げたりしない。借りは必ず返す男だ。簡単だったよ。ネヴィルは俺と同じ体格だったし、少しも疑っちゃいなかった」

「ネヴィル?」彼女はそっと言い、真実が明かされるのを待った。

「ネヴィルに俺の身代わりになってもらったのさ。俺はあいつを拉致し、尋問して、オリヴァーの忠告が正しかったことを知った。だから、ネヴィルと入れ替わったんだ。あいつの服を着て、暗がりのなか、秘密結社の集まりに参加してな。おまえの兄たちは全員、俺を殺そうとしてた。みんなあの夜、ライアン・カーライルを殺すっていう誓いを立てたんだ」

ライアンは怒りをまき散らしながら歩きまわっている。シャノンはガソリンの匂いで今にも窒息してしまいそうだった。

「みんなと別れたあと、俺はこっそりネヴィルのところへ行って、近くに財布を残してきた。死体は黒焦げだった。だからおまえの兄貴たちは、財布だけを見て、死んだのは俺だって証言したのさ。警察はその言葉を信じやがった。だから死後解剖なんて行われなかったんだ」

信じられなかった。耳をふさぎたかった。

「こうなっちまったのは、あのときだよ」彼は自分の背中を指さしながら言った。「逃げる途中で転んじまってな。火のなかに突っこんだんだ。ま、俺は生き残って、ネヴィルは焼け死んだけどな」

シャノンの頭のなかで、焼け死んでいくネヴィルの姿がライアンの火傷の跡に重なった。

「いつだってこの傷が思い出させてくれたよ。おまえらが俺に何をしたのか。だから俺は戻ってきた。復讐の時、だ」

彼女はトラヴィスから教えてもらったメッセージを思い出して、体を震わせた。ブランチ・ジョンソンの血で書かれていた文字。

トラヴィスとダニーはどうしているんだろう。お願いだから無事でいて。ふたりが危険な目にあったのは、やはりわたしのせいだったのね。

「そのとおりさ。復讐の時だよ。俺を捨てやがったあばずれのおふくろと、おまえたち家族への復讐の時なんだ」

「でも、メアリー・ベスは？」シャノンは小声でたずねた。メアリー・ベスはライアンにとって、いとこだったはずだ。

「裏切り者だからな。あいつは俺に有利な証言をしなきゃいけなかったんだ。なのに弁護士に揚げ足をとられやがって。昔からバカな女だったよ」

「だから殺したの？」

「もちろんそれだけじゃないさ。ロバートを苦しめてやりたかったんだよ。自分が浮気して家にいなかったせいで、妻がこんな目にあわなきゃいけなかったんだって思わせたかったんだ」ライアンは目を細めながら得意げに言った。「充分効果はあっただろう？」

「あなたは嘘をついてるわ！」シャノンはあえぎながら反論した。「だって、わたし、火事のあとネヴィルを見てるんだもの！　焼け死んだはずがないでしょ？」

「あれはオリヴァーだったんだよ。今度はオリヴァーがネヴィルになりすましたのさ。あいつはそうやって、ネヴィル殺しの片棒を担いじまったことを隠そうとしたんだ。そしてついに、罪の意識に耐えられなくなっちまったってわけさ」

シャノンは首を振った。「そんな」

「考えてみろよ。俺が死んだあと、ネヴィルとオリヴァーを同時に見かけたか？」

彼女は殺人容疑をかけられたころの状況を思い出そうとした。両親や兄たちがいつもそばにいてくれたことは覚えていたけれど、あまりにいろいろなことが起きたせいで、ネヴィルとオリヴァーが同じ場にいたことがあったかどうかはわからなかった。

「オリヴァーは俺が殺してやったとき、罪を償えたような、満足そうな顔をしてたぜ」

「このくそったれ！」シャノンは呪いの言葉を吐き、手足を自由にしようと必死でもがいた。

痛みが全身を貫く。「あなたなんて、最低の男よ。変態！」

「旦那様にそんな口をきいていいと思ってるのか？」

ガソリンの匂いですでに胃がむかむかしていたというのに、その言葉を聞くとさらに気持ちが悪くなった。シャノンは残った力を視線にこめながらライアンを睨みつけた。「全部嘘なんでしょ、ライアン。あなたの言うことなんて、信じられないわ」

「信じられないのはおまえの兄貴たちのほうだろ？　俺を殺したあと、その罪をおまえになすりつけたんだからな」

体の奥から寒気がわきあがってきた。部屋のなかはこんな暑さだというのに。

「まったく、おまえの兄弟は最高だよ」

「兄さんたちはなんにも知らなかったのよ」

「オリヴァーは知ってたぜ。俺が戻ってきたこともな。教会の集まりにまで顔を出してやったんだから。だがあいつには、ほんとうのことを言う勇気なんてなかったのさ」

シャノンは、以前は夫だった男の顔をじっと見つめた。「あなたがみんなを殺したのね。ネヴィルも、メアリー・ベスも、オリヴァーも……」ぼんやりした口調でそう言ったとたん、目の前に冷酷な現実が立ちはだかった。もう逃げだすことなんてできないだろう。わたしの運命は決まったも同然だ。あたりには吐き気がするほどガソリンの匂いがたちこめている。ライアンがどんな計画を立てているのかはわからないが、身の毛もよだつようなことであるのは間違いない。たっぷり時間をかけてわたしを殺し、復讐を楽しもうとしているはずだ。わたしはきっと、無惨な死を遂げるのだろう。でも、なんとかして時間を稼がなきゃ。そうすれば彼の裏をかいて、ここから逃げるチャンスがめぐってくるかもしれない。

ライアンはくるくると円を描いてまわりを歩いているだけで、いっこうに近づいてこようとはしなかった。「この時を長いこと待ってたんだぜ。国を出るのは、そんなにつらいことじゃなかった。偽の身分証明書はすでに手に入れてあったし、あとは車を盗んで北へ向かえば、それでよかったんだ。カナダに隠れているのは簡単だったよ。死人なんて、誰も捜しやしないからな」

シャノンは手首の縄をほどこうとしながら、さらに会話を続けて時間を稼いだ。「どうやって暮らしてたの？」

「いろんな仕事をしたよ。時が熟するのを待ちながらな。で、計画を立てているときにふと気づいたんだ。おまえを苦しめるには、実の娘を利用するのがいちばんだ、ってな」

シャノンは反応を示さないよう自分を抑えた。ああ、ダニー。無事でいて。

「あのガキには手こずらされたぜ、まったく。おまえとそっくりだ」ライアンは目のそばにできた傷を指さしながら言った。頬には血がこびりつき、目は、ちゃんと見えるのだろうかと思うほど腫《は》れあがっている。

「あの子、無事なの？」

「無事なわけがないだろう」彼は感情のこもらない声で言い、シェイの写真をフレームごと火のなかに放りこんだ。「燃えて灰になっちまえ！　三年前、俺がそうなるはずだったようにな」

ダニーが無事でないなんて、嘘だ。嘘に決まってる！　シャノンは縛りつけられたふたつの拳を握りしめた。わたしを殺したいなら殺せばいい。でも、あの子には指一本触れさせない！

彼女は顔をあげ、鋭い目でライアンを睨んだ。

彼は悪意のこもった笑みを浮かべた。

「もしあの子を傷つけたりしたら、殺してやるわ」

「自分の置かれた状況を考えてから、ものを言え」

「このくそったれ！」

「今のうちにせいぜい吠えておくんだな」ライアンが吐き捨てるように言った。

「こっちなのか？　確かなんだな？」ネイトが念を押すようにたずねた。ピックアップ・トラックは砂利道をおりていく。

「う、うん……そうだと思う」ダニーはそう答えたものの、自信はなかった。

「いいんだよ」父親はそう言ってくれたが、彼女は、ちっともよくなんかないことを理解していた。産みの母親の命が、わたしの記憶にかかってるんだから。

「でも、こんなに暗くちゃ何もわからない」

「アトラスが手伝ってくれるさ」ネイトが言った。「こいつがシャノンを見つけてくれるよ」

フロントグラスで次々とつぶれていく虫を見ながら、彼女は、ネイトの言葉が正しいことを祈った。


体じゅうをアドレナリンが駆けめぐっていた。シャノンは再び、手首の縛めをほどこうとした。少しだけ結び目がゆるくなったように感じるのは、気のせいだろうか？

ライアンは暖炉に飾られていた写真を手にとると、彼女の顔の前でわざとらしく振ってみせた。シャノンはまばたきをしながら、こみあげてくる恐れを抑えつけた。

「見覚えのある顔ばかりだろう？」

「わたしの家族？」いったいどういうつもりなのだろう。

ライアンの顎のあたりの筋肉がこわばったのがわかった。「ほんとうは全員殺してやるつもりだったのに、あのガキが……。もうあんな娘には一分たりとも我慢できなかったんでな。それで、あいつをおとりにつかって、さっさとおまえを始末することにしたわけさ」

彼女は火事が起きたときの娘の姿を思い浮かべた。「あの子にはなんの関係もないはずよ。あなたが復讐したかったのは、わたしとわたしの家族なんでしょ？」

「ああ。おまえの兄貴たちがよってたかって俺を殺そうとしたんだからな。それも、むごたらしいやりかたで」ライアンはなめらかな手首の動きで、アーロンの写真もフレームごと火にくべた。ガラスが割れて飛び散り、炎がしゅうしゅうと怒ったような音を立てた。

シャノンは彼が暖炉のほうを向いているあいだに体をくねらせ、縛めをほどこうとした。縄が手首に食いこんで痛かったが、それでも、結び目がさらにゆるんだ気がした。炎がアーロンの写真を呑みこんでいった。

あたりに散らばったガラスの破片が炎を映してきらめいている。そしてこの、ガソリンの匂い……。だが、彼が何をしようとしているのか、たずねようとは思わなかった。怯えていることを悟られてはいけない。

ライアンは次にオリヴァーの写真を火に放り投げた。ガチャン！　再び破片が飛び散り、兄の顔が炎に包まれた。シャノンは必死に手首を動かした。ライアンは、兄たちの写真と同じように、わたしも燃やしてしまうつもりにちがいない。おそらく、儀式を行っているつもりなのだろう。

シャノンはあたりを見まわした。窓にはあちこち穴が空き、壁は薄い板でできていた。火がついたら、家全体が一挙に燃えあがるはずだ。

「逃げ場なんてないぜ」ライアンが彼女の心を読んだかのように言った。

最高じゃないか、とライアンは思った。この女に責め苦を与えるのは、すばらしい快感だ。それに、これまでの殺しも実に楽しかった。まず、ネヴィル。そして母親のブランチ。メアリー・ベスとオリヴァー。やつらは俺の計画どおりに死んでいった。あとはただ、シャノンを殺せばいい。この女に地獄の苦しみを味わわせてやればいいだけだ。

彼は期待感に心を浮きたたせながら唇を舐めた。

さあ、魔女を焼き殺す時が来た。


「でもわたし、兄たちの計画なんて何ひとつ知らなかったのよ」シャノンは時間稼ぎをしようと、必死に話を続けた。逃げだす方法はあるはずだ。絶対に！

「そりゃそうだろうな、おまえに罪なんてないんだろうよ」ライアンはさも不快そうに鼻を鳴らした。「でも覚えてるか？　俺を罠にかけたじゃないか。アーロンに防犯カメラを設置させて、俺をおびきだした。警察の接近禁止命令を破らせるためにな。俺を監獄にぶちこむために」

ライアンは今や激怒し、興奮しきっていた。唇をゆがめ、ナイフのように鋭いまなざしをこちらに向けている。だがダニーのおかげで、片方の目が腫れあがっていた。視界は悪くなっているはずだ。なんとかそれを利用できないだろうか。そう思いながら彼を見ていると、思わず、背中の傷に目がとまった。

ライアンは彼女の視線に気づくと、こう言いはなった。「この火傷の跡も、おまえの兄貴たちがくれた贈りものだよ」ネヴィルの写真をつかむと、今度は暖炉のなかに叩きつけた。ガラスが割れて火花が散り、炎が激しく立ちのぼる。

そのとき一瞬だけ部屋のなかが明るくなった。そうしてシャノンは、なぜ彼が一定の距離をとって歩きまわっていたのか、そのわけを理解した。ライアンは、床にガソリンをまいてつくった線に沿って動いている。その線が描いているのは、円ではなかった。五角形だ。焼かれたダニーの出生証明書と同じ形。

「おまえもメアリー・ベスも、どうしようもない売女さ」ライアンはそう言って、最後の一枚――シャノンの写真を手にした。「おまえの娘がこの写真を盗んでいったんだがな。とりかえしといたよ」彼は怒りにまかせ、燃えさかる薪に向かって写真を投げつけた。シャノンは自分の写真が外側からじわじわと丸まり、またたくまに茶色に変わりながら炎に包まれていくのを身震いししつつ眺めた。

「ARSONS」ライアンは呪文でも唱えるように言い、暖炉の火のなかから折れたフレームをとりだすと、初めてガソリンの線を越えて近づいてきた。燃えているほうの一端をシャノンの顔の前に突きつける。彼女は恐怖に怯えながら、服に火が移ることを避けようと、必死に体をよじった。

なんとかするのよ、シャノン。でないと、ほかのみんなみたいに無惨な殺されかたをするだけなんだから！　どうせ死ぬんだったら、このくそったれを道連れにしなきゃ！

「また俺に会えてうれしいだろう？」ライアンはまるでキスでもするかのように顔を近づけてきた。

そのときシャノンはありったけの力で体を前に倒した。頭のてっぺんがライアンの顎にあたり、骨と骨のぶつかる大きな音がした。激痛が脊髄を伝っておりていった。

「この売女めが！」ライアンは悲鳴をあげながらよろめき、その拍子に、燃えていたフレームを床に落としてしまった。彼自身がガソリンで描いた五角形の上に。

「うわあああああ！」ライアンが悲鳴をあげる。シャノンはその一瞬を逃さず、椅子ごと立ちあがって体当たりをくらわせた。彼はバランスを崩して床に倒れこんだ。そのとき、フレームの炎がガソリンに引火した。

ぼうん、という嫌な音がして、ライアンの全身が炎に包まれた。

ライアンが再び絶叫した。神経を逆撫でするような恐ろしい声が夜を引き裂いた。

ガソリンとともに、肉の焦げる匂いがした。

シャノンは躊躇しなかった。椅子に縛りつけられたまま、両足を使って炎のラインの上をジャンプすると、そのまま跳びはねながら窓のほうへ向かう。火が彼女の服や肌を追ってくるのがわかった。

早く、早く、早く！

喉の奥からこみあげてくる悲鳴を抑えつけながら、彼女は跳ねつづけた。涙と汗がいっしょになって頬を伝った。逃げのびられる可能性はほとんどゼロに等しい。

炎がガソリンの線に沿って走っていく。あっというまに火の勢いが増した。

前に進むのよ！　急いで！

炎とともに、ライアンの断末魔の叫びがあがった。

振りかえっちゃだめ！

ガラス窓に炎が映っていた。背後にいる男は火だるまになりながら、燃えさかる床の上をのたうちまわっていた。

シャノンは全身の力を使って、椅子ごと窓から飛びだした。ガラスの破片とともに、ポーチに転がり落ちる。頭が鈍い音を立てて床板にぶつかり、あやうく意識を失いそうになった。

椅子の脚がちろちろと燃えていた。

「嫌よ！」彼女はそう叫ぶと、肩が痛みに悲鳴をあげるのを無視して立ちあがった。まわりには無数のガラスの破片が散らばり、背後では火の手があがっている。椅子を引きずるようにして、よろよろと前へ進んだ。熱風が背中を押しているのがわかった。シャノンは足をもつれさせ、再びポーチに倒れこんだ。

ああ、あの手すり！　あれをどうやって越えるっていうの？

家のなかではまだライアンが絶叫しつづけている。炎は壁を駆けのぼりつつあった。あと数秒で、家全体が火に包まれるだろう。

玄関の階段のほうへまわるしか、脱出する手段はなさそうだった。彼女はなんとか立ちあがり、煙に咳きこみながら、椅子を引きずるようにして家の正面をめざした。全身に激痛が走り、またしても倒れこむ。あまりの痛みに、このまま気を失ってしまったほうが楽なのではないかと思ったほどだった。「そんなの、絶対にダメよ!」シャノンは唸るような声で自分に言いきかせると、自らの命を救おうと、這うようにして階段へ近づいていった。

頭のなかにトラヴィスの顔が浮かんだ。彼と愛を交わしたときのことが。

そして、ダニーの顔。

産んですぐに手放してしまった娘のことを思うと、さらに涙があふれてきた。ああ、神様、お願いです。わたしにここから逃げだす力をください。

炎の吐息がすぐ背後に迫っていた。音を立てて家が燃えはじめた。だがその音の隙間から、何かが聞こえてきた。……犬の吠え声と、人の話し声だ。

そんなはずがない。

気のせいだわ。

とにかく前へ進むの。階段はすぐそこよ。炎なんて無視して、ただ前をめざすの。

だが、外の暗闇のどこかから人と犬の声が聞こえた。

「行け!」

ネイトの声? ううん、そんなわけない。わたし、ついにおかしくなったんだわ。

頭のなかに黒い靄のようなものが広がっていく。彼女は全身を震わせて咳きこんだ。ああ、ものすごく熱い。

「見つけろ！」誰かが叫んでいた。「シャノンを見つけるんだ！」

トラヴィス？　思わず胸がときめいた。

「さあ、早く！」

わたしは末期の夢を見ているのだろうか？

「シャノン！」今度はすぐ近くで声がした。だが意識が遠のいていく。「シャノン！　頑張るんだ！」

彼女はほとんど無意識のうちに、今や燃えあがりながら行く手を阻んでいる手すりを見た。するとその向こうに、強い意志にあふれたふたつの瞳と大きな毛むくじゃらの頭があった。アトラス！　犬が吠えた。その後ろから走ってきたのは……トラヴィスだった。

次の瞬間トラヴィスは、炎をあげている手すりをものともせず、ポーチに跳びあがってきた。ブーツの音を床に響かせて着地し、ナイフをとりだすと急いで手首の縛めを切り、シャノンを抱きあげる。ふたりのまわりで、熱と炎が渦を巻いた。

「ぼくはここだよ」トラヴィスが彼女を抱えたまま、髪に顔をうずめながらささやいた。彼はポーチ沿いに走り、正面の階段を飛びおりた。シャノンはまばたきをしながら、暗い森に囲まれたキャビンが炎に包まれるのを見た。頭上では、ヘリコプターのローター音が夜の闇にこだましていた。

「頑張るんだよ、ダーリン」トラヴィスが力強い口調で言った。

「ダニーは？」シャノンはたずねた。「ダニーはどうしたの？」

「トラックのなかにいる」

「無事なのね？」彼女は安堵の波に呑みこまれながら訊いた。

「ああ、無事だ。だいじょうぶだよ」

涙が次々とあふれてきた。「どうしてここがわかったの？」炎の燃えあがる音がごうごうと聞こえた。

「ダニーがキャビンのまわりの様子を教えてくれたからね。ネイトはこのあたりのことをよく知ってるし、それにアトラスはきみが訓練した優秀な犬だ。……詳しいことはあとで教えてあげるよ。それより、あいつはどうした？」

「家のなかよ」

トラヴィスは肩越しに振りかえった。キャビンは今や巨大な火のかたまりと化していた。炎が空を焦がしている。

遠くからサイレンの音が聞こえてきた。今度ばかりはライアンも死んでしまっただろう。シャノンはすすりあげながらトラヴィスにしがみつき、あたりをはばからず声をあげて泣きだした。すべては終わった。娘は無事だったし、トラヴィスはここにいる。それに、殺人鬼のライアンはついにこの世を去った。自らまいたガソリンのせいで焼け死んでしまった。

目をあげると、ピックアップ・トラックのそばにネイトとダニーが立っていた。サイレンを響かせながら到着した消防車の回転灯が、ふたりの姿を照らしだしていた。

「ダニー！」シャノンは思わず叫んだ。娘の姿を目にしただけで、胸が痛くなった。するとダニーも駆けだした。茂みを抜け、草をかき分けながら。シャノンもまた、涙のカーテン越しに娘を見つめていた。汚れた頬を涙が伝う。ダニーは飛びついてくると、父親と母親をいっしょに抱きかかえるようにして言った。「ごめんなさい！　ほんとうにごめんなさい……シャノン」

シャノンは大きな罪の意識に苛まれている娘をいとおしく思いながら、涙を呑みこんだ。

「いいのよ」喉を詰まらせ、小さな声で言う。「あなたのせいじゃないの」

「でも――」

「わたしを見つけてくれたのは、あなたでしょう？　それに、わたしとあなたのお父さんが出会えたのも、あなたのおかげなのよ」

トラヴィスはシャノンを救急車へ連れていこうと、娘の手をそっと振りほどいた。だがシャノンが腕を伸ばしてその手を握った。ダニーもしっかり握りかえした。母と娘は、今ようやく、じっと目を見交わした。

シャノンが言った。「もしよかったら、だけど、いっしょにいてあげられなかった時間の埋め合わせがしたいの」

ダニーは勢いよくうなずいた。

シャノンは震える唇に笑みを浮かべながらトラヴィスを見あげた。彼は熱いキスをしてくれた。

「これからは三人いっしょさ」彼の声も震えていた。

ダニーは何も言わなかったが、シャノンの手を放そうとはしなかった。それが、何より明確な意思表示だった。

エピローグ

クリスマス・イヴ

新しいスピーカーから流れてくるジョン・レノンのクリスマス・ソングが飾りつけられたツリーのまわりでくるりと渦を巻き、池のそばのコテージの部屋に響きわたった。

クリスマス・イヴの朝。ライアン・カーライルが死んでから、二カ月がたっていた。恐怖に満ちた長い時間は終わりを告げた。

あれ以来、いろんなことが変わった。シャノンは裸足でキッチンに入り、古いカウンターに置かれたコーヒーメーカーに豆を入れた。兄たちはそれぞれ、〝物言わぬ放火魔〟事件に関与していた罪と、共謀してライアンを殺害しようとした罪に問われていた。おそらく、刑事罰を免れることはできないだろう。ロバートはシンシア・タレリッコと別れ、シェイの二度目の結婚生活は暗礁にのりあげていた。

母も心労のあまり倒れてしまったが、幸い、入院生活は短かった。今は教会で紹介してもらった看護付きの施設に入って、新しい環境に慣れようとしているところだ。友達も何人かできたらしい。

ボタンを押すと、コーヒーメーカーがぶうんと音を立てて豆を挽《ひ》きはじめた。窓から見える船着き場では、トラヴィスとダニー、そしてダニーの友達のアリー・クレイマーが釣りをしている。アリーは家族といっしょにカリフォルニアへ遊びに来て、シャノンの前の家に泊まっていた。ネイト・サンタナは、その家を買いとることを考えているようだ。

すっかり大きくなったマリリンは、船着き場で尻尾を振りながらじっと水面を眺めている。あっさりトラヴィスになついてしまった裏切り者のカーンは、水辺を嗅ぎまわったり、近くの林にいるリスを怯えさせたりしていた。

馬たちは新しくつくった円いパドックで草を食んでいる。まだ手入れの必要な屋根の上には、ミニチュアの橇《そり》が飾ってあった。樋《とい》からぶらさがっているのは、ほぼ実物大のサンタのぬいぐるみだ。だがルドルフの姿は見えない。どうやら、どこかに逃げていってしまったらしい。

ほかの犬はみんな外で遊んでいるというのに、ただ一匹、アトラスだけは、炭が赤く燃える暖炉の前に寝そべっていた。

シャノンは微笑みを浮かべてアトラスを見ながら、コーヒーメーカーに水を入れた。暖炉やそこで燃えている火がトラウマになるかもしれないと心配していたのだが、どうやらそんな気配はない。ツリーの飾りや暖炉の上のリースを見ながら、彼女は心のなかにあたたかいものが広がっていくのを感じた。怪我もすっかり癒えた。肩の調子など、以前よりよくなったくらいだ。

シャノンはコーヒーメーカーをオンにした。アトラスが頭をあげ、尻尾で床を叩いた。

「ひどいことになってたかもしれないわね」と彼女は言った。「とんでもなく、ひどいことに」

ぽこぽこと音を立ててコーヒーが落ちてくると、いい匂いがあたりに広がった。シャノンは新しい家を見渡した。トラヴィスに手伝ってもらってここに引っ越してきたのはいいのだが、まだまだ手入れが必要だった。でも、ここがわたしの家だ。ほんとうの家。彼女は再び窓辺へ行って、船着き場を見た。

トラヴィス、ダニー。わたしの家族。

彼は実にあっさりと、いっしょに住むことに同意してくれた。ダニーも高校に入ったばかりだから、ちょうどいいタイミングだという。彼の娘もほとんど文句など言わなかった。いや、彼の娘ではなくわたしの娘――わたしたちの娘だ。

結婚も考えてはいるが、急ぐ必要はない。トラヴィスはオレゴンの家を売りに出していた。不動産屋の話だと、〝強い興味を持っているカップル〟がいるから、すぐにでも売れそうだという。

ジープが一台、近づいてきた。運転しているのはシェーン・カーター、助手席に乗っているのはジェンナ・ヒューズだ。後ろの座席には、母親と瓜ふたつの上の娘、キャシーがいる。シャノンがアトラスを連れてポーチに出ると、ほかの犬がいっせいに吠えて客を歓迎した。

「こんなにたくさん動物がいて、よく耐えられるわね」車からおりてきたキャシーがからかうように言った。その目が笑っている。多くの男たちを振りかえらせる目だった。

「そうね」シャノンは言った。「でも、この子たちのことが大好きなの。売らなきゃいけなくなると、死にそうになるくらい落ちこむわ」

「あたしだったら、絶対に売らないけど」キャシーはカーンをしたがえ、まっすぐ船着き場へ歩いていった。アリーが魚を釣りあげたところだった。

「メリー・クリスマス」ジェンナがそう挨拶して、車から荷物をおろしはじめた。

小柄だが、はっとするほど美しい女性だった。ハリウッド時代よりきれいになったかもしれない。きっと、愛し、愛されているからだろう。

「メリー・クリスマス」シャノンも挨拶を返し、ジェンナを抱きしめた。シェーン・カーターは娘のあとを追って池のほうへ行った。

ジェンナが上の娘を見ながら言った。「子供って、ほんとうは強いのね。去年の冬起きたことがあの子の精神状態にどんな影響を及ぼすんだろうって心配してたんだけど、どうやらだいじょうぶみたい。学校でも頑張ってるし……」笑みが顔いっぱいに広がる。「新しいボーイフレンドもできたみたい。とってもいい子よ」

シャノンは笑った。「高校時代のボーイフレンドなんて、どうせ長続きはしないんだけどね」

「そうね。わたしが気に入った子だから、アリーはきっとすぐに飽きちゃうんでしょうね」

ジェンナはポケットに手を突っこんだ。「で、ダニーはどう？　あの子もつらい目にあったんでしょう？」

シャノンは片手を宙にあげて左右に傾けた。「よかったり、悪かったりね」

「でも、立ちなおりつつあるの？」

「だと思う。アリーに会えなくなって寂しがってたけど、新しい友達もできたみたいだし。それにあの子、この前初めて、わたしを〝ママ〟って呼んでくれたの」シャノンは微笑みながら首を振った。「信じられなかった」

「よかったわね」

「ええ」シャノンは船着き場へと視線を移した。女の子たちがシェーンとトラヴィスに何事か言っていた。父と娘がいっしょにいるところを目にすると、彼女の心にはいつも必ず、あたたかい気持ちが広がっていった。トラヴィスはダニーに優しかった。いっとき、ブレンダン・ジャイルズがほんとうに戻ってくるのではないかという話を聞いたのだが、それは単なる噂にすぎなかったようだ。いつかダニーが成長して、彼のことを知りたいと言ったら、そのときは包み隠さずすべてを教えてあげよう。しかし今この時点で、彼女の父親はトラヴィス・セトラーだけだ。

ナンバー・ワンの座を追われるのではないかと心配したカーンがシャノンのかたわらにやってくると、アトラスに向かって唸り声をあげた。だが体格ではるかに勝るアトラスはいっこうにとりあわず、ただくるりと尻尾をまわしてみせただけだった。

シャノンはしゃがみこんで、二匹の頭を撫でてやった。「ふたりとも、とってもいい子よ」犬たちは、尻尾をぱたぱたと彼女の脚にあてながらまとわりついてきた。

船着き場のほうからみんなの笑い声が聞こえてきた。

「あのサンタ、かわいいわね」ジェンナが屋根の上の人形を指さしながら、シャノンに言った。

「トラヴィスが考えたの」

「でしょうね」

ジェンナとシャノンは家族のもとへ歩いていった。鏡のような水面に太陽の光が反射している。ダニーとトラヴィスがこちらを振り向いた。シャノンの顔に笑みが浮かぶ。

ほんとうの意味でみんなの傷が癒えるまでには、まだまだ時間がかかるかもしれない。だが、それでもかまわなかった。時間なら、たっぷりある。

だって、と彼女はトラヴィスとダニーを見ながら思った。わたしたち、家族なんですもの。

メリー、メリー・クリスマス。

訳者あとがき

リサ・ジャクソンの『灼熱の虜』をお届けします。

先に刊行された『凍える夜に抱かれて』をお読みになった方はもうご承知でしょうが、この『灼熱の虜』、『凍える夜に抱かれて』の続編、という形をとっています。主人公となるのは、前作で主人公ジェンナの友人として登場したトラヴィス・セトラーと、その娘であり、ジェンナの次女アリーのクラスメートでもあるダニー。そして、ダニーとは切っても切れない縁《えにし》でつながれている女性、シャノンです。

前作のラストからつながる形で書かれている本作ですが、もちろん、この作品だけをお読みになってもなんの支障もありませんので、ご安心ください。

それにこの作品、『凍える夜に抱かれて』のただの続編ではありません。ふたつの小説は、時間的な流れを追っているだけでなく、見事な好一対にもなっています。『凍える夜に抱かれて』の舞台になっているのは、アメリカ北西部の冬。起きる事件はすべて、凍えるような寒さのなか。しかしこの『灼熱の虜』の舞台はアメリカ西海岸の夏、それも厳しい残暑に見舞われている町です。発端は、行方不明になった娘ダニーを捜して、トラヴィスが北西部をあとにしてシャノンのもとを訪れること。ここでまず大きな事件が起き、ストーリーはそれ以降一気に加速していきます。

前作のテーマは氷や雪でしたが、こちらのテーマは炎。すべてを焼きつくす紅蓮の炎です。すべての事件は〝炎〟に関係したもの。おまけにシャノンの兄弟は全員が消防署に関係した男たち。父親や叔父たちまで消防署員だったという、筋金入りのファイア・ファイター一家です。そんな一家が連続放火魔や、炎に魅せられた異常者の起こす事件に翻弄されるわけですから、おもしろさは倍増。目が離せない展開になります。厳寒の町を舞台とした前作を〝静〟とするなら、こちらは〝動〟でしょうか。

ダニー誘拐のきっかけとなった、以前の陰惨な事件。それにまつわるヒロインの悲しい過去。兄の失踪。彼女の仕事を手伝ってくれている、いわくありげで無口な男。シャノン一家を襲う連続殺人事件。そんな事件に巻きこまれてしまったダニーを救出するためにやってきたトラヴィス。くわえて、事件現場にくりかえし残される図形の謎や、ダニーと彼女を拉致した犯人との一触即発の駆け引きなども効果的に挿入されていますから、読んでいて飽きることがありません。

もちろん、トラヴィスとシャノンの恋愛感情のもつれもしっかり描かれています。ダニーという娘を軸にして、最初は敵対する関係にありながらも、しだいにどうしようもないほど惹かれあっていくふたり。彼らの心理状態のうつろいも、この作品の大きな魅力です。『灼熱の虜』は最初から最後まで、ロマンスとミステリーの要素がたっぷり詰まったすばらしい作品と言っていいでしょう。また、『凍えた夜に抱かれて』の主人公だったシェーン・カーターやジェンナ・ヒューズも出てきますから、前作をお読みになった方は、彼らの登場シーンをぜひお楽しみに。

作者のリサ・ジャクソンは、オレゴン州生まれで、現在もアメリカ北西部に在住。通常のロマンスやヒストリカルも手がけていますが、いわゆるミステリー・ロマンスを得意にしている人気作家です。昨年発表された『LEFT TO DIE』はニューヨーク・タイムズやUSAトゥデイのベストセラー・リストに入っていますし、最近は、彼女が小説家になるきっかけをつくってくれた姉のナンシー・ブッシュとの共作も発表しています。

この連作以外にも、魅力的な小説を数多く発表しているリサ・ジャクソン。彼女の世界を堪能してください。

二〇〇九年五月

ライムブックス

灼熱の虜《とりこ》

著　者　リサ・ジャクソン
訳　者　大杉《おおすぎ》ゆみえ

2009年6月20日　初版第一刷発行

発行人　成瀬雅人
発行所　株式会社原書房
〒160-0022東京都新宿区新宿1-25-13
電話・代表03-3354-0685　http://www.harashobo.co.jp
振替・00150-6-151594
ブックデザイン　川島進（スタジオ・ギブ）
印刷所　中央精版印刷株式会社

落丁・乱丁本はお取り替えいたします。
定価は、カバーに表示してあります。
 ISBN978-4-562-04364-4　Printed　in　Japan